Guy de
Maupassant

EIN LEBEN

oder
Die schlichte
Wahrheit

Roman

Aus dem Französischen
von Cornelia Hasting

Mit einem Nachwort
von Julian Barnes

Büchergilde Klassik

Die Originalausgabe erschien 1883
unter dem Titel *Une vie ou L'humble vérité*
bei Victor Havard, Paris.
Die vorliegende Übersetzung basiert auf der von
André Fermigier herausgegebenen Ausgabe
Une vie, die 1974 in der Collection Folio Classique
bei Gallimard in Paris erschienen ist.

Lizenzausgabe für die
Büchergilde Gutenberg Verlagsgesellschaft mbH,
Frankfurt am Main, Zürich, Wien
www.buechergilde.de
Mit freundlicher Genehmigung
des mareverlags, Hamburg

Lektorat: Hans-Ulrich Müller-Schwefe
Einbandgestaltung: Franziska Neubert, Leipzig
Druck und Bindung: CPI books GmbH, Leck
Printed in Germany 2016
ISBN 978-3-7632-6880-1

EIN LEBEN

Für

Madame Brainne

In Verehrung von einem ergebenen Freund
und in Erinnerung an einen toten Freund,

Guy De Maupassant

I

Als Jeanne ihre Koffer gepackt hatte, trat sie ans Fenster, aber der Regen nahm kein Ende.

Die ganze Nacht hatte die Sturzflut auf Scheiben und Dächer geprasselt. Der tief hängende Himmel schien unter seiner Wasserlast geplatzt zu sein und sich auf die Erde zu ergießen, sie aufzuweichen in Brei, sie aufzulösen wie Zucker. In heftigen Böen strich drückende Hitze vorüber. Das Gurgeln der übergelaufenen Rinnsteine erfüllte die verlassenen Straßen, wo die Häuser wie Schwämme die eindringende Feuchtigkeit aufsaugten, was die Wände vom Keller bis zum Dachboden zum Schwitzen brachte.

Jeanne, die am Vorabend das Kloster verlassen hatte, endlich für immer frei und bereit, alles Lebensglück zu ergreifen, von dem sie seit so Langem träumte, befürchtete, ihr Vater werde die Abreise verschieben, wenn sich das Wetter nicht aufhellte; und zum hundertsten Mal seit dem Morgen blickte sie forschend zum Horizont.

Dann fiel ihr ein, dass sie vergessen hatte, ihren Kalender in ihre Reisetasche zu legen. Sie nahm die nach Monaten eingeteilte kleine Pappkarte von der Wand, welche inmitten einer Zeichnung in goldenen Ziffern die laufende Jahreszahl 1819 anzeigte. Dann löschte sie mit dem Bleistift die vier ersten Spalten, indem sie bis zum 2. Mai, dem Tag ihres Austritts aus dem Kloster, jeden Heiligennamen durchstrich. Eine Stimme hinter der Tür rief: »Jeannette!« Jeanne erwiderte: »Komm herein, Papa.« Und ihr Vater trat ein.

Baron Simon-Jacques Le Perthuis des Vauds war ein Edelmann aus dem vergangenen Jahrhundert, kauzig und gutmütig. Als begeisterter Schüler von J.-J. Rousseau war er voll zärtlicher Liebe für Natur, Felder, Wälder und Tiere.

Adelig von Geburt, hasste er Dreiundneunzig instinktiv; doch seinem Wesen nach Philosoph und liberal erzogen, verabscheute er die Tyrannei mit einem sich harmlos ereifernden Hass.

Seine große Stärke und seine große Schwäche war die Güte, eine Güte, die nicht genügend Arme hatte zum Liebkosen, Schenken, An-sich-Drücken, die Güte eines schöpferischen Menschen, haltlos, widerstandslos, als sei der Willensnerv betäubt, als habe die Energie eine Lücke, nahezu lasterhaft.

Als Theoretiker ersann er für seine Tochter eine Erziehung ganz nach Plan, er wollte sie glücklich, gut, aufrecht und liebevoll machen.

Sie war bis zu ihrem zwölften Jahr im Hause geblieben, dann wurde sie, trotz der Tränen ihrer Mutter, ins Sacré-Cœur gebracht. Er hatte sie dort streng hinter Klostermauern abgesondert, unbeachtet und ohne jede Ahnung von menschlichen Belangen. Er wollte sie mit siebzehn Jahren in ihrer ganzen Unschuld zurückerhalten, um sie dann selbst in die rechte Poesie zu tauchen; ja, auf dem Weg über die Felder, auf befruchtetem Boden sollte ihre Seele geöffnet und ihr die Ahnungslosigkeit genommen werden beim Anblick der unverdorbenen Liebe, der schlichten Zärtlichkeiten der Tiere, der heiteren Gesetze des Lebens.

Nun kam sie aus dem Kloster, strahlend, voller Lebenskraft und Verlangen nach Glück, bereit zu allen Freuden, allen reizenden Zufällen, die sie sich in der Untätigkeit der Tage, der Länge der Nächte, der Einsamkeit der Hoffnungen bereits ausgemalt hatte.

Sie glich einem Porträt von Veronese mit ihrem leuchtend blonden Haar, das auf ihre Haut abgefärbt zu haben schien, eine vornehme Haut, unmerklich rosig getönt, überschattet von einem zarten Flaum, einer Art mattem Samt, den man ein wenig sah, wenn die Sonne sie streichelte. Ihre Augen waren blau, von jenem undurchsichtigen Blau, wie die Augen holländischer Fayencefiguren es haben.

Auf dem linken Nasenflügel hatte sie ein kleines Schönheitsmal und ein anderes rechts auf dem Kinn, wo sich ein paar Härchen lockten, die so sehr dem Teint entsprachen, dass man sie kaum wahrnahm. Sie war groß, mit voll entwickelter Brust und biegsamer Taille. Ihre klare Stimme klang bisweilen zu hell; doch ihr offenes Lachen verbreitete rund um sie her Freude. In einer gewohnten Bewegung legte sie oft beide Hände an die Schläfen, wie um ihr Haar zu glätten.

Sie lief zu ihrem Vater, küsste ihn und drückte ihn an sich: »Fahren wir nun?«, fragte sie.

Er lächelte, schüttelte sein schon weißes Haar, das er ziemlich lang trug, und sagte zum Fenster weisend: »Wie willst du bei solchem Wetter verreisen?«

Doch schmeichelnd und zärtlich flehte sie ihn an: »Oh, Papa, fahren wir, ich bitte dich. Nachmittags wird es schön sein.«

»Aber deine Mutter wird niemals einwilligen.«

»Doch, ich verspreche es dir, das übernehme ich.«

»Wenn es dir gelingt, deine Mutter zu überzeugen, von mir aus gern.«

Und sie stürzte zum Zimmer der Baronin. Denn auf diesen Tag der Abreise hatte sie mit wachsender Ungeduld gewartet.

Seit ihrem Eintritt ins Sacré-Cœur hatte sie Rouen nicht verlassen, da ihr Vater vor dem Alter, das er festgesetzt hatte, keinerlei Zerstreuung erlaubte. Zweimal hatte man sie für vierzehn Tage mit nach Paris genommen, doch das war wiederum eine Stadt, und sie träumte nur vom Land.

Jetzt würde sie den Sommer auf dem Landgut namens Les Peuples verbringen, einem auf den Klippen bei Yport stehenden alten Schloss der Familie; und sie versprach sich eine unendliche Freude von diesem freien Leben am Rande der Meeresfluten. Und dann war auch vorgesehen, dass sie es zum Geschenk erhielte, dieses Herrenhaus, wo sie für immer wohnen würde, wenn sie verheiratet wäre.

Und der Regen, der seit dem gestrigen Abend unaufhörlich niederrauschte, war der erste große Kummer ihres Lebens.

Doch nach drei Minuten kam sie aus dem Zimmer ihrer Mutter gerannt und rief durchs ganze Haus: »Papa, Papa! Mama ist einverstanden; lass anspannen.«

Die Sintflut ließ nicht nach; man hätte meinen können, sie verstärke sich noch, als die Kalesche vorfuhr.

Jeanne war bereit zum Einsteigen, als ihre Mutter die Treppe herunterkam, auf der einen Seite gestützt von ihrem Mann, auf der anderen von einem Zimmermädchen, das groß und kräftig gebaut war wie ein Junge. Es war eine Normannin aus der Gegend von Caux, die wie mindestens zwanzig wirkte, obwohl sie höchstens achtzehn war. Man behandelte sie in der Familie ein wenig wie eine zweite Tochter, da sie die gleiche Amme gehabt hatte wie Jeanne. Sie hieß Rosalie.

Ihre wichtigste Aufgabe bestand im Übrigen darin, ihre Herrin zu führen, welche seit ein paar Jahren infolge einer Hypertrophie des Herzens, über die sie pausenlos klagte, furchtbar dick geworden war.

Die Baronin erreichte schwer atmend die Freitreppe der alten Stadtvilla, warf einen Blick in den Hof, wo in Strömen das Wasser rann, und murmelte: »Das ist wirklich unvernünftig.«

Ihr Mann erwiderte, immer noch lächelnd: »Der Wunsch kam doch von Ihnen, Madame Adelaide.«

Da sie den pompösen Namen Adelaide trug, setzte er mit einer gewissen, leicht spöttischen Hochachtung stets »Madame« davor.

Dann kam sie wieder in Bewegung und stieg mühevoll in den Wagen, der in sämtlichen Federn nachgab. Der Baron setzte sich neben sie, Jeanne und Rosalie nahmen auf dem Rücksitz Platz.

Die Köchin Ludivine brachte Berge von Mänteln, die man über die Knie legte, danach zwei Körbe, die unter den Beinen versteckt wurden; schließlich kletterte sie auf den Bock neben den alten Simon und wickelte sich in eine große Decke, die sie bis über den Kopf verhüllte. Der Pförtner und seine Frau winkten und schlossen das Tor; sie erhielten letzte Anordnungen für das Gepäck, das in einem Karren folgen sollte; und es ging los.

Der alte Simon, der Kutscher, zog unter dem Regen den Kopf ein und kauerte sich zusammen, sodass er in seinem Reitrock mit dreifachem Kragen völlig verschwand. Der Sturm fuhr heulend gegen die Scheiben und setzte die Landstraße unter Wasser.

Beim schnellen Trab der beiden Pferde rollte die Berline rasch hinunter auf die Uferstraße, zog vorbei an der Reihe der großen Schiffe, deren Masten, Rahen und Taue traurig wie kahle Bäume in den triefenden Himmel ragten; dann bog sie in den langen Boulevard du Mont Riboudet ein.

Bald fuhr man durch die Wiesen; und ab und an tauchte ein regenüberströmter Weidenbaum, dessen Zweige mit der Leblosigkeit eines Leichnams herabhingen, ernst aus einem Wassernebel auf. Die Hufeisen der Pferde klapperten, und die vier Räder verspritzten einen Strahlenkranz von Schlamm.

Sie schwiegen; selbst die Gemüter schienen durchnässt, wie der Erdboden. Mamachen lehnte sich zurück, stützte ihren Kopf in die Hand und schloss die Lider. Der Baron blickte müde auf die immer gleichen, durchweichten Felder. Ein Paket auf den Knien, träumte Rosalie mit dem animalischen Dösen der Leute aus dem Volk vor sich hin. Jeanne jedoch spürte, daß sie unter diesem lauen Rauschen auflebte wie eine Zimmerpflanze, die man gerade an die Luft gesetzt hat; und wie ein Laubdach schützte die Stärke ihrer Freude ihr Herz vor Traurigkeit. Sie sagte nichts, aber am liebsten hätte sie gesungen, ihre Hand hinausgestreckt, um sie voll Wasser laufen zu lassen, das sie trinken würde; und sie genoss es, im schnellen Trab der Pferde davongetragen zu werden, die Öde der Landschaften zu sehen und sich mitten in dieser Überschwemmung geschützt zu fühlen.

Und aus den glänzenden Kruppen der beiden Tiere stieg unter dem anhaltend strömenden Regen in heißen Schwaden der Dampf.

Die Baronin schlief allmählich ein. Ihr von sechs gleichmäßig herabbaumelnden Lockenspiralen umrahmtes Gesicht erschlaffte nach und nach, weich gehalten von den drei großen Wellen ihres Halses, deren letztes Wogen sich in der Hochsee ihrer Brust verlor. Ihr Kopf hob sich bei jedem Atemzug und sank dann wieder zurück; die Wangen blähten sich, während aus ihren halb geöffneten Lippen ein sonores Schnarchen kam. Ihr Mann beugte sich zu ihr herüber und steckte ihr vorsichtig einen kleinen ledernen Geldbeutel in die über dem umfangreichen Bauch gekreuzten Hände.

Diese Berührung weckte sie, und benommen, mit dem Stumpfsinn unterbrochenen Schlummerns, besah sie das Ding. Der Geldbeutel fiel herunter und öffnete sich. Goldstücke und Banknoten flogen durch die Kalesche. Sie erwachte vollends; und die Heiterkeit ihrer Tochter löste sich in hellem Gelächter.

Der Baron las das Geld auf und sagte, es ihr auf die Knie legend: »Hier, liebe Freundin, ist alles, was von meinem Pachthof in Életot übrig ist. Ich habe ihn verkauft, um Les Peuples reparieren zu lassen, wo wir nun häufiger wohnen werden.«

Sie zählte sechstausendvierhundert Francs und steckte sie seelenruhig in ihre Tasche.

Es war der neunte Pachthof von dreißig an der Zahl, der so verkauft worden war, und zwar einer, den ihre Eltern hinterlassen hatten. Sie besaßen indessen außerdem noch zwanzigtausend Pfund Rente an Ländereien, die, gut verwaltet, leicht dreißigtausend Francs im Jahr eingebracht hätten.

Da sie ohne großen Aufwand lebten, wäre dieses Einkommen ausreichend gewesen, hätte es nicht ein stets geöffnetes, bodenloses Loch im Hause gegeben, die Güte. Sie brachte das

Geld in ihren Händen zum Versiegen wie die Sonne das Wasser der Sümpfe. Es zerrann, verflog, verschwand. Und wie? Das verstand niemand. Alle Augenblicke sagte einer von ihnen: »Ich weiß nicht, wie das passiert ist, ich habe heute hundert Francs ausgegeben und habe doch nichts Besonderes gekauft.«

Diese Freigebigkeit war im Übrigen eine der großen Beglückungen ihres Lebens; und sie verstanden sich in diesem Punkt auf prachtvolle und rührende Weise.

Jeanne fragte: »Ist es jetzt schön, mein Schloss?«

Der Baron erwiderte fröhlich: »Du wirst es sehen, Töchterchen.«

Doch allmählich ließ die Heftigkeit der Sturzflut nach; dann war es nur noch eine Art Nebel, ein sehr feiner Staub verfliegenden Regens. Die Dunstglocke schien sich zu heben, heller zu werden; und plötzlich fiel auf die Wiesen durch ein Loch, das man gar nicht sah, ein langer, schräger Sonnenstrahl.

Und als sich die Wolken geteilt hatten, erschien das Blau des Firmaments; dann weitete sich der Spalt, wie ein Schleier, der zerreißt; und über die Welt spannte sich ein schöner, klarer Himmel in reinem Azur.

Ein kühler, sanfter Hauch strich vorüber, wie ein glücklicher Seufzer der Erde; und wenn sie an Gärten oder Wäldern entlangfuhren, hörte man mitunter den lebhaften Gesang eines Vogels, der seine Flügel trocknete.

Es wurde Abend. Alles schlief nun im Wagen, außer Jeanne. Zweimal hielten sie an Gasthöfen, um die Pferde verschnaufen zu lassen und ihnen etwas Hafer und Wasser zu geben.

Die Sonne war untergegangen; in der Ferne läuteten Glocken. In einem kleinen Dorf wurden die Laternen angezündet; und mit einem Gewimmel von Sternen erstrahlte auch der Himmel. Hier und da tauchten erleuchtete Häuser auf, die Finsternis mit einem Lichtpunkt durchdringend; und mit einem Mal erschien hinter einem Hang zwischen den Zweigen der Tannen, rot, riesig und wie schlaftrunken, der Mond.

Es war so warm, dass die Fenster heruntergelassen blieben. Jeanne, erschöpft von Träumen, befriedigt von glücklichen Visionen, ruhte nun aus. Bisweilen ließ das Taubheitsgefühl durch immer dieselbe Haltung sie die Augen wieder öffnen; dann schaute sie hinaus und sah in der hellen Nacht die Bäume eines Gehöfts vorüberziehen oder ein paar hier und da in einem Feld liegende Kühe, die den Kopf hoben. Dann suchte sie eine neue Stellung, bemühte sich, eine begonnene Träumerei wiederaufzunehmen; doch das fortgesetzte Rollen des Wagens lag ihr in den Ohren, ermüdete ihr Denken, und sie schloss die Augen wieder, da sie sich im Kopf so gerädert fühlte wie im Körper.

Unterdessen hielten sie an. Männer und Frauen standen mit Laternen in der Hand vor den Wagentüren. Man war angekommen. Jeanne, plötzlich hellwach, sprang auf. Während ein Bauer ihnen leuchtete, mussten Vater und Rosalie die völlig erschöpfte Baronin nahezu tragen, die vor Verzweiflung seufzte und ununterbrochen mit erlöschender Stimme wiederholte: »Oh, mein Gott! Meine armen Kinder!«

Sie wollte nichts trinken, nichts essen, ging zu Bett und schlief noch im selben Moment.

Jeanne und der Baron saßen zu zweit beim Souper.

Sie sahen sich lächelnd an, reichten sich über den Tisch hinweg die Hände; und von kindlicher Freude erfasst, machten sich beide daran, das instand gesetzte Herrenhaus zu besichtigen.

Es war eines jener hohen und weitläufigen normannischen Anwesen, die etwas von einem Bauernhaus und von einem Schloss haben, erbaut aus ergrauten weißen Steinen und so geräumig, dass eine ganze Sippe darin untergebracht werden konnte.

Eine riesige Halle teilte das Haus in zwei Hälften und ging, ihre großen Portale zu beiden Seiten öffnend, von vorne bis hinten. Eine Doppeltreppe schien dieses Entrée zu überspannen, indem sie die Mitte aussparte und ihre beiden Aufgänge im ersten Stock wie eine Brücke wieder verband.

Im Erdgeschoss trat man rechts in den ungeheuer großen Salon, ausgeschlagen mit Tapisserien voller Blattwerk, in dem Vögel umherspazierten. Das ganze gobelinbezogene Mobiliar war eine einzige Illustration der *Fables* von La Fontaine; und Jeanne erschauerte vor Vergnügen, als sie einen Stuhl wiederfand, den sie als kleines Kind geliebt hatte und der die Geschichte vom Fuchs und vom Storch zeigte.

Vom Salon ging es zur Bibliothek voller alter Bücher und zu zwei anderen, ungenutzten Räumen; zur Linken lagen das neu getäfelte Speisezimmer, die Wäschekammer, das Anrichtezimmer, die Küche und ein kleines Kabinett, in dem eine Badewanne stand.

Ein langer Flur lief durch den ganzen ersten Stock. An diesem Gang reihten sich die zehn Türen der zehn Zimmer. Ganz hinten rechts war Jeannes Domizil. Sie gingen hinein. Der Baron hatte es gerade ganz neu herrichten lassen und dabei einfach Tapeten und Möbel verwandt, die nutzlos auf den Dachböden übrig geblieben waren.

Tapisserien, die aus Flandern stammten und sehr alt waren, bevölkerten diesen Ort mit seltsamen Gestalten.

Doch als das junge Mädchen sein Bett sah, schrie es vor Freude auf. Ganz schwarz und glänzend poliert, wurde das Lager an allen vier Ecken von vier großen Vögeln aus Eichenholz getragen, die seine Hüter zu sein schienen. Die Seiten stellten zwei breite Girlanden geschnitzter Blumen und Früchte dar; und vier fein geriefelte Säulen, die in korinthischen Kapitellen endeten, stützten eine Kranzleiste von verschnörkelten Rosen und Putten.

Monumental und dennoch anmutig stand es da, trotz der Strenge des durch die Zeit gedunkelten Holzes.

Der Überwurf und der Betthimmel schimmerten wie zwei Firmamente. Sie waren aus einer dunkelblauen alten Seide genäht, auf der sternengleich hier und da goldgestickte Lilienblüten leuchteten.

Als sie es ausgiebig bewundert hatte, hob Jeanne ihr Licht und betrachtete die Tapisserien, um ihr Motiv zu erfassen.

Ein junger Herr und eine junge Dame, aufs Absonderlichste in Grün, Rot und Gelb gekleidet, plauderten unter einem blauen Baum, wo weiße Früchte reiften. Ein dickes Kaninchen gleicher Farbe knabberte ein wenig graues Gras.

Genau über den Figuren sah man in herkömmlichem Hintergrund fünf runde Häuschen mit spitzem Dach; und oben, fast im Himmel, eine gänzlich rote Windmühle.

Durch all das wanden sich große Ranken, in denen Blumen prangten.

Die beiden anderen Flächen glichen sehr der ersten, außer dass man vier Männchen aus den Häusern kommen sah, die wie Flamen gekleidet waren und zum Zeichen äußerster

Verwunderung und Empörung die Arme zum Himmel erhoben.

Doch die letzte Tapete stellte ein Drama dar. Neben dem Kaninchen, das immer noch graste, schien der junge Mann tot dazuliegen. Die junge Dame blickte ihn an und stach sich einen Degen in den Busen, und die Früchte des Baumes waren schwarz geworden.

Jeanne gab es auf, sich einen Reim darauf zu machen, als sie in einer Ecke ein mikroskopisch kleines Tierchen entdeckte, welches von dem Kaninchen, wäre es lebendig gewesen, wie ein Grashalm hätte gefressen werden können. Und doch war es ein Löwe.

Da erkannte sie das traurige Schicksal von Pyramus und Thisbe; und obwohl sie über die Naivität der Darstellung lächelte, war sie glücklich, von diesem Liebesabenteuer umgeben zu sein, das ihr immerfort von teuren Hoffnungen spräche und jede Nacht diese antike, zärtliche Liebeslegende über ihrem Schlummer schweben ließe.

Das ganze übrige Mobiliar vereinte die verschiedensten Stilarten. Es waren die Möbel, die jede Generation in der Familie hinterlässt und die aus alten Häusern gleichsam Museen machen, in denen sich alles mischt. Eine prachtvolle Louis-quatorze-Kommode mit glänzenden Beschlägen wurde flankiert von zwei Louis-quinze-Sesseln, die noch in ihre Blumenseide gekleidet waren. Ein Sekretär aus Rosenholz stand gegenüber dem Kamin, der unter einem runden Glassturz eine Pendeluhr aus dem Empire präsentierte.

Es war ein bronzener Bienenkorb, der auf vier Marmorsäulen über einem Garten vergoldeter Blumen schwebte. Ein winziges Pendel, das durch einen länglichen Einschnitt aus dem Bienenkorb ragte, ließ ewig über diesem Beet eine kleine Biene mit Flügeln aus Emaille hin- und herschwirren.

Das Zifferblatt war aus bemalter Fayence und in die Wand des Bienenkorbes eingelassen.

Sie begann, elf zu schlagen. Der Baron umarmte seine Tochter und zog sich in sein Gemach zurück.

Widerstrebend legte Jeanne sich nun schlafen.

Sie ließ einen letzten Blick durch ihr Zimmer schweifen und löschte ihre Kerze. Doch das Bett, das nur mit dem Kopfende an der Wand stand, hatte zur Linken ein Fenster, durch welches das Mondlicht hereinflutete und sich in einer hellen Lache auf dem Boden verbreitete.

Das Licht fiel hier und da auf die Wände, ein bleicher Schein, der sanft über die reglose Liebesgeschichte von Pyramus und Thisbe strich.

Durch das andere Fenster, zu ihren Füßen, sah Jeanne einen großen Baum, der ganz in mildes Licht gebadet war. Sie drehte sich auf die Seite, schloss die Augen und schlug sie binnen Kurzem wieder auf.

Ihr war, als werde sie immer noch geschüttelt von den Stößen des Wagens, dessen Rollen sich in ihrem Kopf fortsetzte. Erst blieb sie still liegen, in der Hoffnung, diese Ruhe ließe sie schließlich einschlafen; doch ihre innere Unrast ergriff bald ihren ganzen Körper.

Es zuckte in ihren Beinen, ihr wurde immer heißer. Da erhob sie sich, und barfuß, mit bloßen Armen, schritt sie in ihrem langen Hemd, in dem sie wie ein Geist aussah, durch den Teich aus Licht, der sich über die Dielen ergossen hatte, öffnete das Fenster und schaute hinaus.

Die Nacht war so klar, dass man darin sehen konnte wie

am helllichten Tag; und das junge Mädchen erkannte die ganze ehemals in ihrer Kindheit geliebte Gegend.

Vor ihr lag da zunächst ein großer Rasen, unter dem nächtlichen Licht gelb wie Butter. Vor dem Schloss standen an den Ecken zwei riesige Bäume, im Norden eine Platane, im Süden eine Linde. Ganz am Ende der weiten Grasfläche schloss ein Wäldchen das Anwesen ab, das vor den Stürmen der offenen See durch fünf Reihen alter Ulmen geschützt wurde, die von dem immerfort blasenden Seewind gekrümmt, geschoren, beschnitten und abgeschrägt worden waren wie ein Dach.

Diese Art Park wurde rechts und links von zwei langen Wegen mit gewaltigen Pappeln begrenzt, in der Normandie *Peuples* genannt, welche das Herrenhaus von den beiden angrenzenden Pachthöfen trennten, der eine von der Familie Couillard, der andere von der Familie Martin bewohnt.

Diese *Peuples* hatten dem Schloss ihren Namen gegeben. Jenseits dieser Einfriedung erstreckte sich eine mit Stechginster übersäte weite, brachliegende Ebene, über die Tag und Nacht brausend der Wind pfiff. Danach fiel die Küste plötzlich hundert Meter ab, senkrecht und weiß stand die Felswand in den Wellen.

Jeanne sah hinaus auf die weite, schillernde Fläche der Fluten, die unter den Sternen zu schlafen schienen.

In dieser Besänftigung durch die Abwesenheit des Sonnenlichts entfalteten sich sämtliche Gerüche der Erde. Ein um die unteren Fenster gerankter Jasmin verströmte unablässig seinen durchdringenden Hauch, der sich mit dem schwächeren Duft der sprießenden Blätter mischte. In schwachen Böen trug der Wind die starke Würze der salzigen Luft und des modrigen Tangdunstes heran.

Das junge Mädchen genoss zunächst in vollen Zügen das Glück der frischen Luft; und die ländliche Stille beruhigte sie wie ein kühles Bad.

Alle Tiere, die erwachen, wenn der Abend kommt, und in nächtlicher Stille ihr geheimes Leben führen, erfüllten das Halbdunkel mit lautlosem Wirken. Große Vögel, die keinen Ton von sich gaben, flatterten wie dunkle Flecken, wie Schatten davon; das Sirren unsichtbarer Insekten streifte das Ohr; ein stummes Gewimmel durchzog das taunasse Gras oder den Sand der verlassenen Wege.

Nur ein paar Kröten quakten ihr knappes, eintöniges Lied zum Mond hinauf.

Jeanne war, als weite sich ihr Herz, erfüllt von Gemurmel wie dieser klare Abend, plötzlich wimmelnd von tausend vagabundierenden Sehnsüchten, ähnlich dem nächtlichen Getier, dessen Treiben sie umgab. Eine Verwandtschaft verband sie mit dieser lebendigen Poesie; und in der matten Helle der Nacht fühlte sie übermenschliche Schauer umgehen, unfassliche Hoffnungen aufzucken, so etwas wie ein Wehen des Glücks.

Und sie begann, von der Liebe zu träumen.

Die Liebe! Sie erfüllte sie seit zwei Jahren angesichts ihres Näherrückens mit wachsender Unruhe. Jetzt war sie frei zu lieben; sie musste ihm nur noch begegnen, ihm!

Wie wäre er? Sie wusste es nicht genau und fragte es sich nicht einmal. *Er* wäre *er*, das war alles.

Sie wusste nur, dass sie ihn mit ganzer Seele anbeten und dass er sie nach Kräften mit Liebe umgeben würde. An Abenden wie diesem würden sie unter dem leuchtenden Flimmern umherwandeln, das von den Sternen fiel. Sie würden dicht nebeneinander Hand in Hand gehen und ihre Herzen schlagen hören, die Wärme ihrer Schultern spüren, ihre Liebe mit der süßen Klarheit der Sommernächte verquickend, so sehr eins, dass sie allein durch die Macht ihrer Zärtlichkeit mit Leichtigkeit selbst ihre heimlichsten Gedanken erraten würden.

Und das würde unendlich so weitergehen im himmlischen Frieden einer unzerstörbaren Zuneigung.

Und plötzlich war es ihr, als spüre sie, wie er sich an sie drängte; und jäh überlief sie von den Füßen bis zum Kopf ein unerklärlicher, sinnlicher Schauer. In einer unbewussten Regung schlang sie die Arme um die Brust, wie um ihren Traum an sich zu drücken; und über ihre dem Unbekannten dargebotenen Lippen strich etwas, das sie fast die Besinnung verlieren ließ, als habe der Frühlingshauch sie liebend geküsst.

Mit einem Mal hörte sie, dort hinter dem Schloss, auf der Straße, in der Dunkelheit jemanden gehen. Und in einem Aufschwung ihrer verzückten Seele, einem Aufwallen von Glauben an das Unmögliche, an vorausbestimmte Zufälle, an göttliche Vorhersehungen, an romanhafte Verknüpfungen des Schicksals, dachte sie: »Wenn er es wäre?« Begierig lauschte sie dem rhythmischen Schritt des Gehenden, sicher, dass er am Gittertor stehen bliebe, um nach Unterkunft zu fragen. Als er vorüber war, war sie traurig wie nach einer Enttäuschung. Doch sie begriff die Überspanntheit ihrer Hoffnung und lächelte über ihren Wahn.

Ein wenig besänftigt, ließ sie nun ihre Gedanken in einer vernünftigeren Träumerei treiben, indem sie versuchte, ihr Leben zu entwerfen und so die Zukunft zu ergründen.

Mit ihm würde sie hier leben, in diesem stillen Schloss über dem Meer. Sicher hätte sie zwei Kinder, einen Sohn für ihn, eine Tochter für sich. Und sie sah sie zwischen der Platane und der Linde über das Gras laufen, während Vater und Mutter, liebevolle Blicke über ihren Köpfen wechselnd, ihnen entzückt nachsahen.

Und so träumte sie lange, lange vor sich hin, während der Mond, seine Reise über den Himmel vollendend, sich anschickte, im Meer zu verschwinden. Die Luft wurde kühler. Gen Osten erhellte sich der Horizont. Ein Hahn krähte im rechten Gehöft; andere antworteten im linken. Durch die Wand der Hühnerställe schienen ihre heiseren Stimmen von sehr weit her zu kommen; und in dem unmerklich verblassten riesigen Himmelsgewölbe verschwanden die Sterne.

Irgendwo erklang ein leiser Vogelruf. Gezwitscher, schüchtern zunächst, kam aus den Blättern; dann wurde es kühner, klangvoller, fröhlicher und verbreitete sich von Ast zu Ast, von Baum zu Baum.

Jeanne spürte plötzlich, dass sie im Hellen war; und als sie den Kopf hob, den sie in ihren Händen versteckt hatte, schloss sie die Augen, geblendet vom Glanz der Morgenröte.

Ein purpurrot verfärbter Wolkenberg warf, halb hinter der großen Pappelallee verborgen, einen blutroten Schimmer über die erwachte Erde.

Und den hellen Dunst zerreißend, die Bäume, das weite Land, den Ozean, den ganzen Horizont mit Feuer überschüttend, erschien langsam die riesige flammende Kugel.

Und Jeanne fühlte, wie sie vor Glück den Verstand verlor. Eine wahnsinnige Freude, eine unendliche Rührung angesichts der Herrlichkeit der Dinge überschwemmte ihr stockendes Herz. Es war ihre Sonne! Ihr Morgenrot! Der Beginn ihres Lebens! Das Aufgehen ihrer Hoffnungen! Sie streckte die Arme aus zu dem strahlenden Himmelsraum und hätte am liebsten die Sonne geküsst; sie wollte etwas sagen, etwas rufen, etwas, das göttlich war wie dieser Tagesanbruch; doch sie blieb gelähmt in ohnmächtiger Begeisterung. Da legte sie die Stirn in die Hände und merkte, dass ihr die Augen feucht wurden; und sie weinte köstliche Tränen.

Als sie den Kopf hob, war das prächtige Bild des anbrechenden Tages verschwunden. Sie fühlte sich beruhigt, ein wenig matt, wie abgekühlt. Ohne ihr Fenster zu schließen, streckte sie sich auf ihr Bett, träumte noch ein paar Minuten und schlief so fest ein, dass sie um acht Uhr das Rufen ihres Vaters gar nicht hörte und erst aufwachte, als er in ihr Zimmer trat.

Er wollte ihr die Verschönerungen des Schlosses zeigen, *ihres* Schlosses.

Die dem Land zugewandte Fassade war durch einen mit Apfelbäumen bepflanzten geräumigen Hof vom Weg getrennt.

Dieser Weg, Vizinalweg genannt, lief zwischen den Grundstücken der Bauern hindurch und mündete eine halbe Meile weiter in die Landstraße von Le Havre nach Fécamp.

Eine gerade Auffahrt führte vom Tor bis zur Freitreppe. Die Gesindewohnungen, mit Stroh gedeckte kleine Gebäude aus Strandkieseln, standen in einer Reihe zu beiden Seiten des Hofes an den Gräben der beiden Pachthöfe.

Die Dächer waren erneuert worden; das ganze Fachwerk war wiederhergestellt, die Mauern ausgebessert, die Zimmer neu tapeziert, innen alles neu gestrichen. Und der verwitterte alte Herrensitz trug seine in silbrigem Weiß frisch gestrichenen Fensterläden und seine neu verputzten Stellen auf der großen hellgrauen Fassade wie Abzeichen.

Die andere Fassade, diejenige, in der sich eines von Jeannes Fenstern befand, blickte über das Wäldchen und die vom Wind beschnittene Ulmenwand von Weitem auf das Meer.

Jeanne und der Baron schauten sich Arm in Arm alles an, ohne eine Ecke auszulassen; dann spazierten sie gemächlich durch die langen Pappelalleen, die den sogenannten Park umschlossen. Unter den Bäumen war Gras gewachsen und breitete seinen grünen Teppich aus. Das Wäldchen ganz am Ende war zauberisch mit seinen durch Laubwerk getrennten, verschlungenen Pfaden. Unerwartet sprang ein Hase auf, der dem jungen Mädchen einen Schreck einjagte, dann hoppelte er die Böschung hinunter und nahm im Seegras Reißaus zur Steilküste.

Da Madame Adelaide nach dem Déjeuner, noch immer erschöpft, erklärte, dass sie sich hinlegen wolle, schlug der Baron vor, bis nach Yport hinunter zu gehen.

Sie brachen auf und durchquerten zunächst den Weiler Étouvent, in dem Les Peuples lag. Drei Bauern grüßten sie, als seien sie ihnen von jeher bekannt.

Sie kamen in den Wald am Hang, der sich, einem gewundenen Tal folgend, bis zum Meer hinunterzog.

Bald erschien das Dorf Yport. Frauen, die auf der Schwelle ihrer Wohnung sitzend Kleider flickten, blickten auf, als sie vorübergingen. Die steile Straße, mit einer Gosse in der Mitte und Haufen von Unrat vor den Türen, roch stark nach Lake. Braune Netze, in denen wie Silberstückchen hier und da noch glänzende Schuppen hingen, trockneten an den Türen der elenden Behausungen, aus denen die Gerüche kinderreicher Familien drangen, die einen einzigen Raum bewohnten.

Ein paar Tauben spazierten am Rande der Gosse entlang und suchten nach Nahrung.

Jeanne betrachtete dies alles, das für sie so seltsam und fremd war wie ein Bühnenbild.

Doch als sie um eine Mauerecke bog, sah sie mit einem Mal das Meer, welches sich in undurchsichtigem und gleichförmigem Blau erstreckte, so weit das Auge reichte.

Sie blieben vor dem Strand stehen und schauten. Weiß wie Flügel von Vögeln zogen Segel über die offene See. Zur Rechten wie zur Linken ragte die gewaltige Steilküste empor. Auf der einen Seite wurde der Blick von einer Art Kap begrenzt, während sich die Küstenlinie auf der anderen endlos fortsetzte, bis sie nur noch ein unmerklicher Strich war.

In einem der nächsten Einschnitte erschienen ein Hafen und Häuser; und winzige Wellen, die das Meer mit einem Schaumrand säumten, rollten leise auf den steinigen Strand.

Die auf den abschüssigen Kiesstrand gezogenen heimischen Boote lagen auf der Seite und hielten ihre geteerten runden Wangen in die Sonne. Ein paar Fischer machten sie bereit für die abendliche Flut.

Ein Seemann trat heran, um Fisch anzubieten, und Jeanne kaufte einen Butt, den sie selbst nach Les Peuples tragen wollte.

Da bot der Mann seine Dienste für Ausflüge auf dem Meer an und sagte immer wieder seinen Namen, damit er sich gut einprägte:

– Lastique, Joséphin Lastique.

Der Baron versprach, ihn nicht zu vergessen.

Sie machten sich auf den Rückweg zum Schloss.

Da der große Fisch für Jeanne zu schwer war, schob sie ihm den Spazierstock ihres Vaters, von dem jeder ein Ende nahm, durch die Kiemen; und schwatzend wie zwei Kinder, die Stirn im Wind und mit glänzenden Augen, stiegen sie fröhlich den Hang wieder hinauf, während der Butt, der ihre Arme allmählich müde machte, mit seinem dicken Schwanz über das Gras fegte.

II

Ein reizendes und freies Leben begann für Jeanne. Sie las, träumte und streifte ganz allein durch die Gegend. Gedankenverloren schlenderte sie auf den Landstraßen umher; oder sie sprang die gewundenen Senken hinab, deren Hänge, wie einen goldenen Überwurf, ein Vlies von Ginsterblüten trugen. Ihr durch die Wärme aufs Höchste gesteigerter starker und süßer Duft machte sie trunken wie ein schwerer Wein; und eine kräftige Dünung wiegte ihren Geist zum fernen Rauschen der auf einen Strand rollenden Wellen.

Mal streckte sie sich in einem Gefühl der Ermattung auf dem dichten Gras eines Abhangs aus; und dann wieder, wenn sie plötzlich bei einer Talbiegung, in einer Rasensenke, ein Dreieck des in der Sonne glitzernden blauen Meeres erblickte, mit einem Segel am Horizont, geriet sie in maßlose Freude, wie beim geheimnisvollen Herannahen über ihr schwebender glücklicher Aussichten.

Eine Liebe zur Einsamkeit überkam sie bei der Sanftheit dieses blühenden Landes und dem Frieden der weich geschwungenen Linien am Horizont; und sie blieb so lange auf der höchsten Erhebung der Hügel sitzen, dass zu ihren Füßen kleine wilde Kaninchen vorüberhoppelten.

Elektrisiert von der frischen Luft der Küste, begann sie oft auf der Steilküste zu rennen, ganz hingerissen von einem köstlichen Vergnügen, sich unermüdlich zu bewegen wie die Fische im Wasser oder die Schwalben in der Luft.

Überall säte sie ihre Erinnerungen, wie man Körner auf die Erde streut, jene Erinnerungen, deren Wurzeln sich bis zum Tode halten. Ihr war, als werfe sie in alle Furchen dieser kleinen Täler ein wenig von ihrem Herzen.

Voller Begeisterung begann sie zu baden. Sie schwamm, so weit das Auge reicht, denn sie war kräftig und kühn und sich der Gefahr nicht bewusst. Sie fühlte sich wohl in diesem kalten, klaren und blauen Wasser, das sie trug und wiegte. War sie weit vom Ufer entfernt, legte sie sich mit auf der Brust verschränkten Armen auf den Rücken, den Blick verloren im tiefen Azur des Himmels, das rasch der Flug einer Schwalbe oder der weiße Umriss eines Seevogels kreuzte. Man vernahm nichts mehr als das ferne Raunen der Fluten am Kiesstrand und ein vages Rumoren vom Land, das noch über den Wellenschlag glitt, jedoch undeutlich, fast unhörbar. Und dann hob Jeanne den Kopf, und in einem Anfall von Freude stieß sie spitze Schreie aus und schlug mit beiden Händen aufs Wasser. Manchmal, wenn sie sich zu weit hinausgewagt hatte, holte ein Boot sie zurück.

Blass vor Hunger kehrte sie heim ins Schloss, aber frisch und wach, mit einem Lächeln auf den Lippen und glückstrahlenden Augen.

Der Baron seinerseits dachte über große landwirtschaftliche Unternehmungen nach; er wollte Versuche machen, den Fortschritt organisieren, neue Geräte erproben, fremde Arten einführen; und er verbrachte einen Teil seiner Tage im Gespräch mit den Bauern, die zu seinen Experimenten ungläubig den Kopf schüttelten.

Oft fuhr er auch mit den Matrosen aus Yport auf das Meer hinaus. Als er die Höhlen, die Quellen und die Felsspitzen der Umgebung besichtigt hatte, wollte er fischen wie ein einfacher Seemann.

An windigen Tagen, wenn das geblähte Segel den pausbackigen Bootsrumpf auf dem Rücken der Wellen laufen lässt und beidseits die von Makrelenhorden verfolgte Langleine auf den Meeresgrund hängt, hielt er in seiner begierig bebenden Hand die dünne Schnur, die man zittern fühlt, sobald ein gefangener Fisch daran zappelt.

Er brach bei Mondschein auf, um die am Vorabend ausgebrachten Netze einzuholen. Er liebte es, den Mast knarren zu hören, die pfeifenden und kalten nächtlichen Böen zu atmen; und wenn er lange gekreuzt hatte, um die Bojen wiederzufinden, wobei er sich vom Kamm einer Klippe, dem Dach eines Kirchturms und dem Leuchtturm von Fécamp leiten ließ, genoss er es, reglos zu bleiben unter den ersten Blitzen der aufgehenden Sonne, die den klebrigen Rücken der breiten Fächerrochen und den fetten Bauch der Steinbutte an Deck zum Glänzen brachte.

Bei jeder Mahlzeit erzählte er begeistert von seinen Ausflügen; und Mamachen sagte ihm ihrerseits, wie oft sie durch die große Pappelallee gegangen war, durch die rechte, am Gehöft der Couillards, weil die andere nicht sonnig genug war.

Da man ihr geraten hatte, »sich zu bewegen«, war sie hartnäckig darauf bedacht umherzuwandern. Sobald die nächtliche Kühle vergangen war, kam sie, auf den Arm von Rosalie gestützt, herunter, in ein Cape und zwei Schals gehüllt und den Kopf verborgen unter einem schwarzen Kapotthut, den noch dazu ein gestricktes rotes Tuch bedeckte.

Den linken, ein wenig schwerfälligen Fuß nachziehend, der auf der ganzen Strecke, die eine auf dem Hin-, die andere auf dem Rückweg, zwei staubige Furchen hinterlassen hatte, wo das Gras abgestorben war, begab sie sich nun unaufhörlich auf eine endlose Reise in gerader Linie von der Schlossecke bis zu den ersten Sträuchern des Wäldchens. Sie hatte an jedes Ende der Bahn eine Bank stellen lassen; und alle fünf Minuten blieb sie stehen und sagte zu der armen, gutmütigen Geduldigen, die sie stützte: »Setzen wir uns, mein Kind, ich bin ein wenig erschöpft.« Und bei jedem Halt legte sie auf der Bank bald das Stricktuch ab, das ihren Kopf bedeckte, bald einen Schal, und dann den anderen, dann den Kapotthut, dann das Cape; und all das bildete an den beiden Enden der Allee zwei große Kleiderhaufen, die Rosalie auf ihrem freien Arm trug, wenn sie zum Déjeuner zurückkehrten.

Und nachmittags begann die Baronin etwas matter von Neuem, mit längeren Ruhepausen, bei denen sie sogar auf einer Chaiselongue, die man ihr herausgeschoben hatte, dann und wann eine Stunde schlief.

Sie nannte das »ihren Gang« machen, so wie sie »meine Hypertrophie« sagte.

Ein Arzt, den man vor zehn Jahren konsultiert hatte, weil sie Atemnot verspürte, hatte von Hypertrophie gesprochen. Seither hatte sich dieses Wort, dessen Bedeutung sie kaum verstand, in ihrem Kopf festgesetzt. Beständig ließ sie den Baron, Jeanne und Rosalie nach ihrem Herzen tasten, das niemand mehr spürte, so tief war es unter der Aufgedunsenheit ihrer Brust begraben; doch aus Angst, dass weitere Krankheiten bei ihr entdeckt würden, lehnte sie es energisch ab, sich von irgendeinem neuen Arzt untersuchen zu lassen; und sie sprach bei jeder Gelegenheit von »ihrer« Hypertrophie, und das so oft, dass es den Anschein hatte, dieses Leiden sei ihr vorbehalten, gehöre zu ihr wie etwas Einzigartiges, auf das andere keinerlei Anspruch hatten.

Der Baron sagte »die Hypertrophie meiner Frau« und Jeanne »Mamas Hypertrophie«, als hätten sie »das Kleid«, »der Hut« oder »der Schirm« gesagt.

In ihrer Jugend war sie sehr hübsch gewesen und schlanker als ein Schilfrohr. Nachdem sie in den Armen sämtlicher Uniformen des Empire Walzer getanzt hatte, war sie bei der Lektüre von *Corinne* in Tränen ausgebrochen und seither von diesem Roman gleichsam gezeichnet.

Je unförmiger ihre Taille geworden war, desto mehr hatte sich ihre Seele für Poesie begeistert; und als die Fettsucht sie in einen Sessel verbannt hatte, schweifte sie in Gedanken durch galante Abenteuer, für deren Heldin sie sich hielt. Einige darunter waren ihr besonders lieb, und sie kehrte in ihren Träumen immerfort zu ihnen zurück, so wie ein aufgezogener Musikautomat endlos dieselbe Melodie wiederholt. Alle schmachtenden Romanzen, in denen von eroberten Frauen und von Schwalben die Rede ist, ließen unweigerlich ihre Lider feucht werden; und wegen der Sehnsüchte, die sie zum Ausdruck bringen, mochte sie sogar bestimmte anzügliche Lieder von Béranger.

Oft saß sie stundenlang reglos bei ihren Träumereien; und ihr Wohnsitz Les Peuples gefiel ihr unendlich gut, weil er den Romanen ihrer Seele einen Rahmen gab, indem er sie sowohl durch die umliegenden Wälder wie die einsame Heide und die Nähe des Meeres an die Bücher von Walter Scott erinnerte, die sie seit einigen Monaten las.

An Regentagen blieb sie in ihrem Zimmer, um sich das anzusehen, was sie ihre »Reliquien« nannte. Es waren all ihre alten Briefe, die Briefe ihres Vaters und ihrer Mutter, die Briefe des Barons, als sie seine Verlobte gewesen war, und noch andere.

Sie hatte sie in einem Sekretär aus Mahagoni verwahrt, der an seinen Ecken Sphinxfiguren aus Messing trug; und sie sagte mit einer ganz eigenen Stimme: »Rosalie, mein Kind, bring mir die Schublade der ›Erinnerungen‹.«

Das junge Hausmädchen schloss das Möbel auf, nahm die Schublade heraus und stellte sie auf einen Stuhl neben ihrer Herrin, die langsam, einen nach dem anderen, diese Briefe zu lesen begann, indem sie ab und an eine Träne darauffallen ließ.

Jeanne nahm bisweilen Rosalies Stelle ein und führte Mamachen, die ihr Kindheitserinnerungen erzählte, spazieren. Das junge Mädchen erkannte sich in diesen Geschichten aus vergangenen Zeiten wieder und wunderte sich über die Ähnlichkeit ihrer Gedanken und die Verwandtheit ihrer Sehnsüchte; denn so glaubt jedes Herz, vor allen anderen unter unzähligen Empfindungen erbebt zu sein, welche doch schon die Herzen der ersten Geschöpfe zum Klopfen gebracht haben und noch die der letzten Männer und Frauen entflammen werden.

Ihr langsames Schreiten folgte der Langsamkeit des manchmal von Beklemmungen unterbrochenen Berichts; und dann übersprangen die Gedanken von Jeanne die Anfänge der Abenteuer, stürzten sich in die von Freuden erfüllte Zukunft und ergingen sich in Hoffnungen.

Eines Nachmittags, als sie sich auf der hinteren Bank ausruhten, sahen sie plötzlich am Ende der Allee einen wohlbeleibten Priester, der auf sie zukam.

Er grüßte von Weitem, setzte eine lächelnde Miene auf, grüßte von Neuem, als er drei Schritte vor ihnen stand, und rief: »Nun, Frau Baronin, wie geht es uns?« Es war der Priester des Ortes.

Mamachen, geboren im Jahrhundert der Philosophen, erzogen in Revolutionstagen von einem nicht sehr gläubigen Vater, ging kaum zur Kirche, obwohl sie in einer Art von weiblichem religiösem Instinkt die Priester mochte.

Sie hatte Abbé Picot, ihren Pfarrer, völlig vergessen und errötete, als sie ihn sah. Sie entschuldigte sich, seinem Bemühen nicht zuvorgekommen zu sein. Doch der gute Mann schien darüber keineswegs gekränkt; er blickte auf Jeanne, beglückwünschte sie zu ihrem gesunden Aussehen, setzte sich, legte seinen Dreispitz auf seine Knie und wischte sich die Stirn. Er war sehr dick, sehr rot und schwitzte in Strömen. Alle Augenblicke zog er ein schweißgetränktes riesiges kariertes Schnupftuch aus der Tasche und fuhr sich damit über Gesicht und Hals, doch kaum war das feuchte Linnen wieder in den dunklen Tiefen seiner Robe verschwunden, sprossen neue Tropfen auf seiner Haut und hielten, auf seine am Bauch vorgewölbte Soutane fallend, in kleinen runden Flecken den losen Straßenstaub fest.

Er war ein heiterer Mensch, ein wahrer Landpfarrer, ein toleranter, redseliger und gutmütiger Mann. Er erzählte Geschichten, sprach über die Leute der Gegend, schien nicht bemerkt zu haben, dass seine beiden Pfarrkinder noch nicht zur Messe gekommen waren, wobei sich die Trägheit der Baronin durch ihren verworrenen Glauben erklärte und

Jeanne überglücklich war, vom Kloster erlöst zu sein, wo sie die frommen Zeremonien leid geworden war.

Nun erschien der Baron. Sein pantheistischer Glaube machte ihn Dogmen gegenüber gleichgültig. Er war liebenswürdig gegenüber dem Pfarrer, den er entfernt kannte, und bat ihn, zum Diner zu bleiben.

Dank jener unbewussten Schlauheit, welche der Umgang mit Menschen auch einfachsten Gemütern verleiht, wenn der Zufall sie in die Lage versetzt, über ihresgleichen Macht auszuüben, wusste der Priester zu gefallen.

Die Baronin bedachte ihn mit Aufmerksamkeiten, vielleicht angezogen durch ein Gefühl der Verwandtheit, das ähnliche Naturen zusammenbringt, da das sanguinische Gesicht und die Kurzatmigkeit des dicken Mannes ihrer schnaufenden Fettleibigkeit gefielen.

Zum Dessert entwickelte er die Begeisterung eines leicht beschwipsten Pfarrers, jene vertrauliche Ungezwungenheit beim Abschluss heiterer Mahlzeiten.

Und als sei ihm ein guter Gedanke durch den Kopf geschossen, rief er plötzlich: »Ich habe da ja ein neues Pfarrkind, das ich Ihnen vorstellen muss; Monsieur le Vicomte de Lamare!«

Die Baronin, die das gesamte Wappenbuch der Provinz auswendig kannte, fragte: »Gehört er zur Familie de Lamare aus dem Eure?«

Der Priester verneigte sich: »Ja, Madame, er ist der Sohn des im letzten Jahr verstorbenen Vicomte Jean de Lamare.«

Nun stellte Madame Adelaide, die den Adel über alles liebte, eine Menge Fragen und erfuhr, dass sich der junge Mann, als die Schulden des Vaters bezahlt waren und er das Schloss seiner Familie verkauft hatte, einen kleinen zweiten Wohnsitz in einem der drei Pachthöfe eingerichtet hatte, die er in der Gemeinde Étouvent besaß. Dieser Besitz entsprach insgesamt fünf- bis sechstausend Pfund Leibrente; aber der Vicomte wollte gut haushalten und vernünftig sein und zwei oder drei Jahre lang in diesem sehr schlichten Häuschen in aller Bescheidenheit leben, um so viel zu sparen, dass er in der Gesellschaft würde glänzen und vorteilhaft heiraten können, ohne Schulden zu machen oder Hypotheken auf seine Landgüter aufzunehmen.

Der Pfarrer setzte hinzu: »Er ist ein ganz reizender Junge; und so ordentlich und ruhig. Aber unterhaltsam ist diese Gegend für ihn nicht gerade.«

Der Baron sagte: »Bringen Sie ihn mit, Herr Pfarrer, das wird ihn ab und an zerstreuen.«

Und man sprach über andere Dinge.

Als man nach dem Café in den Salon ging, bat der Priester darum, eine Runde im Garten machen zu dürfen, da er die Gewohnheit hatte, sich nach seinen Mahlzeiten ein wenig zu bewegen. Der Baron begleitete ihn. Sie schlenderten an der ganzen weißen Fassade des Schlosses entlang, um dann kehrtzumachen. Ihre Schatten, der eine dünn, der andere rund und mit einem Pilzhut auf dem Kopf, wanderten bald vor, bald hinter ihnen auf und ab, je nachdem, ob sie dem Mond entgegenspazierten oder ihn im Rücken hatten. Der Pfarrer kaute auf einer Art Zigarette herum, die er aus seiner Tasche gezogen hatte. Mit der Unbekümmertheit der Menschen vom Lande erklärte er ihren Nutzen: »Um das Aufstoßen zu fördern, da ich eine etwas schwerfällige Verdauung habe.«

Zum Himmel hinaufblickend, durch den das leuchtende Gestirn seine Bahn zog, verkündete er plötzlich: »Von diesem Schauspiel bekommt man nie genug.«

Und er trat zurück ins Haus, um sich von den Damen zu verabschieden.

III

Am nächsten Sonntag gingen die Baronin und Jeanne zur Messe, gedrängt von einem leisen Gefühl der Ehrerbietung für ihren Pfarrer.

Nach dem Gottesdienst warteten sie auf ihn, um ihn für Donnerstag zum Déjeuner einzuladen. Er kam mit einem eleganten, hochgewachsenen jungen Mann aus der Sakristei, der ihm vertraulich den Arm reichte. Kaum hatte er die beiden Frauen entdeckt, machte er eine Geste freudiger Überraschung und rief: »Das trifft sich ja gut! Gestatten Sie, Frau Baronin und Mademoiselle Jeanne, Ihnen Ihren Nachbarn, Monsieur le Vicomte de Lamare, vorzustellen.«

Der Vicomte verneigte sich, erwähnte den lang gehegten Wunsch, die Bekanntschaft dieser Damen zu machen, und begann als feiner Mann, der das Leben kennt, ungezwungen zu plaudern. Er hatte eines dieser vorteilhaften Gesichter, von denen die Frauen träumen und die alle Männer abstoßen. Sein schwarzes und gelocktes Haar überschattete seine glatte und gebräunte Stirn; und zwei große Brauen, so gleichmäßig, als seien sie künstlich, machten seine dunklen Augen, deren Weiß ein wenig blau getönt schien, tiefsinnig und sanft.

Seine dichten und langen Wimpern verliehen seinem Blick jene leidenschaftliche Beredsamkeit, welche in den Salons die schöne stolze Dame in Verwirrung bringt und das Mädchen mit Haube, das einen Korb durch die Straßen trägt, dazu veranlasst, sich umzudrehen.

Der sehnsuchtsvolle Zauber dieser Augen ließ an die Tiefe der Gedanken glauben und gab den geringsten Worten Bedeutung.

Der glänzende und feine, dichte Bart verbarg etwas zu kräftige Kinnladen.

Nach vielen Artigkeiten ging man auseinander.

Zwei Tage darauf machte Monsieur de Lamare seinen ersten Besuch.

Er erschien, als sie eine schlichte Bank ausprobierten, die am selben Morgen unter die große Platane vor den Fenstern des Salons gestellt worden war. Der Baron wünschte, dass man als Pendant eine weitere unter die Linde stelle; Mamachen, als Feindin der Symmetrie, war dagegen. Der um sein Urteil gebetene Vicomte war der Meinung der Baronin.

Dann sprach er über die Gegend, die er für sehr »malerisch« erklärte, da er auf seinen einsamen Spaziergängen viele hinreißende »Ansichten« gefunden habe. Ab und an begegneten seine Augen wie zufällig denen von Jeanne; und sie hatte ein seltsames Gefühl bei diesem plötzlichen, schnell abgewandten Blick, in dem sich zärtliche Bewunderung und erwachte Sympathie zeigten.

Monsieur de Lamare, der im Jahr zuvor gestorbene Vater, war ausgerechnet mit einem engen Freund von Monsieur des Culteaux bekannt gewesen, dessen Tochter Mamachen war; und aus der Entdeckung dieser Bekanntschaft entstand ein endloses Gespräch über Ehen, Daten, Verwandtschaftsverhältnisse. Die Baronin erbrachte Glanzleistungen der Erinnerung, indem sie die Vor- und Nachfahren weiterer Familien auffand und, ohne sich je zu verirren, das schwierige Labyrinth der Ahnentafeln durchging.

»Sagen Sie, Vicomte, haben Sie von den Saunoy de Varfleur gehört? Der älteste Sohn, Gontran, hatte eine Demoiselle de Coursil geheiratet, eine Coursil-Courville, und der jüngste eine meiner Cousinen, Madame de la Roche-Aubert, die mit den Crisange verwandt war. Monsieur de Crisange war nämlich der beste Freund meines Vaters und muss auch den Ihren gekannt haben.«

»Ja, Madame. Ist das nicht jener Monsieur de Crisange, der ausgewandert ist und dessen Sohn sich ruiniert hat?«

»Genau der. Er hatte um die Hand meiner Tante angehalten, nach dem Tod ihres Mannes, des Comte d'Éretry; aber sie wollte ihn nicht, weil er Schnupftabak nahm. Wissen Sie in diesem Zusammenhang, was aus den Viloise geworden ist? Nach Schicksalsschlägen haben sie die Touraine ungefähr 1813 verlassen, um sich in der Auvergne anzusiedeln, und ich habe nichts mehr von ihnen gehört.«

»Ich glaube, Madame, der alte Marquis ist durch einen Sturz vom Pferd gestorben und hat eine Tochter hinterlassen, die mit einem Engländer verheiratet ist, und eine andere, die die Frau eines gewissen Bassolle ist, eines reichen Kaufmanns, sagt man, der sie verführt hatte.«

Und wieder fielen Namen, die man in Gesprächen älterer Verwandter von Kind an gehört und behalten hatte. Und die Eheschließungen dieser gleichrangigen Familien bekamen in ihren Köpfen die Bedeutung großer öffentlicher Ereignisse. Über Leute, die sie nie gesehen hatten, redeten sie, als seien sie ihnen sehr gut bekannt; in anderen Gegenden sprachen jene Leute auf die gleiche Weise über sie; und von ferne fühlten sie sich vertraut, fast befreundet, fast verschwägert allein durch die Tatsache, derselben Schicht, derselben Kaste anzugehören und von ebenbürtigem Blut zu sein.

Der Baron, als ziemlich freiheitlicher Charakter und mit einer Erziehung, die sich überhaupt nicht mit den Überzeugungen und Vorurteilen der Leute seiner Gesellschaft vertrug, kannte kaum die Familien der näheren Umgebung; er erkundigte sich bei dem Vicomte nach ihnen.

Monsieur de Lamare antwortete: »Oh, es gibt nicht viel Adel ringsum«, im gleichen Ton, in dem er erklärt hätte, dass es in der Küstenregion wenig Kaninchen gebe; und er ging näher darauf ein. Nur drei Familien waren in einem engeren Radius ansässig: der Marquis de Coutelier, eine Art Oberhaupt der normannischen Aristokratie; der Vicomte und die Vicomtesse de Briseville, Leute ausgezeichneter Herkunft, die jedoch ziemlich zurückgezogen lebten; schließlich der Comte de Fourville, eine Art Schreckgespenst, dem nachgesagt wurde, er bringe seine Frau dazu, sich zu Tode zu grämen, und der in seinem an einem Teich liegenden Château de la Vrillette als Jäger lebte. Einige Emporkömmlinge, die mit ihnen verkehrten, hatten hier und dort Landgüter gekauft. Der Vicomte kannte sie nicht.

Er verabschiedete sich; und sein letzter Blick galt Jeanne, als habe er ihr, herzlicher und zärtlicher, ein besonderes Lebewohl gesagt.

Die Baronin fand ihn reizend und vor allem sehr gewandt. Papachen erwiderte: »Ja, gewiss, das ist ein sehr wohlerzogener Bursche.«

Man lud ihn für die folgende Woche zum Diner ein. Dann kam er regelmäßig.

Meistens erschien er gegen vier Uhr nachmittags, begab sich zu Mamachen in »ihre Allee« und reichte ihr den Arm, damit sie »ihren Gang« machte. Wenn Jeanne nicht ausgegangen war, stützte sie die Baronin auf der anderen Seite, und alle drei schritten langsam in unentwegtem Auf und Ab vom einen zum anderen Ende des schnurgeraden, breiten Weges. Mit dem jungen Mädchen sprach er kaum. Doch sein Auge, das aus schwarzem Samt zu sein schien, begegnete häufig dem Auge von Jeanne, das man achatblau nennen konnte.

Mehrmals gingen beide mit dem Baron hinunter nach Yport.

Als sie eines Abends am Strand waren, sprach der alte Lastique sie an, und ohne seine Pfeife aus dem Mund zu nehmen, deren Abwesenheit vielleicht erstaunlicher gewesen wäre als das Verschwinden seiner Nase, verkündete er: »Bei dem Wind, Herr Baron, käm' man morgen bis Étretat und wär' zurück, ohne sich groß zu plagen.«

Jeanne legte die Hände zusammen: »Oh! Papa, wenn du nur wolltest?« Der Baron wandte sich an Monsieur de Lamare: »Sind Sie dabei, Vicomte? Wir nehmen das Déjeuner dann dort.«

Und umgehend wurde der Ausflug beschlossen.

Beim ersten Morgenrot war Jeanne auf den Beinen. Sie wartete auf ihren Vater, der länger zum Ankleiden brauchte, und sie begannen, durch den Tau zu wandern, zuerst über die weite Ebene, dann durch den von Vogelgesang widerhallenden Wald. Der Vicomte und der alte Lastique saßen auf einer Schiffswinde.

Zwei andere Seeleute halfen beim Ablegen. Die Männer stemmten ihre Schultern gegen die Schiffsplanken und schoben mit aller Kraft. Mühselig kam man auf dem Kiesbett voran. Lastique ließ geölte Rundhölzer unter den Kiel gleiten, nahm dann seinen Platz wieder ein und modulierte gedehnt sein endloses »Hauruck!«, das die gemeinsame Anstrengung regeln sollte.

Doch als man die Schräge erreicht hatte, kam der Kahn plötzlich in Fahrt und rutschte mit dem lauten Krachen reißender Leinwand über die runden Steine. Im Schaum der kleinen Wellen blieb er einfach liegen, und alle nahmen auf den Bänken Platz; dann machten die beiden an Land gebliebenen Matrosen ihn flott.

Eine leichte und anhaltende Brise vom offenen Meer streifte und kräuselte die Wasserfläche. Das Segel wurde gesetzt, blähte sich ein wenig, und kaum merklich vom Meer gewiegt, zog das Boot ungestört davon.

Man fuhr erst einmal hinaus. Zum Horizont verschwamm der auf ihn hinabreichende Himmel mit dem Ozean. An Land warf die hohe Steilküste unter sich einen tiefen Schatten, und Grashänge im vollen Sonnenschein bildeten in ihr bogenförmige Senken. Hinter ihnen kamen braune Segel von der weißen Mole von Fécamp, und vor ihnen hatte ein Felsen mit einer seltsamen Form, gerundet und durchbrochen, ein wenig die Gestalt eines gewaltigen Elefanten, der seinen Rüssel in die Fluten tauchte. Das war das kleine Tor von Étretat.

Eine Hand auf der Bordwand, schaute Jeanne, leicht benommen vom Wiegen der Wellen, in die Ferne; und ihr schien, dass nur drei Dinge an der Schöpfung wirklich schön waren: das Licht, der weite Himmel und das Wasser.

Niemand sprach. Der alte Lastique, der Ruder und Leine hielt, trank ab und an aus einer unter seiner Bank versteckten Flasche; und er rauchte unentwegt seine Stummelpfeife, die unerschöpflich schien. Immerfort stieg ein feines Gespinst aus blauem Rauch daraus auf, während ein weiteres ganz ähnliches aus seinem Mundwinkel entwich. Und nie sah man, dass der Seemann den Pfeifenkopf aus Ton, der schwärzer war als Ebenholz, von Neuem anzündete oder ihn mit Tabak füllte. Manchmal nahm er ihn mit einer Hand aus den Lippen, und aus dem gleichen Mundwinkel, aus dem der Rauch drang, spie er einen langen Strahl braunen Speichels ins Meer.

Der Baron saß im Bug, achtete auf das Segel und nahm den Platz eines Matrosen ein. Jeanne und der Vicomte standen, beide eine wenig verwirrt, Seite an Seite. Eine unbekannte Macht kreuzte ihre Blicke, die sich gleichzeitig hoben, als habe eine heimliche Verbundenheit sie dazu aufgefordert; denn zwischen ihnen lag bereits jene flüchtige und unbestimmte Zärtlichkeit in der Luft, die so schnell zwischen zwei jungen Leuten entsteht, wenn der junge Mann nicht hässlich und das Mädchen hübsch ist. Sie fühlten sich wohl einer neben dem anderen, vielleicht, weil einer an den anderen dachte.

Die Sonne stieg empor, als wolle sie das unter ihr ausgebreitete Meer aus größerer Höhe betrachten; doch irgendwie wurde es launisch und hüllte sich in einen leichten Nebel, der es vor ihren Strahlen schützte. Es war ein sehr flacher, durchsichtiger Dunst, der nichts verbarg, sondern die Ferne weicher zeichnete. Das Gestirn warf seine Flammen und ließ diese leuchtende Wolke zerfließen; und als es seine ganze Kraft erreicht hatte, verflüchtigte sich der Dampf und verschwand; und die spiegelglatte See begann, im Licht zu schillern.

Tief bewegt murmelte Jeanne: »Wie schön!« Der Vicomte entgegnete: »Oh ja, das ist schön!« Die wolkenlose Klarheit dieses Morgens weckte gleichsam ein Echo in ihren Herzen.

Und mit einem Mal entdeckte man wie zwei ins Meer schreitende Beine der Steilküste die großen Torbögen von Étretat, die so hoch waren, dass Schiffe darunter hindurchfahren konnten; vor dem vorderen aber ragte ein Obelisk aus spitzem weißem Fels auf.

Sie legten an, und während der Baron, der als Erster ausgestiegen war, das Boot mit einer Leine am Strand festmachte, trug der Vicomte Jeanne auf seinen Armen an Land, ohne dass sie nasse Füße bekam; dann stiegen sie, beide beunruhigt von dieser raschen Umarmung, nebeneinander die harte Kiesbank hinauf, und plötzlich hörten sie den alten Lastique zum Baron sagen: »Ich mein', das gäb' doch 'n schönes Paar.«

Das Déjeuner in einem kleinen Wirtshaus am Strand war charmant. Stimme und Gedanken betäubend, hatte der Ozean sie still werden lassen; der gedeckte Tisch machte sie redselig, redselig wie Schüler in den Ferien.

Die einfachsten Dinge bereiteten ihnen endloses Vergnügen.

Als sich der alte Lastique an den Tisch setzte, steckte er sich sorgfältig seine immer noch qualmende Pfeife in den Mützenrand; und sie lachten. Eine zweifellos von seiner roten Nase angelockte Fliege surrte mehrmals heran, um sich daraufzusetzen; und wenn er sie mit einer Handbewegung verscheucht hatte, die zu langsam war, um sie zu fangen, setzte sie sich auf einen Musselinvorhang, den viele ihrer Schwestern bereits mit Flecken übersät hatten, und begierig schien sie auf den leuchtenden Zinken des Matrosen zu lauern, denn gleich flog sie wieder los, um sich erneut darauf niederzulassen.

Bei jedem Anflug des Tieres erscholl ein verrücktes Gelächter; und als der Alte, belästigt von diesem Gekitzel, murmelte: »Sie ist verdammt hartnäckig«, hielten Jeanne und der Vicomte die Serviette vor den Mund, um nicht aufzuschreien, und begannen, sich vor Lachen zu winden und, nach Luft schnappend, Tränen zu vergießen.

Als man den Kaffee getrunken hatte, fragte Jeanne: »Wie wäre es mit einem Spaziergang?« Der Vicomte erhob sich, doch der Baron zog es vor, sich auf den Steinen am Strand in der Sonne zu aalen: »Geht nur, Kinder, in einer Stunde findet ihr mich hier wieder.«

Sie schritten geradewegs zwischen den wenigen Strohdachhütten des Dorfes hindurch; und nachdem sie an einem Schlösschen vorübergekommen waren, nicht unähnlich einem großen Bauernhaus, befanden sie sich in einem offen vor ihnen liegenden kleinen Tal.

Das Auf und Ab der See hatte sie erschöpft und aus dem gewohnten Gleichgewicht gebracht, die frische Salzluft hatte sie hungrig gemacht, dann hatte das Déjeuner sie benebelt, und die Fröhlichkeit hatte sie ermüdet. Nun fühlten sie sich ein wenig von Sinnen und dazu aufgelegt, wie toll durch die Felder zu rennen. Jeanne rauschten die Ohren, ganz aufgerüttelt von neuen und lebhaften Gefühlen.

Eine glühend heiße Sonne brannte auf sie nieder. Unter der Hitze gekrümmt, neigte sich zu beiden Seiten der Straße die reife Ernte. Die Heuschrecken, zahlreich wie Grashalme, sägten ununterbrochen und ließen überall im Weizen, im

Roggen, im Seegras am Küstenhang ihr schrilles und ohrenbetäubendes Sirren erschallen.

Sonst stieg keine Stimme auf unter dem brennend heißen Himmel in einem schillernden und verschossenen Blau, als wolle er plötzlich, wie Metalle, die man zu nah ans Feuer gehalten hat, rot zu glühen beginnen.

Weiter hinten zur Rechten hatten sie ein Wäldchen entdeckt, und so gingen sie dort hinüber.

Tief zwischen zwei Böschungen führte ein schmaler Weg unter hohen Bäumen entlang, die für die Sonne undurchdringlich waren. Eine Art dumpfer Kühle umfing sie, als sie ihn einschlugen, jene Feuchtigkeit, welche die Haut schaudern lässt und die Lungen erfüllt. Das Gras war mangels Tageslicht und frischer Luft verschwunden; doch der Boden war von einem Moos bedeckt.

Sie gingen weiter: »Schauen Sie, dort hinten können wir uns ein wenig hinsetzen«, sagte sie. Zwei alte Bäume waren abgestorben, und durch die in dem Grün enstandene Lücke fiel dort eine Flut von Licht ein, erwärmte die Erde, hatte die Keime von Gras, Löwenzahn und Lianen sprießen lassen und kleine weiße Blumen, zart wie ein Nebelhauch, und Fingerhut, raketengleich, zum Blühen gebracht. Schmetterlinge, Bienen, kräftige Hornissen, riesige Mücken, die wie Skelette von Fliegen aussahen, tausend fliegende Insekten, rosige und getüpfelte Marienkäfer, spanische Fliegen mit grünlichem Schimmer, andere schwarze mit Hörnern bevölkerten diesen leuchtenden und warmen Schacht, der sich da in dem eiskalten Schatten des dichten Laubwerks auftat.

Den Kopf geschützt und die Füße im Warmen, setzten sie sich. Sie betrachteten dieses ganze wimmelnde kleine Leben, das ein Lichtstrahl hervorbringt; und Jeanne sagte immer wieder gerührt: »Wie schön es hier ist! Wie gut das Land tut! Es gibt Momente, in denen ich gerne Fliege oder Schmetterling wäre, um mich in den Blumen zu verstecken.«

Sie sprachen über sich selbst, über ihre Gewohnheiten, über ihre Neigungen, in jenem leiseren, innigen Ton, in dem man Geständnisse macht. Er erklärte, die vornehme Gesellschaft widere ihn bereits an, er habe ihr oberflächliches Leben satt; es war immer das Gleiche; man traf dort nichts Wahres, nichts Echtes.

Die vornehme Gesellschaft! Sie hätte sie gerne kennengelernt; aber sie war von vornherein davon überzeugt, dass das Land mehr taugte.

Und je näher ihre Herzen sich kamen, desto förmlicher nannten sie sich »Monsieur und Mademoiselle«, umso heiterer lächelten ihre Blicke, umso häufiger trafen sie sich; und ihnen war, als gehe eine neue Güte in sie ein, eine größere Anteilnahme, ein Interesse an tausend Dingen, um die sie sich nie gekümmert hatten.

Sie kehrten zurück; aber der Baron war zu Fuß bis zur Chambre-aux-Demoiselles gegangen, einer hoch in einer Steilwand hängenden Höhle; und sie warteten auf ihn im Wirtshaus.

Er tauchte erst um fünf Uhr nachmittags nach einem langen Spaziergang über die Steilküste wieder auf.

Sie stiegen zurück ins Boot. Mit dem Wind, ohne die geringste Erschütterung, scheinbar ohne voranzukommen, zog es in schwacher Fahrt hinaus. Die Brise wehte mit trägen und lauen Stößen, die das Segel sekundenlang entfalteten und es dann wieder schlaff am Mast herabsinken ließen. Die dunklen Fluten waren wie erstorben; und die von ihrem feurigen Glühen ermattete Sonne glitt ihnen auf dem Bogen ihrer Bahn ganz sachte entgegen.

Die schläfrige See ließ alle wieder verstummen.

Jeanne sagte schließlich: »Wie gerne ich reisen würde!«

Der Vicomte gab zurück: »Ja, aber es ist traurig, allein zu reisen, man muss mindestens zu zweit sein, um seine Eindrücke auszutauschen.«

Sie überlegte: »Das stimmt ... und doch gehe ich gerne allein spazieren ...; wie schön es ist, wenn man ganz allein vor sich hin träumt ...«

Er sah sie lange an: »Man kann auch zu zweit träumen.«

Sie senkte den Blick. War das eine Anspielung? Vielleicht. Sie schaute auf den Horizont, als wolle sie Entdeckungen in noch weiterer Ferne machen; dann sagte sie zögernd: »Ich führe gern nach Italien ...; und nach Griechenland ... ach! Ja, nach Griechenland ... und nach Korsika! Das muss so wild und so schön sein!«

Ihm wäre die Schweiz lieber, wegen der Berghütten und der Seen.

Sie sagte: »Nein, mir gefielen ganz neue Länder wie Korsika oder sehr alte Länder voller Gedenken wie Griechenland. Es muss so schön sein, die Spuren jener Völker wiederzufinden, deren Geschichte wir von Kindheit an kennen, die Stätten zu sehen, wo sich Großartiges ereignet hat.«

Der Vicomte erklärte weniger überschwänglich: »Mich reizt England sehr; das ist eine äußerst aufschlussreiche Region.«

Nun gingen sie die Welt durch, diskutierten von den Polen bis zum Äquator die Annehmlichkeiten jedes Landes und gerieten über imaginäre Landschaften und unglaubliche Sitten und Gebräuche bestimmter Völker wie Chinesen und Lappen ins Schwärmen; doch schließlich kamen sie überein, dass das schönste Land der Welt Frankreich sei, mit seinem gemäßigten Klima, kühl im Sommer und mild im Winter, mit seinen reichen Feldern und Fluren, seinen grünen Wäldern, seinen großen, still dahinströmenden Flüssen und mit der Verehrung der Künste, die es seit den bedeutsamen Jahrhunderten Athens sonst nirgendwo gegeben hatte.

Dann verstummten sie.

Die tiefer stehende Sonne schien zu bluten; und eine lange leuchtende Spur, eine gleißende Straße lief vom Rande des Ozeans bis zum Kielwasser des Bootes über das Wasser.

Der letzte Atem des Windes erlosch; jede Rille glättete sich; und das reglose Segel war rot. Eine grenzenlose Windstille schien die Weite zu betäuben, diese Begegnung der Elemente mit Schweigen zu umgeben, während die See, die monströse Braut, ihren schimmernden und flüssigen Bauch unter den Himmel breitend, den auf sie niedergleitenden feurigen Geliebten erwartete. Er sank immer schneller, purpurrot geworden wie aus Verlangen nach ihrer Umarmung. Er erreichte sie; und nach und nach verschlang sie ihn.

Nun strich vom Horizont eine Kühle heran: Ein Frösteln kräuselte den atmenden Schoß des Wassers, als habe das einverleibte Gestirn einen Seufzer der Erleichterung in die Welt gesandt.

Die Abenddämmerung war kurz; sternenübersät entfaltete sich die Nacht. Der alte Lastique nahm die Ruder; und sie sahen, dass das Meer phosphoreszierte. Jeanne und der Vicomte blickten Seite an Seite auf diesen wogenden Glimmer, welchen das Boot hinter sich ließ. Sie hatten fast keinen Gedanken mehr, schauten selbstvergessen vor sich hin und nahmen in köstlichem Wohlgefühl den Abend in sich auf; und da Jeanne eine Hand auf die Bank gestützt hatte, kam ein Finger ihres Nachbarn wie zufällig an ihre Haut; sie blieb ganz still sitzen, überrascht, glücklich und verwirrt von der so flüchtigen Berührung.

Als sie abends wieder in ihr Zimmer zurückgekehrt war, fühlte sie sich seltsam bewegt und so ergriffen, dass alles sie fast zum Weinen brachte. Sie betrachtete ihre Pendeluhr, dachte, dass die kleine Biene wie ein Herz schlug, das Herz eines Freundes; dass sie Zeuge ihres ganzen Lebens sein und mit ihrem lebhaften, regelmäßigen Tick-Tack ihre Freuden und Kümmernisse begleiten würde; und sie hielt das vergoldete Insekt an, um einen Kuss auf seine Flügel zu drücken. Sie hätte was auch immer geküsst. Ihr fiel ein, dass sie ganz hinten in einer Schublade eine alte Puppe von früher versteckt hatte; sie kramte sie hervor, sah sie mit der Freude wieder, die man fühlt, wenn man geliebte alte Freunde wiedertrifft; und sie an die Brust pressend, bedeckte sie die bemalten Wangen und die strohigen Locken des Spielzeugs mit heißen Küssen.

Und sie behielt es in ihren Armen und spann dabei ihre Gedanken.

War dies nun ER, der von tausend heimlichen Stimmen versprochene Ehemann, den eine unfehlbar gütige Vorsehung auf ihren Weg geführt hatte? War dies wohl der für sie geschaffene Mensch, dem sie ihr Leben schenken würde? Waren sie diese beiden füreinander Bestimmten, deren einander findende zärtliche Gefühle in einer Umarmung eins werden und DIE LIEBE hervorbringen sollten?

Jenen wilden Aufruhr ihres ganzen Wesens, jene wahnsinnige Verzückung, jenen großen Sturm der Gefühle, wofür sie die Leidenschaft hielt, spürte sie noch gar nicht; und doch kam es ihr so vor, als beginne sie ihn zu lieben; denn ihr wurde manchmal ganz schwach, wenn sie an ihn dachte; und sie dachte unentwegt an ihn. Seine Gegenwart brachte ihr Herz zum Klopfen; sie wurde rot und blass, wenn sie seinem Blick begegnete, und erschauerte, wenn sie seine Stimme hörte.

In dieser Nacht schlief sie sehr wenig.

So überkam sie von Tag zu Tag stärker das verwirrende Verlangen zu lieben. Sie befragte sich unaufhörlich, befragte auch die Margeriten, die Wolken und in die Luft geworfene Münzen.

Da sagte eines Abends ihr Vater zu ihr: »Mach dich schön morgen früh.« Sie fragte: »Warum, Papa?« Er gab zurück: »Das ist ein Geheimnis.«

Und als sie am nächsten Tag frisch und munter in einem hellen Kleid die Treppe herunterkam, fand sie auf dem Tisch im Salon lauter Konfektschachteln; und auf einem Stuhl lag ein riesiger Srauß.

Ein Wagen fuhr in den Hof. Darauf stand zu lesen: »Lerat, Konditor in Fécamp. Hochzeitsessen«; und unterstützt von einem Küchenjungen, zog Ludivine aus einer Klappe hinten im Karren viele große, flache Körbe, die herrlich dufteten.

Der Vicomte de Lamare erschien. Seine Hose war straff gespannt und mit einem Steg unter reizenden Lackstiefeln gehalten, die seinen zierlichen Fuß betonten. Sein taillierter langer Überzieher ließ im Revers über der Brust sein Spitzenjabot hervorquellen; und eine mehrfach gewickelte feine Krawatte zwang ihn, sein von ernster Vornehmheit geprägtes, schönes brünettes Haupt hoch zu tragen. Er hatte eine andere Ausstrahlung als gewöhnlich, jenes besondere Aussehen, das Gesichter, die einem wohlbekannt sind, mit einem Mal durch die festliche Kleidung bekommen. Jeanne war verblüfft und schaute ihn an, als ob sie ihn noch nie gesehen hätte; sie fand ihn höchst nobel, von Kopf bis Fuß ein großer Herr.

Lächelnd verneigte er sich: »Nun, liebe Nachbarin, sind Sie bereit?«

Sie stammelte: »Aber wozu? Was ist denn los?«

»Du wirst es gleich erfahren«, sagte der Baron.

Die Kalesche war angespannt und fuhr vor, Madame Adelaide kam in großer Toilette die Treppe herab, am Arm von Rosalie, die durch die Eleganz von Monsieur de Lamare so aus der Fassung geriet, dass Papachen murmelte: »Sagen Sie, Vicomte, ich glaube, unser Hausmädchen findet Sie nach ihrem Geschmack.« Er errötete bis zu den Ohren, tat, als habe er nicht verstanden, ergriff den dicken Blumenstrauß und reichte ihn Jeanne. Sie nahm ihn und wunderte sich noch mehr. Alle vier stiegen in den Wagen; und die Köchin Ludivine, die der Baronin zur Stärkung eine kalte Bouillon brachte, erklärte: »Wahrhaftig, Madame, man könnte meinen, es wäre eine Hochzeit.«

In Yport angelangt, stiegen sie aus, und bei ihrem Weg durch das Dorf kamen die Matrosen in ihren neuen Sachen, deren Falten noch zu sehen waren, aus ihren Häusern, grüßten, drückten dem Baron die Hand und schlossen sich an wie bei einer Prozession.

Der Vicomte hatte Jeanne seinen Arm gereicht und ging mit ihr an der Spitze.

Als sie vor die Kirche kamen, blieben sie stehen; und das

große silberne Kreuz erschien, emporgehalten von einem Chorknaben, der einem anderen Bengel in Rot und Weiß vorausging, welcher die Schale mit Weihwasser trug, worin der Weihwedel lag.

Dann kamen drei alte Vorsänger, von denen einer hinkte, dann der Bläser des Schlangenhorns, dann der Pfarrer, der durch seinen Spitzbauch die mit Kreuzen bestickte goldene Stola wölbte. Er grüßte mit einem Lächeln und einem Nicken; und mit halb geschlossenen Augen, die Lippen ein Gebet murmelnd, das Birett bis auf die Nase gedrückt, folgte er seinem in Chorhemden gekleideten Stab Richtung Meer.

Auf dem Strand wartete eine Menschenmenge rund um ein mit Girlanden geschmücktes neues Boot. Sein Mast, sein Segel, seine Leinen hingen voller langer Bänder, die im Winde flatterten, und am Heck leuchtete in Goldbuchstaben sein Name JEANNE.

Der alte Lastique, der Kapitän dieses auf Kosten des Barons gebauten Schiffes, ging dem Geleitzug entgegen. Alle Männer nahmen in einer einzigen Bewegung gemeinsam ihre Kopfbedeckungen ab; und eine Reihe von Frommen, gehüllt in weite schwarze Kutten, die ihnen in großen Falten von den Schultern fielen, sanken beim Anblick des Kreuzes im Kreis auf die Knie.

Der Pfarrer stellte sich zwischen den beiden Chorknaben an das eine Ende des Bootes, während am anderen die drei alten Vorsänger, ungepflegt in ihrer weißen Einkleidung, mit stoppeligem Kinn, ernster Miene, das Auge auf dem Choralbuch, lauthals und falsch in den klaren Morgen hineinsangen.

Jedes Mal, wenn sie Luft holten, setzte der Bläser des Schlangenhorns sein Tuten allein fort; und seine kleinen grauen Augen verschwanden in den dick aufgeplusterten Wangen. Selbst die Haut auf der Stirn und die am Hals schien wie vom Fleisch gelöst, so sehr blähte er sich beim Blasen auf.

Die stille und klare See schien die Taufe ihres Nachens andächtig zu verfolgen, indem sie mit dem leisen Kratzen einer über die Kiesel streichenden Harke gerade nur fingerhohe Wellen anrollen ließ. Und die großen weißen Möwen segelten, Kurven im blauen Himmel beschreibend, mit ausgebreiteten weißen Flügeln vorüber, zogen davon und kehrten im Bogen über der knienden Menge zurück, als wollten auch sie sehen, was dort vor sich ging.

Doch nach einem fünf Minuten lang geheulten Amen brach der Gesang ab; und der Priester gluckste mit belegter Stimme ein paar Worte Lateinisch, von denen man nur die klangvollen Endungen vernahm.

Darauf machte er die Runde um das Boot, indem er es mit Weihwasser besprengte, und begann schließlich, etliche Oremus zu murmeln, nun an einer Bordwand gegenüber von Pate und Patin, die Hand in Hand dastanden, ohne sich zu rühren.

Der junge Mann wahrte als hübscher Kerl seine wichtige Miene, doch das junge Mädchen begann, schlagartig von einer ohnmachtsartigen Erregung erstickt, dermaßen zu zittern, dass ihr die Zähne klapperten. Der Traum, der sie seit einiger Zeit verfolgte, wollte plötzlich in einer Art Halluzination den Anschein einer Realität annehmen. Man hatte von Hochzeit gesprochen, da war ein Priester und segnete, Männer im Chorhemd psalmodierten Gebete; war es nicht sie, die da verheiratet wurde?

Hatte sie ein nervöses Zucken in den Fingern, war ihr hartnäckiger Herzenswunsch durch ihre Adern bis zum Herzen ihres Nachbarn geflossen? Begriff er, ahnte er, war er wie sie überwältigt von einer Art Liebesrausch? Oder wusste er einfach aus Erfahrung, dass ihm keine Frau widerstand? Sie merkte plötzlich, dass er ihre Hand drückte, zunächst sanft, dann stärker, stärker, bis zum Zerbrechen. Und ohne eine Miene zu verziehen, ohne dass irgendjemand es bemerkte, sagte er, ja, kein Zweifel, sagte er ganz deutlich: »Oh, Jeanne, wenn Sie wollten, wäre dies unsere Verlobung.«

Mit einer ganz langsamen Bewegung, die vielleicht »Ja« heißen sollte, senkte sie den Kopf. Und der Priester, der immer noch Weihwasser versprengte, ließ ein paar Tropfen davon auf ihre Finger fliegen.

Es war zu Ende. Die Frauen erhoben sich. Die Rückkehr war ein wildes Durcheinander. Das Kreuz in den Händen des Chorknaben hatte seine Würde verloren; nach rechts und links schwankend oder nach vorne geneigt, kurz davor, vornüberzukippen, sauste es dahin. Der Priester, der keine Gebete mehr sprach, galoppierte hinterdrein; die Vorsänger und das Schlangenhorn waren in einer Gasse verschwunden, um ihr Gewand schneller loszuwerden, und die Matrosen eilten in Gruppen davon. Ein einziger Gedanke, der in ihren Köpfen so etwas wie Küchenduft verbreitete, fuhr in die Beine, ließ das Wasser in den Mündern zusammenlaufen, glitt bis in die Bäuche, wo er die Gedärme zum Singen brachte.

In Les Peuples erwartete sie ein ordentliches Déjeuner.

Die große Tafel war im Hof unter den Apfelbäumen gedeckt. Sechzig Personen nahmen dort Platz: Seeleute und Bauern. Die Baronin, in der Mitte, hatte zu beiden Seiten die zwei Pfarrer, den von Yport und den von Les Peuples. Der Baron, gegenüber, wurde vom Bürgermeister und seiner Frau flankiert, einer schon alten, hageren Landbewohnerin, die unzählige Male flüchtig nach allen Seiten grüßte. Sie hatte ein schmales Gesicht, das in ihre große normannische Haube gezwängt war, richtiggehend den Kopf einer Henne, weiß beschopft, mit einem kreisrunden, stets erstaunten Auge; und sie speiste mit knappen und raschen Bissen, als picke sie ihren Teller mit der Nase leer.

Jeanne, neben dem Taufpaten, schwamm im Glück. Sie sah nichts mehr, verstand nichts mehr und schwieg, mit vor Freude benebeltem Kopf.

Sie fragte ihn: »Wie ist eigentlich Ihr Vorname?«

Er sagte: »Julien. Wussten Sie das nicht?«

Doch sie gab keine Antwort, denn sie dachte: »Wie oft ich ihn aussprechen werde, diesen Namen!«

Als das Mahl zu Ende war, überließ man den Hof den Matrosen und begab sich auf die andere Seite des Schlosses. Auf den Baron gestützt und eskortiert von ihren beiden Priestern, machte sich die Baronin an ihren Gang. Jeanne und Julien liefen bis zum Wäldchen, betraten die schmalen Wege im dichten Gebüsch; und plötzlich nahm er sie bei den Händen: »Sagen Sie, möchten Sie meine Frau werden?«

Sie senkte nochmals den Kopf, und als er stammelte: »Antworten Sie, ich flehe Sie an!«, sah sie ganz langsam zu ihm auf; und er las die Antwort in ihrem Blick.

IV

Eines Morgens kam der Baron in Jeannes Zimmer, bevor sie aufgestanden war, setzte sich ans Fußende des Bettes und sagte: »Monsieur le Vicomte de Lamare hat bei uns um deine Hand angehalten.«

Sie hätte sich am liebsten das Laken über das Gesicht gezogen.

Ihr Vater fuhr fort: »Wir haben unsere Antwort auf heute Nachmittag verschoben.« Die Aufregung nahm ihr den Atem und sie rang nach Luft. Nach einer Minute fügte der Baron lächelnd hinzu: »Wir wollten nichts unternehmen, ohne mit dir darüber zu sprechen. Deine Mutter und ich haben nichts gegen diese Heirat, wollen dich aber nicht dazu drängen. Du bist viel vermögender als er, aber wenn es um das Glück eines Lebens geht, darf man sich keine Gedanken um Geld machen. Er hat keinen einzigen Verwandten mehr; wenn du ihn heiraten würdest, käme er also als Sohn in unsere Familie, während mit einem anderen du als unsere Tochter zu Fremden gingest. Der Bursche gefällt uns. Würde er ... dir gefallen?«

Rot bis unter die Haarwurzeln, stammelte sie: »Das will ich meinen, Papa.«

Und Papachen murmelte, ihr tief in die Augen schauend und immer noch lachend: »Das habe ich mir beinahe gedacht, Mademoiselle.«

Bis abends verbrachte sie den Tag, als sei sie betrunken, ohne zu wissen, was sie tat, geistesabwesend ein Ding mit dem anderen verwechselnd, und ohne dass sie gelaufen wäre, versagten ihr die Beine fast den Dienst.

Gegen sechs Uhr, als sie mit Mamachen unter der Platane saß, erschien der Vicomte.

Jeannes Herz begann, wie toll zu klopfen. Der junge Mann kam ohne jeden Anschein von Erregung auf sie zu. Als er vor ihnen stand, nahm er die Finger der Baronin und küsste sie, dann hob er die zitternde Hand des jungen Mädchens und drückte mit vollen Lippen einen langen, zärtlichen und dankbaren Kuss darauf.

Und die herrliche Verlobungszeit begann. Sie plauderten allein, wenn sie in den Ecken des Salons oder am Hang hinter dem Wäldchen vor der wilden Heide saßen. Manchmal spazierten sie durch Mamachens Allee, er über die Zukunft sprechend, sie den Blick auf die staubige Fußspur der Baronin gesenkt.

Da die Sache einmal beschlossen war, wollte man sie rasch zu Ende bringen; es wurde also vereinbart, dass die Hochzeitsfeier in sechs Wochen, am 15. August, stattfinden sollte und die jungen Eheleute gleich ihre Hochzeitsreise antreten würden. Jeanne, befragt, welches Land sie besuchen wollte, entschied sich für Korsika, wo sie eher für sich wären als in den Städten Italiens.

Auf den für ihren Ehebund festgesetzten Augenblick warteten sie ohne allzu lebhafte Ungeduld und genossen stattdessen, von köstlicher Zärtlichkeit betört und verführt, den prickelnden Reiz kleiner Liebkosungen, hier und da einen Händedruck, leidenschaftliche Blicke, so lang, dass die Seelen zu verschmelzen schienen; und sie waren immer wieder geplagt von dem unbestimmten Verlangen nach großen Umarmungen.

Man beschloss, niemanden zur Hochzeit einzuladen, mit Ausnahme von Tante Lison, der Schwester der Baronin, die als Pensionärin in einem Versailler Kloster lebte.

Nach dem Tod ihres Vaters hatte die Baronin ihre Schwester bei sich behalten wollen; doch verfolgt von dem Gedanken, sie störe jedermann, sie sei nutzlos und lästig, zog sich die alte Jungfer in eines jener Ordenshäuser zurück, die Leuten mit trauriger und einsamer Existenz Wohnräume vermieten. Sie kam ab und zu, um einen Monat oder zwei in ihrer Familie zu verbringen.

Es war eine kleine Frau, die wenig sprach, sich immer selbst in den Schatten stellte, nur zu den Mahlzeiten erschien und gleich wieder hinauf in ihr Zimmer ging, in dem sie sich ununterbrochen aufhielt.

Obwohl sie erst zweiundvierzig war, hatte sie eine liebe, ältliche Art und sanfte, traurige Augen; sie war in ihrer Familie nie beachtet worden. Da sie als kleines Kind weder hübsch noch wild gewesen war, bekam sie kaum mal einen Kuss; und sie blieb still und leise in den Ecken. Seither war sie stets unterwürfig. Als junges Mädchen kümmerte sich niemand um sie.

Sie war so etwas wie ein Schatten oder ein bekannter Gegenstand, ein lebendes Möbelstück, dessen täglicher Anblick einem vertraut ist, um das man sich jedoch nie Gedanken macht.

Ihre Schwester war es aus dem väterlichen Hause gewohnt, sie als ein ganz und gar unbedeutendes, misslungenes Wesen zu betrachten. Man behandelte sie mit unbekümmerter Vertrautheit, hinter der eine Art geringschätziger Freundlichkeit steckte. Sie hieß Lise, und dieser fesche und jugendliche Name schien ihr peinlich zu sein. Als man gemerkt hatte, dass sie keinen Mann bekam, dass sie zweifellos gar nicht heiraten würde, hatte man aus Lise Lison gemacht. Seit Jeannes Geburt war sie zu »Tante Lison« geworden, eine bescheidene Verwandte, adrett und furchtbar schüchtern, selbst mit ihrer Schwester und ihrem Schwager, die sie trotzdem liebten, jedoch mit einer vagen Zuneigung, die aus gleichgültiger Zärtlichkeit, unbewusstem Mitgefühl und selbstverständlichem Wohlwollen bestand.

Manchmal, wenn die Baronin von weit zurückliegenden Dingen aus ihrer Jugend sprach, sagte sie zur Orientierung: »Das war in der Zeit, als Lison ihre Dummheit gemacht hat.«

Mehr wurde nie darüber gesagt; und »diese Dummheit« blieb wie in Nebel gehüllt.

Eines Abends war Lise, damals zwanzig, ins Wasser gegangen, ohne dass man erfuhr, warum. Diese Torheit war durch nichts in ihrem Leben, in ihrem Verhalten vorauszusehen gewesen. Man hatte sie halb tot wieder herausgefischt; und statt nach der geheimnisvollen Ursache dieser Tat zu suchen, hatten ihre Eltern empört die Arme erhoben und sich damit begnügt, von der »Dummheit« zu sprechen, so wie sie von dem Unfall des Pferdes »Coco« sprachen, das sich kurz zuvor in einer Wagenspur das Bein gebrochen hatte und getötet werden musste.

Seitdem wurde Lise, bald Lison, für sehr schwach besaitet gehalten. Die leise Verachtung, die sie ihren Verwandten eingeflößt hatte, sickerte langsam in die Herzen aller Leute um sie herum. Mit der natürlichen Hellsicht der Kinder hatte selbst die kleine Jeanne kein Auge für sie, ging nie hinauf, um sie in ihrem Bett zu umarmen, schlich sich nie in ihr Zimmer. Das Hausmädchen Rosalie, das in diesem Zimmer nach dem Nötigsten sah, schien als Einzige zu wissen, wo es lag.

Wenn Tante Lison zum Déjeuner ins Speisezimmer trat, hielt ihr die »Kleine« die Stirn entgegen; und das war alles.

Wollte jemand sie sprechen, wurde ein Dienstbote nach ihr geschickt; und war sie nicht da, befasste man sich nie mit ihr, man dachte nie weiter über sie nach, man wäre nie auf die Idee gekommen, sich Sorgen zu machen, sich zu fragen: »Sag mal, ich habe Lison ja heute Morgen gar nicht gesehen.«

Sie nahm keinen Raum ein; sie war eines jener Wesen, die selbst ihren Verwandten fremd bleiben, gleichsam unerforscht, und deren Tod kein Loch, keine Leere in einer Familie hinterlässt, eines jener Wesen, die weder in das Leben, die Gewohnheiten noch die Liebe derer Eingang zu finden wissen, die an ihrer Seite leben.

Sagte man »Tante Lison«, so weckten diese beiden Worte sozusagen bei niemandem irgendein Gefühl. Es war, als habe man »die Kaffekanne« oder »die Zuckerdose« gesagt.

Sie lief stets mit schnellen und lautlosen kleinen Schritten; sie machte nie ein Geräusch, stieß nirgendwo an, schien die Eigenschaft, keinen Ton zu verursachen, auf die Dinge zu übertragen. Ihre Hände waren offenbar aus einer Art Watte gemacht, so gewandt und fein ging sie mit dem um, was sie berührte.

Sie kam Mitte Juli, ganz verstört von der Vorstellung dieser Hochzeit. Sie brachte eine Menge Geschenke mit, die fast unbeachtet blieben, da sie von ihr stammten.

Schon am Tag nach ihrer Ankunft merkte man nicht mehr, dass sie da war.

In ihr gärte jedoch eine außerordentliche Erregung, und ihre Augen lagen unverwandt auf den Verlobten. Mit eigentümlicher Energie, mit fieberhaftem Tatendrang befasste sie sich mit der Aussteuer und arbeitete wie eine einfache Näherin in ihrem Zimmer, wo niemand sie aufsuchte.

Alle Augenblicke zeigte sie der Baronin Taschentücher, die sie selbst gesäumt hatte, Servietten, deren Monogramm sie gestickt hatte, und fragte: »Ist es so recht, Adelaide?« Und Mamachen erwiderte mit einem flüchtigen Blick auf das Erzeugnis: »Mach dir doch nicht so viel Mühe, meine arme Lison.«

Eines Abends gegen Ende des Monats ging nach einem Tag mit drückender Hitze der Mond in einer jener hellen und lauen Nächte auf, die einen verwirren, traurig machen, erregen und sämtliche heimlichen poetischen Stimmungen zu wecken scheinen. Der milde Hauch der Felder drang in den stillen Salon. In dem runden Schein, den der Lampenschirm auf den Tisch warf, spielten die Baronin und ihr Mann gemütlich eine Partie Karten; Tante Lison saß zwischen ihnen und strickte; und die jungen Leute lehnten am offenen Fenster und schauten in den hell erleuchteten Garten.

Die Linde und die Platane breiteten ihren Schatten über die große Wiese, die dahinter bleich schimmernd bis zu dem tiefdunklen Wäldchen lief.

Unwiderstehlich verlockt von dem sanften Zauber dieser Nacht, von diesem dunstigen Licht auf Bäumen und Beeten, drehte Jeanne sich zu ihren Eltern um: »Papachen, wir machen eine kleine Runde draußen, auf der Wiese, vor dem

Schloss.« Der Baron sagte, ohne von seinem Spiel aufzusehen: »Geht nur, liebe Kinder«, und widmete sich wieder seiner Partie.

Sie traten vor die Tür und begannen, langsam über den großen weißen Rasen bis hinten zum Wäldchen zu laufen.

Die Zeit rückte vor, ohne dass sie daran dachten, wieder ins Haus zu gehen. Die Baronin war müde und wollte hinauf in ihr Zimmer: »Wir müssen das Liebespaar zurückrufen«, sagte sie.

Der Baron ließ einen Blick über den weiten, lichterfüllten Garten schweifen, wo sachte die beiden Schatten umherwanderten.

»Lass sie doch«, versetzte er, »es ist so schön draußen! Lison wird auf sie warten; nicht wahr, Lison?«

Die alte Jungfer hob ihren unsicheren Blick und erwiderte mit ihrer schüchternen Stimme: »Freilich warte ich auf sie.«

Papachen half der Baronin auf und sagte, selbst müde von dem warmen Tag: »Ich gehe auch zu Bett.« Und er verschwand zusammen mit seiner Frau.

Nun erhob sich auch Tante Lison, und die begonnene Arbeit, ihre Wolle und die große Nadel auf der Armlehne zurücklassend, trat sie ans Fenster und schaute sinnend mit aufgestützten Ellbogen hinaus in die zauberische Nacht.

Die beiden Verlobten schritten endlos über den Rasenplatz, vom Wäldchen bis zur Freitreppe und von der Freitreppe bis zum Wäldchen. Sie hielten sich fest an der Hand und hatten aufgehört zu sprechen, als seien sie aus sich herausgetreten, ganz eins geworden mit der sichtbaren Poesie, welche der Erde entströmte.

Jeanne bemerkte plötzlich im Rahmen des Fensters, von der Helligkeit der Lampe umrissen, die Silhouette der alten Jungfer.

»Sieh mal, sagte sie, da ist Tante Lison und hält nach uns Ausschau.«

Der Vicomte hob den Kopf und sagte mit der gleichgültigen Stimme der Gedankenlosigkeit: »Ja, Tante Lison hält nach uns Ausschau.«

Und sie fuhren fort zu träumen, dahinzuschlendern und sich zu lieben.

Doch das Gras war von Tau bedeckt, sie fröstelten.

»Gehen wir wieder ins Haus«, sagte sie.

Und sie kehrten zurück.

Als sie in den Salon kamen, hatte sich Tante Lison wieder ans Stricken gemacht; sie war tief über ihre Arbeit gebeugt; und ihre hageren Finger zitterten ein wenig, als wären sie sehr müde.

Jeanne trat zu ihr: »Tante, es ist Zeit, schlafen zu gehen.«

Die alte Jungfer blickte auf; ihre Augen waren rot, als hätte sie geweint. Das Liebespaar achtete nicht darauf; doch der junge Mann bemerkte plötzlich die durchnässten dünnen Schuhe des jungen Mädchens. Er bekam Sorge und fragte zärtlich: »Ist Ihnen nicht kalt an Ihren lieben Füßchen?«

Und mit einem Mal bekamen die Finger der Tante ein so starkes Zittern, dass ihre Arbeit ihnen entglitt; das Wollknäuel rollte über das Parkett; und ihre Hände vor das Gesicht schlagend, begann sie, laut schluchzend, krampfhaft zu weinen.

Die beiden Verlobten standen wie erstarrt da und schauten sie verblüfft an. Jeanne sank auf die Knie, breitete verwirrt die Arme aus und sagte wieder und wieder: »Aber was hast du denn, aber was hast du denn, Tante Lison?«

Da antwortete die arme Frau stammelnd, mit tränennasser Stimme und sich vor Kummer windend: »Als er dich gefragt hat … Ist Ihnen nicht kalt an … an … an Ihren lieben Füßchen? … Mich hat man nie so etwas gefragt … mich … nie … nie …«

Überrascht und gerührt, musste Jeanne dennoch fast lachen bei dem Gedanken an einen Lison Zärtlichkeiten sagenden Liebhaber; und der Vicomte hatte sich abgewandt, um seine Erheiterung zu verbergen.

Doch die Tante stand plötzlich auf, ließ ihre Wolle auf dem Boden und ihr Strickzeug auf dem Sessel, flüchtete sich ohne Licht auf die dunkle Treppe und tastete sich zu ihrem Zimmer.

Allein geblieben, sahen die beiden jungen Leute sich erheitert und gerührt an. Jeanne murmelte: »Die arme Tante! …« Julien versetzte: »Sie muss heute Abend ein wenig verrückt sein.«

Sie hielten sich an den Händen, ohne den Entschluss zum Auseinandergehen zu fassen, und vor dem leeren Sessel, den Tante Lison soeben verlassen hatte, tauschten sie sachte, ganz sachte ihren ersten Kuss.

Am nächsten Tag dachten sie kaum mehr an die Tränen der alten Jungfer.

In den beiden der Hochzeit vorangehenden Wochen blieb Jeanne ziemlich still und ruhig, als sei sie der süßen Gefühlsregungen überdrüssig.

Am Vormittag des entscheidenden Tages hatte sie auch keine Zeit zum Nachdenken. Sie spürte nur ein großes Gefühl der Leere im ganzen Körper, als hätten sich ihr Fleisch, ihr Blut, ihre Knochen unter der Haut aufgelöst; und wenn sie etwas berührte, merkte sie, daß ihre Finger heftig zitterten.

Erst im Chorraum der Kirche bei der Messe kam sie wieder zu sich.

Verheiratet! Sie war also verheiratet! Die seit dem Morgenrot nacheinander bewältigten Dinge, Aufregungen und Ereignisse kamen ihr vor wie ein Traum, wirklich wie ein Traum. Es gibt Momente, wo alles um uns her verwandelt scheint, selbst die Gesten haben eine neue Bedeutung; bis hin zu den Stunden, die nicht mehr an ihrem gewohnten Platz zu sein scheinen.

Sie fühlte sich schwindelig, vor allem war sie verwundert. Am Vorabend hatte sich noch nichts an ihrem Dasein verändert; die stetige Hoffnung ihres Lebens kam nur etwas näher, wurde fast greifbar. Eingeschlafen war sie als junges Mädchen, jetzt war sie eine Frau.

Sie hatte also jene Schranke überwunden, hinter der die Zukunft mit all ihren Freuden, mit ihren erträumten glücklichen Ereignissen verborgen scheint. Sie spürte so etwas vor sich wie eine geöffnete Tür; sie würde in das Erhoffte eintreten.

Die Trauung ging zu Ende. Man schritt hinüber in die fast leere Sakristei; man hatte ja niemanden eingeladen; dann ging man wieder nach draußen.

Als sie in der Kirchentür erschienen, ließ ein fürchterliches Getöse die Braut zusammenschrecken und die Baronin laut aufschreien: Es war eine von den Bauern abgefeuerte Gewehrsalve; und bis nach Les Peuples knallte es unentwegt.

Für die Familie, den Pfarrer der Schlossherren und den

von Yport, den Bürgermeister und die unter den Großbauern der Gegend ausgewählten Trauzeugen wurde ein kleiner Imbiss serviert.

Dann machte man eine Runde im Garten, um auf das Diner zu warten. Der Baron, die Baronin, Tante Lison, der Bürgermeister und Abbé Picot begannen, in Mamachens Allee auf und ab zu gehen, während der in der gegenüberliegenden Allee mit großen Schritten umherwandernde andere Priester sein Brevier las.

Von der anderen Seite des Schlosses hörte man die lärmende Heiterkeit der Bauern, die unter den Apfelbäumen Cidre tranken. Das ganze sonntäglich gekleidete Landvolk füllte den Hof. Jungen und Mädchen jagten hintereinander her.

Jeanne und Julien durchquerten das Wäldchen, stiegen auf den Hang und schauten beide stumm auf das Meer. Es war ein wenig kühl, obwohl man mitten im August war, der Wind blies von Norden, und in dem tiefblauen Himmel schien unerbittlich die helle Sonne.

Um Schutz zu suchen, gingen die jungen Leute über die Heide, wobei sie nach rechts abbogen, da sie in das gewundene und bewaldete Tal wollten, das hinunter nach Yport führt. Sobald sie das dichte Gehölz erreicht hatten, streifte sie nicht mehr der geringste Windhauch, und sie verließen den Weg, um einen schmalen Pfad einzuschlagen, der unter das Blätterdach lief. Sie konnten kaum nebeneinander gehen, da spürte sie einen Arm, der sich langsam um ihre Taille legte.

Sie sagte nichts, und mit klopfendem Herzen und stockendem Atem rang sie nach Luft. Tief herabhängende Zweige strichen ihnen übers Haar; oft bückten sie sich, um darunter durchzuschlüpfen. Sie pflückte ein Blatt; darunter saßen wie zwei zarte rote Muscheln zwei Marienkäfer.

Da sagte sie, unschuldig und ein wenig beruhigt: »Schauen Sie mal, ein Ehepaar.«

Julien berührte flüchtig ihr Ohr mit seinem Mund: »Heute Abend sind Sie meine Frau.«

Obwohl sie bei ihren Aufenthalten in den Feldern vieles gesehen hatte, träumte sie immer noch einzig und allein von der Poesie der Liebe und war überrascht. Seine Frau? War sie das nicht bereits?

Nun begann er, ihr kleine, rasche Küsse auf Schläfe und Hals zu geben, dort, wo die ersten Haare sich kräuselten. Jedes Mal erschreckt von diesen männlichen Küssen, an die sie nicht gewöhnt war, beugte sie instinktiv den Kopf zur anderen Seite, um dieser Liebkosung auszuweichen, die sie dennoch begeisterte.

Doch plötzlich waren sie am Waldrand. Sie blieb stehen, verwirrt, so weit fort zu sein. Was sollte man von ihnen denken? »Gehen wir zurück«, sagte sie.

Er zog den Arm zurück, den er um ihre Taille geschlungen hatte, und als sie sich beide umdrehten, standen sie einander so dicht gegenüber, dass sie gegenseitig ihren Atem auf ihren Gesichtern spürten; und sie sahen sich an. Sie betrachteten sich mit dem festen, glühenden, durchdringenden Blick, in dem zwei Seelen zu verschmelzen glauben. Sie suchten sich in ihren Augen, hinter ihren Augen, in jenem undurchdringlichen Unbekannten des Wesens; sie loteten sich aus in einer stummen und hartnäckigen Befragung. Was würden sie einer für den anderen sein? Wie würde dieses Leben, das sie zusammen antraten? Was für Freuden, Glück und Enttäuschungen hielte einer für den anderen in dieser langen, unauflöslichen Zweisamkeit der Ehe bereit? Und es kam ihnen beiden so vor, als hätten sie sich noch nie gesehen.

Und plötzlich legte Julien ihr seine beiden Hände auf die Schultern und drückte ihr mitten auf den Mund einen so heftigen Kuss, wie sie ihn noch nie bekommen hatte. Er glitt hinab, dieser Kuss, er drang ihr in die Adern und in Mark und Bein; und es durchfuhr sie davon so geheimnisvoll, dass sie Julien bestürzt mit beiden Armen zurückstieß und fast auf den Rücken gefallen wäre.

»Gehen wir, gehen wir«, stammelte sie.

Er antwortete nicht, aber er nahm ihre Hände und behielt sie in den seinen.

Bis zum Haus wechselten sie kein Wort mehr. Der Rest des Nachmittags schien lang.

Als es Nacht wurde, ging man zu Tisch.

Entgegen normannischen Gewohnheiten war das Diner einfach und ziemlich kurz. Ein gewisses Unbehagen lähmte die Gäste. Nur die beiden Priester, der Bürgermeister und die vier geladenen Landwirte zeigten ein wenig von jener derben Fröhlichkeit, wie sie bei Hochzeitsfesten üblich ist.

Das Lachen schien erstorben, ein Scherz des Bürgermeisters ließ es wiederaufleben. Es war ungefähr neun Uhr abends; der Kaffee wurde gereicht. Unter den Apfelbäumen auf dem Vorplatz begann der Tanz im Freien. Durch das offene Fenster sah man das ganze Fest. Lichter waren in die Zweige gehängt worden und tönten die Blätter grüngrau. Bauernjungen und -mädchen sprangen im Kreis und grölten ein wildes Tanzlied, leise begleitet von zwei Geigern und einem Klarinettisten auf einem als Podium aufgestellten großen Küchentisch. Der lärmende Gesang der Bauern übertönte manchmal gänzlich das Lied der Instrumente; und die von den entfesselten Stimmen zerrissene dünne Musik schien in Fetzen, in kleinen Fragmenten einzelner Noten vom Himmel zu fallen.

Zwei von brennenden Fackeln umstandene dicke Fässer waren der Ausschank für die Menge. Zwei Dienstmädchen waren damit beschäftigt, in einem Eimer unentwegt Gläser und Schalen zu spülen, um sie dann noch triefend unter die Hähne zu halten, aus denen der rote Strahl des Weines oder der goldene Strahl des klaren Cidres floss. Und die durstigen Tänzer, die alten ungerührt und die Mädchen schweißgebadet, streckten im Gedränge die Arme aus, um irgendein Gefäß zu ergattern und sich, den Kopf im Nacken, ihr bevorzugtes Nass in die Kehle zu gießen.

Auf einem Tisch fand man Brot, Butter, Käse und Würste. Jeder schluckte ab und an einen Bissen hinunter, und dieses muntere und ungestüme Fest unter dem erleuchteten Blätterdach weckte bei den trübsinnigen Gästen im Speisezimmer die Lust, ebenfalls zu tanzen, aus dem Bauch dieser dicken Fässer zu trinken und dazu ein Butterbrot und eine rohe Zwiebel zu essen.

Der Bürgermeister, der mit seinem Messer den Takt schlug, rief: »Potztausend! Da ist was los, man möchte meinen, die Hochzeit von Ganache.«

Ein Anflug von ersticktem Lachen machte die Runde. Doch Abbé Picot als natürlicher Feind amtlicher Obrigkeit widersprach: »Sie meinen, von Kana.« Der andere nahm die Belehrung nicht an. »Nein, Herr Pfarrer, ich kenne mich da aus; wenn ich sage Ganache, ist es auch Ganache.«

Man erhob sich und ging in den Salon. Darauf mischte

man sich ein wenig unter das beschwipste Volk. Dann machten sich die Gäste auf den Heimweg.

Der Baron und die Baronin hatten flüsternd eine Art Streit. Atemloser denn je schien Madame Adelaide abzulehnen, worum ihr Mann sie bat; schließlich sagte sie halblaut: »Nein, mein Freund, ich kann nicht, ich wüsste nicht, wie ich das anfangen sollte.«

Da ließ Papachen sie unversehens stehen und ging zu Jeanne. »Möchtest du einen kleinen Gang mit mir machen, Töchterchen?« Ganz gerührt antwortete sie: »Wie du willst, Papa.« Sie gingen hinaus.

Sobald sie auf der Seeseite vor der Tür standen, traf sie ein leichter, scharfer Wind. Einer dieser kühlen Sommerwinde, die schon nach Herbst riechen.

Wolken eilten über den Himmel, verschleierten die Sterne und ließen sie dann wieder zum Vorschein kommen.

Der Baron presste den Arm seiner Tochter an sich und drückte ihr zärtlich die Hand. Sie schritten ein paar Minuten dahin. Er schien unentschieden, verwirrt. Schließlich besann er sich.

»Liebes, ich werde eine schwierige Rolle übernehmen, die eigentlich deiner Mutter zukommt; da sie sich jedoch weigert, muss ich sie nun vertreten. Mir ist nicht klar, was du über die Dinge des Lebens weißt. Es gibt Geheimnisse, die man sorgsam vor Kindern hütet, vor allem vor Mädchen, die ein reines Herz behalten sollen, musterhaft rein bis zu der Stunde, da wir sie dem Mann in die Arme geben, der Sorge für ihr Glück tragen wird. An ihm ist es, diesen über das süße Geheimnis des Lebens geworfenen Schleier zu lüften. Wenn sie aber noch nicht die geringste Vermutung haben, sind sie oft entrüstet über die etwas brutale Wirklichkeit, die hinter den Träumen steckt. Seelisch, ja, sogar körperlich verletzt, verweigern sie dem Gatten, was ihm das Gesetz, das Gesetz der Menschen und das Gesetz der Natur, als unumschränktes Recht zubilligt. Mehr kann ich dir nicht sagen, mein Schatz; aber bedenke immer, dass du ganz und gar deinem Mann gehörst.«

Was wusste sie eigentlich? Was erriet sie? Sie hatte zu zittern begonnen, wie durch eine Vorahnung beklommen von einer überwältigenden und schmerzlichen Melancholie.

Sie gingen wieder ins Haus. Vor Überraschung blieben sie in der Tür zum Salon stehen. Madame Adelaide schluchzte am Busen von Julien. Ihre Tränen, geräuschvolle Tränen, wie durch den Blasebalg einer Schmiede hervorgetrieben, schienen ihr aus Nase, Mund und Augen zugleich zu kommen; und der verblüffte, unbeholfene junge Mann hielt die dicke Frau aufrecht, die in seine Arme gesunken war, um ihm ihr geliebtes, süßes, angebetetes Töchterchen ans Herz zu legen.

Der Baron stürzte herbei. »Oh! Keine Szene; keine Rührseligkeit, ich bitte euch«; und er nahm seine Frau und drückte sie in einen Sessel, während sie sich das Gesicht trocknete. Dann drehte er sich zu Jeanne um: »Komm, Kleine, gib deiner Mutter schnell einen Kuss und geh schlafen.«

Ebenfalls den Tränen nahe, gab sie rasch ihren Eltern einen Kuss und verschwand.

Tante Lison hatte sich schon in ihr Zimmer zurückgezogen. Der Baron und seine Frau blieben mit Julien allein. Und sie waren weiterhin alle drei so verlegen, dass ihnen kein einziges Wort einfiel, die beiden Männer kerzengerade im Abendanzug vor sich hin starrend, Madame Adelaide zusammengesunken auf ihrem Sessel mit letzten Schluchzern in der

Kehle. Als ihre Beklommenheit unerträglich wurde, begann der Baron, über die Reise zu sprechen, auf welche die jungen Leute in ein paar Tagen gehen sollten.

Jeanne ließ sich in ihrem Zimmer von Rosalie auskleiden, die in hellen Strömen weinte. Mit ungeschickt fingernden Händen fand sie weder Bänder noch Nadeln, und sie schien deutlich noch erregter als ihre Herrin. Doch Jeanne machte sich kaum einen Gedanken über die Tränen ihres Zimmermädchens; ihr war, als sei sie in eine andere Welt gelangt, in ein anderes Land verschwunden, getrennt von allem, was sie kennengelernt hatte, von allem, was ihr teuer gewesen war. Alles in ihrem Leben und ihrem Denken schien ihr durcheinandergeraten; sie verfiel sogar auf die seltsame Idee: Liebte sie ihren Mann? Nun kam er ihr plötzlich vor wie ein Fremder, den sie kaum kannte. Drei Monate zuvor wusste sie nicht, dass es ihn überhaupt gab, und jetzt war sie seine Frau. Warum? Warum so schnell in eine Ehe stürzen wie in ein Loch, das sich vor einem aufgetan hat?

Als sie zur Nacht gekleidet war, schlüpfte sie in ihr Bett; und die kühlen Laken ließen sie erschauern und erhöhten das Gefühl von Kälte, Einsamkeit und Traurigkeit, das ihr seit zwei Stunden auf der Seele lastete.

Immer noch schluchzend, verschwand Rosalie; und Jeanne wartete. Sie wartete voller Angst, mit klopfendem Herzen, auf jenes irgendwie Erahnte und in verworrenen Worten von ihrem Vater Angekündigte, auf jene mysteriöse Enthüllung dessen, was das große Geheimnis der Liebe ist.

Ohne dass sie gehört hätte, wie jemand die Treppe heraufkam, klopfte es dreimal leise an ihrer Tür. Sie zitterte schrecklich und erwiderte keinen Ton. Es klopfte von Neuem, dann knackte das Schloss. Sie zog sich die Decke über den Kopf, als sei ein Dieb bei ihr eingedrungen. Stiefeletten knirschten leise auf dem Parkett; und plötzlich berührte jemand ihr Bett.

Sie fuhr auf und stieß einen gedämpften Schrei aus; und ihren Kopf befreiend, sah sie Julien vor sich stehen, der sie lächelnd ansah. »Oh, was für einen Schrecken Sie mir eingejagt haben!«, sagte sie.

Er versetzte: »Hatten Sie mich denn gar nicht erwartet?« Sie gab keine Antwort. Er war im Frack, mit dem würdevollen Gesicht eines schönen Burschen; und sie schämte sich furchtbar, vor diesem so tadellos gekleideten Mann im Bett zu liegen.

Sie wussten sich nichts mehr zu sagen und wagten nicht einmal, sich anzusehen in diesem bedeutsamen und entscheidenden Augenblick, von dem das Herzensglück des ganzen Lebens abhängt.

Vielleicht fühlte er undeutlich, welche Gefahr dieser Kampf mit sich bringt und welch einfühlsame Selbstbeherrschung, welch geschickte Zärtlichkeit vonnöten ist, um keines der schamhaften feinen Gefühle, der grenzenlosen Empfindlichkeiten einer von Träumen genährten jungfräulichen Seele zu verletzen.

So nahm er vorsichtig ihre Hand, die er küsste, und vor dem Bett niederkniend wie vor einem Altar, murmelte er mit hauchfeiner Stimme: »Wären Sie bereit, mich zu lieben?« Mit einem Mal beruhigt, hob sie ihren von einer Wolke aus Spitzen umgebenen Kopf vom Kissen und lächelte: »Ich liebe Sie doch bereits, mein Freund.«

Er nahm die zarten, kleinen Finger seiner Frau in den

Mund, und mit einer Stimme, die durch diesen lebendigen Knebel verändert war, sagte er: »Möchten Sie mir beweisen, dass Sie mich lieben?«

Von Neuem verwirrt, ohne recht zu begreifen, was sie sagte, erwiderte sie in Erinnerung an die Worte ihres Vaters: »Ich bin die Ihre, mein Freund.«

Er bedeckte ihr Handgelenk mit feuchten Küssen, und sich langsam aufrichtend, näherte er sich ihrem Gesicht, das sie wieder zu verstecken begann.

Plötzlich griff er über das Bett und umschlang seine Frau mit den Laken, während er seinen anderen Arm unter das Kissen schob und es samt dem Kopf anhob: Und ganz leise, leise fragte er: »Dann wollen Sie also ein ganz klein wenig für mich zur Seite rücken?«

Sie hatte Angst, eine instinktive Angst, und stammelte: »Oh, noch nicht, ich bitte Sie.«

Er schien enttäuscht, ein wenig gekränkt, und in immer noch flehendem, aber rauerem Ton fuhr er fort: »Warum später, wenn wir doch dabei enden werden?«

Sie nahm ihm diese Bemerkung übel; aber folgsam und ergeben sagte sie zum zweiten Mal: »Ich bin die Ihre, mein Freund.«

Da verschwand er rasch im Ankleidezimmer; und bei dem Rascheln abgelegter Kleidung, in der Tasche klingelnder Münzen und dem dumpfen Geräusch nacheinander zu Boden fallender Stiefeletten hörte sie deutlich, was er tat.

Und auf einmal ging er in Unterhose und Socken rasch durchs Zimmer, um seine Uhr auf den Kamin zu legen. Dann machte er kehrt, lief in den kleinen Raum nebenan und rumorte dort noch einige Zeit herum, und als sie spürte, dass er zu ihr kam, drehte Jeanne sich schnell auf die andere Seite und schloss die Augen.

Sie fuhr auf, wie um sich auf den Boden zu stürzen, als sich an ihr Bein lebhaft ein anderes Bein drängte, das kalt und behaart war; und kurz davor, aus Angst und Bestürzung zu schreien, kauerte sie sich, das Gesicht in den Händen, fassungslos am äußersten Bettende zusammen.

Sogleich nahm er sie in seine Arme, obwohl sie ihm den Rücken zukehrte, und gierig küsste er ihren Hals, die losen Spitzen ihrer Nachthaube und den bestickten Kragen ihres Hemdes.

In grauenhafter Angst erstarrt, blieb sie stocksteif, als sie spürte, dass eine kräftige Hand nach ihrer zwischen ihren Ellbogen verborgenen Brust suchte. Völlig außer sich, rang sie unter dieser groben Berührung nach Luft; und vor allem hatte sie das Verlangen zu fliehen, durchs Haus zu rennen und sich irgendwo, weit weg von diesem Mann, einzuschließen.

Er rührte sich nicht mehr. Seine Wärme drang in ihren Rücken. Da legte sich nochmals ihr Schrecken, und ihr kam jäh der Gedanke, dass sie sich nur umzudrehen brauchte, um ihn zu küssen.

Schließlich schien er ungeduldig zu werden, und er sagte mit betrübter Stimme: »Wollen Sie denn gar nicht meine kleine Frau werden?« Sie murmelte durch ihre Finger: »Bin ich das nicht?« Er erwiderte leicht unwirsch: »Aber nein, meine Liebe, kommen Sie, machen Sie sich nicht über mich lustig.«

Sie war erschrocken über den unzufriedenen Ton seiner Stimme; und auf einmal wandte sie sich ihm zu, um ihn um Verzeihung zu bitten.

Hitzig, wie nach ihr gierend, packte er ihren Körper; und sie mit Liebkosungen betäubend, überzog er ihr ganzes Gesicht und den Ansatz ihres Busens mit schnellen, beißenden, rasenden Küssen. Sie hatte die Hände geöffnet und blieb leblos unter seinen Bemühungen, nicht mehr wissend, was sie tat, was er tat, in einem Aufruhr von Gedanken, der sie nichts mehr begreifen ließ. Doch plötzlich durchfuhr sie ein schneidender Schmerz; und sich in seinen Armen windend, begann sie zu stöhnen, während er gewaltsam von ihr Besitz ergriff.

Was geschah dann? Sie konnte sich kaum mehr daran erinnern, denn sie hatte den Kopf verloren; ihr war nur, als ließe er einen Hagel dankbarer kleiner Küsse auf ihren Lippen niedergehen.

Dann musste er etwas zu ihr sagen, und sie musste ihm antworten. Darauf machte er weitere Versuche, die sie mit Entsetzen abwies; und als sie sich sträubte, begegnete sie auf seiner Brust jenem dichten Haar, das sie schon auf seinem Bein gespürt hatte, und sie wich schockiert zurück.

Endlich war er es leid, sich erfolglos um sie zu bemühen, und er blieb still auf dem Rücken liegen.

Nun kam sie zur Besinnung; bis auf den Grund ihrer Seele verzweifelt, sagte sie sich in der vernichteten Einbildung eines so anderen erträumten Rausches, einer zerstörten teuren Erwartung, einer gescheiterten Glückseligkeit: Das ist es also, was er seine Frau sein nennt; das ist es! Das ist es!

Und so lag sie lange da, untröstlich, und irrte mit den Augen über die Tapeten an der Wand, über die alte Liebeslegende, die ihr Zimmer umgab.

Doch da Julien nichts mehr sagte, sich nicht mehr rührte, wandte sie ihm langsam ihren Blick zu, und sie sah, dass er schlief! Er schlief, den Mund halb geöffnet, mit entspanntem Gesicht! Er schlief!

Sie konnte es nicht glauben, fühlte sich von diesem Schlaf beleidigter, verletzter als von seiner Grobheit, behandelt wie die Erstbeste. Konnte er in einer solchen Nacht schlafen? Was zwischen ihnen geschehen war, hatte also für ihn nichts Überraschendes? Oh, lieber wäre sie geschlagen, abermals vergewaltigt, durch widerliche Liebkosungen verwundet worden bis zur Bewusstlosigkeit!

Reglos, auf einen Ellbogen gestützt, ihm zugeneigt lag sie da und hörte ein leises Blasen aus seinen Lippen kommen, das zuweilen wie Schnarchen klang.

Der Tag brach an, zunächst trübe, dann hell, dann rosig, dann strahlend. Julien schlug die Augen auf, gähnte, streckte die Arme aus, schaute auf seine Frau, lächelte und fragte: »Hast du gut geschlafen, mein Schatz?«

Sie merkte, dass er jetzt »Du« zu ihr sagte, und sie erwiderte bestürzt: »Aber ja. Und Sie?« Er sagte: »Oh, ich, sehr gut!« Und sich zu ihr drehend, küsste er sie und begann dann, in aller Ruhe zu plaudern. Er legte ihr Pläne für ihr Leben dar, samt Ideen für Sparmaßnahmen; und dieses mehrfach gefallene Wort verblüffte Jeanne. Sie hörte ihm zu, ohne den Sinn der Worte recht zu verstehen, und betrachtete ihn, während ihr tausend flüchtige Dinge durch den Kopf schossen, die ihr Inneres kaum berührten.

Es schlug acht. »Komm, wir müssen aufstehen«, sagte er, »wir machen uns lächerlich, wenn wir lange im Bett bleiben«, und er stieg als Erster heraus. Als er seine Kleidung angelegt hatte, half er freundlich seiner Frau bei allen winzigen Einzelheiten der ihren und erlaubte nicht, nach Rosalie zu rufen.

In der Tür hielt er sie zurück. »Weißt du, unter uns können wir uns jetzt duzen, aber vor deinen Eltern warten wir lieber noch damit. Wenn wir von unserer Hochtzeitsreise zurückkommen, wird das ganz selbstverständlich sein.«

Sie ließ sich erst sehen, als es Zeit zum Déjeuner war. Und so verfloss der Tag wie gewöhnlich, als sei nichts Neues geschehen. Es war bloß ein weiterer Mann im Hause.

V

Vier Tage später kam die Berline, die sie nach Marseille bringen sollte.

Nach der Qual des ersten Abends hatte sich Jeanne bereits an den Umgang mit Julien, an seine Küsse, an seine zärtlichen Liebkosungen gewöhnt, obwohl ihr Widerwille gegen ihre intimeren Beziehungen nicht abgenommen hatte.

Sie fand ihn schön, sie liebte ihn; von Neuem war sie glücklich und froh.

Der Abschied war kurz und ohne Traurigkeit. Nur die Baronin schien bewegt zu sein; und als der Wagen losfahren sollte, legte sie eine dicke Börse, schwer wie Blei, in die Hände ihrer Tochter: »Das ist für deine kleinen Ausgaben als junge Frau«, sagte sie.

Jeanne warf sie in ihre Tasche; und die Pferde zogen an.

Gegen Abend sagte Julien zu ihr: »Wie viel hat dir deine Mutter in dieser Börse gegeben?« Sie dachte nicht weiter darüber nach und schüttete sie auf seinen Knien aus. Eine Flut von Goldmünzen rann heraus; zweitausend Francs. Sie klatschte in die Hände: »Ich werde verrückte Ausgaben machen«, und sie steckte das Geld wieder weg.

Nach acht Reisetagen kamen sie bei schrecklicher Hitze in Marseille an.

Und am nächsten Tag trug sie die *Roi-Louis*, ein kleiner

Dampfer, der über Ajaccio nach Neapel fuhr, nach Korsika.

Korsika! Die Macchia! Die Banditen! Die Berge! Die Heimat Napoléons! Jeanne war, als verlasse sie die Wirklichkeit, um, hellwach, in einen Traum zu treten.

Seite an Seite sahen sie vom Deck des Schiffes die Steilküsten der Provence vorüberziehen. Reglos, in mächtigem Azur, lag das Meer wie erstarrt, wie gestählt in dem gleißenden Licht, das von der Sonne fiel, unter dem fast übertrieben blauen, grenzenlosen Himmel.

Sie sagte: »Erinnerst du dich an unseren Ausflug im Boot vom alten Lastique?«

Statt zu antworten, drückte er ihr einen raschen Kuss auf das Ohr.

Die Räder des Dampfers mahlten durch das Wasser und störten dessen tiefen Schlaf; und dahinter verlief, so weit das Auge reichte, die schnurgerade Spur des Schiffes in einer langen Schaumbahn, einem weißen breiten Streifen, wo die aufgewirbelte Flut perlte wie Champagner.

Plötzlich sprang am Bug wenige Faden entfernt ein riesiger Fisch, ein Delfin aus dem Wasser, dann tauchte er kopfüber wieder unter und verschwand. Jeanne schrak vor Angst zusammen, schrie auf und warf sich an Juliens Brust. Dann begann sie, über ihren Schrecken zu lachen, und schaute gespannt, ob das Tier nicht wieder zum Vorschein käme. Nach ein paar Sekunden schoss es wie ein gewaltiges automatisches Spielzeug wieder empor. Darauf fiel es zurück und kam abermals heraus; schließlich waren es zwei, dann drei, dann sechs, die rings um das schwere Boot ihre Luftsprünge zu machen und ihren monströsen Bruder, den hölzernen

Fisch mit eisernen Flossen, zu eskortieren schienen. Sie glitten links am Schiff vorbei und kehrten rechts davon zurück, und mal gemeinsam, mal einer nach dem anderen, wie in einem Spiel, einer fröhlichen Verfolgungsjagd, sprangen sie im Bogen hoch in die Luft und tauchten dann dicht nacheinander wieder unter.

Jeanne klatschte in die Hände und erschauerte bei jedem Erscheinen der riesigen und gewandten Schwimmer vor Begeisterung. Wie sie hüpfte ihr Herz in toller, kindlicher Freude.

Mit einem Mal verschwanden sie. Man erblickte sie noch einmal weit entfernt auf dem offenen Meer; dann waren sie nicht mehr zu sehen, und Jeanne war für ein paar Sekunden voller Kummer über ihr Davonziehen.

Es wurde Abend, ein stiller, strahlender Abend voller Glanz und glücklichem Frieden. Kein Hauch in der Luft oder auf dem Wasser; und diese grenzenlose Ruhe von Meer und Himmel legte sich auf die betäubten Seelen, auch sie streifte kein Hauch.

Sachte tauchte die große Sonne unter, dort hinten, in Richtung des unsichtbaren Afrika, Afrika, die feurige Welt, deren Glut man schon zu spüren meinte; doch eine Art kühler Liebkosung, indes nicht einmal die Spur einer Brise, streifte die Gesichter, als das Gestirn verschwunden war.

Sie wollten nicht zurück in ihre Kabine, wo man sämtliche schrecklichen Gerüche der Linienschiffe wahrnahm; und Seite an Seite streckten sich beide in ihre Mäntel gewickelt an Deck aus. Julien schlief sofort ein; doch Jeanne blieb mit offenen Augen liegen, erregt von dem völlig Neuen der Reise. Das eintönige Brausen der Räder lullte sie ein; und sie sah über sich die Legionen heller, sehr heller Sterne mit ihrem in dem klaren Himmel des Südens durchdringenden, funkelnden, gleichsam feuchten Licht.

Gegen Morgen schlummerte sie dann doch ein. Gepolter, Stimmen weckten sie. Die Matrosen putzten singend das Schiff. Sie rüttelte ihren Mann wach, der reglos schlafend dalag, und sie erhoben sich.

Mit Begeisterung trank sie den salzigen Dunst, der ihr bis in die Fingerspitzen drang. Ringsum war nur Meer. Und doch schien vor dem Bug etwas Graues, in der beginnenden Morgendämmerung noch Verworrenes auf den Fluten zu liegen, eine Art Anhäufung seltsamer, spitzer, zerrissener Wolken.

Dann trat es schärfer hervor; die Formen zeichneten sich klarer vor dem gelichteten Himmel ab; es erschien eine lange Linie zackiger und bizarrer Berge: Korsika, gehüllt in eine Art zarten Schleier.

Und dahinter stieg die Sonne empor und ließ alle Vorsprünge der Bergkämme als dunkle Schatten Gestalt annehmen; dann leuchteten alle Gipfel auf, während der Rest der Insel weiter in nebligem Dunst lag.

Der Kapitän, ein sonnenverbrannter, kleiner alter Mann, ausgedörrt, zusammengestaucht, verknöchert, verrunzelt von den scharfen und salzigen Winden, erschien an Deck, und mit einer von dreißig Jahren Kommando heiser geschrienen, von den in die Sturmböen gebrüllten Befehlen verbrauchten Stimme sagte er zu Jeanne: »Können Sie sie riechen, diese Schlampe?«

Sie bemerkte tatsächlich einen starken und seltsamen Geruch von Pflanzen, von herben Aromen.

Der Kapitän fuhr fort: »Das ist La Corse, die so riecht, Madame; das ist ihr eigener Duft einer hübschen Frau. Wäre ich auch zwanzig Jahre fort gewesen, ich würde sie auf fünf Seemeilen Entfernung erkennen. Dort stamme ich her. Er da unten in Sankt Helena, er spricht anscheinend immer noch vom Duft seiner Heimat. Er gehört zu meiner Familie.«

Und der Kapitän zog seine Mütze und grüßte Korsika, grüßte dort in der Ferne über den Ozean hinweg den gefangenen großen Kaiser, der zu seiner Familie gehörte.

Jeanne war so gerührt, dass sie fast geweint hätte.

Dann zeigte der Seemann auf den Horizont: »Die Sanguinaires!«, sagte er.

Julien stand hinter seiner Frau und hatte seine Arme um ihre Taille gelegt, und beide hielten Ausschau nach der angegebenen Stelle.

Schließlich bemerkten sie ein paar pyramidenförmige Klippen, welche das Schiff bald umrundete, um in eine riesige, stille Bucht einzufahren, umgeben von einer Menge hoher Gipfel, deren untere Hänge mit Moos bedeckt zu sein schienen. Der Kapitän zeigte auf dieses Grün: »Die Macchia.«

Je weiter sie vordrangen, desto mehr schien der Kreis der Berge sich hinter dem Schiff zu schließen, das träge über einen See von Azurblau schwamm, der so durchsichtig war, dass man bisweilen bis auf den Grund sah.

Und ganz weiß, am Ende der Bucht, am Meeressaum, zu Füßen der Berge erschien plötzlich die Stadt.

Im Hafen lagen ein paar kleine italienische Kähne vor Anker. Vier oder fünf Boote schwärmten um die *Roi-Louis*, um ihre Passagiere abzuholen.

Julien, der ihr Gepäck zusammenstellte, fragte seine Frau leise: »Es reicht doch, dem Träger zwanzig Sous zu geben, nicht wahr?«

Seit einer Woche stellte er alle Augenblicke die gleiche Frage, die ihr jedes Mal wehtat. Sie erwiderte mit einiger Ungeduld: »Wenn man nicht sicher ist, ob es genug ist, gibt man lieber zu viel.«

Pausenlos verhandelte er mit den Hoteliers und den Kellnern, mit den Kutschern, mit irgendwelchen Verkäufern, und wenn er durch Spitzfindigkeit irgendeinen Rabatt erhalten hatte, sagte er, sich die Hände reibend, zu Jeanne: »Ich möchte nicht bestohlen werden.«

Sie zitterte, wenn sie die Rechnung kommen sah, im Voraus der Einwände gewiss, die er bei jedem Posten machen würde, gedemütigt von diesen Händeln, bis zu den Haarwurzeln errötend unter dem verächtlichen Blick der Dienstboten, die, ihr ungenügendes Trinkgeld in der Faust, ihrem Mann hinterherschauten.

Eine weitere Diskussion hatte er mit dem Schiffer, der sie an Land brachte.

Der erste Baum, den sie sah, war eine Palme!

An der Ecke eines weiten Platzes stiegen sie in einem großen, leeren Hotel ab und ließen sich das Déjeuner bringen.

Als sie mit dem Dessert fertig waren und Jeanne sich erhob, um durch die Stadt zu streifen, nahm Julien sie in die Arme und murmelte ihr zärtlich ins Ohr: »Wie wär's, wenn wir uns ein wenig hinlegten, mein Kätzchen?«

Sie blieb überrascht stehen: »Uns hinlegen? Aber ich bin nicht müde.«

Er umschlang sie: »Ich habe Lust auf dich. Verstehst du? Seit zwei Tagen! ...«

Sie wurde purpurrot und stammelte beschämt: »Oh! Jetzt! Aber was wird man sagen? Was wird man denken? Wie könntest du es wagen, am helllichten Tag ein Zimmer zu verlangen? Oh, Julien, ich bitte dich!«

Doch er unterbrach sie: »Was das Hotelpersonal sagen und denken mag, ist mir reichlich egal. Du wirst sehen, wie wenig mich das kümmert.«

Und er zog die Glocke.

Sie hatte die Augen gesenkt und sagte nichts mehr, war jedoch in Leib und Seele empört über dieses pausenlose Verlangen des Gatten und fügte sich nur mit Abscheu, resigniert, ja gedemütigt, weil sie etwas Tierisches, Erniedrigendes, kurz, eine Hurerei darin sah.

Ihre Sinnlichkeit war noch nicht erwacht, und ihr Mann ging mit ihr um, als teile sie seine brennende Begierde.

Als der Kellner gekommen war, bat ihn Julien, sie in ihr Zimmer zu bringen. Der Mann, ein echter Korse, behaart bis zu den Augen, begriff nicht und versicherte, abends wäre der Raum fertig.

Julien erklärte ungeduldig: »Nein, jetzt gleich. Wir sind müde von der Reise, wir möchten uns hinlegen.«

Da glitt ein Lächeln in den Bart des Bedienten, und Jeanne wäre am liebsten davongelaufen.

Als sie eine Stunde später wieder herunterkamen, wagte sie nicht mehr, an den Leuten vorüberzugehen, die ihr begegneten, überzeugt, dass sie hinter ihrem Rücken lachen und tuscheln würden. Sie nahm es Julien zutiefst übel, dass er das nicht begriff, dass er dieses feine Schamgefühl, diesen instinktiven Takt nicht besaß; und sie spürte so etwas wie einen Schleier, ein Hindernis zwischen ihr und ihm; zum ersten Mal sah sie ein, dass sich zwei Menschen nie bis ins Innerste, bis auf den Grund der Gedanken begreifen, dass sie bisweilen eng umschlungen nebeneinanderher gehen, aber nicht eins sind, und dass das innere Wesen jedes Einzelnen von uns im Leben auf ewig allein bleibt.

Sie blieben drei Tage in dieser tief in ihrer blauen Bucht versteckten kleinen Stadt, heiß wie in einem Backofen hinter ihrem Schutzwall von Bergen, der nie den Wind bis zu ihr wehen lässt.

Dann wurde eine Route für ihre Reise festgelegt, und damit sie vor keiner schwierigen Strecke zurückschrecken müssten, beschlossen sie, Pferde zu mieten. Sie mieteten also zwei magere und unermüdliche kleine korsische Hengste mit wildem Blick und machten sich eines Morgens bei Tagesanbruch auf den Weg. Ein Führer auf einem Maultier begleitete sie und transportierte den Proviant, denn Gasthöfe sind in dieser wilden Gegend unbekannt.

Der Weg folgte zunächst der Bucht und lief dann in ein nicht sehr tiefes Tal, das zu den großen Bergen führte. Oft kam man über nahezu trockene Wildbäche; eine Spur von Bach regte sich noch unter den Steinen und ließ wie ein verborgenes Tier ein schüchternes Glucksen vernehmen.

Das brachliegende Land schien ganz baumlos zu sein. Die Hänge waren mit hohem Gras bedeckt, das zu dieser glühend heißen Jahreszeit gelb war. Manchmal begegnete man einem Bergbewohner, mal zu Fuß, mal auf einem kleinen Pferd, mal rittlings auf einem Esel von der Größe eines Hundes. Und alle hatten ein geladenes Gewehr auf dem Rücken, alte, verrostete Waffen, in ihren Händen furchterregend.

Der durchdringende Duft der würzigen Pflanzen, mit denen die Insel bedeckt ist, schien die Luft stickig zu machen; und der Weg stieg gemächlich in den langen Bergsenken nach oben. Die Gipfel aus rosafarbenem oder blauem Granit verliehen der weiten Landschaft märchenhafte Farben; und auf den niedrigeren Hängen wirkten die ausgedehnten Kastaniwälder wie grünes Buschwerk, so riesenhaft sind die Wellen, welche die Erde in dieser Gegend schlägt.

Manchmal zeigte der Führer auf die schroffen Höhen und nannte einen Namen. Jeanne und Julien schauten hinauf und sahen nichts, dann entdeckten sie schließlich etwas Graues, wie einen Haufen Steine, die vom Gipfel gefallen waren. Es war ein Dorf, ein kleiner Weiler aus Granitstein, der dort, wie ein richtiges Vogelnest, nahezu unsichtbar an dem riesigen Gebirge klebte.

Die lange Tour im Schritt machte Jeanne nervös. »Jagen wir ein wenig«, sagte sie. Und sie gab ihrem Pferd die Sporen. Da sie ihren Mann nicht hinter sich hergaloppieren hörte, drehte sie sich um und brach in ein tolles Gelächter aus, als sie ihn blass und in die Mähne des Tieres geklammert merkwürdig auf und nieder hüpfend hereilen sah. Seine Schönheit, sein Gesicht eines »schönen Kavaliers« machten seine Ungeschicklichkeit und seine Angst noch komischer.

Sie fielen also in einen langsamen Trab. Der Weg lief jetzt durch endloses Dickicht, das wie ein Mantel den ganzen Berghang bedeckte. Das war die Macchia, die undurchdringliche Macchia, entstanden aus grünen Eichen, Wacholderbüschen, Erdbeer- und Mastixbäumen, Wegedorn, Ginster, Steinlorbeer, Myrten und Buchsbaum, die durch alles umschlingende Klematis, gigantische Farne, Geißblatt, Cistrosen, Rosmarin, Lavendel und Brombeersträucher verfilzt wie Haar miteinander verbunden waren und ein unentwirrbares Vlies über die Bergrücken breiteten.

Sie waren hungrig. Der Führer holte sie ein und geleitete sie an eine jener in dem bergigen Gelände so häufigen zauberischen Quellen, einen dünnen, runden Strahl eisigen Wassers, das aus einem kleinen Loch im Felsen kommt und über ein Kastanienblatt fließt, welches von einem Reisenden dort angebracht wurde, um den winzigen Strom zum Munde zu leiten.

Jeanne war so glücklich, dass sie große Mühe hatte, nicht vor Freude zu schreien.

Sie brachen wieder auf und begannen, die Bucht von Sagone umrundend, bergab zu reiten.

Gegen Abend kamen sie durch Cargèse, das griechische Dorf, dort einst von einer Ansiedlung aus ihrer Heimat vertriebener Flüchtlinge erbaut. Große und schöne, besonders anmutige Mädchen mit elegantem Wuchs, langen Händen und schmaler Taille standen in einer Gruppe um einen Brunnen. Julien hatte ihnen »Guten Tag« zugerufen, sie antworteten mit einer melodischen Stimme in der wohlklingenden Sprache ihrer verlassenen Heimat.

Sie kamen nach Piana, man musste wie in alten Zeiten und einsamen Landstrichen um Gastfreundschaft bitten. Jeanne, die darauf wartete, dass sich die Tür auftat, an die Julien geklopft hatte, zitterte vor Freude. Oh! Das war eine richtige Reise, mit allen Überraschungen unerforschter Reiserouten.

Es war ausgerechnet ein junges Paar, bei dem sie anfragten. Man empfing sie, wie die Vorväter den gottgesandten Gast empfangen haben mussten, und sie schliefen auf einem Sack aus Maisstroh in einem verrotteten alten Haus, dessen ganzes wurmstichiges, von langen Pfahlwürmern wimmelndes Gebälk leise raschelte, zu leben und zu ächzen schien.

Sie zogen bei Sonnenaufgang los und blieben nicht lange darauf vor einem Wald stehen, einem wahren Wald aus purpurrotem Granit. Das waren Spitzen, Säulen, Türmchen, erstaunliche Gesichter, modelliert von der Zeit, dem nagenden Wind und dem Dunst der See.

Schlank, rund, gewunden, krumm, unförmig, überraschend, unwirklich, schienen diese bis zu dreihundert Meter hohen erstaunlichen Felsen Bäume zu sein, Pflanzen, Tiere, Monumente, Menschen, Mönche in Kutte, Teufel mit Hörnern und riesenhafte Vögel, ein ganzes monströses Volk, die Menagerie eines nach dem Willen irgendeines närrischen Gottes zu Stein gewordenen Albtraums.

Ganz beklommen sagte Jeanne kein Wort mehr, und sie nahm Juliens Hand und drückte sie, vor dieser Schönheit der Dinge überwältigt von einem Bedürfnis zu lieben.

Und als sie aus diesem Chaos herauskamen, entdeckten sie plötzlich eine neue Bucht, die ganz von einer leuchtenden Wand aus rotem Granit eingefasst war. Und diese scharlachroten Felsen spiegelten sich in dem blauen Meer.

Jeanne stammelte: »Oh! Julien!«, und fand, tief bewegt vor Bewunderung, mit zugeschnürter Kehle, keine anderen Worte; aus ihren Augen liefen zwei Tränen. Er sah sie überrascht an und fragte: »Was hast du, mein Kätzchen?«

Sie trocknete ihre Wangen, lächelte und sagte mit leicht zitternder Stimme: »Nichts … das sind die Nerven … Ich weiß nicht … Ich war ergriffen. Ich bin so glücklich, dass mich die kleinste Sache umwirft.«

Er verstand diese weiblichen Erregungen nicht, die Erschütterungen dieser von einem Nichts betörten, feinfühligen Wesen, die eine Begeisterung umtreibt wie eine Katastrophe, die ein unbegreifliches Gefühl in Aufruhr versetzt, toll vor Freude werden lässt oder in Verzweiflung stürzt.

Ihre Tränen kamen ihm lächerlich vor, und ganz mit dem schlechten Weg beschäftigt, sagte er: »Du solltest lieber auf dein Pferd achten.«

Auf einer nahezu unwegsamen Strecke ritten sie ganz in diese Bucht hinunter und bogen dann nach rechts ab, um das düstere Tal von Ota zu erklimmen.

Doch der Pfad versprach nichts Gutes. Julien machte den Vorschlag: »Sollten wir nicht zu Fuß hochsteigen?« Begeistert, zu wandern und nach dieser gerade erlebten Aufregung mit ihm allein zu sein, willigte sie mit Vergnügen ein.

Der Führer ritt mit dem Maultier und den beiden Pferden voraus, und sie gingen langsam hinterher.

Das von oben bis unten aufgerissene Gebirge öffnete sich in einem schmalen Spalt. In diese Bresche windet sich der Pfad. Zwischen zwei gewaltigen Wänden folgt er dem Talboden; und ein reißender Bach stürzt durch diese Kluft. Die Luft ist eisig, der Granit scheint schwarz, und was ganz oben an blauem Himmel zu sehen ist, verblüfft und überwältigt.

Ein plötzliches Geräusch ließ Jeanne erzittern. Sie hob den Blick; aus einem Loch flog ein riesiger Vogel: Es war ein Adler. Seine weit geöffneten Schwingen schienen nach den beiden Wänden des Schachts zu tasten, und höher und höher stieg er bis in das Himmelsblau und verschwand.

Weiter oben teilt sich die Kluft; der Pfad klettert in jähen Zickzacklinien zwischen den beiden Schluchten empor. Jeanne ging behände und leichtsinnig voran, sie brachte Steine unter ihren Füßen zum Rollen, und furchtlos beugte sie sich über die Abgründe. Ein wenig atemlos folgte er ihr, den Blick aus Angst vor Schwindel zu Boden gerichtet.

Plötzlich überflutete sie die Sonne; sie meinten, aus der Hölle zu kommen. Sie hatten Durst, eine feuchte Spur führte sie durch ein Chaos von Felsbrocken bis zu einer für die Ziegenhirten durch einen hohlen Stab geleiteten winzigen Quelle. Ringsum bedeckte den Boden ein Teppich von Moos. Jeanne kniete nieder, um zu trinken; und Julien tat es ihr nach.

Und als sie die Kühle des Wassers genoss, nahm er sie bei der Taille und versuchte, ihr den Platz am Ende des Rohrs zu rauben. Sie sträubte sich; ihre Lippen stritten, prallten aufeinander, stießen sich zurück. Je nachdem, wie der Kampf verlief, schnappten sie abwechselnd das dünne Ende der Leitung und bissen hinein, um es festzuhalten. Und der unentwegt zurückeroberte und wieder entwischte kalte, feine Strahl zersprang und verband sich erneut, bespritzte die Gesichter, die Hälse, die Kleider, die Hände. Wie Perlen blitzten Tröpfchen in ihrem Haar. Und Küsse rannen ins strömende Wasser.

Plötzlich hatte Jeanne eine Eingebung der Liebe. Sie füllte ihren Mund mit dem klaren Nass, und mit Wangen, die prall waren wie Schläuche, bedeutete sie Julien, dass sie, Lippe an Lippe, seinen Durst stillen wollte.

Lächelnd, mit zurückgeneigtem Kopf und offenen Armen bot er ihr seine Kehle; und er trank mit einem Zug aus dieser Quelle von Fleisch und Blut, die ihm ein brennendes Verlangen bis ins Innerste goss.

Jeanne drängte sich mit ungewohnter Zärtlichkeit an ihn; ihr Herz klopfte; ihr Busen hob sich; ihre in Wasser schwimmenden Augen schienen nun erweicht. Ganz leise murmelte sie: »Julien … ich liebe dich!«, und ihn an sich ziehend, ließ sie sich auf den Rücken fallen und verbarg ihr vor Scham purpurrot gewordenes Gesicht in den Händen.

Er stürzte sich auf sie und umschlang sie voller Wollust. Sie keuchte vor erregter Erwartung; und plötzlich schrie sie auf, wie vom Blitz getroffen von der Empfindung, die sie hervorgelockt hatte.

Sie brauchten lange, um den höchsten Punkt der Steigung zu erreichen, so erregt und erschöpft, wie sie immer noch war, und sie kamen erst am Abend bei einem Verwandten ihres Führers, Paoli Palabretti, in Évisa an.

Er war ein hochgewachsener, ein wenig gebeugter Mann mit dem matten Aussehen eines Schwindsüchtigen. Er führte sie in ihr Zimmer, eine traurige Kammer aus nacktem Stein, die für dieses Land, wo jede Eleganz unbekannt bleibt, jedoch schön war; und in seiner Mundart, dem korsischen Kauderwelsch, einem Brei aus Französisch und Italienisch, sagte er, wie er sich freue, sie zu empfangen, als eine helle Stimme ihn unterbrach; und eine kleine dunkelhaarige Frau mit großen schwarzen Augen, sonnenheißer Haut und schmaler Taille, die in fortwährendem Lachen ständig die Zähne blitzen ließ, schoss herein, umarmte Jeanne, schüttelte Julien die Hand und sagte immer wieder: »Guten Tag, Madame, guten Tag, Monsieur, wie geht's?«

Sie nahm die Hüte und die Umschlagtücher, raffte alles mit einem Arm zusammen, denn sie trug den anderen in einer Binde, dann schickte sie alle nach draußen und sagte zu ihrem Mann: »Führ sie bis zum Diner ein wenig herum.«

Monsieur Palabretti gehorchte sogleich, nahm die beiden jungen Leute rechts und links an seine Seite und zeigte ihnen das Dorf. Er ging und sprach schleppend, hustete häufig und wiederholte bei jedem Anfall: »Das ist die kalte Luft aus dem Tal, die mir da auf die Brust geschlagen ist.«

Er führte sie einen einsamen Pfad unter gewaltigen Kastanienbäumen entlang. Plötzlich blieb er stehen und sagte in seiner eintönigen Art: »Hier wurde mein Cousin Jean Rinaldi von Mathieu Lori umgebracht. Schauen Sie, ich stand da, genau neben Jean, als Mathieu zehn Schritte vor uns auftauchte. ›Jean‹, rief er, ›geh nicht nach Albertacce; geh da nicht hin, Jean, oder ich bring dich um, das sag ich dir.‹

Ich habe Jean am Arm gepackt: ›Geh nicht da hin, Jean, er würde es tun.‹

Es ging um ein Mädchen, hinter dem sie beide her waren, Paulina Sinacoupi.

Aber Jean begann zu rufen: ›Ich gehe, Mathieu; und du wirst mich nicht daran hindern.‹

Da nahm Mathieu sein Gewehr von der Schulter, bevor ich das meine anlegen konnte, und schoss.

Jean sprang mit beiden Füßen hoch in die Luft, wie ein Kind, das auf dem Seil tanzt, ja, Monsieur, und er fiel mit voller Wucht auf mich, sodass mir mein Gewehr aus der Hand rutschte und bis zu der großen Kastanie da hinten sauste.

Jeans Mund stand weit offen, aber er sagte kein Wort mehr, er war tot.«

Bestürzt blickten die jungen Leute auf den stillen Zeugen dieses Verbrechens. Jeanne fragte: »Und der Mörder?«

Paoli Palabretti hustete lange, dann fuhr er fort: »Er ist in die Berge entkommen. Mein Bruder hat ihn im nächsten Jahr umgebracht. Sie wissen ja, mein Bruder, Philippi Palabretti, der Bandit.«

Jeanne erschauerte: »Ihr Bruder? Ein Bandit?«

Die Augen des sanftmütigen Korsen blitzten kurz auf vor Stolz. »Ja, Madame, der war berühmt. Er hat sechs Polizisten umgelegt. Er ist mit Nicolas Morali gestorben, als sie im Niolo umzingelt waren, nach sechs Tagen Kampf, sie waren am Verhungern.«

Dann fügte er mit resignierter Miene hinzu: »Die Heimat will es so«, in dem gleichen Ton, in dem er gesagt hatte: »Das liegt an der kalten Luft aus dem Tal.«

Dann gingen sie zurück ins Haus zum Diner, und die kleine Korsin bewirtete sie, als seien sie seit zwanzig Jahren mit ihr bekannt.

Doch eine Sorge verfolgte Jeanne. Würde sie noch einmal in Juliens Armen zu diesem seltsamen und heftigen Aufruhr der Sinne finden, den sie auf dem Moos an der Quelle erlebt hatte?

Als sie in der Kammer allein waren, zitterte sie davor, wieder unter seinen Küssen ohne Gefühl zu bleiben. Aber sie fing sich sehr schnell; und es war ihre erste Liebesnacht.

Beim Abschied am nächsten Tag konnte sie sich nicht mehr entschließen, dieses bescheidene Haus zu verlassen, wo ihr war, als habe ein neues Glück für sie begonnen.

Sie zog die kleine Frau ihres Gastgebers in ihre Kammer, und während sie noch betonte, dass sie ihr nichts schenken wolle, bestand sie, sogar heftig, darauf, ihr aus Paris, sobald sie wieder dort wäre, ein Andenken zu schicken, ein Andenken, das sie mit einer fast abergläubischen Vorstellung verband.

Die junge Korsin sträubte sich lange und wollte das keinesfalls annehmen. Endlich war sie einverstanden: »Nun gut«, sagte sie, »schicken Sie mir eine kleine Pistole, eine ganz kleine.«

Jeanne riss die Augen auf. Ganz leise und dicht am Ohr, so wie man ein süßes und intimes Geheimnis verrät, ergänzte die andere: »Um meinen Schwager umzubringen.« Und lächelnd löste sie eifrig den Verband, welcher um den Arm gewickelt war, den sie nicht benutzte, und zeigte schließlich ihr von einem fast verheilten Dolchstoß von vorne bis hinten durchstochenes fülliges, weißes Fleisch: »Wenn ich nicht ebenso stark gewesen wäre wie er«, sagte sie, »hätte er mich umgebracht. Mein Mann ist nicht eifersüchtig, der kennt mich; und außerdem ist er krank, wissen Sie; und das beruhigt sein Blut. Im Übrigen bin ich eine anständige Frau, Madame; aber mein Schwager glaubt alles, was man ihm sagt. Er ist für meinen Mann eifersüchtig; und er wird gewiss wieder anfangen. Wenn ich dann eine kleine Pistole hätte, wäre ich beruhigt und sicher, mich verteidigen zu können.«

Jeanne versprach, die Waffe zu schicken, umarmte ihre neue Freundin zärtlich und machte sich wieder auf den Weg.

Der Rest ihrer Reise war nur noch ein Traum, eine endlose Umarmung, ein Rausch von Liebkosungen. Sie sah nichts, weder die Landschaften noch die Leute, wo sie haltmachten. Sie hatte nur noch Augen für Julien.

Nun begann die kindische und bezaubernde Intimität verliebter Albernheiten, dummer und köstlicher Neckereien, die Taufe mit Kosenamen für sämtliche Rundungen, Konturen und Senken ihrer Körper, an denen sich ihre Münder erfreuten.

Da Jeanne auf der rechten Seite schlief, war ihr linker Busen beim Aufwachen oft im Freien. Den nannte Julien, der es bemerkt hatte, »Herr von Draußenschläfer« und den anderen »Herr Verliebt«, weil die rosige Spitze die Küsse anscheinend stärker genoss.

Die tiefe Straße zwischen den beiden wurde zu »Mamachens Allee«, weil er dort immerfort umherspazierte; und ein anderer, geheimerer Weg wurde in Erinnerung an das Ota-Tal »Weg nach Damaskus« genannt.

Als sie in Bastia ankamen, musste der Führer bezahlt werden. Julien wühlte in seinen Taschen. Als er nicht fand, was er suchte, sagte er zu Jeanne: »Du hast ja die zweitausend Francs von deiner Mutter nicht benutzt, gib sie doch mir zu tragen. In meinem Gürtel sind sie besser aufgehoben; und das erspart mir das Wechseln.«

Und sie hielt ihm ihren Geldbeutel hin.

Sie landeten in Livorno, besichtigten Florenz, Genua und die ganze Riviera.

An einem Morgen, an dem der Mistral wehte, waren sie wieder in Marseille.

Seit ihrer Abreise von Les Peuples waren zwei Monate vergangen. Man schrieb den 15. Oktober.

Jeanne, verblüfft über den heftigen, eiskalten Wind, der aus der fernen Normandie dort oben zu kommen schien, war traurig. Julien wirkte seit einiger Zeit verändert, müde, gleichgültig; und sie hatte Angst, ohne zu wissen, wovor.

Sie schob die Rückreise noch vier Tage hinaus, da sie sich nicht entschließen konnte, dieses schöne Sonnenland zu verlassen. Ihr war, als sei ihre glückliche Fahrt nun zu Ende.

Schließlich reisten sie ab.

In Paris sollten sie all ihre Anschaffungen machen, um sich auf Dauer in Les Peuples einzurichten; und Jeanne freute sich darauf, Herrlichkeiten mitzubringen, dank des Geschenks ihrer Mutter; doch das Erste, woran sie dachte, war die der jungen Korsin aus Évisa versprochene Pistole.

Am Tag nach ihrer Ankunft sagte sie zu Julien: »Liebling, gibst du mir bitte Mamas Geld zurück, weil ich meine Einkäufe machen möchte?«

Mit unzufriedenem Gesicht drehte er sich zu ihr um.

»Wie viel brauchst du?«

Sie war überrascht und stammelte: »Aber … so viel du meinst.«

Er fuhr fort: »Ich gebe dir hundert Francs; Hauptsache, du verschwendest sie nicht.«

Sie war sprachlos und verwirrt und wusste nicht mehr, was sie sagen sollte.

Schließlich brachte sie zögernd vor: »Aber … ich hatte dir dieses Geld gegeben, um …«

Er ließ sie nicht aussprechen.

»Ja, richtig. Ob es in deiner oder in meiner Tasche steckt, spielt doch keine Rolle, solange wir denselben Geldbeutel haben. Du bekommst ja etwas davon, nicht wahr, ich gebe dir doch hundert Francs.«

Sie nahm ohne ein weiteres Wort die fünf Goldmünzen; doch um mehr wagte sie nicht zu bitten und kaufte bloß die Pistole.

Acht Tage später machten sie sich auf den Rückweg nach Les Peuples.

VI

Vor dem weißen Gittertor mit den Pfeilern aus Backstein warteten Familie und Dienerschaft. Die Postkutsche hielt, und die Umarmungen nahmen fast kein Ende. Mamachen weinte; Jeanne wischte sich gerührt die Augen; der Vater lief aufgeregt hin und her.

Während man das Gepäck ablud, wurde vor dem Feuer im Salon von der Reise erzählt. Die Worte sprudelten nur so über Jeannes Lippen; und in einer halben Stunde war alles heraus, alles, außer vielleicht ein paar in diesem rasanten Bericht vergessene Einzelheiten.

Dann machte sich die junge Frau daran, ihre Bündel aufzuschnüren. Rosalie, die ebenfalls ganz gerührt war, half ihr. Als das geschafft war, als die Wäsche, die Kleider, die Toilettenartikel verstaut waren, ließ das junge Hausmädchen seine Herrin allein; und ein wenig ermattet setzte sich Jeanne.

Sie fragte sich, was sie nun tun sollte, und suchte nach einer Beschäftigung für ihren Geist, nach einer Arbeit für ihre Hände. Sie hatte keine Lust, wieder hinunter in den Salon zu gehen, zu ihrer Mutter, die vor sich hin döste; und sie dachte an einen Spaziergang; aber das Land sah so trübselig aus, dass ihr schwer ums Herz wurde, wenn sie es nur durch das Fenster betrachtete.

Da wurde ihr klar, dass sie nichts mehr zu tun hatte, nie

mehr etwas zu tun haben würde. Ihre ganze Jugend im Kloster war mit der Zukunft beschäftigt, mit Träumereien besetzt gewesen. Ihre sich immerfort regenden Hoffnungen erfüllten damals ihre Stunden, ohne dass sie merkte, wie sie verstrichen. Kaum war sie heraus aus den strengen Mauern, in denen ihre Illusionen erblüht waren, zeigte sich ihre Erwartung von Liebe sogleich erfüllt. Der erhoffte Mann, in ein paar Wochen gefunden, geliebt und geheiratet, wie man in solch überstürzt gefassten Entschlüssen heiratet, hatte sie in seinen Armen entführt, ohne ihr Zeit zum Nachdenken zu lassen.

Doch nun wurde die süße Wirklichkeit der ersten Zeit zu der alltäglichen Wirklichkeit, welche die Tür zu den endlosen Hoffnungen, den zauberischen Besorgnissen um den Unbekannten schloss. Ja, das Warten hatte ein Ende.

Es gab also nichts mehr zu tun, weder heute noch morgen, noch sonst jemals. All das merkte sie undeutlich an einer gewissen Desillusionierung, einem Verlöschen ihrer Träume.

Sie stand auf, ging ans Fenster und presste ihre Stirn an die kalte Scheibe. Nachdem sie eine Weile den Himmel betrachtet hatte, über den sich dunkle Wolken wälzten, beschloss sie, hinauszugehen.

Waren dies dieselbe Gegend, dasselbe Gras, dieselben Bäume wie im Mai? Was war nur aus der sonnigen Heiterkeit der Blätter und der grünen Poesie des Rasens geworden, wo der Löwenzahn leuchtete, wo der Mohn glühte, wo die Margeriten strahlten, wo die wundersamen gelben Schmetterlinge gaukelten wie an unsichtbaren Fäden? Und diese berauschende Luft voller Leben, Düften, befruchtender Körnchen gab es nicht mehr.

Die Wege, aufgeweicht durch die ständigen herbstlichen

Regengüsse und von einem dicken Teppich verdorrter Blätter bedeckt, liefen unter der vor Kälte schlotternden Magerkeit der nahezu kahlen Pappeln dahin. An den dürren Zweigen, die im Winde bebten, zitterte noch ein wenig Laub, das kurz davor war, sich in alle Himmelsrichtungen zu zerstreuen. Und wie ein endloser und zum Weinen trauriger Regen lösten sich unaufhörlich den ganzen Tag lang diese letzten Blätter, die jetzt gelb waren wie große goldene Münzen, wirbelten, flatterten umher und sanken herab.

Sie ging bis zum Wäldchen. Es war jammervoll wie das Zimmer eines Sterbenden. Die grüne Wand, welche die freundlichen verschlungenen Pfade voneinander trennte und heimlich machte, war verweht. Die wie ein Spitzengewebe aus feinem Holz durcheinandergewucherten Sträucher stießen ihre dürren Zweigen aneinander; und das Rascheln der abgefallenen, trockenen Blätter, die der Wind vor sich hertrieb, hochwirbelte und hier und da aufhäufte, klang wie ein schmerzlicher Todesseufzer.

Winzige Vögel hüpften mit fröstelndem Piepsen umher und suchten einen Unterschlupf.

Doch geschützt durch die gegen den Seewind gepflanzte dichte Ulmenwand, schienen die Linde und die Platane, noch in sommerlicher Zierde, die eine in roten Samt, die andere in orange Seide gekleidet zu sein, je nach Art ihrer Säfte gefärbt durch die ersten Fröste.

Jeanne ging langsam auf Mamachens Weg am Hof der Couillards auf und ab. Schwer lastete auf ihr so etwas wie die Vorahnung der endlosen Langeweile des eintönigen Lebens, das nun begann.

Dann setzte sie sich an den Hang, wo Julien zum ersten

Mal mit ihr von Liebe gesprochen hatte; und vor sich hin träumend, blieb sie dort sitzen, fast ohne einen Gedanken, bis ins Herz ermattet von dem Wunsch, zu Bett zu gehen, zu schlafen, um der Traurigkeit dieses Tages zu entrinnen.

Plötzlich bemerkte sie eine Möwe, die von einem Windstoß mitgerissen über den Himmel glitt; und ihr fiel jener Adler ein, den sie dort in Korsika in dem düsteren Tal von Ota gesehen hatte. Die heftige Erschütterung, die die Erinnerung an etwas Schönes und Vergangenes auslöst, fuhr ihr ins Herz; und jäh erstand die strahlende Insel wieder vor ihren Augen mit ihrem wilden Duft, ihrer Sonne, die Orangen und Zitronat zum Reifen bringt, ihren Bergen mit rosigen Gipfeln, ihren azurblauen Buchten und ihren Schluchten, wo Wildbäche niedertosen.

Die Umgebung der feuchten und rauen Landschaft mit dem schaurigen Fallen der Blätter und den vom Wind fortgetragenen grauen Wolken stürzte sie nun in eine solch tiefe Verzweiflung, dass sie ins Haus zurückkehrte, um nicht in Tränen auszubrechen.

Mamachen, die Melancholie der Tage gewohnt und sie nicht mehr fühlend, dämmerte untätig am Kamin vor sich hin. Vater und Julien waren, über ihre Geschäfte plaudernd, zu einem Spaziergang aufgebrochen. Und die Nacht kam und verbreitete trübselige Dunkelheit in dem geräumigen Salon, den ab und an der Widerschein des auflodernden Feuers erhellte.

Durch die Fenster ließ ein letztes Tageslicht draußen noch die unwirtliche Natur des Jahresendes und den Himmel erkennen, in einem Grau, als sei er selbst mit Schlamm beschmiert.

Bald erschien der Baron, gefolgt von Julien; sobald er in das verfinsterte Zimmer getreten war, klingelte er und rief: »Licht, schnell, schnell! Hier sieht es ja traurig aus.«

Und er setzte sich an den Kamin. Während seine feucht gewordenen Füße vor der Flamme dampften und, von der Hitze getrocknet, der Dreck von seinen Sohlen fiel, rieb er sich fröhlich die Hände und sagte: »Ich glaube wirklich, es gibt Frost; im Norden hat der Himmel aufgeklart; heute Abend ist Vollmond; heute Nacht wird es ordentlich kalt.«

Dann drehte er sich zu seiner Tochter um: »Nun, Kleine, bist du froh, wieder in deiner Heimat zu sein, in deinem Haus, bei deinen Alten?«

Diese einfache Frage brachte Jeanne aus der Fassung. Sie warf sich in die Arme ihres Vaters, die Augen voller Tränen, und küsste ihn heftig, als wolle sie um Verzeihung bitten; denn trotz ihrer Herzensbemühungen, fröhlich zu sein, war sie zum Umfallen traurig. Und doch dachte sie an die Freude, die sie sich von der Rückkehr zu ihren Eltern versprochen hatte; und sie staunte über diese Kälte, die ihre Zärtlichkeit lähmte, als erlebe man, wenn man viel aus der Ferne an die Leute gedacht hat, die man liebt, und es nicht mehr gewohnt ist, sie ständig zu sehen, eine Art Stockung der Zuneigung, wenn man zu ihnen zurückkehrt, bis die Fäden des gemeinsamen Lebens wieder verknüpft sind.

Das Diner nahm kein Ende; es fiel kaum ein Wort. Julien schien seine Frau vergessen zu haben.

Im Salon ließ sie sich dann, gegenüber von Mamachen, die gänzlich eingeschlafen war, vom Feuer betäuben; und einen Moment lang aufgestört von der Stimme der beiden diskutierenden Männer, fragte sie sich, während sie zu sich zu kommen versuchte, ob auch sie von dieser trübseligen Lethargie der durch nichts unterbrochenen Gewohnheiten befallen werden würde.

Die Flamme des Kamins, am Tage sanft und rötlich, wurde lebhaft, heiter, prasselnd. Immer wieder warf sie einen plötzlichen, hellen Schein auf die verschossenen Bezüge der Sessel, auf den Fuchs und den Storch, auf den melancholischen Reiher, auf die Grille und die Ameise.

Lächelnd und die offene Hand vor die glühenden Scheite haltend, rückte der Baron näher heran: »Ach, wie schön! Das brennt gut heute Abend. Es friert, Kinder, es friert.« Dann legte er Jeanne seine Hand auf die Schulter und deutete auf das Feuer: »Weißt du, Töchterchen, das ist das Beste auf der Welt: der heimische Herd und darum die Seinen. Nichts kann das aufwiegen. Aber wollen wir nicht schlafen gehen? Ihr seid sicher erschöpft, Kinder?«

Wieder oben in ihrem Zimmer, fragte sich die junge Frau, wie die zweimalige Rückkehr an diesen Ort, den sie zu lieben glaubte, beide Male so verschieden sein konnte. Warum fühlte sie sich wie tödlich getroffen, warum kam ihr dieses Haus, diese geliebte Gegend, alles, was ihr Herz bisher hatte höherschlagen lassen, heute so tieftraurig vor?

Doch plötzlich fiel ihr Blick auf die Pendeluhr. Immer noch flog die kleine Biene von links nach rechts und von rechts nach links in derselben raschen und unaufhaltsamen Bewegung über die rotgoldenen Blumen. Da durchfuhr Jeanne ein stürmisches Liebesgefühl, bis zu Tränen gerührt vor diesem kleinen Mechanismus, der lebendig zu sein schien, der die Stunde für sie schlug und pochte wie eine Brust.

Gewiss war sie nicht so bewegt gewesen, als sie Vater und

Mutter umarmte. Das Herz hat Geheimnisse, die kein Ratschluss ergründet.

Zum ersten Mal seit ihrer Heirat war sie allein in ihrem Bett, da Julien, unter dem Vorwand, müde zu sein, ein anderes Zimmer bezogen hatte. Außerdem war beschlossen worden, dass jeder ein eigenes bekommen sollte.

Sie brauchte lange zum Einschlafen, verwundert, keinen Körper mehr an dem ihren zu spüren, den einsamen Schlummer nicht mehr gewohnt und beunruhigt von dem grimmigen Nordwind, der am Dach wütete.

Am Morgen wurde sie von einem hellen Schein geweckt, der ihr Bett blutrot färbte; und ihre vollständig von Eisblumen bedeckten Fensterscheiben waren rot, als stünde der ganze Horizont in Flammen.

Sich in einen weiten Morgenrock hüllend, lief sie zum Fenster und stieß es auf.

Eine eisige Brise, lebhaft und beißend, fuhr in ihr Zimmer und geißelte ihre Haut mit einer scharfen Kälte, die ihr die Tränen in die Augen trieb; und in einem purpurroten Himmel erschien hinter den Bäumen, funkelnd und aufgedunsen wie das Gesicht eines Säufers, eine mächtige Sonne. Die von weißem Reif bedeckte, nun harte und trockene Erde dröhnte unter den Füßen der Bauersleute. In dieser einzigen Nacht hatten sich sämtliche noch mit Blättern geschmückten Zweige der Pappeln entlaubt; und hinter der Heide zeigte sich die lange grünliche Linie der Meeresfluten ganz überzogen von weißen Streifen.

Die Platane und die Linde hatten ihr Kleid unter den Windstößen rasch verloren. Jedes Mal, wenn die eisige Brise vorüberstrich, zerstoben ganze Wirbel von Blättern, die der plötzliche Frost gelöst hatte, als fliege ein Vogelschwarm davon. Jeanne kleidete sich an, ging hinaus und besuchte, um etwas zu unternehmen, die Pächter.

Die Martins erhoben die Arme, und die Hausherrin küsste sie auf die Wangen; dann wurde sie genötigt, ein kleines Glas Obstler zu trinken. Und sie begab sich zu dem anderen Hof. Die Couillards erhoben die Arme; die Hausherrin gab ihr ein Küsschen auf die Ohren, und sie musste ein kleines Glas Cassis hinunterstürzen.

Dann ging sie nach Hause zum Déjeuner.

Und der Tag verfloss wie der vorige, kalt statt feucht. Und die anderen Tage der Woche waren wie diese beiden; und alle Wochen des Monats waren wie die erste.

Nach und nach jedoch vermisste sie die fernen Gegenden immer weniger. Die Gewohnheit legte eine Schicht der Resignation über ihr Leben, wie der Kalküberzug, den manches Wasser auf den Dingen ablagert. Und in ihrem Herzen erhob sich wieder so etwas wie Interesse an den tausenderlei unbedeutenden Angelegenheiten des täglichen Lebens, Sorge um die einfachen und unbedeutenden regelmäßigen Verrichtungen. Eine Art nachdenklicher Melancholie entwickelte sich in ihr, eine unbestimmte Ernüchterung, am Leben zu sein. Was fehlte ihr denn? Was wünschte sie sich? Sie wusste es nicht. Sie besaß nicht das geringste Bedürfnis nach gesellschaftlichem Ansehen, nicht die geringste Vergnügungssucht, nicht einmal den leisesten Drang zu greifbaren Freuden; zu welchen auch? Wie die von der Zeit verblichenen alten Sessel des Salons verlor alles in ihren Augen langsam seine Farbe, alles verblasste und bekam einen faden und trübseligen Ton.

Ihre Beziehungen zu Julien hatten sich vollkommen verändert. Seit ihrer Rückkehr von der Reise schien er ein anderer zu sein, wie ein Schauspieler, der seine Rolle abgelegt und wieder sein gewohntes Gesicht aufgesetzt hat. Kaum dass er sich mit ihr beschäftigte, ja, kaum dass er mit ihr sprach; jede Spur von Liebe war plötzlich verschwunden; und die Nächte, in denen er sich in ihr Zimmer schlich, waren selten.

Er hatte sich an die Finanzen und das Haus gemacht, sah die Pachtverträge durch, machte den Bauern das Leben schwer, beschränkte die Ausgaben, und da er selbst das Verhalten eines adligen Landwirts annahm, hatte er das glänzende Aussehen und die Eleganz des Bräutigams verloren.

Obwohl von Flecken übersät, legte er einen alten samtenen Jagdrock mit Messingknöpfen, den er in seiner Garderobe aus jüngeren Jahren gefunden hatte, nicht mehr ab, und erfasst von der Nachlässigkeit der Leute, die nicht mehr zu gefallen brauchen, hatte er aufgehört, sich zu rasieren, sodass sein schlecht gestutzter langer Bart ihn unglaublich verunstaltete. Seine Hände waren nicht mehr gepflegt; und nach jeder Mahlzeit trank er vier oder fünf Gläschen Cognac.

Als Jeanne versucht hatte, ihm ein paar zarte Vorwürfe zu machen, war seine Antwort »Du lässt mich in Ruhe, ja?« so schroff gewesen, dass sie nicht mehr wagte, ihm Ratschläge zu geben.

Sie hatte sich auf eine Weise mit diesen Veränderungen abgefunden, die sie selbst erstaunte. Er war ein Fremder für sie geworden, ein Fremder, dessen Herz und Seele ihr verschlossen blieben. Sie dachte oft darüber nach und fragte sich, woher es kam, dass sie, nachdem sie sich auf diese Weise gefunden, geliebt, in einem Anfall von Zärtlichkeit geheiratet hatten, nun plötzlich einander wieder fast ebenso unbekannt waren, als hätten sie nicht Seite an Seite geschlafen.

Und wie kam es, dass sie nicht stärker unter seinem Rückzug litt? War es so, das Leben? Hatten sie sich getäuscht? Hatte die Zukunft ihr nichts mehr zu bieten?

Wäre Julien schön, gepflegt, elegant und verführerisch geblieben, vielleicht hätte sie dann sehr gelitten?

Man hatte vereinbart, dass das junge Paar nach Neujahr für sich bliebe und Vater und Mamachen für ein paar Monate in ihr Haus in Rouen zurückkehrten. Die jungen Leute sollten, in diesem Winter, Les Peuples nicht verlassen, um sich endgültig einzurichten, sich einzuleben und an dem Ort zu erfreuen, wo ihr ganzes Leben verlaufen sollte. Außerdem hatten sie einige Nachbarn, denen Julien seine Frau vorstellen würde. Das waren die Brisevilles, die Couteliers und die Fourvilles.

Doch die jungen Leute konnten mit ihren Besuchen noch nicht beginnen, weil es bis dahin nicht gelungen war, für die Änderung der Wappen an der Kalesche den Maler kommen zu lassen.

Tatsächlich hatte der Baron seinem Schwiegersohn die alte Familienkutsche überlassen; und Julien war um nichts in der Welt bereit, sich in den benachbarten Schlössern vorzustellen, solange das Wappenschild nicht in das Wappen der Lamares und das der Le Perthuis des Vauds geteilt wäre.

Nur ein einziger Mann in der Gegend pflegte noch die Kunst der Wappenmalerei, es war ein Maler aus Bolbec namens Bataille, der reihum in sämtliche normannischen

Schlösser gerufen wurde, um die kostbare Zierde auf den Wagenschlägen anzubringen.

Eines Morgens im Dezember, als das Déjeuner fast beendet war, sah man schließlich jemanden das Tor öffnen und die Auffahrt heraufkommen. Er trug einen Kasten auf dem Rücken. Es war Bataille.

Man bat ihn in die Halle und tischte ihm auf wie einem Herrn, denn seine Kunst, sein pausenloser Umgang mit dem gesamten Adel des Départements, seine Kenntnis der Wappen, der festgelegten Formensprache, der Embleme hatten aus ihm eine Art Wappenkundigen gemacht, den die Adeligen mit Handschlag begrüßten.

Man ließ sogleich Stift und Papier bringen, und während er speiste, skizzierten der Baron und Julien ihre geteilten Wappenschilder. Die Baronin, ganz munter, sobald es sich um diese Dinge handelte, äußerte ihre Meinung; und selbst Jeanne nahm an der Diskussion teil, als sei plötzlich irgendein geheimnisvolles Interesse in ihr erwacht.

Noch beim Déjeuner ließ Bataille seine Meinung erkennen, nahm bisweilen den Stift, entwarf einen Plan, nannte Beispiele, beschrieb sämtliche herrschaftlichen Wagen der Gegend und schien durch seine Person, seinen Geist, ja selbst durch seine Stimme eine Art hoheitsvolle Atmosphäre mitzubringen.

Es war ein kleiner Mann mit grauem, kurz geschorenem Haar, mit farbverfleckten Händen, und er roch nach Terpentin. Man sagte, er habe früher eine schlimme, unsittliche Affäre gehabt; doch die allgemeine Anerkennung sämtlicher Familien mit Adelstitel hatte diesen Makel seit Langem gelöscht.

Sobald er seinen Kaffee getrunken hatte, führte man ihn unter die Remise und hob das Wachstuch, das über den Wagen gebreitet war. Bataille untersuchte ihn, dann äußerte er sich würdevoll zu den Abmessungen, die er für seine Zeichnung für nötig hielt; und nach einem neuen Austausch von Ideen ging er an die Arbeit.

Trotz der Kälte ließ die Baronin eine Sitzgelegenheit bringen, um ihm beim Arbeiten zuzusehen; dann bat sie um einen Fußwärmer für ihre vor Kälte erstarrenden Füße: Und sie begann, in aller Ruhe mit dem Maler zu plaudern, ihn über ihr unbekannte Eheschließungen und neue Todesfälle und Geburten auszufragen, und vervollständigte mit diesen Auskünften die Stammbäume, die sie im Gedächtnis hatte.

Julien saß neben seiner Schwiegermutter rittlings auf einem Stuhl. Er rauchte seine Pfeife, spuckte auf die Erde, lauschte und beobachtete die Farbgebung seiner Adelswürde.

Bald blieb selbst der alte Simon stehen, der mit seiner Schaufel über der Schulter zum Gemüsegarten ging, und begutachtete die Arbeit; und da die Ankunft von Bataille zu den beiden Höfen durchgedrungen war, ließen die beiden Pächterinnen nicht auf sich warten. Zu beiden Seiten der Baronin aufgebaut, gerieten sie in Verzückung und sagten immer wieder: »Braucht immerhin Geschick, um solche Sachen hinzubosseln.«

Die Wappen an den beiden Wagenschlägen konnten erst am nächsten Tag gegen elf fertiggestellt werden. Alle waren gleich zur Stelle; und man zog die Kalesche heraus, um besser urteilen zu können.

Es war makellos. Man beglückwünschte Bataille, der mit seinem Kasten auf dem Rücken wieder davonzog. Und der

Baron, seine Frau, Jeanne und Julien waren einhellig der Meinung, dass der Maler ein Bursche mit großen Fähigkeiten war, der, wenn die Umstände es erlaubt hätten, ohne jeden Zweifel ein Künstler geworden wäre.

Doch Julien hatte infolge von Sparmaßnahmen Reformen durchgeführt, die neue Veränderungen erforderten.

Der alte Kutscher war zum Gärtner geworden, da der Vicomte es übernommen hatte, selbst zu kutschieren, und die Kutschpferde verkauft hatte, um ihr Futter nicht mehr zahlen zu müssen.

Da jemand gebraucht wurde, um die Tiere zu halten, wenn die Herrschaft ausgestiegen war, hatte er aus einem jungen Kuhhirten namens Marius einen kleinen Diener gemacht.

Um sich Pferde zu besorgen, fügte er in den Pachtvertrag der Couillards und der Martins eine Sonderklausel ein, welche die beiden Pächter dazu verpflichtete, jeder für einen Tag im Monat zu einem durch ihn festgesetzten Datum ein Pferd zur Verfügung zu stellen, wodurch sie von Geflügelabgaben befreit waren.

Als die Couillards also eine große Mähre mit gelbem Fell und die Martins einen langhaarigen, kleinen weißen Gaul hergeführt hatten, wurden die beiden Tiere nebeneinander angespannt; und Marius, der in einer alten Livree von Vater Simon ertrank, führte diese Equipage vor die Freitreppe des Schlosses.

Frisch gewaschen und in straffer Haltung hatte Julien ein wenig von seiner vergangenen Eleganz wiedergefunden; doch sein langer Bart ließ ihn trotz allem gewöhnlich aussehen.

Er begutachtete das Gespann, den Wagen und den kleinen

Diener und fand sie zufriedenstellend, da ihm nur die neu gemalten Wappen wichtig waren.

Die Baronin war am Arm ihres Mannes aus ihrem Zimmer nach unten gekommen, stieg mühsam ein und nahm in den Kissen Platz, die ihr den Rücken stützten. Nun erschien Jeanne. Sie lachte erst einmal über die Zusammenstellung der beiden Pferde, wo das weiße, wie sie sagte, der Enkel des gelben war; als sie dann Marius erblickte, das Gesicht begraben in seinem Kokardenhut, dessen gänzliches Herunterrutschen nur von der Nase aufgehalten wurde, die Hände in der Tiefe der Ärmel und die beiden Beine, wie unter einem Rock, unter den Schößen seiner Livree verschwunden, wo unten seine in riesigen Schuhen steckenden Füße seltsam herausschauten, und als sie sah, wie er den Kopf in den Nacken legte, um etwas sehen zu können, das Knie hob, um einen Schritt zu machen, so als wolle er über einen Fluß springen, und wie er sich aufführte wie ein Blinder, um die Befehle zu befolgen, gänzlich verloren in der Weite seiner Kleidung, da packte sie ein unbezwingbares Lachen, ein Lachen, das kein Ende nahm.

Der Baron drehte sich um, betrachtete den verdutzten kleinen Mann, platzte sogleich, unwiderstehlich angesteckt, los, rief seine Frau und konnte nicht mehr sprechen. »Sch-schschau doch, Ma-Ma-Marius! Ist der komisch! Mein Gott, ist der ko-komisch.«

Nun beugte sich die Baronin über den Wagenschlag, und als sie ihn begutachtet hatte, wurde sie von einem solchen Heiterkeitsausbruch geschüttelt, dass die ganze Kalesche auf ihren Federn tanzte wie auf einem holprigen Weg.

Doch Julien fragte mit blassem Gesicht: »Was gibt es da so zu lachen; ihr seid wohl verrückt!«

Sich in Lachkrämpfen windend, unfähig, sich zu beruhigen, sank Jeanne auf eine Stufe der Freitreppe. Der Baron tat es ihr gleich; und in der Kalesche verrieten Niesanfälle und eine Art fortgesetztes Glucksen, dass die Baronin nach Luft schnappte. Und plötzlich begann der Überzieher von Marius zu zucken. Offenbar hatte er begriffen, denn tief unter seiner Kopfbedeckung lachte er selbst aus Leibeskräften.

Da fuhr Julien erbost auf. Mit einer Ohrfeige trennte er den Kopf des Jungen und den riesigen Hut, der auf den Rasen flog; dann drehte er sich zu seinem Schwiegervater um und stammelte mit vor Wut zitternder Stimme: »Mir scheint, es ist nicht an Ihnen, da zu lachen. So weit wäre es nicht mit uns gekommen, wenn Sie nicht Ihr Vermögen verschwendet und Ihre Habe aufgezehrt hätten. Wer ist denn schuld, wenn Sie ruiniert sind?«

Die ganze Heiterkeit, zu Eis erstarrt, nahm jäh ein Ende. Und niemand sagte ein Wort. Jeanne, jetzt kurz davor, in Tränen auszubrechen, stieg leise ein und setzte sich neben ihre Mutter. Der Baron, überrascht und stumm, nahm den beiden Frauen gegenüber Platz; und Julien ließ sich auf dem Kutschbock nieder, nachdem er das heulende Kind, dessen Wange anschwoll, zu sich heraufgezogen hatte.

Der Weg war traurig und schien kein Ende zu nehmen. Im Wagen herrschte Schweigen. Alle drei, düster gestimmt und peinlich berührt, wollten sich nicht eingestehen, was ihre Herzen bedrückte. Sie spürten genau, dass sie über anderes nicht sprechen konnten, so sehr verfolgte sie dieser schmerzhafte Gedanke, und lieber schwiegen sie traurig, als dieses quälende Thema zu berühren.

Im ungleichen Trab der beiden Tiere fuhr die Kalesche an

den Höfen der Pächter entlang, trieb erschreckte schwarze Hühner in die Flucht, die mit großen Schritten in den Hecken untertauchten und verschwanden, wurde mitunter von einem heulenden Wolfshund verfolgt, der dann mit gesträubtem Fell zu seinem Haus zurücklief, wobei er sich noch einmal umdrehte, um dem Wagen nachzubellen. Ein Bursche in schlammverkrusteten Holzschuhen, der, die Hände tief in den Taschen seines im Rücken vom Wind geblähten blauen Kittels, auf schlaksigen, langen Beinen daherkam, wich aus, um die Equipage vorbeizulassen, und zog linkisch seine Mütze, sodass sein platt am Schädel klebendes Haar zum Vorschein kam.

Und nach jedem Hof begann wieder das flache Land mit weiteren Höfen hier und da in der Ferne.

Schließlich rollte man in eine mit Tannen bestandene breite Auffahrt, in die der Weg mündete. In den schlammigen und tiefen Radspuren neigte sich die Kalesche zur Seite, und Mamachen schrie auf. Ein weißes Tor am Ende der Auffahrt war verriegelt; Marius lief hin, um es zu öffnen, und man umrundete eine riesige Rasenfläche, um auf einem geschwungenen Weg vor ein hohes, weitläufiges und trauriges Gebäude zu gelangen, dessen Läden geschlossen waren.

Plötzlich öffnete sich die Eingangstür; und ein schwächlicher, alter Diener, gekleidet in eine rote Weste mit schwarzen Streifen, die teilweise von seiner Dienstschürze bedeckt wurde, stieg mit unsicheren, kleinen Schritten die Stufen der Freitreppe herab. Er fragte nach den Namen der Besucher und führte sie in einen geräumigen Salon, dessen noch geschlossene Jalousien er mühsam öffnete. Die Möbel waren mit Hussen verhüllt, die Pendeluhr und die Kronleuchter mit weißen

Laken verkleidet; und eine dumpfe Luft, eine Luft vergangener Zeiten, eisig und feucht, schien Lungen, Herz und Haut in Trübsinn zu tränken.

Alle setzten sich, und man wartete. Einige oben im Flur vernommene Schritte kündeten von ungewohnter Eile. Die überraschten Schlossherren kleideten sich so schnell wie möglich an. Es dauerte. Mehrmals ertönte eine Klingel. Andere Schritte kamen eine Treppe herunter und stiegen wieder hinauf.

Der Baronin war die durchdringende Kälte in die Knochen gefahren, sie nieste ununterbrochen. Julien ging auf und ab. Jeanne blieb trübsinnig neben ihrer Mutter sitzen. Und der am marmornen Kamin lehnende Baron hielt den Kopf gesenkt.

Schließlich schwang eine der hohen Türen auf und brachte den Vicomte und die Vicomtesse de Briseville zum Vorschein. Sie waren beide klein, dürr, steif, ohne einzuschätzendes Alter, förmlich und verlegen. Die Frau, in einem Kleid aus rankenverzierter Seide, auf dem Kopf das bebänderte Häubchen einer Erbin von Adel, redete mit ihrer säuerlichen Stimme wie ein Wasserfall.

Ihr in einen prunkvollen Überzieher gezwängter Gatte machte seine Aufwartung mit leichtem Beugen der Knie. Seine Nase, seine Augen, seine vom Zahnfleisch entblößten Zähne, sein Haar, das man für gewachst hätte halten können, und sein schönes, prunkvolles Gewand glänzten wie Dinge, die gehegt und gepflegt werden.

Nach den ersten Artigkeiten zur Begrüßung und nach nachbarlichen Höflichkeiten wusste niemand mehr etwas zu sagen. Daher beglückwünschte einer den anderen, sinnlos. Diese prächtigen Beziehungen, so hoffte man auf beiden Seiten, würde man fortsetzen. Wenn man das ganze Jahr über auf dem Land lebte, war es ein Rückhalt, sich zu sehen.

Und die eiskalte Atmosphäre des Salons fuhr in die Knochen und machte die Kehlen rau. Jetzt hustete die Baronin, ohne dass ihr Niesen ganz aufgehört hätte. Da gab der Baron das Zeichen zum Aufbruch. Die Brisevilles ließen nicht locker. »Wie denn? So schnell? Bleiben Sie doch noch ein wenig.« Doch Jeanne war aufgestanden, trotz der Zeichen von Julien, der den Besuch zu kurz fand.

Man wollte nach dem Diener läuten, um den Wagen vorfahren zu lassen. Die Glocke ging nicht mehr. Der Herr des Hauses eilte hinaus, dann verkündete er, dass man die Pferde in den Stall gebracht hatte.

Man musste warten. Jeder suchte nach einem Satz, einem Wort, das er sagen konnte. Man sprach über den regnerischen Winter. Unwillkürlich fröstelnd vor Beklommenheit, fragte Jeanne, was ihre Gastgeber so völlig allein das ganze Jahr über anfangen mochten. Aber die Brisevilles wunderten sich über die Frage; denn sie waren ununterbrochen beschäftigt, schrieben viel an ihre über ganz Frankreich verstreuten adeligen Verwandten, verbrachten ihre Tage mit Tätigkeiten von mikroskopischem Ausmaß, miteinander förmlich wie mit Fremden und würdevoll über die unbedeutendsten Dinge plaudernd.

Und unter der geschwärzten hohen Decke des ganz in Laken verpackten, unbewohnten, riesigen Salons kamen Jeanne der Mann und die Frau, die so klein, so sauber und so fehlerfrei waren, wie adeliges Eingezuckertes vor.

Endlich rollte der Wagen mit seinen ungleichen alten

Kleppern an den Fenstern vorüber. Doch Marius war fort. Da er glaubte, er habe bis zum Abend frei, war er zweifellos auf eine Runde über Land verschwunden.

Wütend bat Julien darum, ihn zu Fuß zurückzuschicken; und nach vielen beidseitigen Abschiedsempfehlungen schlug man wieder den Weg nach Les Peuples ein.

Sobald sie in der Kalesche unter sich waren, begannen Jeanne und ihr Vater, Gesten und Tonfall der Brisevilles nachahmend, wieder zu lachen, obwohl sie den bedrückenden Gedanken an Juliens grobe Worte nicht loswerden konnten. Der Baron imitierte den Gatten, Jeanne mimte die Frau, doch die in ihren Vorstellungen von Respekt ein wenig verletzte Baronin sagte zu ihnen: »Es ist nicht recht, euch so zu mokieren, das sind sehr anständige Leute aus vorzüglichen Familien.« Man schwieg, um Mamachen nicht zu verärgern, doch ab und an sahen Vater und Jeanne sich an und begannen trotz allem von Neuem. Er verneigte sich förmlich und sagte in salbungsvollem Ton: »Ihr Château des Peuples muss recht kalt sein, Madame, mit dem starken Seewind, der es den ganzen Tag heimsucht?« Sie setzte eine spitze Miene auf und sagte geziert mit einem leichten Kopfrucken wie dem einer badenden Ente: »Ach, Monsieur, hier habe ich das ganze Jahr über etwas zu tun! Und dann haben wir auch so viel Verwandtschaft, der man schreiben muss. Und Monsieur de Briseville überlässt alles mir. Er treibt wissenschaftliche Forschungen mit Abbé Pelle. Sie schreiben zusammen die Kirchengeschichte der Normandie.«

Auch die Baronin lächelte nun, verstimmt und wohlwollend, und wiederholte: »Es ist nicht gut, sich so über Leute unseres Standes zu mokieren.«

Doch plötzlich blieb der Wagen stehen; und Julien rief nach jemandem dahinter. Da sahen Jeanne und ihr Vater, die sich zum Wagenschlag hinausgebeugt hatten, ein seltsames Wesen, das ihnen offenbar entgegentrollte. Die Beine von den flatternden Schößen seiner Livree behindert, der Sicht beraubt durch seine schwankende Kopfbedeckung, mit den Ärmeln kreisend wie mit Windmühlenflügeln, in den großen Pfützen watend, durch die er verzweifelt stapfte, über sämtliche Steine der Straße stolpernd, lief hüpfend, springend und schlammbedeckt, so schnell seine Füße ihn trugen, Marius hinter der Kalesche her.

Kaum hatte er sie eingeholt, beugte Julien sich hinab, packte ihn am Kragen und zog ihn zu sich empor, und die Zügel fahren lassend, begann er, den Hut, der bis auf die Schultern des Bengels sackte und wie eine Trommel dröhnte, mit Faustschlägen zu bearbeiten. Darunter heulte der Bursche, versuchte zu fliehen, vom Bock zu springen, während sein Herr ihn mit der einen Hand festhielt und mit der anderen immer weiter auf ihn einschlug.

Fassungslos stammelte Jeanne: »Vater … Oh! Vater!«, und die aufgebrachte Baronin packte ihren Mann am Arm. »Aber so halten Sie ihn doch zurück, Jacques.« Da riss der Baron das Fenster zum Kutschbock herunter und rief seinem Schwiegersohn, ihn am Ärmel packend, mit bebender Stimme zu: »Wollen Sie wohl aufhören, dieses Kind zu schlagen?«

Verblüfft drehte Julien sich um: »Sehen Sie denn nicht, was der Schuft aus seiner Livree gemacht hat?«

Doch der Baron steckte den Kopf zwischen die beiden: »Ach, das ist mir doch gleich! Man ist nicht derart brutal.« Julien geriet von Neuem in Wut: »Lassen Sie mich in Ruhe, bitte schön, das geht Sie nichts an!«, und er erhob nochmals die Hand; doch sein Schwiegervater packte sie mit einem Griff und drückte sie mit solcher Kraft herunter, dass er sie gegen den hölzernen Kutschbock schlug, und er schrie so heftig: »Wenn Sie weitermachen, steige ich aus und bringe Sie ganz schnell zum Aufhören!«, dass der Vicomte plötzlich Ruhe gab und mit den Achseln zuckend, ohne zu antworten, die Peitsche auf die Tiere niedersausen ließ, die in schnellem Trab anzogen.

Die beiden Frauen waren leichenblass und rührten sich nicht mehr, und man hörte deutlich den schweren Herzschlag der Baronin.

Beim Diner war Julien ungewöhnlich charmant, so als sei nichts geschehen. Gerührt über seine Liebenswürdigkeit, überließen sich Jeanne, ihr Vater und Madame Adelaide, die sich in ihrem heiteren Wohlwollen schnell über etwas hinwegsetzten, mit dem Behagen von Genesenden der munteren Stimmung; und als Jeanne noch einmal die Brisevilles erwähnte, begann ihr Mann selbst zu witzeln, fügte jedoch sehr schnell hinzu: »Was soll's, sie tun eben vornehm.«

Weitere Besuche wurden gar nicht mehr unternommen, da jeder fürchtete, das Problem mit Marius wieder aufzuwerfen. Es wurde nur beschlossen, den Nachbarn Neujahrskarten zu schicken und die ersten warmen Tage des kommenden Frühjahrs abzuwarten, um sie zu besuchen.

Nun war Weihnachten. Zum Diner hatte man den Pfarrer, den Bürgermeister und seine Frau da. Zum Neujahrstag lud man sie nochmals ein. Dies waren die einzigen Zerstreuungen, welche die eintönige Aneinanderreihung der Tage unterbrach.

Vater und Mamachen sollten Les Peuples am 9. Januar verlassen; Jeanne wollte sie dabehalten, doch Julien zeigte daran wenig Interesse, und angesichts der zunehmenden Kühle seines Schwiegersohns ließ der Baron eine Postkutsche aus Rouen kommen.

Als am Tag vor ihrer Abreise das Gepäck bereitstand, beschlossen Jeanne und ihr Vater, da klarer Frost war, nach Yport hinunterzugehen, wo sie seit der Rückkehr aus Korsika nicht gewesen waren.

Sie schritten durch den Wald, durch den sie an ihrem Hochzeitstag innig verbunden mit dem gegangen war, dessen Gefährtin sie für immer werden sollte, den Wald, wo sie seine erste Liebkosung erlebt, in der ersten Erregung gezittert, jene sinnliche Liebe erahnt hatte, die sie schließlich erst in dem wilden Tal von Ota kennenlernen sollte, an der Quelle, wo sie, ihre Küsse mit dem Wasser mischend, getrunken hatten.

Kein Laub mehr, kein rankendes Grün, nichts als das Knacken der Zweige und jenes trockene Rascheln, das kahle Gehölze im Winter von sich geben.

Sie kamen in das kleine Dorf. Die stillen, leeren Straßen rochen immer noch nach Meer, Tang und Fisch. Immer noch trockneten vor den Türen oder auf dem Kies ausgebreitet die dunkel gegerbten, riesigen Netze. Das graue und kalte Meer mit seinem ewigen und grollenden Geifer begann abzulaufen, Richtung Fécamp die grünlichen Felsen am Fuße der Steilküste entblößend. Und am Strand entlang sahen die auf die Seite gesunkenen bauchigen Boote wie riesige tote Fische aus. Die Abenddämmerung brach herein, und die Fischer gingen in Gruppen zum steinigen Flutsaum, mit ihren hohen Fischerstiefeln gemächlich daherstapfend, den Hals in Wolle gewickelt, in der einen Hand einen Liter Schnaps, in der anderen die Schiffslaterne. Lange umkreisten sie die schräg daliegenden Schiffe; mit normannischer Gemütsruhe brachten sie ihre Netze, ihre Bojen, ein dickes Brot, einen Topf Butter, ein Glas und die Flasche Branntwein an Bord. Dann schoben sie das wieder aufgerichtete Boot zum Wasser, das mit lautem Knirschen auf dem Kies hinabrutschte, die Gischt durchschnitt, auf der Welle emporstieg, kurz schaukelte, seine braunen Flügel entfaltete und mit seiner kleinen Laterne oben auf dem Mast in der Nacht verschwand.

Und die bis zur Abfahrt des letzten Fischers dort gebliebenen hochgewachsenen Frauen der Seeleute, deren knochige Körper sich unter den dünnen Kleidern abzeichneten, kehrten, mit ihren schrillen Stimmen den tiefen Schlaf der dunklen Straßen störend, zurück in das schlummernde Dorf.

Ohne sich zu rühren, sahen der Baron und Jeanne zu, wie sie im Dunkel verschwanden, diese Männer, die jede Nacht, um nicht hungers zu sterben, ihr Leben aufs Spiel setzten und doch so arm waren, dass sie nie Fleisch aßen.

Der Baron, der vor dem Ozean ins Schwärmen kam, murmelte: »Das ist schrecklich und schön. Wie großartig ist doch dieses Meer, über das die Finsternis hereinbricht und auf dem so viele Leben in Gefahr sind! Nicht wahr, Jeannette?«

Sie antwortete mit einem gefrorenen Lächeln: »Mit dem Mittelmeer kann es sich nicht messen.« Doch ihr Vater empörte sich: »Das Mittelmeer! Öl, Zuckerwasser, das blaue Wasser eines Waschzubers. Schau dir nur dieses an, wie erschreckend es ist mit seinen Schaumkronen! Und denke mal an all diese Männer, die da hinausgefahren sind und die man schon nicht mehr sieht.«

Mit einem Seufzer pflichtete Jeanne ihm bei: »Ja, wenn du meinst.« Doch dieses Wort, das ihr da auf die Lippen gekommen war, »das Mittelmeer«, hatte ihr von Neuem einen Stich ins Herz gegeben und all ihre Gedanken auf diese fernen Gegenden gerichtet, wo ihre Träume lagen.

Statt durch den Wald zurückzugehen, nahmen Vater und Tochter die Landstraße und stiegen langsam den Hang hinauf. Traurig über die baldige Trennung, sprachen sie kaum ein Wort.

Wenn sie an den Gräben der Höfe entlangkamen, schlug ihnen ein Geruch von zerstoßenen Äpfeln ins Gesicht, jener Duft von frischem Apfelwein, der in dieser Jahreszeit über dem ganzen normannischen Land zu schweben scheint, oder auch mächtiger Stallgeruch, dieser richtig heftige Gestank, den Kuhmist verströmt. Ein kleines, erhelltes Fenster zeigte am Ende des Hofes, wo das Wohnhaus war.

Und Jeanne war, als weite sich ihre Seele und erfasse unsichtbare Dinge; und diese in den Feldern verstreuten kleinen Lichter gaben ihr plötzlich das lebhafte Gefühl der Einsamkeit all dieser Menschen, die alles entzweit, die alles trennt, die alles weit fortreißt von dem, was sie eigentlich liebten.

Da sagte sie mit resignierter Stimme: »Es ist nicht immer lustig, das Leben.«

Der Baron seufzte: »Was willst du da machen, Töchterchen, dagegen können wir nichts tun.«

Und als Vater und Mamachen am nächsten Tag fort waren, blieben Jeanne und Julien allein.

VII

Nun hielten die Karten Einzug im Leben der jungen Leute. Seine Pfeife rauchend und dem Cognac zusprechend, wovon er nach und nach sechs oder acht Gläser trank, spielte Julien jeden Tag nach dem Déjeuner mehrere Partien Bésigue mit seiner Frau. Danach ging sie hinauf in ihr Zimmer und setzte sich ans Fenster, und während der Regen an die Scheiben trommelte oder der Wind an ihnen rüttelte, bestickte sie unermüdlich einen Unterrock. Bisweilen sah sie erschöpft auf und blickte in die Ferne auf das wild schäumende, dunkle Meer. Nach ein paar Minuten dieses vagen Blicks nahm sie ihre Arbeit wieder auf.

Im Übrigen hatte sie sonst nichts zu tun, weil Julien die gesamte Haushaltsführung übernommen hatte, um sein Autoritätsbedürfnis und seine Sparwut vollends zu befriedigen. Er tat sich mit furchtbarer Knauserigkeit hervor, indem er nie Trinkgelder gab und die Nahrungsmittel auf das Notwendigste beschränkte; und da Jeanne, seit sie nach Les Peuples gekommen war, jeden Morgen vom Bäcker eine kleine normannische Galette backen ließ, strich er diese Ausgabe und verurteilte sie zu geröstetem Brot.

Sie sagte nichts, um Erklärungen, Diskussionen und Streitereien zu vermeiden, doch wie unter Nadelstichen litt sie unter jeder neuen Offenbarung der Geizigkeit ihres Mannes. Sie kam ihr niedrig und abscheulich vor, ihr, die sie in einer Familie aufgewachsen war, wo Geld nichts bedeutete. Wie oft hatte sie gehört, dass Mamachen erklärt wurde: »Aber das Geld ist doch zum Ausgeben da.« Julien sagte jetzt immer wieder: »Kannst du dich denn nie daran gewöhnen, das Geld nicht zum Fenster hinauszuwerfen?« Und jedes Mal, wenn er ein Gehalt oder eine Rechnung um ein paar Sous gekürzt hatte, ließ er das Kleingeld in seine Tasche gleiten und verkündete mit einem Lächeln: »Aus kleinen Bächen werden große Ströme.«

An bestimmten Tagen jedoch verfiel Jeanne wieder ins Träumen. Leise ließ sie die Arbeit sinken und ersann, die Hände schlaff, mit erloschenem Blick von Neuem einen ihrer Romane eines zu reizenden Abenteuern aufgebrochenen Mädchens. Doch plötzlich riss die Stimme von Julien, der dem alten Simon eine Anordnung gab, sie aus dieser tröstlichen Träumerei; und sie nahm ihr geduldiges Werk wieder auf, indem sie sich sagte: »Das ist nun alles vorbei«; und auf ihre Finger, welche die Nadel einstachen, fiel eine Träne.

Auch Rosalie, früher so fröhlich und immerfort singend, war verändert. Ihre dicken Backen hatten ihren roten Glanz verloren und schienen jetzt fast hohl, manchmal wie mit Ton eingerieben zu sein.

Oft fragte Jeanne sie: »Bist du krank, liebes Kind?« Das junge Hausmädchen erwiderte stets: »Nein, Madame.« Ihr stieg ein wenig das Blut in die Wangen, und sie suchte schnell das Weite.

Anstatt wie früher zu rennen, schlurfte sie mühsam daher und schien nicht einmal mehr eitel zu sein, kaufte nichts mehr bei den fliegenden Händlern, die ihr vergeblich ihre

Seidenbänder, ihre Mieder und verschiedene Parfümeriewaren zeigten.

Und das große Haus schien vor Leere zu hallen, ganz trostlos mit seiner Front, auf der die Regenschauer lange graue Streifen zogen.

Ende Januar kamen die Schneefälle. Man sah von Weitem die dicken Wolken aus dem Norden über das dunkle Meer drängen; und das weiße Fallen der Flocken begann. In einer Nacht wurde die ganze Ebene begraben, und die Bäume zeigten sich am Morgen in einen Schaum aus Eis gehüllt.

In hohen Stiefeln, mit mürrischem Gesicht verbrachte Julien seine Zeit damit, am Ende des Wäldchens hinter dem zur Heide hin liegenden Graben den Zugvögeln aufzulauern. Von Zeit zu Zeit zerriss ein Schuss das eisige Schweigen der Felder; und in einem Wirbel stoben Scharen von erschreckten schwarzen Raben aus den hohen Bäumen.

Überwältigt von Langeweile, kam Jeanne manchmal hinunter auf die Freitreppe. Aus weiter Ferne hallten Geräusche von Leben über die schläfrige Stille dieser fahlen und trostlosen Fläche.

Schließlich hörte sie nichts mehr als eine Art Dröhnen der fernen Meeresfluten und das undeutliche und fortwährende Rieseln dieser immer weiter fallenden Stäubchen gefrorenen Wassers.

Und die Schneedecke wurde unter dem endlosen Fall dieses dicken, leichten Flaums immer höher.

An einem jener fahlen Vormittage saß Jeanne, ohne sich zu rühren, in ihrem Zimmer am Feuer und wärmte ihre Füße, während Rosalie, die sich von Tag zu Tag mehr verändert hatte, langsam das Bett machte. Plötzlich hörte sie hinter sich einen schmerzerfüllten Seufzer. Ohne den Kopf zu wenden, fragte sie: »Was hast du denn?«

Das Hausmädchen antwortete wie immer: »Nichts, Madame«; doch ihre Stimme schien gebrochen, ersterbend.

Jeanne dachte bereits an etwas anderes, als ihr auffiel, dass man nichts mehr von dem jungen Mädchen hörte. Sie rief: »Rosalie!« Nichts rührte sich. Da meinte sie, sie sei leise hinausgegangen, und rief lauter: »Rosalie!«, und sie wollte nach der Glocke greifen, als sie durch ein lautes Stöhnen ganz in ihrer Nähe erschrocken hochfuhr.

Leichenblass, mit verstörtem Blick, die Beine von sich gestreckt, den Rücken an den Bettpfosten gelehnt, saß das junge Dienstmädchen auf der Erde.

Jeanne stürzte zu ihr: »Was hast du, was hast du?«

Die andere sagte kein Wort, machte keine Bewegung; mit verrücktem Blick starrte sie auf ihre Herrin und keuchte, als sei sie zerrissen von einem entsetzlichen Schmerz. Dann machte sie plötzlich ihren ganzen Körper steif und rutschte auf den Rücken, wobei sie mit zusammengebissenen Zähnen einen Schrei der Verzweiflung erstickte.

Da bewegte sich etwas unter ihrem Kleid, das ihr an den geöffneten Schenkeln klebte. Und im selben Moment kam von dort ein merkwürdiges Geräusch, ein Plätschern, ein Platschen, das Röcheln einer zugedrückten Kehle, die um Luft ringt; dann hörte man ein lang gezogenes Miauen, eine schwache und bereits schmerzliche Beschwerde, den ersten Klageruf eines Kindes, das ins Leben tritt.

Jeanne hatte schlagartig verstanden, lief wie von Sinnen zur Treppe und schrie: »Julien, Julien!«

Er erwiderte von unten: »Was ist denn?«

Und sie hatte große Mühe, herauszubringen: »Rosalie … Rosalie, sie …«

Julien stürzte herbei, lief zwei Stufen auf einmal nehmend die Treppe hinauf, platzte ins Zimmer, hob mit einem Ruck die Kleider des Mädchens und entblößte einen grässlichen kleinen Leib, der sich faltig, greinend, zusammengekrümmt und rundum klebrig zwischen den beiden nackten Beinen bewegte.

Mit drohendem Gesicht richtete er sich wieder auf, und seine fassungslose Frau aus dem Zimmer schiebend, rief er: »Das geht dich nichts an. Verschwinde. Schick mir Ludivine und den alten Simon.«

Jeanne ging am ganzen Körper zitternd in die Küche hinunter, trat dann, da sie sich nicht mehr hinaufwagte, in den Salon, in dem seit der Abreise ihrer Eltern kein Feuer mehr gemacht wurde, und wartete voller Angst auf Nachricht.

Bald sah sie den Diener aus dem Haus rennen. Fünf Minuten darauf kam er mit Witwe Dentu zurück, der Hebamme des Ortes.

Nun gab es ein großes Rumoren auf der Treppe, als trage man einen Verletzten; und Julien erschien, um Jeanne zu sagen, sie könne wieder hinauf in ihr Zimmmer gehen.

Sie bebte, als sei sie Zeuge irgendeines schauerlichen Unfalls geworden. Sie setzte sich wieder an ihr Feuer und fragte: »Wie geht es ihr?«

Zerstreut, nervös lief Julien quer durch den Raum; und er schien empört vor Wut. Zunächst antwortete er nicht; dann blieb er ein paar Sekunden später stehen: »Was gedenkst du mit diesem Mädchen zu tun?«

Sie sah ihren Mann verständnislos an: »Wie? Was meinst du? Ich weiß es nicht.«

Und plötzlich schrie er, als verliere er die Beherrschung: »Wir können doch keinen Bastard im Haus behalten.«

Nun geriet Jeanne vollends in Verwirrung; dann sagte sie nach langem Schweigen: »Aber mein Freund, man könnte ihn vielleicht zu einer Amme geben«?

Er ließ sie nicht ausreden: »Und wer bezahlt das? Du vielleicht?«

Nach einer Lösung suchend, verfiel sie nochmals in langes Überlegen; schließlich sagte sie: »Aber der Vater wird sich um dieses Kind kümmern; und wenn er Rosalie heiratet, gibt es keine Schwierigkeiten mehr.«

Als sei er am Ende der Geduld, erwiderte Julien wutentbrannt: »Der Vater! ... der Vater! ... kennst du ihn denn ... den Vater? ... – Nein, oder? Und was nun? ...«

Erschüttert ereiferte sich Jeanne: »Aber er wird das Mädchen gewiss nicht in dieser Lage lassen. Dann wäre er doch ein Feigling! Wir werden nach seinem Namen fragen und ihn ausfindig machen, und er wird sich doch wohl offenbaren müssen.«

Julien hatte sich beruhigt und begann von Neuem, auf und ab zu gehen: »Meine Liebe, sie will den Namen des Mannes nicht sagen; dir wird sie ihn ebenso wenig gestehen wie mir ... und wenn er sie nicht will? ... Wir können doch kein Mädchen mit ihrem Bastard unter unserem Dach behalten, verstehst du?«

Jeanne wiederholte eigensinnig: »Also ist dieser Mann ein Schuft; aber wir müssen unbedingt herausfinden, wer er ist; und dann wird er es mit uns zu tun bekommen.«

Julien war blutrot angelaufen und wurde wieder zornig: »Aber … in der Zwischenzeit? …«

Sie kam zu keinem Entschluss und fragte ihn: »Was schlägst du vor?«

Gleich sagte er seine Meinung: »Oh! Von mir aus ist das ganz einfach. Ich gebe ihr etwas Geld und schicke sie zum Teufel mit ihrem Balg.«

Doch die empörte junge Frau war entrüstet. »Niemals. Dieses Mädchen hat die gleiche Amme gehabt wie ich; wir sind zusammen aufgewachsen. Sie hat einen Fehler gemacht, schlimm genug; aber deshalb werfe ich sie nicht hinaus; und wenn es sein muss, ziehe ich es groß, dieses Kind.«

Da explodierte Julien: »Und wir, wir mit unserem Namen und unseren guten Beziehungen, hätten dann einen schönen Ruf! Und überall würde man erzählen, dass wir das Laster in Schutz nehmen, dass wir Huren beherbergen; und anständige Leute werden nicht mehr den Fuß in unser Haus setzen wollen. Also wirklich, wo denkst du hin? Du bist verrückt!«

Sie war ganz ruhig geworden. »Ich werde nie zulassen, dass Rosalie hinausgeworfen wird; und wenn du sie nicht mehr haben willst, wird meine Mutter sie wieder einstellen; und wir müssen wirklich den Namen des Kindsvaters herausfinden.«

Da lief er wutschäumend hinaus, wobei er die Tür hinter sich zuschlug und schrie: »Frauen sind idiotisch mit ihren Ideen!«

Am Nachmittag ging Jeanne hinauf zu der Wöchnerin. Das von der Witwe Dentu versorgte junge Hausmädchen lag mit offenen Augen reglos in ihrem Bett, während die Wärterin das Neugeborene in ihren Armen wiegte.

Kaum hatte sie ihre Herrin erblickt, begann Rosalie zu

schluchzen und zog sich, von Verzweiflung geschüttelt, die Laken über das Gesicht. Jeanne wollte sie umarmen, aber sie weigerte sich und verschwand unter der Decke. Da schritt die Wärterin ein und zog ihr das Tuch vom Gesicht; und immer noch weinend, allerdings leise, ließ sie es geschehen.

Im Kamin brannte ein dürftiges Feuer: Es war kalt; das Kind weinte. Jeanne wagte nicht, das Kleine zu erwähnen, aus Angst, einen weiteren Anfall hervorzurufen; und sie hatte die Hand des Hausmädchens ergriffen und sagte mechanisch immer wieder: »Alles wird gut, alles wird gut.« Das arme Mädchen blickte verstohlen zu der Wärterin hinüber und erbebte bei den Schreien des kleinen Balgs; und ein Rest von Kummer, der sie würgte, brach immer noch dann und wann in einem krampfhaften Schluchzen heraus, während heruntergeschluckte Tränen in ihrer Kehle wie Wasser gurgelten.

Jeanne umarmte sie noch einmal und flüsterte ihr ganz leise ins Ohr: »Wir passen gut auf es auf, warte nur, mein Kind.« Als dann ein neuer Tränenausbruch begann, suchte sie schnell das Weite.

Jeden Tag ging sie wieder zu ihr, und jeden Tag brach Rosalie in Schluchzen aus, wenn sie ihre Herrin erblickte.

Das Kind wurde zu einer Amme aus der Nachbarschaft gegeben.

Julien sprach indessen kaum mit seiner Frau, als habe er immer noch eine große Wut auf sie, seit sie sich geweigert hatte, das Hausmädchen zu entlassen. Eines Tages kam er auf das Thema zurück, doch Jeanne zog einen Brief der Baronin aus der Tasche, in dem sie darum bat, ihr dieses Mädchen sofort zurückzuschicken, wenn man es in Les Peuples nicht behielte. Julien schrie voller Wut: »Deine Mutter ist genauso verrückt wie du.« Doch er bestand nicht länger darauf.

Zwei Wochen später konnte die Wöchnerin bereits aufstehen und ihren Dienst wieder antreten.

Eines Morgens bat Jeanne sie nun, sich zu setzen, ergriff ihre Hände und schaute sie durchdringend an: »Also, mein Kind, nun erkläre mir das Ganze.«

Rosalie begann zu zittern und stammelte: »Was denn, Madame?«

»Von wem ist dieses Kind?«

Da verfiel das junge Hausmädchen von Neuem in furchtbare Verzweiflung; und sie versuchte wie toll, ihre Hände zu befreien, um ihr Gesicht darin zu verbergen.

Doch Jeanne nahm sie unwillkürlich in die Arme und tröstete sie: »Es ist ein Unglück, was willst du dagegen tun, mein Kind? Du warst schwach; aber vielen anderen passiert das auch. Wenn der Vater dich heiratet, wird man es vergessen; und wir können ihn mit dir zusammen in Dienst nehmen.«

Rosalie stöhnte, als habe man sie gefoltert, und von Zeit zu Zeit versuchte sie, sich loszureißen, um das Weite zu suchen.

Jeanne fuhr fort: »Ich verstehe sehr wohl, dass du dich schämst; aber du siehst, dass ich nicht böse werde, dass ich freundlich mit dir spreche. Wenn ich dich nach dem Namen des Mannes frage, dann zu deinem Besten, weil ich an deinem Kummer merke, dass er dich im Stich lässt, und weil ich das verhindern will. Julien wird ihn zur Rede stellen, siehst du, und wir werden ihn zwingen, dich zu heiraten; und da wir euch beide behalten werden, bringen wir ihn dann auch wohl dazu, dich glücklich zu machen.«

Dieses Mal machte Rosalie einen so jähen Versuch, dass sie ihre Hände aus denen ihrer Herrin riss und wie eine Wahnsinnige davonlief.

Abends sagte Jeanne beim Diner zu Julien: »Ich wollte Rosalie bewegen, mir den Namen ihres Verführers zu sagen. Es ist mir nicht gelungen. Versuche du es doch mal, damit wir diesen Schuft dazu bringen, sie zu heiraten.«

Doch Julien wurde sofort böse: »Oh! Ich will nichts mehr von dieser Geschichte hören, verstehst du. Du wolltest dieses Mädchen behalten, behalte sie, aber geh mir mit ihr nicht mehr auf die Nerven.«

Seit der Niederkunft schien er noch schlechtere Laune zu haben; und er hatte sich angewöhnt, nur noch schreiend mit seiner Frau zu sprechen, als sei er immerfort wütend, während sie dagegen die Stimme senkte, sich freundlich und versöhnlich gab, um jede Diskussion zu vermeiden; und oft weinte sie nachts in ihrem Bett.

Trotz seiner ständigen Verärgerung hatte ihr Mann seine seit ihrer Rückkehr vernachlässigten Liebesgewohnheiten wieder aufgenommen, und selten verbrachte er drei Tage hintereinander, ohne über die Schwelle des ehelichen Schlafgemachs zu treten.

Rosalie war bald wieder ganz gesund und zunehmend weniger traurig, obwohl sie, von einer unbekannten Furcht verfolgt, wie verstört blieb.

Und als Jeanne sie von Neuem auszufragen versuchte, lief sie noch zweimal fort.

Julien gab sich plötzlich auch liebenswürdiger; und die junge Frau klammerte sich an vage Hoffnungen und wurde wieder fröhlich, obwohl sie bisweilen unter merkwürdigem

Unwohlsein litt, das sie nicht erwähnte. Das Tauwetter hatte noch nicht eingesetzt, und seit bald fünf Wochen wölbte sich über der glatten, harten und schimmernden Fläche ein Himmel, der am Tage klar wie ein blauer Kristall und nachts übersät war von Sternen, die man für Raureif hätte halten können, so kalt war das weite Firmament.

Die in ihren quadratischen Höfen hinter dem Schleier mit Raureif überpuderter Bäume einsam daliegenden Bauernhäuser schienen in ihrem weißen Hemd eingeschlafen zu sein. Weder Mensch noch Tier ging mehr nach draußen; nur die Schornsteine der Strohhütten ließen durch die senkrecht in die eisige Luft aufsteigende, dünne Rauchfahne verstecktes Leben erkennen.

Die Ebene, die Hecken, die Ulmen der Einfriedungen, alles schien tot, vom Frost vernichtet. Ab und an hörte man die Bäume krachen, als wären ihre hölzernen Glieder unter ihrer Rinde zerbrochen; und manchmal löste sich ein großer Ast und stürzte zu Boden, da der unermüdliche Frost den Saft gefrieren ließ und die Fasern zerriss.

Jeanne konnte die Rückkehr lauer Lüfte kaum erwarten, da sie all die unbestimmten Leiden, die sie durchmachte, der schrecklichen Kälte zuschrieb.

Mal konnte sie, von Widerwillen gegen jede Nahrung befallen, nichts essen; mal schlug ihr Puls wie verrückt; mal wurde ihr von ihren dürftigen Mahlzeiten übel; und ihre ununterbrochen vibrierenden, angespannten Nerven hielten sie in ständiger, unerträglicher Erregung.

Eines Abends fiel das Thermometer noch weiter, und Julien, nach Tisch stark fröstelnd (denn der Salon war nie richtig geheizt, so sehr sparte er am Holz), rieb sich die Hände und murmelte: »Heute wird es guttun, im Bett zu zweit zu sein, nicht wahr, mein Kätzchen?«

Er lachte sein früheres frohes Lachen, und Jeanne fiel ihm um den Hals: Doch sie fühlte sich gerade an diesem Abend so schwach, so unwohl, so seltsam nervös, dass sie ihn auf den Mund küsste und leise bat, sie allein schlafen zu lassen. Sie erklärte ihm in wenigen Worten, wie schlecht es ihr ging: »Ich bitte dich, mein Lieber; ich fühle mich wirklich nicht wohl. Morgen geht es sicher besser.«

Er beharrte nicht darauf: »Wie du willst, meine Liebe; wenn du krank bist, musst du dich schonen.«

Und man sprach über andere Dinge.

Sie ging früh zu Bett. Julien ließ ausnahmsweise in seinem eigenen Zimmer Feuer machen. Als man ihm sagte, dass es »ordentlich lodert«, küsste er seine Frau auf die Stirn und ging.

Am ganzen Haus schien der Frost zu arbeiten, die ausgekühlten Wände knackten leise, als erschauerten sie; und Jeanne schlotterte in ihrem Bett vor Kälte.

Zweimal stand sie auf, um Holzscheite nachzulegen und Kleider, Röcke, alte Kleidungsstücke zu holen, die sie auf ihr Lager häufte. Nichts konnte sie wieder aufwärmen, die Füße wurden ihr taub, während ihr durch die Waden bis zu den Schenkeln ein Zucken lief, das sie dazu brachte, sich unentwegt hin und her zu drehen, sich zu wälzen und in maßlose Erregung zu geraten.

Bald klapperten ihr die Zähne, ihre Hände zitterten; ihr wurde eng in der Brust; ihr mattes Herz schlug laut und dumpf und schien manchmal stehen zu bleiben; und sie keuchte, als bekomme sie keine Luft mehr.

Eine schreckliche Angst ergriff ihre Seele, während die unbezwingbare Kälte ihr bis ins Mark drang. Das hatte sie noch nie erlebt, nie hatte sie sich so vom Leben verlassen gefühlt, kurz davor, ihren letzten Atemzug zu tun.

Sie dachte: »Ich werde sterben … Ich sterbe …«

Und von Entsetzen gepackt, sprang sie aus dem Bett, läutete nach Rosalie, wartete, läutete von Neuem, wartete nochmals, zitternd und starr vor Kälte.

Das junge Hausmädchen kam nicht. Sicher lag sie in jenem tiefen ersten Schlaf, den nichts unterbrechen kann; und Jeanne verlor den Kopf und stürzte mit nackten Füßen zur Treppe.

Lautlos stieg sie hinauf, fand die Tür, öffnete und rief: »Rosalie!«, tastete sich immer weiter, stieß gegen das Bett, fuhr mit den Händen darüber und begriff, dass es leer war. Es war leer und ganz kalt, als hätte niemand darin geschlafen.

Überrascht sagte sie sich: »Wie denn! Bei solchem Wetter ist sie noch draußen unterwegs!«

Doch da ihr plötzlich in Aufruhr geratenes Herz ihr bis zum Halse schlug, wankte sie wieder nach unten, um Julien zu wecken.

Sie stürmte in sein Zimmer, gepeinigt von der Überzeugung, dass sie sterben werde, und von dem Wunsch, ihn zu sehen, bevor sie das Bewusstsein verlor.

Beim Schein des verlöschenden Feuers sah sie auf dem Kissen neben dem Kopf ihres Mannes den Kopf von Rosalie.

Bei dem Schrei, den sie ausstieß, richteten sich beide auf. In der Bestürzung dieser Entdeckung blieb sie eine Sekunde stehen, ohne sich zu rühren. Dann floh sie zurück in ihr Zimmer; und als Julien voller Verzeiflung »Jeanne!« gerufen hatte, überkam sie eine grauenhafte Angst, ihn zu sehen, seine Stimme zu hören, seine Erklärungen, seine Lügen zu vernehmen, seinem Blick zu begegnen; und sie eilte von Neuem zur Treppe und lief hinunter.

In Gefahr, die Stufen hinunterzufallen, sich auf dem Steinboden die Glieder zu brechen, rannte sie jetzt durch die Dunkelheit. Sie lief und lief, getrieben von einem unwiderstehlichen Bedürfnis zu fliehen, nichts mehr zu hören, niemanden mehr zu sehen.

Als sie unten war, ließ sie sich, immer noch im Hemd und barfuß, auf einer Stufe nieder; und fassungslos blieb sie dort hocken.

Julien war aus dem Bett gesprungen und zog sich in aller Eile an. Sie fuhr wieder hoch, um ihm zu entkommen. Schon lief auch er die Treppe herunter, und er rief: »Hör doch, Jeanne!«

Nein, sie wollte weder hören noch auch nur mit der Fingerspitze berührt werden; und davonrennend wie vor einem Mörder, stürzte sie ins Speisezimmer. Sie suchte einen Ausweg, ein Versteck, einen dunklen Winkel, eine Möglichkeit, ihm zu entwischen. Sie kauerte sich unter den Tisch. Doch, seine Lampe in der Hand, immer wieder »Jeanne!« rufend, öffnete er die Tür, und sie schoss davon wie ein Hase, eilte in die Küche und lief wie ein in die Enge getriebenes Tier zweimal darin im Kreis; und als er sie wieder einholte, stieß sie die Tür zum Garten auf und huschte hinaus ins Freie.

Die eisige Berührung mit dem Schnee, wo ihre Beine zuweilen einsanken bis zum Knie, verlieh ihr plötzlich eine verzweifelte Kraft. Ihr war nicht kalt, obwohl sie fast nichts am Leibe trug, sie spürte nichts mehr, so sehr hatte der Aufruhr ihrer Seele ihren Körper betäubt, und weiß wie der Untergrund, rannte sie davon.

Sie flog die Auffahrt hinunter, lief durch das Wäldchen, sprang über den Graben und verschwand über die Heide.

Kein Mond; das Schwarz des Himmels war von blinkenden Sternen übersät; und doch war die Ebene hell, von einer fahlen Weiße, einer erstarrten Reglosigkeit, einem endlosen Schweigen.

Jeanne lief schnell, atemlos, ohne es zu merken, ohne jede Überlegung. Und plötzlich war sie am Rande der Klippe. Instinktiv blieb sie wie angewurzelt stehen und kauerte sich, ohne jeden Gedanken, ohne jeden Willen, auf den Boden.

In der dunklen Leere vor ihr verströmte die unsichtbare und stumme See ihren salzigen Tanggeruch bei Ebbe.

Sie blieb lange dort hocken, leblos in Seele und Körper; dann begann sie plötzlich zu zittern, sogar wahnsinnig zu zittern, wie ein vom Wind gebeuteltes Segel. Geschüttelt von einer unbezwingbaren Macht, bebten, vibrierten ihre Arme, ihre Hände, ihre Füße in sich überstürzenden Zuckungen; und hell und schmerzhaft kam sie jäh wieder zu sich.

Dann zogen alte Bilder vor ihren Augen vorüber; jener Ausflug mit ihm im Boot des alten Lastique, ihre Plauderei, ihre erwachende Liebe, die Schiffstaufe; dann dachte sie weiter zurück bis zu jener traumverlorenen Nacht bei ihrer Ankunft in Les Peuples. Und jetzt! Jetzt! Ach, ihr Leben war zerstört, alle Freude vorüber, jede Hoffnung zunichtegemacht; und vor ihr erschien die entsetzliche Zukunft voller Qualen, Betrügereien und Verzweiflung. Dann lieber sterben, es wäre gleich vorbei.

Doch von Weitem rief eine Stimme: »Hier, da sind ihre

Fußspuren; schnell, schnell, hier entlang!« Es war Julien, der sie suchte.

Oh, sie wollte ihn nicht wiedersehen! In dem Abgrund dort vor ihr vernahm sie nun ein leises Schlürfen, das Lecken der See an den Felsen.

Sie richtete sich auf, schon vollends aufgebäumt, um sich hinunterzustürzen, und dem Leben den Abschied der Verzweifelten zurufend, stöhnte sie das letzte Wort der Sterbenden, das letzte Wort in den Schlachten tödlich verwundeter junger Soldaten: »Mama!«

Plötzlich durchfuhr sie der Gedanke an Mamachen; sie sah sie schluchzen; sie sah ihren Vater auf Knien vor ihrem ertrunkenen Leichnam, sekundenschnell fühlte sie den ganzen Schmerz ihrer Verzweiflung.

Da sank sie sachte nach hinten in den Schnee; und sie versuchte nicht mehr zu entkommen, als Julien und der alte Simon, gefolgt von Marius, der eine Laterne hielt, sie am Arm packten, um sie zurückzureißen, so nah war sie am Abgrund.

Sie taten mit ihr, was sie wollten, denn sie konnte sich nicht mehr rühren. Sie spürte, dass man sie forttrug, dass man sie in ein Bett legte, dass man sie mit heißen Tüchern abrieb; dann erlosch jede Erinnerung, schwand jedes Bewusstsein.

Schließlich verfolgte sie ein Albtraum – war es ein Albtraum? Sie lag in ihrem Zimmer im Bett. Es war helllichter Tag, aber sie konnte sich nicht erheben. Warum? Sie wusste es nicht. Da hörte sie ein leises Trippeln auf den Dielen, eine Art Kratzen, Rascheln, und plötzlich lief eine Maus, eine kleine graue Maus, eilig über ihr Laken. Sogleich folgte ihr eine andere, dann eine dritte, die mit ihren hurtigen Schrittchen zu ihrer Brust trippelte. Jeanne hatte keine Angst; aber sie wollte das Tier packen und griff nach ihm, ohne dass es ihr gelang.

Da tauchten von allen Seiten weitere Mäuse auf, zehn, zwanzig, Hunderte, Tausende. Sie kletterten an den Bettpfosten empor, flitzten über die Tapisserien, bedeckten das ganze Lager. Und bald schlüpften sie unter die Decken, Jeanne fühlte sie über ihre Haut wimmeln, ihre Beine kitzeln, ihren Körper hinauf- und hinunterrennen. Sie sah sie am Bettende hervorkommen, um hineinzuschlüpfen an ihren Busen; und sie schlug um sich, fuhr mit den Händen vor, um eine zu schnappen, und griff immer wieder ins Leere.

Sie war außer sich, wollte fliehen, schrie, und ihr schien, dass man sie festhielt, dass mächtige Arme sie umschlangen und sie lähmten; doch sie sah niemanden.

Sie hatte nicht die geringste Zeitvorstellung. Es musste lange sein, sehr lange.

Dann kam sie zu sich, matt, zerschlagen und doch wohlig. Sie fühlte sich schwach, sehr schwach. Sie öffnete die Augen und war nicht verwundert, Mamachen in ihrem Zimmer sitzen zu sehen, mit einem beleibten Mann, der ihr gänzlich unbekannt war.

Wie alt war sie? Sie wusste es nicht und glaubte, ein ganz kleines Mädchen zu sein. Sie konnte sich auch an sonst nichts mehr erinnern.

Der dicke Mann sagte: »Sehen Sie, sie kommt wieder zu Bewusstsein.« Und Mamachen begann zu weinen. Da fuhr der Dicke fort: »Kommen Sie, beruhigen Sie sich, Frau Baronin, ich sage Ihnen, dass ich mich jetzt dafür verbürge. Aber reden Sie über nichts mit ihr, über nichts. Sie soll schlafen.«

Von Neuem überwältigt von einem bleiernen Schlaf, sobald sie zu denken versuchte, war es Jeanne, als vegetiere sie noch sehr lange vor sich hin; und sie versuchte auch nicht, sich an irgendetwas zu erinnern, als habe sie eine unbestimmte Angst vor der in ihrem Kopf wiedererstandenen Wirklichkeit.

Denn einmal, als sie aufwachte, sah sie Julien, allein neben ihr; und mit einem Schlag kam ihr alles wieder zu Bewusstsein, als habe sich ein Vorhang gehoben, der ihr vergangenes Leben verbarg.

Sie spürte einen furchtbaren Schmerz im Herzen und wollte wieder fliehen. Sie warf ihre Laken von sich, sprang auf den Boden und sank um, da ihre Beine sie nicht mehr tragen konnten.

Julien stürzte zu ihr hin; und sie begann, gellend zu schreien, damit er sie nicht berührte. Sie wand sich, wälzte sich hin und her. Die Tür wurde geöffnet. Tante Lison eilte mit der Witwe Dentu herbei, dann der Baron, dann erschien, außer Atem und fassungslos, schließlich Mamachen.

Man legte sie wieder ins Bett; und sogleich schloss sie absichtlich die Augen, um nichts sagen zu müssen und in Ruhe nachdenken zu können.

Ihre Mutter und ihre Tante pflegten sie, bemühten sich um sie, befragten sie: »Kannst du uns jetzt hören, Jeanne, meine kleine Jeanne?«

Sie stellte sich taub, gab keine Antwort; und sie merkte deutlich, dass der Tag vorüber war. Die Nacht brach herein. Die Krankenschwester setzte sich neben sie und ließ sie ab und an trinken.

Sie trank wortlos, aber sie schlief nicht mehr; sie versuchte mühsam zu überlegen, nach Dingen suchend, die ihr entfielen, als habe sie Löcher im Gedächtnis, große weiße und leere Stellen, wo die Ereignisse keinerlei Spuren hinterlassen hatten.

Ganz allmählich, nach langen Anstrengungen, fand sie zu allem Geschehenen zurück.

Und sie dachte mit unbeirrbarer Hartnäckigkeit darüber nach.

Mamachen, Tante Lison und der Baron waren gekommen, also war sie sehr krank gewesen. Aber Julien? Was hatte er gesagt? Wussten ihre Eltern Bescheid? Und Rosalie? Wo war sie? Und was sollte sie nun tun? Was tun? Ein Gedanke erleuchtete sie – mit Vater und Mamachen nach Rouen zurückkehren, wie früher. Sie wäre Witwe; das war alles.

Dann wartete sie, während sie lauschte, was um sie her gesprochen wurde, wobei sie, geduldig und listig, richtig begriff, ohne es sich anmerken zu lassen, und diesen wiedergekehrten Verstand genoss.

Abends war sie schließlich mit der Baronin allein, und ganz leise rief sie nach ihr: »Mamachen!« Ihre eigene Stimme wunderte sie, schien ihr verändert. Die Baronin griff nach ihren Händen: »Töchterchen, Jeanne, mein Liebling! Töchterchen, erkennst du mich?«

»Ja, Mamachen, aber du musst nicht weinen; wir haben viel zu besprechen. Hat Julien gesagt, warum ich hinaus in den Schnee geflohen bin?«

»Ja, meine Süße, du hattest ein sehr gefährliches, schweres Fieber.«

»Daran liegt es nicht, Mama. Danach hatte ich Fieber; aber hat er gesagt, wer es verursacht hat, dieses Fieber, und warum ich geflohen bin?«

»Nein, mein Liebling.«

»Weil ich Rosalie in seinem Bett gefunden habe.«

Die Baronin glaubte, sie fantasiere noch immer, und streichelte sie. »Schlaf, meine Süße, beruhige dich, versuche zu schlafen.«

Doch Jeanne fuhr hartnäckig fort: »Ich bin jetzt ganz bei Verstand, Mamachen, ich rede keinen Unsinn, wie ich es in den letzten Tagen getan haben muss. Eines Nachts war mir nicht wohl, da habe ich nach Julien gesucht. Rosalie lag mit ihm im Bett. Ich habe vor Kummer den Kopf verloren und bin in den Schnee hinausgelaufen, um mich die Klippe hinunterzustürzen.«

Aber die Baronin wiederholte: »Ja, meine Süße, du warst sehr krank.«

»Daran lag es nicht, Mama, ich habe Rosalie in Juliens Bett gefunden, und ich will nicht mehr bei ihm bleiben. Du musst mich mit nach Rouen nehmen, wie früher.«

Die Baronin, welcher der Arzt geraten hatte, Jeanne in nichts zu widersprechen, erwiderte: »Ja, meine Süße.«

Doch die Kranke verlor die Geduld: »Ich sehe genau, dass du mir nicht glaubst. Hol Papachen, er wird mich am Ende verstehen.«

Und Mamachen erhob sich mühsam, nahm ihre beiden Stöcke, schlurfte hinaus und kehrte nach einigen Minuten mit dem Baron zurück, der sie stützte.

Sie setzten sich vor das Bett, und Jeanne begann sogleich zu sprechen. Leise, mit schwacher Stimme, deutlich und klar erzählte sie alles: über Juliens merkwürdiges Wesen, seine Härte, seinen Geiz und schließlich seine Untreue.

Als sie geendet hatte, sah der Baron sehr wohl, dass sie

keinen Unsinn redete, aber er wusste nicht, was er denken, was er beschließen und was er antworten sollte.

Zärtlich, wie früher, wenn er ihr zum Einschlafen Geschichten erzählte, nahm er ihre Hand. »Höre, mein Liebling, da muss man vorsichtig handeln. Brechen wir nichts übers Knie; versuche, deinen Mann zu ertragen, bis wir einen Entschluss gefasst haben … Versprichst du mir das?« Sie murmelte: »Das will ich gerne tun, aber wenn ich wieder gesund bin, bleibe ich nicht hier.«

Dann fügte sie ganz leise hinzu: »Wo ist Rosalie jetzt?«

Der Baron gab zurück: »Du wirst sie nicht mehr zu Gesicht bekommen.« Doch sie bestand darauf. »Wo ist sie? Ich möchte es wissen.« Da gestand er, dass sie das Haus nicht verlassen hatte; aber er versicherte, dass sie fortgehen werde.

Als er von der Kranken kam, ging der in seinem Vaterherzen verletzte, wutentbrannte Baron zu Julien und sagte schroff: »Monsieur, ich bitte Sie um Rechenschaft für Ihr Verhalten gegenüber meiner Tochter. Sie haben sie mit Ihrer Dienstmagd betrogen; das ist ganz besonders empörend.«

Doch Julien spielte den Unschuldigen, schwor, rief Gott zum Zeugen an. Welchen Beweis hatte man denn auch? War Jeanne etwa nicht verrückt? Hatte sie nicht soeben eine Hirnhautentzündung gehabt? War sie etwa nicht eines Nachts zu Beginn ihrer Krankheit in einem Anfall von Delirium in den Schnee hinausgelaufen? Und sie behauptete, genau mitten in diesem Anfall, als sie fast nackt durchs Haus gelaufen war, ihr Hausmädchen im Bett ihres Mannes gesehen zu haben?

Und er ereiferte sich; er drohte mit einem Prozess; er empörte sich leidenschaftlich. Und verwirrt trug der Baron Entschuldigungen vor, bat um Verzeihung und streckte Julien pflichtschuldig die Hand hin, die zurückgewiesen wurde.

Als Jeanne von der Antwort ihres Mannes erfuhr, zeigte sie keinerlei Ärger und antwortete: »Er lügt, Papa, aber am Ende werden wir ihn überführen.«

Und zwei Tage lang blieb sie schweigsam, nachdenklich, in Gedanken versunken.

Am dritten Morgen schließlich wollte sie Rosalie sehen. Der Baron weigerte sich, das Hausmädchen nach oben kommen zu lassen, und erklärte, sie sei fort. Jeanne gab nicht nach und sagte immer wieder: »Dann soll man sie aus ihrem Hause herholen.«

Und sie wurde schon zornig, als der Doktor hereinkam. Man erklärte ihm alles, damit er seine Meinung sagte. Doch Jeanne begann, maßlos erregt, plötzlich zu weinen, und schrie nahezu: »Ich will Rosalie sehen. Ich will sie sehen!«

Da nahm der Arzt ihre Hand und sagte leise: »Beruhigen Sie sich, Madame: Jede Aufregung könnte ernste Folgen haben; denn Sie sind schwanger.«

Sie erstarrte, wie vom Schlag getroffen, und sogleich war ihr, als bewege sich etwas in ihr. Dann schwieg sie, vernahm nicht einmal, was man sagte, versank in Gedanken. Wach gehalten von jener neuen und seltsamen Vorstellung, dass da in ihrem Bauch ein Kind lebte, konnte sie nachts nicht schlafen; und sie war traurig und voller Kummer, dass es der Sohn von Julien war, und besorgt, weil sie füchtete, dass er seinem Vater ähneln würde. Als der Tag angebrochen war, ließ sie den Baron holen. »Papachen, mein Entschluss steht fest; ich möchte alles erfahren, und zwar jetzt; verstehst du, unbedingt; und du weißt, dass man mir in meinem Zustand nicht widersprechen soll. Hör gut zu. Du lässt den Herrn Pfarrer holen. Ich brauche ihn, um zu verhindern, dass Rosalie lügt; sobald er da ist, lässt du sie dann heraufkommen und bleibst mit Mamachen hier. Sorge vor allem dafür, dass Julien keinen Verdacht schöpft.«

Eine Stunde später trat der Pfarrer ins Zimmer, noch dicker geworden und ebenso stark schnaufend wie Mamachen. Er setzte sich neben sie in einen Sessel, wo sich sein Bauch zwischen den gespreizten Beinen senkte; und er begann zu scherzen, wobei er sich in alter Gewohnheit mit seinem karierten Taschentuch über die Stirn fuhr: »Nun, Frau Baronin, schlanker werden wir, glaube ich, nicht; wir sind ein gutes Paar, wenn ich so sagen darf.« Dann wandte er sich dem Bett der Kranken zu: »Na, na, junge Dame! Man hat mir erzählt, dass wir bald eine neue Taufe feiern werden? Oh, oh, oh! Diesmal nicht die von einem Boot.« Und er setzte in ernstem Ton hinzu: »Der wird das Vaterland verteidigen«, und dann, nach kurzer Überlegung: »Wenn es nicht eine gute Mutter werden wird«, und zur Baronin hinübernickend, »wie Sie, Madame.«

Doch hinten im Zimmer öffnete sich die Tür. Fassungslos, jammernd, sich an den Türrahmen klammernd und vom Baron hineingedrängt, weigerte sich Rosalie einzutreten. Zur Verzweiflung gebracht, stieß er sie ins Zimmer. Da schlug sie die Hände vors Gesicht und blieb schluchzend stehen.

Kaum hatte Jeanne sie gesehen, fuhr sie hoch und setzte sich, bleicher als die Laken, auf; und ihr verwirrtes Herz hob wild schlagend das dünne Hemd, das ihr auf der Haut klebte. Sie konnte nicht sprechen, bekam kaum Luft, rang nach Atem. Schließlich brachte sie mit von Erregung gedämpfter Stimme heraus: »Ich … ich … brauche dir … keine … Fragen zu stellen. Es … es reicht mir, dich so zu sehen … zu … zu … sehen … wie du dich vor mir schämst.«

Da sie kaum Luft bekam, fuhr sie nach einer Pause fort: »Aber ich möchte alles wisssen, alles … alles. Ich habe den Herrn Pfarrer kommen lassen, damit es wie eine Beichte ist, hörst du.«

Stocksteif stieß Rosalie hinter ihren vor das Gesicht geschlagenen Händen nahezu Schreie aus.

Den Baron packte die Wut, und er nahm ihre Arme, riss sie auseinander, stieß sie auf die Knie und rief: »So sag doch etwas … Antworte.«

Sie blieb am Boden, in der Haltung, in der man die Heilige Magdalena darstellt, die Haube verrutscht, die Schürze auf dem Parkett, das Gesicht von Neuem hinter ihren befreiten Händen verborgen.

Nun sprach der Pfarrer sie an: »Komm, mein Kind, höre, was man dir sagt, und gib Antwort. Wir wollen dir nichts tun; aber wir möchten wissen, was geschehen ist.«

Über den Bettrand gebeugt, sah Jeanne sie an. Sie sagte: »Es stimmt doch, dass du in Juliens Bett warst, als ich euch erwischt habe.«

Rosalie stöhnte durch ihre Hände: »Ja, Madame.«

Da begann mit einem Schlag auch die Baronin, laut nach Luft ringend, zu weinen; und ihr krampfhaftes Schluchzen begleitete das von Rosalie.

Die Augen unverwandt auf das Hausmädchen gerichtet, fragte Jeanne: »Seit wann ging das so?«

Rosalie stammelte: »Seit er hergekomm'n is.«

Jeanne begriff nicht. »Seit er hergekommen ist … Also … seit … seit dem Frühjahr?«

»Ja, Madame.«

»Seit er in dieses Haus gekommen ist?«

»Ja, Madame.«

Und gleichsam erstickt von Fragen, wollte Jeanne mit sich überschlagender Stimme wissen: »Aber wie ist das passiert? Wie hat er dich dazu gebracht? Wie hat er dich gekriegt? Was hat er zu dir gesagt? Wann hast du zugestimmt? Wie konntest du dich ihm hingeben?«

Und während sie diesmal die Hände ausbreitete, überdies gepackt von dem fieberhaften Wunsch, zu reden, von dem Bedürfnis, zu antworten, rief Rosalie: »Was weiß ich? Das war an dem Tag, als er zum ersten Mal hier zum Diner war, da is er mir in meine Kammer nachgestiegen. Auf'm Dachboden hat er sich versteckt. Ich hab' mich nich zu schreien getraut, um keine Geschichten zu machen. Er hat sich mit mir ins Bett gelegt; in dem Moment wusst ich nich mehr, was ich tat; er hat gemacht, was er wollte. Ich hab nix gesagt, weil ich ihn nett fand! …«

Da schrie Jeanne auf und rief: »Aber … dein … dein Kind … ist das seins? …«

Rosalie schluchzte.

»Ja, Madame.«

Dann verstummten beide.

Man hörte nur noch das Weinen Rosalies und der Baronin.

Jeanne war vernichtet und spürte, wie es auch aus ihren Augen rann; und die lautlosen Tropfen liefen über ihre Wangen.

Das Kind ihres Hausmädchens hatte denselben Vater wie das ihre! Ihre Wut war erloschen. Jetzt fühlte sie sich ganz durchdrungen von einer stumpfen, schleichenden, tiefen, unendlichen Verzweiflung.

Mit veränderter, tränennasser Stimme, der Stimme einer weinenden Frau, hob sie schließlich wieder an: »Als wir zurückkamen … von dort … von der Reise … wann hat er da wieder angefangen?«

Ganz auf dem Boden zusammengebrochen, stammelte das junge Hausmädchen: »Am … am ersten Abend is er gekomm'n.«

Jedes Wort drehte Jeanne das Herz um. Wegen dieses Mädchens hatte er sie also am ersten Abend sitzen lassen, am Abend der Rückkehr nach Les Peuples. Das war es, weshalb er sie allein schlafen ließ!

Sie wusste jetzt genug, sie wollte nichts mehr hören; sie schrie: »Geh, geh!« Und als die völlig zerschmetterte Rosalie sich nicht rührte, rief Jeanne nach ihrem Vater: »Nimm sie mit, schaff sie fort.« Doch der Pfarrer, der noch nichts gesagt hatte, hielt den Moment für gekommen, an dieser Stelle eine kleine Predigt zu halten.

»Was du getan hast, ist sehr schlecht, mein Kind; und der liebe Gott wird dir nicht so bald vergeben. Denke an die Hölle, die dich erwartet, wenn du dich von nun an nicht gut beträgst. Jetzt, wo du ein Kind hast, musst du dich anständig verhalten. Frau Baronin wird sicher etwas für dich tun, und wir werden einen Mann für dich finden …«

Er hätte noch lange geredet, doch der Baron hatte Rosalie von Neuem unter den Achseln gepackt und hob sie hoch, schleifte sie bis zur Tür und warf sie wie ein Paket in den Flur.

Als er, bleicher als seine Tochter, zurückgekehrt war, ergriff der Pfarrer wieder das Wort: »Was soll man da machen?

So sind sie alle hier in der Gegend. Es ist entsetzlich, aber man kann nichts dagegen tun, und man braucht wirklich ein wenig Nachsicht mit den Schwächen der Natur. Bevor sie schwanger sind, heiraten sie nie, Madame.« Und er setzte lächelnd hinzu: »Man könnte meinen, es sei hier so Sitte.« Dann in ärgerlichem Ton: »Sogar Kinder machen da mit. Da fand ich doch letztes Jahr auf dem Friedhof zwei Kleine aus der Katechismuslehre, Junge und Mädchen! Ich habe die Eltern benachrichtigt! Wissen Sie, was sie mir geantwortet haben? ›Was soll man da machen, Herr Pfarrer, wir sind es nicht, die ihnen diese Schweinereien beigebracht haben, wir können nichts dafür.‹ – Da haben Sie's, Monsieur, Ihr Hausmädchen hat es gemacht wie die anderen.«

Doch der Baron, der vor Ärger bebte, unterbrach ihn: »Das Mädchen? Was geht mich das an! Aber über Julien bin ich entrüstet. Es ist infam, was er getan hat, und ich werde meine Tochter mitnehmen.«

Und fassungslos ging er, in immer größerer Erregung, auf und ab: »Es ist infam, meine Tochter so betrogen zu haben, infam! Er ist ein Lump, dieser Mann, ein Schurke, ein Schuft; und ich sage es ihm, er kriegt eine Ohrfeige, ich schlage ihn tot mit meinem Stock!«

Doch der Pfarrer, der neben der in Tränen aufgelösten Baronin gemächlich eine Prise Tabak nahm und seine Friedensmission zu erfüllen versuchte, versetzte: »Hören Sie, Herr Baron, unter uns gesagt, hat er es gemacht wie jeder. Kennen Sie viele Ehemänner, die treu wären?« Und er fügte mit maliziöser Gutmütigkeit hinzu: »Also, ich wette, dass Sie selbst Ihre Streiche gemacht haben. Kommen Sie, Hand aufs Herz, stimmt's?« Der Baron war verblüfft vor dem Pfarrer stehen geblieben, welcher fortfuhr: »Aber ja! Sie haben sich wie die anderen verhalten. Wer weiß denn, ob Sie es nie mit einem Liebchen wie diesem probiert haben. Ich sage Ihnen, dass jeder es so macht. Ihre Frau war deshalb weder weniger glücklich noch weniger geliebt, nicht wahr?«

Der Baron war bestürzt und rührte sich nicht.

Es stimmte, weiß Gott, dass er es so gemacht hatte, und zwar oft, jedes Mal, wenn er die Möglichkeit dazu bekam; und das Haus der Ehe hatte er ebenso wenig respektiert; und wenn sie hübsch waren, hatte er bei den Dienstmädchen seiner Frau nie gezögert! War er deshalb ein Schuft? Warum urteilte er so streng über Juliens Betragen, da er nie auch nur daran gedacht hatte, dass das seine strafbar sein könnte?

Und die Baronin, vor Schluchzen noch ganz außer Atem, hatte bei der Erinnerung an die Jugendstreiche ihres Mannes die Andeutung eines Lächelns auf den Lippen, denn sie gehörte zu jenem schnell gerührten und wohlwollenden, gefühlvollen Menschenschlag, für den Liebesabenteuer zum Leben gehören.

Jeanne lag zusammengebrochen, vor sich hin starrend, mit leblosen Armen auf dem Rücken und wälzte quälende Gedanken. Ihr war eine Bemerkung von Rosalie wieder eingefallen, die ihre Seele verletzte und wie ein Bohrer in ihr Herz drang: »Ich habe nichts gesagt, weil ich ihn nett fand.«

Auch sie hatte ihn nett gefunden; und nur deshalb hatte sie sich ihm hingegeben, hatte auf jede andere Hoffnung, auf alle flüchtigen Pläne, auf alles verzichtet, was der folgende Tag bringen mochte, und sich fürs Leben gebunden. Sie war in diese Ehe gestürzt, in diese uferlose Tiefe, um in diesem

Elend, in dieser Traurigkeit, in dieser Verzweiflung zu landen, weil sie ihn, wie Rosalie, nett gefunden hatte!

Unter einem wütenden Stoß flog die Tür auf. Mit wildem Blick erschien Julien. Er hatte die wimmernde Rosalie auf der Treppe gesehen und wollte wissen, was geschehen war, da er ahnte, dass man sich verschwor, dass das Hausmädchen zweifellos geredet hatte. Der Anblick des Pfarrers ließ ihn wie angewurzelt stehen bleiben.

Mit zitternder Stimme, aber ruhig fragte er: »Was ist denn? Worum geht's?« Der Baron, eben noch so wild entschlossen, wagte nichts zu sagen, da er das Argument des Pfarrers und sein von seinem Schwiegersohn heraufbeschworenes eigenes Beispiel fürchtete. Mamachen heulte noch lauter; doch Jeanne hatte sich aufgestützt und schaute schwer atmend auf den, der sie so grausam leiden ließ. Sie stammelte: »Es geht darum, dass wir alles wissen, dass wir all Ihre Schandtaten kennen seit … seit dem Tage, da Sie in dieses Haus gekommen sind … Es geht darum, dass das Kind dieses Hausmädchens das Ihre ist so wie … wie … das meine … sie werden Brüder sein …« Und da sie bei diesem Gedanken ein überwältigender Schmerz traf, sank sie zurück in ihre Laken und weinte hemmungslos.

Er stand mit offenem Munde da und wusste nicht, was er sagen oder was er tun sollte. Der Pfarrer griff nochmals vermittelnd ein.

»Na, na, grämen wir uns nicht so sehr, meine junge Dame, seien Sie vernünftig.« Er erhob sich, ging zum Bett und legte seine milde Hand auf die Stirn dieser Verzweifelten. Diese schlichte Berührung ließ sie seltsam weich werden; sie fühlte sich sofort entspannt, als habe diese mit freisprechenden

Gesten, mit tröstlichen Liebkosungen vertraute kräftige Bauernhand sie mit ihrem Auflegen in geheimnisvoller Weise beruhigt.

Der gute Mann stand da und versetzte: »Madame, man muss immer vergeben. Ihnen widerfährt da ein großes Unglück; aber Gott hat es in seiner Gnade durch ein großes Glück aufgewogen, da Sie Mutter werden. Dieses Kind wird Ihr Trost sein. In seinem Namen flehe ich Sie an, beschwöre ich Sie, die Verirrung von Monsieur Julien zu verzeihen. Das wird ein neues Band zwischen Ihnen sein, ein Unterpfand seiner zukünftigen Treue. Können Sie innerlich getrennt sein von dem, dessen Werk Sie in Ihrem Schoß tragen?«

Sie gab keine Antwort, zermalmt, vom Schmerz vernichtet, nun völlig erschöpft, sogar ohne Kraft für Wut und Groll. Ihr war, als seien ihr die Nerven gerissen, heimlich durchtrennt, sie war kaum noch am Leben.

Die Baronin, der jedes nachtragende Gefühl unmöglich schien und deren Seele zu einer längeren Anspannung nicht in der Lage war, murmelte: »Komm, Jeanne.«

Da nahm der Priester die Hand des jungen Mannes und legte sie, ihn zum Bett ziehend, in die Hand seiner Frau. Er gab einen kleinen Klaps darauf, wie um sie endgültig zu versöhnen, und seinen berufsmäßigen Predigerton aufgebend, sagte er mit zufriedener Miene: »Na, sehen Sie, das ist geschafft: Glauben Sie mir, so ist es besser.«

Sogleich trennten sich die für einen Moment zusammengelegten Hände. Julien, der Jeanne nicht zu umarmen wagte, küsste seine Schwiegermutter auf die Stirn, machte auf dem Absatz kehrt, nahm den Arm des Barons, der es sich gefallen ließ, im Grunde froh, dass die Sache so ausgegangen war;

und sie gingen zusammen hinaus, um eine Zigarre zu rauchen.

Nun sank die entkräftete Kranke in Schlaf, während der Priester und Mamachen friedlich mit leiser Stimme plauderten.

Der Geistliche sprach, erklärend und seine Ideen entwickelnd; und die Baronin pflichtete ihm immerfort mit einem Nicken bei. Zum Abschluss sagte er dann: »Also abgemacht; Sie geben diesem Mädchen den Hof in Barville, und ich kümmere mich darum, einen Mann für sie zu finden, einen ordentlichen, braven Jungen. Oh, mit einem Besitz von zwanzigtausend Francs wird es uns an Liebhabern nicht fehlen! Wir werden bloß die Qual der Wahl haben.«

Und nun lächelte die Baronin, glücklich, mit zwei auf den Wangen hängen gebliebenen Tränen, deren feuchte Spur jedoch bereits getrocknet war.

Sie sagte entschieden: »Einverstanden, Barville ist mindestens zwanzigtausend Francs wert; aber man wird das Gut dem Kind überschreiben; die Eltern werden, solange sie leben, den Nießbrauch haben.«

Und der Pfarrer erhob sich und drückte Mamachens Hand: »Bleiben Sie sitzen, Frau Baronin, bleiben Sie sitzen; ich weiß, was ein Schritt kostet.«

Als er hinausging, begegnete er Tante Lison, die nach ihrer Kranken sehen wollte. Sie merkte nichts, man sagte ihr nichts; und sie begriff nichts, wie immer.

VIII

Rosalie hatte das Haus verlassen, und Jeanne machte die Zeit ihrer schwierigen Schwangerschaft durch. Sie spürte in ihrem Herzen nicht die geringste Freude über die Nachricht, dass sie Mutter war, so maßlos war sie von Kummer überwältigt. Sie erwartete ihr Kind ohne Neugier, weiterhin Befürchtungen endlosen Unglücks unterworfen.

Ganz leise war es Frühling geworden. Die kahlen Bäume zitterten unter der immer noch kühlen Brise, doch in dem feuchten Gras der Gräben, wo das Herbstlaub verfaulte, zeigten sich bereits die Schlüsselblumen. Aus der ganzen Ebene, aus den Bauernhöfen, aus den aufgeweichten Feldern roch es feucht und wie gärend. Und eine Unzahl kleiner grüner Spitzen kam aus der braunen Erde und glänzte unter den Strahlen der Sonne.

Eine dicke Frau, gebaut wie eine Festung, nahm Rosalies Platz ein und stützte die Baronin bei ihren eintönigen Spaziergängen auf ihrem Weg, wo die Spur ihres noch schleppender gewordenen Schrittes ununterbrochen feucht und schlammig blieb. Papachen reichte der nun schwerer gewordenen und immerfort kränklichen Jeanne den Arm; und Tante Lison hielt ihr, wegen des bevorstehenden Ereignisses besorgt und aufgeregt, auf der anderen Seite die Hand, ganz verwirrt von diesem Geheimnis, das sie nie kennenlernen sollte.

So schritten sie alle nahezu wortlos stundenlang dahin, während Julien die Gegend zu Pferde durchstreifte, plötzlich von dieser neuen Neigung befallen.

Ihr trübsinniges Leben wurde durch nichts mehr gestört. Der Baron, seine Frau und der Vicomte machten einen Besuch bei den Fourvilles, die Julien bereits gut kennengelernt zu haben schien, ohne dass man sich genau erklären konnte, wie. Ein weiterer Anstandsbesuch wurde mit den immer noch in ihrem verschlafenen Herrenhaus versteckten Brisevilles ausgetauscht.

Als eines Nachmittags gegen vier Uhr zwei Reiter, ein Mann und eine Frau, auf den Vorhof des Schlosses trabten, trat Julien ganz aufgeregt in Jeannes Zimmer. »Schnell, schnell, geh hinunter. Da sind die Fourvilles. Sie kommen ganz einfach als Nachbarn, da sie wissen, in welchem Zustand du bist. Sag, dass ich ausgegangen bin, aber heimkommen werde. Ich mache mich schnell ein bisschen zurecht.«

Jeanne ging erstaunt nach unten. Eine bleiche, hübsche junge Frau mit einem empfindsamen Gesicht, schwärmerischen Augen und mit Haaren von einem glanzlosen Blond, so als seien sie nie von einem Sonnenstrahl liebkost worden, stellte unbeschwert ihren Mann vor, eine Art Riesen, ein Ungetüm mit großem rötlichem Schnurrbart. Dann fuhr sie fort: »Wir hatten mehrfach Gelegenheit, Monsieur de Lamare zu begegnen. Durch ihn wissen wir, wie schlecht es Ihnen geht; und wir wollten nicht länger zögern, ohne alle Umstände als Nachbarn bei Ihnen vorbeizuschauen. Sie sehen ja, wir sind zu Pferde. Außerdem hatte ich neulich das Glück, Besuch von Ihrer Frau Mutter und vom Baron zu bekommen.«

Sie sprach mit einer vertraulichen und vornehmen, ungeheuren Leichtigkeit. Jeanne war hingerissen und hatte sie sofort ins Herz geschlossen. »Da ist mal eine Freundin«, dachte sie.

Der Comte de Fourville dagegen war wie ein Bär, der in einen Salon gekommen ist. Als er sich gesetzt hatte, legte er seinen Hut auf den nächsten Stuhl, wusste eine Zeit lang nicht, was er mit seinen Händen anfangen sollte, stützte sie auf seine Knie, auf die Sessellehne und faltete sie schließlich wie zu einem Gebet.

Plötzlich kam Julien herein. Jeanne war verblüfft und erkannte ihn nicht wieder. Er hatte sich rasiert. Er war schön, elegant und verführerisch wie in ihrer Verlobungszeit. Er drückte die behaarte Pranke des Grafen, der durch sein Kommen aufgewacht zu sein schien, und küsste die Gräfin, deren Elfenbeinwange sich leicht rosig verfärbte und deren Lider unmerklich zuckten.

Er redete. Er war liebenswürdig wie ehedem. Seine weit geöffneten Augen, Spiegel der Liebe, hatten wieder einen schmeichelnden Blick; und sein eben noch glanzloses und struppiges Haar hatte sich unter Bürste und Duftöl wieder in seine weichen und glänzenden Wellen gelegt.

Als die Fourvilles aufbrachen, drehte sich die Gräfin zu ihm um: »Möchten Sie am Donnerstag einen Ausritt machen, lieber Vicomte?«

Während er sich verbeugte und murmelte: »Aber gewiss, Madame«, ergriff sie die Hand von Jeanne, und sagte sanft und eindringlich mit einem gewinnenden Lächeln: »Oh, wenn es Ihnen wieder gut geht, werden wir alle drei durchs Land galoppieren! Das wird herrlich, meinen Sie nicht?«

Mit einer lockeren Geste hob sie die Schleppe ihres Reitkleides; dann schwang sie sich mit der Leichtigkeit eines Vogels in den Sattel, während ihr Mann, nachdem er linkisch gegrüßt hatte, seinen großen normannischen Gaul bestieg, auf dem er senkrecht saß wie ein Zentaur.

Als sie in der Kurve am Tor verschwunden waren, rief Julien, der entzückt zu sein schien: »Was für charmante Leute! Das ist mal eine Bekanntschaft, mit der wir etwas anfangen können.«

Jeanne war, ohne zu wissen warum, ebenfalls wohlgelaunt und erwiderte: »Die kleine Gräfin ist hinreißend, ich merke, dass ich sie mögen werde; aber der Mann wirkt wie ein Grobian. Wo hast du sie denn kennengelernt?«

Er rieb sich munter die Hände: »Ich habe sie zufällig bei den Brisevilles getroffen. Der Mann scheint etwas ungehobelt zu sein. Der ist ein begeisterter Jäger, ja, ein richtiger Adeliger.«

Und das Diner war fast fröhlich, als sei ein heimliches Glück ins Haus gekommen.

Und bis zu den letzten Julitagen geschah nichts Neues mehr.

Als sie eines Dienstagabends um einen Holztisch mit zwei kleinen Gläsern und einer Karaffe Schnaps unter der Platane saßen, schrie Jeanne plötzlich leise auf und fasste, kreidebleich werdend, mit beiden Händen an ihren Leib. Ein scharfer Schmerz hatte sie jäh durchzuckt und war sogleich erloschen.

Doch nach zehn Minuten durchfuhr sie ein weiterer Schmerz, der länger anhielt, obwohl er weniger heftig war. Fast getragen von ihrem Vater und ihrem Mann, hatte sie große Mühe, ins Haus zurückzugehen. Der kurze Weg von der Platane in ihr Zimmer kam ihr endlos vor; und sie stöhnte unwillkürlich, während sie, übermannt von einem Gefühl unendlicher Schwere in ihrem Bauch, zu sitzen verlangte, haltmachen wollte.

Ihre Zeit war noch nicht gekommen, denn die Geburt wurde erst für September erwartet; da man jedoch Schlimmes befürchtete, wurde ein Karren angespannt, und der alte Simon brach im Galopp auf, um den Arzt zu holen.

Er kam gegen Mitternacht und erkannte auf den ersten Blick die Symptome einer vorzeitigen Niederkunft.

Im Bett hatten sich die Schmerzen ein wenig beruhigt, doch Jeanne erdrückte eine furchtbare Angst, eine verzweifelte Ohnmacht ihres ganzen Wesens, so etwas wie eine Ahnung, die geheimnisvolle Berührung des Todes. Es gibt Momente, wo er so nah an uns vorüberstreicht, dass sein Atem uns das Herz erstarren lässt.

Das Zimmer war voller Menschen. Mamachen war nach Luft ringend in einen Sessel gesunken. Der Baron, dessen Hände zitterten, lief hierhin und dorthin, trug Dinge herbei, befragte den Arzt, wurde wie von Sinnen. Julien ging auf und ab, mit geschäftiger Miene, aber ruhigem Kopf; und Witwe Dentu stand mit der Lage entsprechender Miene am Fußende des Bettes, der Miene einer erfahrenen Frau, die nichts überrascht. Als Krankenschwester, Hebamme und Totenwache empfing sie die Kommenden, vernahm ihren ersten Schrei, ließ das erste Wasser über ihren neugeborenen Leib laufen, wickelte sie in das erste Tuch und hörte dann mit der gleichen Seelenruhe das letzte Wort, das letzte Röcheln, das letzte Erschauern derer, die gehen, machte auch sie zum letzten Mal zurecht, wusch ihren verbrauchten Körper mit einem in Essig getauchten Schwamm, hüllte sie in das letzte

Laken, und so hatte sie eine unerschütterliche Teilnahmslosigkeit gegenüber allen Zufällen von Geburt und Tod ausgebildet.

Die Köchin Ludivine und Tante Lison hielten sich heimlich hinter der Tür des Vorzimmers versteckt.

Und die Kranke stieß dann und wann einen schwachen Klagelaut aus.

Zwei Stunden lang konnte man meinen, das Ereignis ließe noch lange auf sich warten; doch bei Tagesanbruch verstärkten sich plötzlich die Schmerzen und wurden bald unerträglich.

Und Jeanne, deren ungewollte Schreie zwischen zusammengebissenen Zähnen hervorbrachen, dachte pausenlos an Rosalie, die gar nicht gelitten hatte, die kaum gestöhnt hatte, deren Kind, das uneheliche Kind, ohne Mühe und Qual herausgekommen war.

In ihrer elenden und verwirrten Seele stellte sie unentwegt einen Vergleich zwischen ihnen beiden an; und sie verfluchte Gott, den sie früher für gerecht gehalten hatte; sie empörte sich über die schändliche Bevorzugung durch das Schicksal und über die verbrecherischen Lügen derer, die Rechtschaffenheit und Gutes predigten.

Zuweilen wurden die Wehen so heftig, dass alles Denken in ihr erlosch. Kraft, Leben, Bewusstsein hatte sie nur noch, um zu leiden.

In den Minuten der Besänftigung konnte sie ihr Auge nicht von Julien abwenden; und ein anderer Schmerz, ein seelischer Schmerz, nahm ihr den Atem, wenn sie an den Tag zurückdachte, an dem vor eben diesem Bett ihr Hausmädchen zusammengebrochen war, mit ihrem Kind zwischen den Beinen, mit dem Bruder des kleinen Wesens, das ihr so grausam die Eingeweide zerriss. Mit glasklarer Erinnerung sah sie die Gesten, die Blicke, die Worte ihres Mannes vor diesem am Boden liegenden Mädchen wieder vor sich; und jetzt las sie in ihm, als wären seine Gedanken seinen Bewegungen eingeschrieben, sie las den gleichen Verdruss, die gleiche Teilnahmslosigkeit wie bei der anderen, die gleiche Rücksichtslosigkeit des Egoisten, den die Vaterschaft ärgert.

Doch nun wurde sie von einer furchtbaren Wehe gepackt, einem so grausamen Krampf, dass sie sich sagte: Ich werde sterben. Ich sterbe! Da füllte sich ihre Seele mit einem wilden Aufbegehren, einem Bedürfnis, zu verfluchen, und einem erbitterten Hass auf diesen Mann, der sie ins Verderben gestürzt hatte, und auf das unbekannte Kind, das ihr das Leben raubte.

In äußerster Anstrengung spannte sie all ihre Kräfte an, um diese Bürde abzustoßen. Plötzlich war ihr, als entleere sich mit einem Mal ihr ganzer Bauch; und ihr Leiden legte sich.

Die Krankenwärterin und der Arzt waren über sie gebeugt und hantierten an ihr herum. Sie hoben etwas heraus; und bald ließ jener erstickte Laut, den sie schon einmal gehört hatte, sie erzittern; dann drang dieser leise Schmerzensschrei, dieses schwache Gewimmer eines neugeborenen Kindes in ihre Seele, ins Herz, in ihren ganzen armen, erschöpften Körper; und in einer unbewussten Geste wollte sie die Arme ausstrecken.

Eine Freude durchschoss sie, ein Aufschwung zu einem neuen Glück, das sich da gerade aufgetan hatte. In einer Sekunde war sie befreit, besänftigt, glücklich, so glücklich, wie sie es nie gewesen war. Ihr Herz und ihr Körper erwachten wieder zum Leben, sie fühlte, dass sie Mutter war!

Sie wollte ihr Kind in Augenschein nehmen! Es hatte keine Haare, keine Nägel, da es zu früh gekommen war; doch als sie sah, wie dieses Würmchen sich regte, als sie sah, wie es den Mund öffnete, sein Wimmern ausstieß, als sie diese zerknitterte, das Gesicht verziehende lebende Frühgeburt berührte, wurde sie überschwemmt von einer unwiderstehlichen Freude, begriff, dass sie gerettet war, geschützt vor jeder Verzweiflung, dass sie da etwas in Händen hielt, was man so lieben konnte, dass man nichts anderes mehr im Sinn hatte.

Von nun an hatte sie nur noch einen Gedanken: ihr Kind. Mit einem Schlag wurde sie eine fanatische Mutter, umso begeisterter, desto enttäuschter sie in ihrer Liebe, desto betrogener sie in ihren Hoffnungen war. Sie musste die Wiege immer an ihrem Bett haben, und als sie dann aufstehen konnte, saß sie ganze Tage lang neben der zarten Schlafstatt am Fenster und schaukelte sie.

Sie war eifersüchtig auf die Amme, und als das durstige kleine Wesen seine Arme nach dem dicken Busen mit bläulichen Adern ausstreckte und die braune, gefältelte Brustwarze zwischen seine hungrigen Lippen nahm, blickte sie blass und zitternd auf die starke, ruhige Bäuerin und wollte ihr am liebsten ihren Sohn wegreißen und diese Brust, die er gierig leer trank, schlagen und mit den Nägeln zerkratzen.

Um ihn herauszuputzen, wollte sie dann eigenhändig feine Kleidung von ausgesuchter Eleganz sticken. Er wurde in eine Wolke von Spitze gehüllt und bekam wunderbare Hauben. Sie sprach von nichts anderem mehr, unterbrach die Gespräche, damit man eine Windel, ein Lätzchen oder irgendein vortrefflich verziertes Band bewunderte, und während sie nichts von dem hörte, was um sie herum gesprochen wurde, begeisterte sie sich über kleine Wäschestücke, die sie lange in der erhobenen Hand hin und her wendete, um sie besser begutachten zu können; dann fragte sie plötzlich: »Glaubt ihr, dass er damit schön sein wird?«

Der Baron und Mamachen lächelten über diese glühende Zärtlichkeit, doch Julien, der, unbewusst eifersüchtig auf dieses ihm seinen Platz im Hause raubende Menschlein, sich von der Ankunft dieses schreienden, allmächtigen Tyrannen in seinen Gewohnheiten und in seiner Bedeutung als Familienoberhaupt gestört sah, wiederholte pausenlos ungeduldig und wütend: »Was ist sie unerträglich mit ihrem Balg!«

Bald war sie so besessen von dieser Liebe, dass sie die Nächte damit verbrachte, an der Wiege zu sitzen und den Kleinen beim Schlafen zu betrachten. Da sie in dieser leidenschaftlichen und krankhaften Beobachtung ihre Kräfte verbrauchte und sich nicht mehr die geringste Ruhe gönnte, da sie abmagerte und hustete, traf der Arzt die Anordnung, sie von ihrem Sohn zu trennen.

Sie war erbost, weinte, flehte; aber man hörte nicht auf ihre Bitten. Er wurde jeden Abend zu seiner Amme gestellt; und jede Nacht stand die Mutter auf und schlich auf bloßen Füßen vor das Schlüsselloch, um zu lauschen, ob er ruhig schlief, ob er auch nicht aufwachte, ob er nicht irgendetwas brauchte.

Einmal wurde sie dort von Julien überrascht, der spät nach Hause kam, da er bei den Fourvilles diniert hatte; und seither sperrte man sie in ihrem Zimmer ein, um sie zu zwingen, sich ins Bett zu legen.

Ende August fand die Taufe statt. Der Baron wurde Pate und Tante Lison Patin. Das Kind bekam die Namen Pierre-Simon-Paul; Paul sollte der Rufname sein.

In den ersten Septembertagen reiste Tante Lison ohne weiteres Aufsehen ab; und ihre Abwesenheit blieb ebenso unbemerkt wie ihre Gegenwart.

Eines Abends nach dem Diner erschien der Pfarrer. Er wirkte verlegen, als habe er ein Geheimnis, und nach einer Reihe überflüssiger Worte bat er die Baronin und ihren Mann um ein kurzes, gesondertes Gespräch.

Alle drei gingen langsamen Schrittes bis zum Ende der großen Allee, wobei sie lebhaft redeten, während Julien, der mit Jeanne allein zurückgeblieben war, sich über diese Heimlichtuerei wunderte, beunruhigte und ärgerte.

Als der Priester sich verabschiedete, wollte er ihn begleiten, und sie verschwanden beide in Richtung Kirche, von der das Angelusläuten herüberklang.

Es war kühl, beinahe kalt, und man ging bald wieder in den Salon. Alle dösten ein wenig, als Julien, rot und mit empörter Miene, auf einmal zurückkehrte.

Ohne daran zu denken, dass Jeanne anwesend war, schrie er seine Schwiegereltern gleich von der Tür an: »Sind Sie denn verrückt geworden, Herrgott! Diesem Mädchen zwanzigtausend Francs hinterherzuwerfen!«

Niemand antwortete, so groß war die Überraschung. Brüllend vor Wut, fuhr er fort: »Man ist doch nicht dermaßen dumm; Sie wollen uns also keinen einzigen Sou lassen!«

Nun versuchte der Baron, der sich wieder fasste, ihm Einhalt zu gebieten: »Seien Sie still! Denken Sie daran, dass Sie vor Ihrer Frau sprechen.«

Doch er stampfte auf vor Entrüstung: »Das ist mir doch ganz gleich; sie weiß genau, worum es geht. Das ist ein Raub an ihrem Erbe.«

Verständnislos sah Jeanne ihn erschrocken an. Sie stammelte: »Was ist denn los?«

Da drehte Julien sich zu ihr um und rief sie zur Zeugin auf, wie eine ebenfalls um einen erwarteten Gewinn gebrachte Teilhaberin. Er erzählte ihr schonungslos von der Verschwörung, um Rosalie zu verheiraten, von der Schenkung des Landgutes von Barville, das einen Wert von mindestens zwanzigtausend Francs hatte. Er wiederholte: »Aber deine Eltern sind verrückt, meine Liebe, gänzlich verrückt! Zwanzigtausend Francs! Zwanzigtausend Francs! Sie haben doch den Verstand verloren! Zwanzigtausend Francs für einen Bastard!«

Jeanne hörte ohne Erregung und Wut zu, da sie nun allem gegenüber, das nicht ihr Kind betraf, gleichgültig war, wobei sie sich selbst über ihre Ruhe wunderte.

Der Baron rang nach Luft und fand keine Antwort. Schließlich explodierte er und schrie mit dem Fuß aufstampfend: »Überlegen Sie, was Sie da sagen, das ist doch wohl empörend. Wer ist denn schuld daran, dass diese blutjunge Mutter eine Zuwendung bekommen musste? Wem gehört denn dieses Kind? Sie wollten sie wohl jetzt im Stich lassen!«

Julien starrte ihn an, erstaunt über die Heftigkeit des Barons. In ruhigerem Ton fuhr er fort: »Aber fünfzehnhundert Francs hätten genügt. Die haben alle Kinder, bevor sie heiraten. Ob es der einen oder der anderen passiert, ist doch gleich. Statt einen Ihrer Pachthöfe im Wert von zwanzigtausend Francs herzuschenken und damit, außer dem Schaden,

den Sie uns zufügen, allen zu offenbaren, was passiert ist, hätten Sie wenigstens an unseren Namen und unsere Lage denken müssen.«

Und er sprach mit strenger Stimme, als ein von Recht und Logik seiner Beweisführung überzeugter Mann. Verwirrt über diese unerwartete Argumentation, stand der Baron mit offenem Munde vor ihm. Nun spürte Julien, dass er die Oberhand hatte, und zog seine Schlussfolgerungen: »Glücklicherweise ist noch nichts unter Dach und Fach; ich kenne den Jungen, der sie heiratet, das ist ein anständiger Mensch, und mit ihm kann alles ins Lot kommen. Ich kümmere mich darum.«

Zweifellos eine Fortsetzung der Diskussion befürchtend und froh über das allgemeine Schweigen, das er als Beruhigung ansah, verließ er auf der Stelle das Haus.

Kaum war er verschwunden, rief der Baron, bestürzt und am ganzen Leibe bebend: »Oh, das ist zu stark, das ist zu stark!«

Doch Jeanne, die zu dem fassungslosen Gesicht ihres Vaters aufschaute, begann unvermittelt zu lachen, in ihrem hellen Lachen von früher, wenn sie irgendetwas Lustiges erlebte.

Sie sagte immer wieder: »Vater, Vater, hast du gehört, wie er verkündet hat: zwanzigtausend Francs?«

Und bei der Erinnerung an den wütenden Kopf ihres Schwiegersohns, an sein empörtes Schimpfen und seine heftige Weigerung, dem von ihm verführten Mädchen Geld zukommen zu lassen, das ihm gar nicht gehörte, wurde Mamachen, deren Heiterkeit ebenso schnell ausbrach wie ihre Tränen und die noch dazu über die gute Laune von Jeanne erfreut war, geschüttelt von ihrem kurzatmigen Lachen, das ihr die

Tränen in die Augen trieb. Das steckte den Baron an, der nun auch in Lachen ausbrach; und alle drei amüsierten sich wie in guten alten Tagen bis zum Umfallen.

Als sie sich ein wenig beruhigt hatten, wunderte sich Jeanne: »Seltsam, das macht mir nichts mehr aus. Ich betrachte ihn jetzt wie einen Fremden. Ich kann nicht glauben, dass ich seine Frau bin. Seht nur, ich amüsiere mich über seine … seine Taktlosigkeiten.«

Und immer noch lächelnd und gerührt umarmten sie sich, ohne recht zu wissen, warum.

Doch zwei Tage darauf, als Julien nach dem Déjeuner davonritt, stahl sich ein großer Kerl zwischen zweiundzwanzig und fünfundzwanzig Jahren in einem nagelneuen blauen Kittelhemd mit steifen Falten und aufgeplusterten, an den Handgelenken zugeknöpften Ärmeln verstohlen durch das Tor, als habe er dort seit morgens auf der Lauer gelegen, schlich am Graben der Couillards entlang, machte eine Runde um das Schloss und ging mit unsicheren Schritten auf den Baron und die beiden Frauen zu, die wie immer unter der Platane saßen.

Als er sie bemerkte, nahm er seine Mütze ab und kam grüßend mit verlegener Miene näher.

Sobald er dicht genug heran war, um sich zu Gehör zu bringen, stammelte er: »Ihr Diener, Herr Baron, Madame und Begleitung.« Da man nichts zu ihm sagte, verkündete er: »Ich bin der Désiré Lecoq.«

Dieser Name brachte keine Erklärung, und so fragte der Baron: »Was wünschen Sie?«

Angesichts der Notwendigkeit, seine Sache zu erläutern, wurde der Bursche vollends verwirrt. Abwechselnd auf seine

Mütze, die er in den Händen hielt, herabblickend und dann wieder hinaufschauend zum Dach des Schlosses, stammelte er: »Der Herr Pfarrer hat mir die Sache kurz erklärt ...« Dann schwieg er, aus Angst, zu viel zu verraten und seinen Belangen zu schaden.

Ohne zu begreifen, versetzte der Baron: »Was für eine Sache? Ich weiß nicht, was Sie meinen.«

Der andere senkte die Stimme und fasste sich ein Herz: »Die Sache mit Ihrem Hausmädchen ... der Rosalie ...«

Jeanne, die genug gehört hatte, erhob sich und ging mit ihrem Kind im Arm fort. Und der Baron bemerkte: »Kommen Sie näher«, und zeigte auf den Stuhl, den seine Tochter soeben verlassen hatte.

Der Bauer nahm sogleich Platz und murmelte: »Sie sind sehr liebenswürdig.« Dann wartete er, als hätte er nichts mehr zu sagen. Nach ziemlich langem Schweigen fasste er sich schließlich ein Herz und sagte zum blauen Himmel hinaufblickend: »Schönes Wetter für die Jahreszeit. Is gut für'n Boden, wo ja schon ausgesät is.« Und er verstummte von Neuem.

Der Baron verlor die Geduld; er nahm das Problem direkt in Angriff und fragte in trockenem Ton: »Sie heiraten also Rosalie?«

In seiner gewohnten normannischen Verschlagenheit gestört, wurde der Mann sogleich unsicher. Argwöhnisch geworden, erwiderte er in lebhafterem Ton: »Je nachdem, v'leicht ja, v'leicht nein, je nachdem.«

Doch der Baron wurde ungehalten über diese Ausflüchte: »Verdammt! Geben Sie eine klare Antwort: Ist es das, weshalb Sie gekommen sind, ja oder nein? Nehmen Sie sie, ja oder nein?«

Der Mann war bestürzt und schaute nur noch auf seine Füße: »Wenn's so is, wie der Herr Pfarrer 's gesacht hat, nehm ich se; aber wenn's so is, wie M'sieur Julien gesacht hat, nehm ich se nich.«

»Was hat Monsieur Julien Ihnen denn gesagt?«

»M'sieur Julien hat mir gesacht, ich krieg fünfzehnhundert Francs; und der Herr Pfarrer hat mir gesacht, ich krieg zwanzigtausend; für zwanzigtausend mach ich's gern, aber für fünfzehnhundert mach ich's nich.«

Da begann die Baronin, die angesichts der ängstlichen Haltung des ungehobelten Kerls in ihrem Sessel versunken war, zu kichern.

Der Bauer sah sie ungehalten von der Seite an, da er diese Heiterkeit nicht verstand, und er wartete.

Der Baron, dem dieser Handel lästig war, machte kurzen Prozess. »Ich habe dem Herrn Pfarrer gesagt, dass Sie für Ihre Lebensdauer den Pachthof von Barville erhalten würden, der dann dem Kind zufällt. Er ist zwanzigtausend Francs wert. Das ist mein letztes Wort. Einverstanden, ja oder nein?«

Der Mann lächelte demütig und zufrieden und wurde plötzlich gesprächig: »Oh! Dann sag ich nich Nein. Das war das Einzige, was mich davon abgehalten hat. Als der Herr Pfarrer mir davon erzählt hat, wollt' ich gleich gerne, gewiss, und denn war ich froh, es dem Herrn Baron recht zu machen, der wird mir's lohnen, hab ich mir gesacht. Is doch wahr, wenn man sich unter Männern 'n Gefall'n tut, kommt man später immer wieder zusamm'n; und man is sich was schuldig. Aber Monsieur Julien is zu mir gekomm'n; und das war'n nur noch fünfzehnhundert. Ich hab mir gesacht: Woll'n mal seh'n, und ich bin hergekomm'n. Nix für ungut, ich hatte Vertrauen, aber ich wollt's wissen. Nur scharf gerechnet macht gut Freund, nich wahr, Herr Baron …«

Man musste ihm Einhalt gebieten; der Baron fragte: »Wann wollen Sie heiraten?«

Schlagartig war der Mann wieder beklommen und voller Verlegenheit. Schließlich sagte er zögernd: »Mach'n wer nich erst 'n kleines Papier?«

Diesmal wurde der Baron böse: »Ja, verdammt noch mal! Sie bekommen doch den Ehevertrag. Das ist das beste aller Papiere.«

Der Bauer blieb hartnäckig: »n' kleines könn'n wer inzwischen trotzdem gut aufsetzen, das kann nie schaden.«

Der Baron erhob sich, um die Sache abzuschließen: »Antworten Sie mit Ja oder Nein, und zwar sofort: Wenn Sie nicht mehr wollen, sagen Sie es, ich habe einen anderen Bewerber.«

Nun schreckte den listigen Normannen die Angst vor dem Konkurrenten. Er fasste sich ein Herz und streckte die Hand aus, wie nach dem Kauf einer Kuh: »Schlagen Sie ein, Herr Baron, abgemacht. 'ne Memme, wer nich Wort hält.«

Der Baron schlug ein, dann rief er: »Ludivine!« Die Köchin steckte den Kopf aus dem Fenster: »Bringen Sie mir eine Flasche Wein.« Man stieß an, um den Handel zu begießen. – Und mit freudigerem Schritt zog der Bursche ab.

Julien erzählte man nichts von diesem Besuch. Der Vertrag wurde in aller Heimlichkeit vorbereitet, und als dann das Aufgebot aushing, fand eines Montagmorgens die Hochzeit statt.

Wie ein Unterpfand von Gut und Geld trug eine Nachbarin den Knirps hinter den Neuvermählten zur Kirche. Und niemand in der Gegend wunderte sich darüber; man beneidete Désiré Lecoq. Er war ein Glückspilz, sagte man mit einem schlauen Lächeln, das frei von jeder Empörung war.

Julien machte eine schreckliche Szene, die den Aufenthalt seiner Schwiegereltern in Les Peuples verkürzte. Ohne allzu große Traurigkeit sah Jeanne sie wieder abreisen, war doch Paul zu einem unerschöpflichen Quell des Glücks für sie geworden.

IX

Als Jeanne sich ganz von ihrem Wochenbett erholt hatte, beschloss man, den Fourvilles einen Besuch abzustatten und sich auch beim Marquis de Coutelier vorzustellen.

Julien hatte gerade auf einer öffentlichen Versteigerung einen neuen Wagen gekauft, einen Phaeton, der nur ein Pferd brauchte, um zweimal im Monat eine Ausfahrt machen zu können.

An einem hellen Dezembertag wurde angespannt, und nach zwei Wegstunden durch die normannischen Ebenen begann man, ein kleines Tal hinunterzufahren, das an seinen Hängen bewaldet war und auf dem Grund landwirtschaftlich genutzt wurde.

Bald wichen dann die eingesäten Felder weitem Grasland und das Grasland einem Sumpf mit hohem Schilf, das in dieser Jahreszeit trocken war und dessen lange Blätter raschelten wie gelbe Bänder.

Nach einer jähen Biegung des Tals zeigte sich plötzlich das Château de la Vrillette, das auf der einen Seite an den bewaldeten Hang gebaut war und auf der anderen mit seinem ganzen Mauerwerk in einem großen Teich stand, den am Ufer gegenüber ein sich die Talseite hinaufziehender hoher Tannenwald begrenzte.

Man musste eine alte Ziehbrücke überqueren und durch

ein gewaltiges Portal im Louis-treize-Stil fahren, um in dem Ehrenhof vor einen eleganten Herrensitz aus derselben Zeit zu gelangen, mit Fenstereinfassungen aus Backstein, flankiert von schiefergedeckten Türmchen.

Julien erklärte Jeanne alle Teile des Gebäudes, wie ein Stammgast, der es gründlich kennt. Über seine Schönheit in Entzücken geratend, spielte er den Gastgeber: »Schau dir nur dieses Portal an! Ist das nicht großartig, so ein Haus, hm? Die andere Fassade steht ganz im Teich, mit einer königlichen Freitreppe, die bis zum Wasser hinuntergeht; und unter den Stufen sind vier Boote festgemacht, zwei für den Grafen und zwei für die Gräfin. Da hinten rechts, dort, wo du die Pappelreihe siehst, ist der Teich zu Ende; da beginnt der Fluss, der bis nach Fécamp fließt. Die Gegend ist voller Wasservögel. Der Graf liebt es, hier zu jagen. Eine echt herrschaftliche Residenz.«

Die Eingangstür hatte sich geöffnet, und die blasse Gräfin erschien und kam den Besuchern wie eine Schlossherrin in einer grünen Robe mit Schleppe lächelnd entgegen. Sie sah genau aus wie die für dieses Märchenschloss geborene schöne Dame vom See.

Im Salon mit acht Fenstern gingen vier auf den Weiher und den dunklen Fichtenwald hinaus, der den direkt gegenüberliegenden Hang hinanstieg.

Das dunkel schattierte Grün machte den Teich tief, streng und düster; und wenn es windig war, schien das Ächzen der Bäume die Stimme des moorigen Wassers zu sein.

Die Gräfin ergriff beide Hände von Jeanne, als wäre sie eine Freundin aus der Kindheit, dann bat sie sie, Platz zu nehmen, und setzte sich neben sie auf einen niedrigen Stuhl, während Julien, bei dem seit fünf Monaten die ganze aufgegebene Eleganz wiederauflebte, sanft und ungezwungen plauderte und lächelte.

Die Gräfin und er erzählten von ihren Ausritten. Sie lachte ein wenig über seinen Reitstil und nannte ihn »Strauchelritter«, und er lachte ebenso, er hatte sie »Amazonenkönigin« getauft. Ein unter den Fenstern schnalzender Schuss ließ Jeanne leise aufschreien. Das war der Graf, der eine Knäkente erlegte.

Er wurde gleich von seiner Frau hergerufen. Man hörte Ruder klatschen, ein Boot an den Stein stoßen, und er erschien, riesig und in hohen Stiefeln, gefolgt von zwei triefnassen Hunden, die rothaarig waren wie er und sich auf den Teppich vor der Tür legten.

In seinem eigenen Anwesen schien er sich wohler zu fühlen und war offenbar begeistert, die Besucher zu sehen. Er ließ Holz nachlegen, Madeira und Biskuitgebäck bringen; und plötzlich rief er: »Aber Sie bleiben zum Diner, das ist klar.« Jeanne, die nie der Gedanke an ihr Kind verließ, lehnte dankend ab; er bestand darauf, und als sie sich hartnäckig weigerte, fuhr Julien ungeduldig auf. Da fürchtete sie, seine bösartige und streitsüchtige Laune zu wecken; und obwohl von der Vorstellung geplagt, Paul erst am nächsten Tag wiederzusehen, willigte sie ein.

Der Nachmittag war reizend. Zunächst schaute man sich die Quellen an. Sie entsprangen am Fuße eines bemoosten Felsens in einem klaren Becken, in dem es ständig brodelte wie kochendes Wasser; dann machte man eine Kahnfahrt durch einen Wald von Schilf, in den richtige Wege geschnitten waren. Der Graf saß zwischen seinen mit der Nase im

Wind Witterung aufnehmenden beiden Hunden und ruderte; und jeder Ruderschlag hob den großen Kahn und ließ ihn vorschnellen. Jeanne ließ bisweilen ihre Hand in das kalte Wasser hängen, und sie genoss die eisige Kälte, die ihr aus den Fingern bis ins Herz stieg. Ganz hinten im Boot lächelten Julien und die von Schals umhüllte Gräfin mit jenem unausgesetzten Lächeln hochgestimmter Leute, deren Glück nichts zu wünschen übrig lässt.

Der Abend brach mit langem, eisigem Rauschen herein, Böen aus dem Norden, die durch das welke Schilfrohr fuhren. Die Sonne war hinter den Tannen versunken, und bei dem von scharlachfarbenen und wundersamen kleinen Wolken übersäten roten Himmel wurde einem kalt, wenn man ihn nur ansah.

Man kehrte in den riesigen Salon zurück, wo ein gewaltiges Feuer loderte. Das Gefühl der Wärme und Behaglichkeit war schon an der Tür ein Genuss. Da packte der Graf seine Frau mit seinen Athletenarmen, aber im Spaß, und während er sie wie ein Kind bis an seinen Mund hob, drückte er ihr als zufriedener, guter Mann zwei dicke Küsse auf die Wangen.

Und Jeanne betrachtete lächelnd diesen freundlichen Giganten, den man schon allein wegen seines Schnurrbarts für einen Menschenfresser halten konnte; und sie dachte: »Wie man sich doch jeden Tag in allen täuscht.« Da sie fast unwillkürlich zu Julien hinübergeschaut hatte, sah sie ihn schrecklich bleich und auf den Grafen starrend im Türrahmen stehen. Besorgt ging sie zu ihrem Mann und fragte leise: »Bist du krank? Was hast du denn?« Er antwortete in wütendem Ton: »Nichts, lass mich in Ruhe. Mir war kalt.«

Als man ins Speisezimmer ging, bat der Graf um Erlaubnis,

seine Hunde hereinzulassen; sogleich setzten sie sich rechts und links von ihrem Herrn auf ihr Hinterteil. Alle Augenblicke gab er ihnen einen Brocken und streichelte ihre langen, seidigen Ohren. Die Tiere streckten den Kopf hin, wedelten mit dem Schwanz und zitterten vor Zufriedenheit.

Als Jeanne und Julien sich nach dem Diner anschickten, loszufahren, hielt Monsieur de Fourville sie ein weiteres Mal zurück, um ihnen einen Fischfang bei Fackelschein zu zeigen.

Er postierte sie sowie die Gräfin auf der Freitreppe, die zum Teich hinunterführte; und mit einem Diener, der ein Wurfnetz und eine brennende Fackel trug, bestieg er das Boot. Die Nacht war klar und unter einem goldüberstäubten Himmel von schneidender Kälte.

Die Fackel ließ seltsame, schwankende Lichtstreifen über das Wasser kriechen, warf tanzende Funken auf das Schilf und beleuchtete die Wand der Tannen. Und als das Boot gewendet hatte, erhob sich plötzlich vor diesem hellen Waldrand der gewaltige, fantastische Schatten eines Menschen. Der Kopf überragte die Bäume, verlor sich im Himmel, und die Füße verschwanden im Teich. Dann hob das riesige Wesen die Arme, als wolle es nach den Sternen greifen. Jäh fuhren sie empor, diese ellenlangen Arme, und fielen dann wieder zurück; und sogleich hörte man auf dem Wasser ein leises Klatschen.

Als das Boot nun nochmals leise gewendet hatte, schien das erstaunliche Phantom am Wald entlangzulaufen, den das Licht beim Wenden erhellte; dann versank es im unsichtbaren Horizont und tauchte, weniger groß, aber deutlicher, mit seinen sonderbaren Bewegungen auf der Fassade des Schlosses wieder auf.

Und die kräftige Stimme des Grafen rief: »Gilberte, acht habe ich drin!«

Die Ruder klatschten in die Flut. Der riesige Schatten stand jetzt reglos auf der Wand, nahm an Höhe und Breite aber immer mehr ab; sein Kopf schien zu sinken, sein Körper abzumagern; und als Monsieur de Fourville, immer noch gefolgt von seinem Diener mit dem Licht, die Stufen der Freitreppe wieder heraufkam, war der Schatten auf die Maße seiner Person geschrumpft und wiederholte all seine Bewegungen.

In einem Netz hatte er acht zappelnde, dicke Fische.

Als Jeanne und Julien unterwegs waren, ganz und gar in die Mäntel und Decken gehüllt, die man ihnen geliehen hatte, sagte Jeanne fast unfreiwillig: »Was für ein guter Mensch, dieser Riese!« Und Julien, der kutschierte, entgegnete: »Ja, aber in Gesellschaft hat er nicht immer genug Haltung.«

Acht Tage darauf begaben sie sich zu den Couteliers, die als erste Adelsfamilie der Provinz galten. Ihre Domaine de Reminil grenzte an den großen Marktflecken Cany. Das unter Louis XIV. erbaute neue Schloss lag versteckt in einem von Mauern umgebenen herrlichen Park. Auf einer Anhöhe sah man die Ruinen des alten Schlosses. Diener in Livree baten die Besucher in einen imposanten, großen Raum. Genau in der Mitte stand eine Art Säule, die eine gewaltige Schale der Manufaktur von Sèvres trug, und ein unter Kristallglas geschützter originaler Brief des Königs an ihrem Sockel ersuchte den Marquis Léopold-Hervé-Joseph-Germer de Varneville de Rollebosc de Coutelier, diese Gabe des Herrschers anzunehmen.

Jeanne und Julien betrachteten dieses königliche Geschenk, als der Marquis und die Marquise eintraten. Die

Frau war gepudert, liebenswürdig entsprechend ihrer Stellung und künstlich in dem Wunsch, herablassend zu wirken. Der Mann, eine mächtige Persönlichkeit mit zu Berge stehendem weißem Haar, legte in seine Gesten, seine Stimme und seine ganze Haltung eine Arroganz, die seine Wichtigkeit zum Ausdruck brachte.

Das waren jene Leute von Etikette, deren Geist, Gefühle und Worte scheinbar immer auf Stelzen daherkommen.

Gleichgültig lächelnd, redeten sie allein, ohne die Antworten abzuwarten, und erfüllten offenbar ständig die ihnen durch ihre Geburt auferlegte Aufgabe, den Kleinadel der Umgebung gebührend zu empfangen.

In der Verlegenheit, bleiben zu müssen, außerstande, sich zurückzuziehen, zwangen Jeanne und Julien sich mühsam, zu gefallen; doch die Marquise beendete schlicht und einfach selbst den Besuch, indem sie die Unterhaltung zur vorgesehenen Zeit abbrach, wie eine leutselige Königin, welche die Erlaubnis erteilt, sich zu entfernen.

Auf der Rückfahrt sagte Julien: »Wenn du willst, lassen wir es mit unseren Besuchen dabei bewenden; mir für meinen Teil sind die Fourvilles genug.« Und Jeanne war seiner Meinung.

Langsam verstrich der Dezember, dieser schwarze Monat, das dunkle Loch am Ende des Jahres. Das zurückgezogene Leben wie im letzten Jahr begann von Neuem. Jeanne langweilte sich jedoch keineswegs, da sie immerzu mit Paul beschäftigt war, den Julien mit unruhigem und unzufriedenem Blick schief ansah.

Oft, wenn die Mutter ihn in ihren Armen hielt und ihn mit der begeisterten Zärtlichkeit liebkoste, die Frauen für ihre Kinder fühlen, zeigte sie ihn dem Vater und sagte zu ihm: »Küss ihn doch mal; man möchte meinen, du liebst ihn gar nicht.« Angewidert streifte er mit spitzen Lippen die kahle Stirn des Wurms, wobei sein ganzer Körper einen Bogen beschrieb, als wollte er auf keinen Fall mit den wedelnden Fäustchen in Berührung kommen. Dann ging er unvermittelt fort; man hätte gemeint, Abneigung vertreibe ihn.

Hin und wieder kamen der Bürgermeister, der Doktor und der Pfarrer zum Diner; dann und wann waren es die Fourvilles, mit denen man sich mehr und mehr anfreundete.

Der Graf schien Paul zu vergöttern. Während des ganzen Besuches oder sogar ganze Nachmittage lang hielt er ihn auf seinen Knien. Mit seinen Pranken eines Riesen ging er ganz zart mit ihm um, kitzelte ihm die Nasenspitze mit dem Ende seines langen Schnurrbarts und küsste ihn plötzlich leidenschaftlich, wie Mütter es tun. Er litt beständig darunter, dass seine Ehe kinderlos blieb.

Der März war hell, trocken und fast mild. Comtesse Gilberte sprach wieder von Ausritten, die alle vier zusammen unternehmen würden. Jeanne, die der langen Abende, langen Nächte und immer gleichen und eintönigen langen Tage ein wenig überdrüssig war, stimmte, von diesen Plänen hocherfreut, zu; und eine Woche lang vergnügte sie sich damit, ihr Reitkostüm zusammenzustellen.

Dann begannen sie mit den Ausflügen. Sie ritten immer jeweils zu zweien, die Gräfin und Julien voraus, der Graf und Jeanne hundert Schritte dahinter. Diese plauderten in aller Ruhe, wie zwei Freunde, denn in der Begegnung ihrer aufrechten Seelen, ihrer schlichten Herzen waren sie Freunde geworden; jene flüsterten oft, lachten manchmal hell auf, schauten sich plötzlich an, als hätten ihre Augen sich Dinge zu sagen, die ihre Münder nicht aussprachen; und unvermittelt galoppierten sie los, getrieben von einem Verlangen, zu fliehen, weiter zu reiten, sehr weit.

Dann schien Gilberte empfindlich zu werden. Bisweilen trug der böige Wind ihre gereizte Stimme vor die Ohren der beiden zurückgebliebenen Reiter. Dann lächelte der Graf und sagte zu Jeanne: »Nicht jeden Tag ist meine Frau gut aufgelegt.«

Eines Abends, als die Gräfin ihrer Stute die Sporen gab und sie dann zurückriss, hörte man, wie Julien ihr mehrmals vorhielt: »Seien Sie vorsichtig, seien Sie doch vorsichtig, sie wird mit Ihnen durchgehen.« Sie entgegnete: »Na und; das ist nicht Ihre Sache«, in einem so klaren und harten Ton, dass die deutlichen Worte über dem Land erklangen, als blieben sie in der Luft hängen.

Das Tier bäumte sich auf, schlug aus, geiferte. Plötzlich schrie der besorgte Graf aus voller Kehle: »Pass doch auf, Gilberte!« Da hieb sie, erst recht, so schien es, in einem jener durch nichts aufzuhaltenden weiblichen Anfälle mit der Peitsche brutal zwischen die Ohren des Tiers, das wütend stieg, mit seinen Vorderbeinen in die Luft schlug, zurückfallend mit einem tollen Satz durchging und mit fliegenden Hufen über die Ebene davonpreschte.

Erst raste es über eine Wiese, dann jagte es über bestellte Äcker, sodass der feuchte und fette Boden aufspritzte, und sauste so schnell dahin, dass man Pferd und Reiterin kaum unterscheiden konnte.

Verblüfft hielt Julien an und rief verzweifelt: »Madame, Madame!«

Doch der Graf stieß eine Art Knurren aus, beugte sich über die Kruppe seines plumpen Pferdes und ließ es durch einen Druck seines ganzen Körpers losschießen; und indem er es mit Stimme, Gestik und Sporen anfeuerte, antrieb und aufstachelte, brachte er es in einen solchen Galopp, dass der gewaltige Reiter das schwere Tier zwischen seinen Schenkeln zu tragen und zu entführen schien, wie um davonzufliegen. Sie stürmten in unvorstellbarer Geschwindigkeit blind geradeaus, und Jeanne sah die beiden Silhouetten der Frau und ihres Gatten in immer weiterer Ferne entfliehen, kleiner werden, verlöschen, verschwinden, wie man zwei einander jagende Vögel sich am Horizont verlieren und verflüchtigen sieht.

Immer noch Schritt reitend, kam Julien auf sie zu und murmelte wütend: »Ich glaube, heute ist sie verrückt.«

Und beide galoppierten hinter ihren Freunden her, die jetzt von einer Bodenwelle verschluckt worden waren.

Nach einer Viertelstunde sahen sie, dass sie zurückkehrten, und bald hatten sie sie eingeholt.

Rot, schwitzend, lachend, zufrieden und triumphierend führte der Graf mit seinem eisernen Griff das zitternde Pferd seiner Frau. Sie war blass, mit schmerzverzogenem Gesicht; und als wäre sie kurz vor einer Ohnmacht, hielt sie sich mit einer Hand an der Schulter ihres Mannes.

An diesem Tage begriff Jeanne, dass der Graf besinnungslos liebte.

In den folgenden Monaten zeigte sich die Gräfin dann fröhlich, wie sie es nie gewesen war. Sie kam häufiger nach Les Peuples, lachte unentwegt und küsste Jeanne in Anwandlungen von Zärtlichkeit. Man hätte meinen können, ein geheimnisvolles Entzücken habe sich auf ihr Leben gesenkt. Ihr

Mann, der selbst ganz glücklich war, ließ sie nicht aus den Augen und versuchte in vermehrter Leidenschaft, alle Augenblicke ihre Hand, ihr Kleid zu berühren.

Eines Abends sagte er zu Jeanne: »Jetzt schwimmen wir im Glück. Noch nie war Gilberte so reizend. Sie ist nicht mehr schlechter Laune, nicht mehr wütend. Ich spüre, dass sie mich liebt. Bis jetzt war ich da nicht so sicher.«

Auch Julien schien verändert zu sein, heiterer, ohne Ungeduld, als habe die Freundschaft der zwei Familien beiden Frieden und Freude gebracht.

Der Frühling war seltsam verfrüht und warm.

Von den warmen Morgen bis zu den stillen und milden Abenden ließ die Sonne das ganze Erdenrund ersprießen. Es war ein jähes und mächtiges Aufbrechen aller Keime zugleich, jenes unwiderstehliche Emporschießen der Säfte, jenes Feuer des Wiedererwachens, wie es die Natur bisweilen in besonders guten Jahren zeigt, die einen glauben lassen, die Welt werde wieder jung.

Jeanne geriet von diesem gärenden Leben in leise Verwirrung. Vor einer kleinen Blume im Gras wurde ihr plötzlich schwach, angenehm melancholisch zumute, sie erlebte Stunden träumerischer Ermattung.

Dann fühlte sie sich auf einmal überschwemmt von rührseligen Erinnerungen an die ersten Zeiten ihrer Liebe; nicht dass neue Liebesgefühle für Julien in ihrem Herzen erblühten, das war zu Ende, für immer völlig zu Ende; aber ihr ganzer, von sanften Winden liebkoster, von Frühlingsdüften mitgenommener Körper geriet in Aufruhr, wie verlockt von irgendeinem geheimen und zärtlichen Ruf.

Es gefiel ihr, allein zu sein, sich der Wärme der Sonne zu

überlassen, durchzogen von Empfindungen, von unbestimmten, stillen Freuden, die keinerlei Gedanken weckten.

Als sie eines Morgens so vor sich hin sann, kam ihr eine Vision, eine blitzartige Vision jener sonnigen Lücke im dunklen Laubwerk in dem kleinen Wald bei Étretat. Dort hatte sie zum ersten Mal gefühlt, wie ihr Körper erbebte neben diesem jungen Mann, der sie damals liebte; dort hatte sie zum ersten Mal ihren schüchternen Herzenswunsch gestammelt; dort war es auch, wo sie geglaubt hatte, plötzlich kurz vor der strahlenden Zukunft ihrer Hoffnungen zu stehen.

Und sie wollte diesen Wald wiedersehen, eine Art rührselige und abergläubische Pilgerreise dorthin unternehmen, als würde eine Rückkehr an diesen Ort irgendetwas am Lauf ihres Lebens ändern.

Julien war seit Tagesanbruch fort, wohin, wusste sie nicht. Sie ließ also den kleinen Schimmel der Martins satteln, auf dem sie jetzt manchmal ritt; und sie machte sich auf den Weg.

Es war einer jener Tage, die so still sind, dass sich nirgends etwas regt, kein Halm, kein Blatt; alles scheint reglos bis ans Ende aller Zeiten, als sei der Wind gestorben. Man hätte meinen können, selbst die Insekten seien verschwunden.

In goldenen Schwaden stieg von der Sonne eine glühende und alles beherrschende Stille herab; und sanft gewiegt und glücklich ritt Jeanne mit ihrem kleinen Pferd Schritt. Dann und wann hob sie die Augen, um eine kleine weiße Wolke zu betrachten, so groß wie ein Baumwollfetzen, eine dort oben verloren gegangene Dunstflocke, die ganz allein mitten im blauen Himmel hing.

Sie ritt das Tal hinunter, das zwischen den großen Felsbögen der Steilküste, die man die Tore von Étretat nennt, zum

Meer abfällt, und ganz langsam erreichte sie den Wald. Licht flutete durch das noch zarte Grün. Über die schmalen Pfade irrend, suchte sie nach der Stelle und konnte sie nicht finden.

Plötzlich, während sie durch eine lange Allee ritt, bemerkte sie ganz am Ende zwei an einen Baum gebundene, gesattelte Pferde und hatte sie gleich erkannt; es waren die Pferde von Gilberte und Julien. Die Einsamkeit begann, auf ihr zu lasten; sie war froh über diese unerwartete Begegnung und ließ ihren Gaul traben.

Als sie die beiden an diese langen Aufenthalte offenbar gewöhnten, geduldig wartenden Tiere erreicht hatte, rief sie. Sie bekam keine Antwort.

Ein Frauenhandschuh und zwei Reitpeitschen lagen auf dem platt gedrückten Gras. Sie hatten also dort gesessen und waren dann, ihre Pferde zurücklassend, fortgegangen.

Sie wartete eine Viertelstunde, ohne dass ihr klar wurde, was sie wohl tun mochten. Als sie abgestiegen war und reglos an einen Baum gelehnt stand, ließen sich zwei kleine Vögel ganz dicht neben ihr im Gras nieder, ohne sie zu bemerken. Einer der beiden machte lebhafte Bewegungen, hüpfte mit bebend erhobenen Flügeln sich verbeugend und piepsend um den anderen herum; und plötzlich paarten sie sich.

Jeanne war überrascht, als verstünde sie nichts davon; dann sagte sie sich: Natürlich, es ist ja Frühling, dann kam ihr ein anderer Gedanke, ein Verdacht. Sie betrachtete von Neuem den Handschuh, die Peitschen, die beiden verlassenen Pferde; und mit einem unwiderstehlichen Drang, zu fliehen, schwang sie sich überstürzt wieder auf den Sattel.

Jetzt galoppierte sie nach Les Peuples zurück. Ihr Kopf arbeitete, folgerte, fügte die Fakten zusammen, verglich die Umstände. Warum war sie nicht eher darauf gekommen? Warum hatte sie nichts gemerkt? Warum hatte sie nicht begriffen, was Juliens Fortbleiben, die Wiederkehr seiner früheren Eleganz, schließlich das Nachlassen seiner Übellaunigkeit bedeuteten? Auch das nervöse Ungestüm von Gilberte fiel ihr wieder ein, ihre übertriebenen Schmeicheleien und seit einiger Zeit diese Art Seligkeit, in der sie lebte und über die der Graf glücklich war.

Sie ließ ihr Pferd wieder Schritt gehen, denn sie musste gründlich überlegen, und das schnelle Tempo verwirrte ihre Gedanken.

Nachdem die erste Aufregung vorüber war, wurde ihr Herz fast wieder ruhig, ohne Eifersucht und ohne Hass, jedoch geschüttelt von Verachtung. An Julien dachte sie kaum; bei ihm wunderte sie nichts mehr; doch der doppelte Verrat der Gräfin, ihrer Freundin, entrüstete sie. Jedermann war also gemein, verlogen und falsch. Und Tränen stiegen ihr in die Augen. Zuweilen beweint man die Illusionen mit ebenso viel Trauer wie die Toten.

Sie beschloss jedoch, so zu tun, als wisse sie nichts, und ihre Seele den üblichen Zärtlichkeiten zu verschließen, nur noch Paul und ihre Eltern zu lieben – und die anderen mit ruhiger Miene zu ertragen.

Sobald sie heimgekehrt war, stürzte sie sich auf ihren Sohn, nahm ihn mit in ihr Zimmer und überschüttete ihn eine Stunde lang ununterbrochen mit verzweifelten Küssen.

Charmant und lächelnd, rundum freundlich gesonnen, kehrte Julien zum Diner zurück. Er fragte: »Kommen denn Vater und Mamachen dieses Jahr gar nicht?«

Und sie war ihm so dankbar für diese freundliche Frage,

dass sie ihm die im Wald gemachte Entdeckung fast verzieh; und plötzlich befiel sie ein heftiges Verlangen, die beiden Wesen, die sie nach Paul am meisten liebte, so schnell wie möglich wiederzusehen, sie verbrachte ihren ganzen Abend damit, ihnen zu schreiben, um ihre Ankunft zu beschleunigen.

Sie kündigten ihre Rückkehr für den 20. Mai an. Jetzt war der 7. des Monats.

Sie erwartete sie mit wachsender Ungeduld, als verspüre sie außer ihrer Liebe als Tochter ein neues Bedürfnis, ihr Herz ehrlichen Herzen zu öffnen; unbekümmert mit unverdorbenen Leuten zu plaudern, die frei waren von jeder Gemeinheit, Leute, deren Leben sowie all ihre Taten, Gedanken und Wünsche stets aufrecht gewesen waren.

Inmitten all dieser Gewissenlosigkeit fühlte sie sich mit ihrem Gewissen jetzt gänzlich allein; und obwohl sie plötzlich gelernt hatte, dieses Gefühl von Vergeblichkeit, von Verachtung der Menschen zu verbergen, obwohl sie die Gräfin mit ausgestreckter Hand und lächelndem Mund empfing, spürte sie, wie es zunahm, dieses Gefühl, wie es von ihr Besitz ergriff; und jeden Tag erfüllten sie die kleinen örtlichen Neuigkeiten mit größerem Abscheu, mit stärkerer Geringschätzung der Leute.

Die Tochter der Couillards hatte gerade ein Kind bekommen, und es sollte Hochzeit gehalten werden. Die Magd der Martins, eine Waise, war schwanger; eine fünfzehnjährige kleine Nachbarin war schwanger; eine Witwe, eine hinkende und abstoßende arme Frau, die man die Drecksau nannte, so schrecklich wirkte ihr schmutziges Benehmen, war schwanger.

Alle Augenblicke erfuhr man von einer neuen Schwangerschaft oder von irgendeiner Torheit eines Mädchens, einer verheirateten Bäuerin und Familienmutter oder irgendeines angesehenen, reichen Pächters.

Dieser überschwängliche Frühling schien bei Menschen wie Pflanzen die Säfte in Wallung zu bringen.

Und Jeanne, deren erloschene Sinnlichkeit sich nicht mehr regte, deren tödlich verletztes Herz und empfindsame Seele nur durch die warmen und fruchtbaren Lüfte berührt schienen, Jeanne, die schwärmerisch ohne Begierden, begeistert von Hirngespinsten und taub für körperliche Bedürfnisse vor sich hin träumte, staunte voller fast gehässig werdendem Ekel über diese schmutzige Rohheit.

Die Paarung der menschlichen Wesen empörte sie jetzt wie etwas Widernatürliches; und wenn sie Gilberte böse war, dann nicht etwa, weil sie ihr ihren Mann weggenommen hatte, sondern eigentlich, weil sie, Gilberte, ebenfalls in diesen allgemeinen Sumpf gefallen war.

Sie war doch nicht vom Stamme dieser Tölpel, bei denen die niederen Instinkte vorherrschen. Wie hatte sie sich ebenso gehen lassen können wie diese Tiere?

Gerade am Tag, als ihre Eltern kommen sollten, fachte Julien ihren Ekel von Neuem an, indem er ihr wie etwas ganz Natürliches und Lustiges fröhlich erzählte, dass der Bäcker, als er am Vortag, der kein Backtag gewesen war, ein Geräusch in seinem Ofen gehört, im Glauben, er werde eine streunende Katze darin entdecken, seine Frau gefunden hatte, »die kein Brot in den Ofen schob«.

Und er fügte hinzu: »Der Bäcker hat das Ofenloch zugesperrt; sie wären beinahe darin erstickt; der kleine Junge der

Bäckerin hat die Nachbarn verständigt; denn er hatte seine Mutter mit dem Schmied hineinschlüpfen sehen.«

Und Julien lachte und sagte immer wieder: »Sie lassen uns Liebesbrot essen, diese Spaßvögel. Eine richtige Fabel von La Fontaine.«

Jeanne wagte kein Brot mehr anzurühren.

Als die Postkutsche vor der Freitreppe hielt und das glückliche Gesicht des Barons im Fenster erschien, brach in Seele und Brust der jungen Frau tiefe Erregung los, ein Sturm der Zuneigung, wie sie ihn nie verspürt hatte.

Doch sie war wie vom Donner gerührt und einer Ohnmacht nahe, als sie Mamachen erblickte. Die Baronin war in diesen sechs Wintermonaten um zehn Jahre gealtert. Ihre riesigen, schlaffen Hängebacken hatten sich purpurrot gefärbt, wie geschwollen von Blut: Ihr Blick schien erloschen; und sie bewegte sich nur noch, wenn sie unter beiden Armen gestützt wurde; ihr mühsames Atmen war jetzt pfeifend und so schwierig geworden, dass man neben ihr ein Gefühl quälender Bedrängnis hatte.

Der Baron hatte diesen Verfall gar nicht bemerkt, da er jeden Tag mit ihr zusammen war; und wenn sie über ihre fortwährende Atemnot, über ihre zunehmende Schwerfälligkeit klagte, erwiderte er: »Aber nein, meine Liebe, so habe ich Sie immer gekannt.«

Nachdem Jeanne sie in ihr Zimmer begleitet hatte, zog sie sich erschüttert und bestürzt in das ihre zurück, um zu weinen. Dann ging sie wieder zu ihrem Vater, warf sich an seine Brust und sagte, die Augen noch voller Tränen: »Oh, wie verändert Mutter ist! Was hat sie, sag mir, was hat sie?« Er war sehr überrascht und antwortete: »Meinst du? Wo denkst du hin? Aber nein. Ich bin ihr doch nicht von der Seite gewichen und kann dir versichern, dass ich nichts Schlimmes an ihr finde, sie ist wie immer.«

Abends sagte Julien zu seiner Frau: »Um deine Mutter steht es schlecht. Ich glaube, sie ist am Ende.« Und als Jeanne in Tränen ausbrach, verlor er die Fassung. »Nun komm, ich sage ja nicht, dass sie verloren ist. Immer reagierst du völlig übertrieben. Sie hat sich verändert, das ist alles, das liegt an ihrem Alter.«

Nach acht Tagen dachte sie nicht mehr daran, weil sie sich an die neue Physiognomie ihrer Mutter gewöhnt hatte und ihre Befürchtungen vielleicht verdrängte, so wie man böse Ahnungen und bedrohliche Sorgen aus einer Art egoistischem Instinkt, einem natürlichen Bedürfnis nach Seelenruhe immer verdrängt und wegschiebt.

Die Baronin war zu längerem Gehen nicht in der Lage und verließ das Haus jeden Tag nur noch für eine halbe Stunde. Wenn sie ein einziges Mal den Gang durch »ihre« Allee gemacht hatte, konnte sie sich nicht mehr rühren und verlangte nach »ihrer« Bank. Und als sie nicht einmal mehr in der Lage war, ihren Gang zu Ende zu bringen, sagte sie: »Lassen wir es gut sein; meine Hypertrophie macht mir heute schwere Beine.«

Sie lachte kaum mehr, und über Dinge, über die sie sich im vorigen Jahr vor Lachen ausgeschüttet hätte, lächelte sie nur. Doch da ihre Augen ausgezeichnet geblieben waren, verbrachte sie ganze Tage damit, wieder *Corinne* oder die *Méditations* von Lamartine zu lesen; dann bat sie darum, ihr ihre Schublade der »Erinnerungen« zu bringen. Wenn sie die ihrem Herzen wohltuenden alten Briefe in ihren Schoß geschüttet hatte, stellte sie die Schublade auf einen Stuhl neben sich und legte ihre »Reliquien« eine nach der anderen wieder hinein, nachdem sie jede langsam durchgesehen hatte. Und wenn sie allein war, ganz allein, küsste sie einige, so wie man heimlich das Haar von Toten küsst, die man geliebt hat.

Wenn Jeanne plötzlich hereinkam, fand sie sie manchmal weinend vor, jämmerlich weinend. Sie rief: »Was hast du, Mamachen?« Und die Baronin erwiderte nach einem langen Seufzer: »Daran sind meine Reliquien schuld. Man rührt Dinge auf, die gut waren und die vorbei sind! Und dann sind da Menschen, an die man kaum mehr gedacht hat und die man plötzlich wiederfindet. Man meint, sie zu sehen und zu hören, und das hat eine entsetzliche Wirkung. Du wirst das auch noch kennenlernen.«

Wenn der Baron in diesen melancholischen Momenten auftauchte, murmelte er: »Jeanne, meine Liebe, glaub mir, verbrenne deine Briefe, all deine Briefe, die von deiner Mutter, meine, alle. Wenn man alt ist, gibt es nichts Schrecklicheres, als die Nase noch einmal in seine Jugend zu stecken.« Doch obwohl sie in allem anders war als ihre Mutter, bewahrte auch Jeanne in einer Art vererbtem Instinkt träumerischer Rührseligkeit ihre Korrespondenz auf und legte ihre »Reliquienschachtel« an.

Nach ein paar Tagen musste der Baron wegen einer geschäftlichen Angelegenheit fort, und er reiste ab.

Die Jahreszeit war herrlich. Laue Nächte, übersät von Sternen, folgten auf stille Abende, heitere Abende auf strahlende Tage und strahlende Tage auf leuchtendes Morgenrot. Mamachen ging es bald besser; und Jeanne vergaß die Liebschaften von Julien und die Treulosigkeit von Gilberte, da sie nahezu vollkommen glücklich war. Das ganze Land blühte und duftete; und die stets friedliche, weite See glänzte von morgens bis abends unter der Sonne.

Eines Nachmittags nahm Jeanne Paul in ihre Arme und lief über die Felder. Mal schaute sie auf ihren Sohn, mal auf das von Blumen übersäte Gras am Rande der Straße und verging in grenzenloser Glückseligkeit. Jede Minute küsste sie das Kind, drückte es leidenschaftlich an sich; dann wurde sie von irgendeinem köstlichen, ländlichen Duft gestreift und fand sich, aufgelöst in einem endlosen Wohlgefühl, einer Ohnmacht nahe. Schließlich träumte sie von seiner Zukunft. Was würde er werden? Mal wünschte sie sich ihn als berühmten, mächtigen, großen Mann. Mal sah sie ihn lieber schlicht, hingebungsvoll und zärtlich, mit stets offenen Armen für Mama, bei ihr bleiben. Wenn sie ihn mit ihrem selbstsüchtigen Mutterherzen liebte, sehnte sie sich danach, dass er ihr Sohn bliebe, nichts als ihr Sohn; liebte sie ihn jedoch mit ihrem leidenschaftlich erregten Verstand, strebte sie danach, dass er in der Gesellschaft etwas darstellte.

Sie setzte sich an den Rand eines Grabens und begann, ihn zu betrachten. Ihr war, als habe sie ihn noch nie gesehen. Und sie wunderte sich plötzlich bei dem Gedanken, dass dieses kleine Wesen groß sein würde, dass es festen Schrittes daherkäme, dass es bärtige Wangen haben und mit tiefer Stimme sprechen würde.

Von ferne rief jemand. Sie hob den Kopf. Es war Marius, der herbeieilte. Sie dachte, ein Besuch erwarte sie, und unge halten über die Störung, erhob sie sich. Aber der Bengel kam, so schnell ihn die Beine trugen, und als er nah genug heran war, rief er: »Madame, Frau Baronin geht es sehr schlecht.«

Sie meinte, ein Tropfen kalten Wassers rinne ihr den Rücken hinunter; und mit wirrem Kopf lief sie zurück.

Von Weitem sah sie Leute zuhauf unter der Platane stehen. Sie stürzte herbei, und als die Gruppe sich geöffnet hatte, sah sie ihre Mutter ausgestreckt auf der Erde liegen, den Kopf gestützt von zwei Kissen. Das Gesicht war ganz dunkel, mit geschlossenen Augen, und ihre Brust, die seit zwanzig Jahren um Atem rang, bewegte sich nicht mehr. Die Amme nahm der jungen Frau das Kind aus den Armen und ging mit ihm fort.

Verstört fragte Jeanne: »Was ist geschehen? Warum ist sie umgefallen? Holt den Arzt.« Und als sie den Kopf wandte, sah sie den Pfarrer, der irgendwie benachrichtigt worden war. Er bot seine Hilfe an, bemühte sich eifrig, indem er die Ärmel seiner Soutane aufkrempelte. Doch der Essig, das Kölnisch Wasser, die Abreibungen blieben wirkungslos. »Man müsste sie auskleiden und ins Bett legen«, sagte der Priester.

Der Pächter Joseph Couillard war ebenso da wie der alte Simon und Ludivine. Von Abbé Picot unterstützt, wollten sie die Baronin tragen; doch als sie sie hochhoben, fiel der Kopf nach hinten, und das Kleid, das sie gepackt hatten, zerriss, so schwer und mühevoll war es, ihre mächtige Gestalt zu bewegen. Da begann Jeanne, vor Entsetzen zu schreien. Der riesige, schlaffe Körper wurde wieder auf die Erde gelegt.

Man musste einen Sessel aus dem Salon holen; und als man sie hineingesetzt hatte, konnte man sie schließlich hochheben. Schritt für Schritt stiegen sie mühsam die Freitreppe, dann die Treppe hinauf; und im Zimmer angelangt, legten sie sie aufs Bett.

Als die Köchin mit dem Ausziehen der Kleider nicht fertig

wurde, war genau im richtigen Moment die Witwe Dentu zur Stelle, ebenso plötzlich aufgetaucht wie der Priester, als hätten sie »den Tod gerochen«, wie die Diener sagten.

Joseph Couillard preschte, so schnell das Pferd konnte, los, um den Arzt zu verständigen; und als der Priester sich anschickte, das geweihte Öl zu holen, flüsterte die Krankenschwester ihm ins Ohr: »Machen Sie sich keine Mühe, Herr Pfarrer, ich kenne mich aus, sie ist hinüber.«

Jeanne war außer sich, bat flehentlich um Hilfe, wusste nicht, was tun, was versuchen, welches Mittel anwenden. Der Pfarrer erteilte aufs Geratewohl die Absolution.

Zwei Stunden lang wartete man neben diesem violetten, leblosen Körper. Nun auf die Knie gesunken, schluchzte Jeanne, verzehrt von Angst und Schmerz.

Als sich die Tür öffnete und der Arzt erschien, war ihr, als sehe sie die Rettung, den Trost, die Hoffnung hereinkommen; und sie stürzte auf ihn zu, alles daherstammelnd, was sie von dem Unfall wusste: »Sie ist wie jeden Tag spazieren gegangen … es ging ihr gut … sogar sehr gut … sie hatte eine Bouillon und zwei Eier zum Déjeuner gegessen … sie ist plötzlich umgefallen … sie ist ganz dunkel geworden, so wie Sie sie hier sehen … und sie hat sich nicht mehr gerührt … wir haben alles versucht, um sie wiederzubeleben … alles …« Sie verstummte, betroffen von einer verstohlenen Geste der Krankenschwester, die dem Arzt andeuten sollte, dass es vorbei war, gänzlich vorbei. In ihrer Weigerung zu begreifen fragte sie nun ängstlich immer wieder: »Ist es schlimm? Glauben Sie, dass es schlimm ist?«

Er sagte schließlich: »Ich fürchte wirklich … dass es … vorbei ist. Seien Sie tapfer, sehr tapfer.«

Und Jeanne breitete die Arme aus und warf sich über ihre Mutter.

Julien kam nach Hause. Er war bestürzt, sichtlich verärgert, ohne Schmerzensschrei noch offenbare Verzweiflung, zu jäh überrascht, um schlagartig das Gesicht aufzusetzen und die Haltung anzunehmen, die sich jetzt gehörten. Er murmelte: »Das habe ich erwartet, ich habe deutlich gemerkt, dass es das Ende war.« Dann zog er sein Taschentuch heraus, trocknete sich die Augen, kniete nieder, bekreuzigte sich, murmelte etwas und wollte, sich wieder erhebend, auch seiner Frau wieder aufhelfen. Aber sie hielt mit beiden Armen den Leichnam umschlungen, und fast auf ihm liegend, küsste sie ihn. Man musste sie fortbringen. Sie schien den Verstand verloren zu haben.

Nach einer Stunde ließ man sie wieder herein. Es bestand nicht mehr die geringste Hoffnung. Das Zimmer war jetzt als Sterbezimmer zurechtgemacht. Julien und der Priester unterhielten sich leise an einem Fenster. Die Witwe Dentu hatte es sich als eine Frau, die Totenwachen gewöhnt ist und sich in einem Hause heimisch fühlt, sobald der Tod dort Einzug gehalten hat, in einem Stuhl bequem gemacht und schien bereits eingenickt zu sein.

Die Nacht brach herein. Der Pfarrer ging zu Jeanne, nahm ihre Hände, sprach ihr Mut zu, indem er die salbungsvolle Woge der kirchlichen Tröstungen über dieses untröstliche Herz goss. Er sprach über die Verstorbene, rühmte sie mit priesterlichen Worten, und traurig, mit jener falschen Trauer eines Pfarrers, für den Tote günstig sind, bot er sich an, die Nacht in Gebeten bei dem Leichnam zu verbringen.

Aber hinter ihren hervorschießenden Tränen lehnte

Jeanne ab. Sie wollte allein sein, ganz allein in dieser Abschiedsnacht. Julien trat zu ihr: »Aber das geht doch nicht, wir bleiben beide hier.« Unfähig, weiter zu sprechen, schüttelte sie den Kopf. Schließlich vermochte sie zu sagen: »Es ist meine Mutter, meine Mutter. Ich möchte allein bei ihr wachen.« Der Arzt murmelte: »Lassen Sie sie gewähren, die Wärterin kann im Zimmer nebenan bleiben.«

Der Priester und Julien, die an ihr Bett dachten, willigten ein. Dann kniete auch Abbé Picot nieder, betete, erhob sich und ging mit den Worten hinaus: »Sie war eine Heilige«, in dem Ton, in dem er zu sagen pflegte: »Dominus vobiscum.«

Nun fragte der Vicomte mit seiner gewohnten Stimme: »Nimmst du etwas zu dir?« Jeanne gab keinerlei Antwort, da sie nicht merkte, dass er sich an sie wandte. Er versetzte: »Du tätest vielleicht gut daran, ein wenig zu essen, um bei Kräften zu bleiben.« Mit verstörter Miene erwiderte sie: »Schick sofort nach Papa.« Und er ging hinaus, um einen Reiter nach Rouen zu senden.

Sie blieb in einer Art reglosem Schmerz versunken, als warte sie auf die Stunde des letzten Zwiegesprächs, um sich der steigenden Flut verzweifelten Jammers zu überlassen.

Die Schatten hatten vom Zimmer Besitz ergriffen und die Tote in Finsternis gehüllt. Witwe Dentu begann, mit ihrem leichten Schritt umherzuschleichen und mit den geräuschlosen Bewegungen einer Krankenwärterin unsichtbare Dinge zu suchen und zurechtzulegen. Dann zündete sie zwei Kerzen an, die sie leise auf den mit einer weißen Serviette bedeckten Nachttisch am Kopfende des Bettes stellte.

Jeanne schien nichts zu sehen, nichts zu bemerken, nichts zu begreifen. Sie wartete darauf, allein zu sein. Julien kam zurück; er hatte sein Diner gehabt; und von Neuem fragte er: »Willst du nichts zu dir nehmen?« Seine Frau schüttelte den Kopf.

Eher resigniert als traurig setzte er sich und sagte nichts mehr.

In weitem Abstand voneinander saßen alle drei reglos auf ihren Stühlen.

Dann und wann schlummerte die Wärterin ein und schnarchte ein wenig, dann wachte sie jäh wieder auf.

Schließlich erhob sich Julien und trat zu Jeanne: »Möchtest du jetzt allein bleiben?« Sie griff unwillkürlich nach seiner Hand: »Oh ja, lasst mich einfach.«

Er küsste sie auf die Stirn und murmelte: »Ich sehe ab und an nach dir.« Und er ging mit der Witwe Dentu hinaus, die ihren Sessel ins Nachbarzimmer rollte.

Jeanne schloss die Tür, dann schlug sie beide Fenster weit auf. Der sanfte Hauch eines Abends während der Heuernte strich ihr übers Gesicht. Das Gras des Rasens, am Vorabend gemäht, lag im Mondschein. Dieser liebliche Eindruck tat ihr weh, zerriss ihr das Herz wie ein Hohn.

Sie ging zum Bett zurück, nahm eine der leblosen und kalten Hände und begann, ihre Mutter zu betrachten.

Sie war nicht mehr aufgedunsen wie im Augenblick des Anfalls; sie schien jetzt friedlicher zu schlafen, als sie es je getan hatte; und die von leisen Lüften bewegte blasse Flamme der Kerzen verschob alle Augenblicke die Schatten ihres Gesichtes und machte sie lebendig, als habe sie sich bewegt.

Jeanne verschlang sie mit den Augen; und ein Haufen Erinnerungen stürmte aus der Tiefe ihrer frühen Kindheit auf sie ein.

Mamachens Besuche im Sprechzimmer des Klosters fielen ihr wieder ein, die Art, mit der sie ihr die Tüte mit Gebäck reichte, eine Vielzahl kleiner Details, kleiner Begebenheiten, kleiner Zärtlichkeiten, Bemerkungen, Arten des Betonens, vertraute Gesten, die Fältchen ihrer Augen, wenn sie lachte, ihr atemloser, tiefer Seufzer, wenn sie sich gesetzt hatte.

Und sie schaute sie unverwandt an, während sie sich in einer Art Stumpfsinn wieder und wieder sagte: Sie ist tot; und der ganze Schrecken dieses Wortes kam ihr zum Bewusstsein.

Die, die dort lag – Mama – Mamachen – Madame Adelaide –, war tot? Sie würde sich nicht mehr bewegen, nicht mehr sprechen, nicht mehr lachen, nie mehr Papachen gegenüber beim Diner sitzen; sie würde nicht mehr sagen: »Guten Morgen, Jeannette.« Sie war tot!

Man würde sie in eine Kiste sperren und begraben, und es wäre vorbei. Man würde sie nicht mehr sehen. War das möglich? Wie? Sie hätte ihre Mutter nicht mehr? Dieses vertraute, liebe Gesicht, erblickt, seit man die Augen öffnete, geliebt, seit man die Arme öffnete, dieser große Quell der Liebe, dieses einmalige Wesen, die Mutter, wichtiger für das Herz als alle übrigen Menschen, war verschwunden. Nur ein paar Stunden noch konnte sie ihr Gesicht betrachten, dieses Gesicht, das starr und ohne Gedanken war; und dann nichts, nichts mehr, eine Erinnerung.

Und in einem schrecklichen Anfall von Verzweiflung stürzte sie auf die Knie; und die Hände in das Leintuch gekrallt, das sie zerknüllte, den Mund auf das Bett gepresst, rief sie mit in Laken und Decken erstickter, herzzerreißender Stimme: »Oh! Mama, meine arme Mama, Mama!«

Als sie merkte, dass sie den Verstand verlor, ebenso wie

sie ihn in jener nächtlichen Flucht über den Schnee verloren hatte, erhob sie sich und lief ans Fenster, um sich zu erfrischen, um unverbrauchte Luft zu trinken, die nicht die Luft dieses Lagers war, die Luft dieser Toten.

Die gemähten Rasenflächen, die Bäume, die Heide, das Meer dort hinten lagen, betört vom zärtlichen Zauber des Mondes, in stillem Frieden. Ein wenig von dieser beruhigenden Milde ging auf Jeanne über, und langsam begann sie zu weinen.

Dann ging sie zurück zum Bett und setzte sich, wobei sie Mamachens Hand wieder in die ihre nahm, als wache sie bei ihr, wegen einer Krankheit.

Angelockt von den Kerzen, war ein dickes Insekt hereingekommen. Es prallte gegen die Wände wie ein Ball, sauste vom einen zum anderen Ende des Schlafgemachs, und Jeanne hob, von seinem schnarrenden Flug abgelenkt, die Augen, um es zu finden, aber sie sah immer nur seinen auf dem Weiß der Zimmerdecke umherirrenden Schatten.

Dann hörte sie es nicht mehr. Da bemerkte sie das leichte Ticken der Pendeluhr und ein anderes leises Geräusch, oder vielmehr ein fast unmerkliches Wispern. Es war die Taschenuhr von Mamachen, die unbeachtet in dem auf einen Stuhl am Bettende geworfenen Kleid weiter in Gang war. Und plötzlich ließ irgendein Zusammenhang zwischen dieser Toten und jenem Mechanismus, der nicht stehen geblieben war, den scharfen Schmerz in Jeannes Herzen wieder aufflammen.

Sie sah nach der Zeit. Es war kaum halb elf; und sie verfiel in eine schreckliche Angst, die ganze Nacht dort verbringen zu müssen.

Ihr kamen weitere Erinnerungen: die an ihr eigenes Leben – Rosalie, Gilberte –, an die bitteren Enttäuschungen ihres Herzens. Also war alles nur Elend, Kummer, Unglück und Tod. Alles trog, alles log, alles ließ einen leiden und weinen. Wo sollte man ein wenig Ruhe und Freude finden? Zweifellos in einem anderen Leben! Wenn die Seele von der irdischen Prüfung befreit wäre. Die Seele! Sie begann, von diesem unergründlichen Geheimnis zu träumen, sich jäh in poetische Überzeugungen zu stürzen, die von nicht minder vagen anderen Hypothesen sogleich umgeworfen wurden. Wo war denn jetzt die Seele ihrer Mutter? Die Seele dieses reglosen und eiskalten Körpers? Sehr weit fort, vielleicht. Irgendwo im Weltraum? Aber wo? Verflogen wie der Duft einer Trockenblume? Oder umherirrend wie ein aus seinem Käfig entfleuchter unsichtbarer Vogel?

Zurückgerufen zu Gott? Oder, wie es der Zufall wollte, in neue Schöpfungen eingegangen, unter Keime gemengt, die kurz vor dem Sprießen waren?

Vielleicht ganz in der Nähe? In diesem Zimmer, dieses leblose Fleisch umgebend, das sie verlassen hatte! Und mit einem Mal glaubte Jeanne von einem Lufthauch gestreift zu werden, als berühre sie ein Geist. Sie hatte Angst, eine grauenhafte Angst, so stark, dass sie nicht mehr sich zu bewegen, zu atmen oder sich umzudrehen wagte, um hinter sich zu schauen. Ihr Herz schlug wie in blankem Entsetzen.

Und plötzlich nahm das unsichtbare Insekt seinen Flug wieder auf und begann von Neuem, beim Umherfliegen gegen die Wände zu stoßen. Sie erschauerte von Kopf bis Fuß, und als sie das Brummen des geflügelten Tieres wiedererkannt hatte, stand sie beruhigt auf und drehte sich um. Ihr

Blick fiel auf den Sekretär mit den Sphinxköpfen, das Möbel mit den Reliquien.

Und es überfiel sie eine zärtliche und eigenartige Idee; die Idee, in dieser letzten Nachtwache, so wie sie ein frommes Buch gelesen hätte, die alten Briefe zu lesen, die der Toten so teuer gewesen waren. Ihr war, als erfülle sie eine heikle und heilige Pflicht, eine wahre Kindespflicht, die Mamachen in der anderen Welt Freude bereiten würde.

Es waren die alten Briefe ihres Großvaters und ihrer Großmutter, die sie gar nicht gekannt hatte. Über den Leichnam ihrer Tochter hinweg wollte sie ihnen die Hände reichen, ihnen beistehen in dieser Trauernacht, als litten auch sie, eine Art geheimnisvolles Band der Zärtlichkeit knüpfen zwischen jenen längst Dahingegangenen, der, die nun gerade verschwunden war, und ihr selbst, die immer noch auf Erden weilte.

Sie stand auf, klappte die Platte des Sekretärs herunter und nahm aus der unteren Schublade an die zehn kleine Packen vergilbter Papiere, die ordentlich verschnürt und nebeneinander eingeordnet waren.

In einer Art innerer Läuterung legte sie alle zwischen den Armen der Baronin auf das Bett und begann zu lesen.

Es waren Sendschreiben aus der Vergangenheit, wie man sie in alten Familiensekretären findet, jene Episteln, die ein anderes Jahrhundert erahnen lassen.

Die erste begann mit »Mein Liebling«. Eine andere mit »Mein schönes Töchterchen«, dann hieß es »Meine liebe Kleine«, – »Meine Süße«, – »Meine geliebte Tochter«, dann »Mein liebes Kind«, – »Meine liebe Adelaide«, – »Meine liebe Tochter«, je nachdem, ob sie an das Kind, das junge Mädchen oder später an die junge Frau gerichtet waren.

Und all das war voller leidenschaftlicher und kindlicher Zärtlichkeiten, voller tausend intimer kleiner Dinge, voller großer und alltäglicher häuslicher Ereignisse, die für Unbeteiligte ganz bedeutungslos sind: »Vater hat Grippe; die gute Hortense hat sich am Finger verbrannt; die Katze ›Croquerat‹ ist tot; wir haben die Tanne rechts vom Tor gefällt; Mutter hat ihr Messbuch verloren, als sie aus der Kirche kam, sie meint, man hat es ihr gestohlen.«

Man sprach dort auch über Leute, die Jeanne nicht kannte, deren Namen jedoch damals in ihrer Kindheit gefallen waren, wie sie sich undeutlich erinnerte.

Sie wurde gerührt bei diesen Einzelheiten, die ihr wie Enthüllungen vorkamen; als sei sie plötzlich in dieses ganze geheime frühere Leben getreten, das Leben der Herzensangelegenheiten von Mamachen. Sie betrachtete den Leichnam, der da lag; und unvermittelt begann sie, laut zu lesen, für die Tote zu lesen, wie um sie zu zerstreuen und zu trösten.

Der reglose Leichnam schien sich zu freuen.

Einen nach dem anderen warf sie die Briefe auf das Bettende; und sie dachte, dass man sie in den Sarg legen müsse, so wie man Blumen hineinlegt.

Sie schnürte ein anderes Päckchen auf. Es war eine neue Schrift. Sie begann: »Ich kann Deine Zärtlichkeiten nicht mehr entbehren. Ich liebe Dich zum Verrücktwerden.«

Mehr nicht; kein Name.

Verständnislos drehte sie das Papier um. Als Adresse stand da tatsächlich »Madame la Baronne Le Perthuis des Vauds«.

Dann öffnete sie den folgenden: »Komm heute Abend, sobald er ausgegangen ist. Wir haben dann eine Stunde. Ich bete dich an.«

In einem anderen: »Ich habe eine rauschhafte Nacht mit vergeblichem Verlangen nach Dir verbracht. Ich hatte Deinen Körper in meinen Armen, Deinen Mund unter meinen Lippen, deine Augen unter meinen Augen. Und dann bekam ich rasende Wutanfälle, in denen ich mich am liebsten aus dem Fenster gestürzt hätte, als ich daran dachte, dass Du zur selben Stunde neben ihm schliefst, dass er Dich besitzen konnte, wann er nur wollte …«

Jeanne, sprachlos, wurde nicht klug daraus.

Was sollte das? An wen, für wen, von wem waren diese Liebesworte?

Sie las weiter und fand immer noch Liebeserklärungen, Verabredungen mit Mahnungen zur Vorsicht, dann immer zum Schluss die fünf Worte: »Vor allem verbrenne diesen Brief.«

Plötzlich öffnete sie ein banales Billett, eine schlichte Zusage zum Diner, aber von der gleichen Handschrift und unterzeichnet: »Paul d'Ennemare«, der, den der Baron, wenn er von ihm sprach, »mein armer alter Paul« nannte und dessen Frau die beste Freundin der Baronin gewesen war.

Da kam Jeanne jäh ein Verdacht, der sogleich zur Gewissheit wurde. Ihre Mutter hatte ihn als Liebhaber gehabt.

Und plötzlich stieß sie fassungslos diese infamen Papiere weg, so wie sie irgendein an ihr emporgekletterteś giftiges Tier weggestoßen hätte, und sie lief zum Fenster und unter unwillkürlichen Schreien, die ihr die Kehle zerrissen, brach sie in Tränen aus; dann sank sie an der Wand zu Boden, ihr ganzes Wesen zerbrach, und ihr Gesicht verbergend, damit man ihr Wimmern nicht hörte, schluchzte sie, versunken in unermesslicher Verzweiflung.

So wäre es vielleicht die ganze Nacht mit ihr weitergegangen; doch ein Geräusch von Schritten im Nachbarzimmer ließ sie hochfahren. Vielleicht war das ihr Vater? Und die ganzen Briefe lagen auf dem Bett und auf den Dielen! Er brauchte bloß einen zu öffnen! Und er würde das erfahren? Er!

Sie stürzte herbei, und all die alten, vergilbten Papiere mit beiden Händen zusammenraffend, die der Großeltern und die des Geliebten und die, die sie gar nicht aufgefaltet hatte, und die, die noch verschnürt in den Schubladen des Sekretärs lagen, warf sie sie haufenweise in den Kamin. Dann nahm sie eine der Kerzen, die auf dem Nachttisch brannten, und setzte diesen Berg von Briefen in Brand. Eine große Flamme schoss empor, die das Zimmer, die Lagerstatt und den Leichnam mit einem lebhaft tanzenden Schein erhellte und dabei das zitternde Profil des starren Gesichtes und die Umrisse des unter dem Laken liegenden riesigen toten Körpers dunkel auf den weißen Vorhang am Bettende warf.

Als nur noch ein Haufen Asche hinten im Kamin lag, setzte sie sich wieder ans offene Fenster, als wage sie nicht mehr, neben der Toten zu bleiben, und das Gesicht in den Händen, begann sie von Neuem, zu weinen und in tiefster Trauer, in verzweifelter Klage zu stöhnen: »Oh, meine arme Mama! Oh, meine arme Mama!«

Und ihr kam ein grässlicher Gedanke: Wenn der Zufall es nun wollte, dass Mamachen gar nicht tot war, wenn sie bloß in einen todesgleichen Schlaf gefallen war, wenn sie plötzlich aufstünde, spräche? – Würde das Wissen um das grauenhafte Geheimnis nicht ihre Kindesliebe verringern? Könnte sie ihr mit denselben ehrfurchtsvollen Lippen einen Kuss geben? Würde sie mit der gleichen feierlichen Liebe an ihr hängen?

Nein. Das war nicht möglich! Und dieser Gedanke zerriss ihr das Herz.

Die Nacht verging; die Sterne verblassten; es war die kühle Stunde, die dem Morgen vorangeht. Gleich würde der tief am Himmel hängende Mond im Meer versinken, dessen ganze Weite er mit Perlmutt überzog.

Und Jeanne überfiel die Erinnerung an jene bei ihrer Ankunft in Les Peuples am Fenster verbrachte Nacht. Wie weit lag das zurück, wie sehr hatte sich alles verwandelt, wie anders erschien ihr die Zukunft! Und nun wurde der Himmel rosig, in einem fröhlichen, verliebten, zauberischen Rosaton. Sie schaute, jetzt überrascht wie vor einer Erscheinung, auf diesen strahlenden Tagesanbruch und fragte sich, wie es möglich war, dass es auf dieser Erde, wo sich ein solches Morgenrot ausbreitete, weder Freude noch Glück gab.

Ein Türknarren ließ sie zusammenfahren. Es war Julien. Er fragte: »Nun? Bist du nicht zu müde?«

Sie stammelte »Nein«, froh, nicht mehr allein zu sein.

»Dann geh dich jetzt ausruhen«, sagte er. Langsam umarmte sie ihre Mutter und gab ihr einen langen, schmerzerfüllten und trostlosen Kuss; dann ging sie in ihr Zimmer.

Der Tag verfloss mit jenen traurigen Geschäftigkeiten, die ein Todesfall verlangt. Der Baron traf abends ein. Er weinte und weinte.

Das Begräbnis fand am nächsten Tag statt.

Nachdem sie zum letzten Mal ihre Lippen auf die eiskalte Stirn gedrückt hatte, nachdem sie ihre Mutter ein letztes Mal gewaschen, angekleidet und dann gesehen hatte, wie der Sargdeckel über dem Leichnam zugenagelt wurde, zog Jeanne sich zurück. Die Gäste würden kommen.

Gilberte erschien als Erste und warf sich schluchzend an die Brust ihrer Freundin.

Durchs Fenster sah man die im Trab heranrollenden Wagen am Gittertor wenden. Und in der großen Eingangshalle erschallten Stimmen. Schwarz gekleidete Frauen traten nach und nach ins Zimmer, Frauen, die Jeanne gar nicht kannte. Die Marquise de Coutelier und die Vicomtesse de Briseville umarmten sie.

Plötzlich merkte sie, dass Tante Lison sich leise hinter sie stellte. Und sie drückte sie zärtlich an sich, was die alte Jungfer fast in Ohnmacht fallen ließ.

Julien kam herein, in edlem Schwarz, elegant, geschäftig, befriedigt über diesen Andrang. Flüsternd bat er seine Frau um einen Rat. In vertraulichem Ton setzte er hinzu: »Der ganze Adel ist erschienen, das wird sich sehr gut machen.« Und mit einer ernsten Verneigung vor den Damen verschwand er wieder.

Während der Trauerfeier blieben nur Tante Lison und die Comtesse Gilberte in Jeannes Nähe. Die Gräfin umarmte sie unentwegt und sagte immer wieder: »Mein armes Liebes, mein armes Liebes!«

Als der Comte de Fourville seine Frau wieder abholte, weinte er, als habe er seine eigene Mutter verloren.

X

Es waren traurige Tage, die dann folgten, jene düsteren Tage in einem Haus, das leer zu sein scheint durch die Abwesenheit des für immer verschwundenen vertrauten Menschen, diese durch jede Begegnung mit irgendeinem von der Toten ständig benutzten Gegenstand leidgeprüften Tage. Jeden Augenblick legt sich einem eine Erinnerung auf die Seele und verletzt sie tödlich. Da ist ihr Sessel, ihr noch in der Vorhalle stehender Schirm, ihr Glas, das das Hausmädchen nicht weggeräumt hat! Und in allen Zimmern stößt man auf umherliegende Sachen: ihre Schere, einen Handschuh, das Buch, dessen Blätter von ihren schwerfällig gewordenen Fingern abgenutzt sind, und tausend nichtssagende Dinge, die eine schmerzliche Bedeutung bekommen, weil sie an tausend kleine Begebenheiten erinnern.

Und man wird verfolgt von ihrer Stimme; man meint sie zu hören; man möchte fliehen, ganz gleich, wohin, dem Grauen dieses Hauses entkommen. Man muss bleiben, weil andere da sind, die bleiben und ebenfalls leiden.

Und dann war Jeanne auch immer noch niedergeschmettert von der Erinnerung an das, was sie entdeckt hatte. Dieser Gedanke belastete sie schwer; ihr gebrochenes Herz konnte ihn nicht loswerden. Die Einsamkeit, in der sie sich jetzt befand, wurde von diesem schrecklichen Geheimnis noch verstärkt; ihr letztes Vertrauen war mit ihrer letzten Gewissheit zusammengebrochen.

Vater reiste nach einiger Zeit ab, denn er brauchte Bewegung, Luftveränderung, einen Ausweg aus dem schlimmen Kummer, in den er sich mehr und mehr vergrub.

Und das große Haus, das so hin und wieder einen seiner Herren verschwinden sah, nahm sein ruhiges und geregeltes Leben wieder auf.

Und dann wurde Paul krank. Jeanne verlor darüber den Verstand, verbrachte zwölf Tage, ohne zu schlafen, fast ohne zu essen.

Er gesundete; aber sie war weiter in Angst und Schrecken bei der Vorstellung, dass er sterben könne. Was würde sie dann tun? Was sollte dann aus ihr werden? Und ganz leise schlich sich in ihr Herz das vage Bedürfnis, ein weiteres Kind zu bekommen. Sie träumte schon davon, von Neuem überwältigt von ihrem alten Wunsch, zwei kleine Wesen um sich zu sehen, einen Jungen und ein Mädchen. Es ließ sie nicht wieder los.

Doch seit der Geschichte mit Rosalie lebte sie von Julien getrennt. Eine Annäherung schien in der Lage, in der sie sich befanden, nachgerade unmöglich. Julien liebte eine andere; sie wusste es; und allein schon bei dem Gedanken, erneut seine Liebkosungen zu ertragen, schüttelte es sie vor Abscheu.

Und doch hätte sie sich damit abgefunden, so sehr plagte sie das Verlangen, noch einmal Mutter zu werden; aber sie fragte sich, wie ihre Umarmungen wieder beginnen könnten? Eher wäre sie vor Demütigung gestorben, als ihre Absichten durchblicken zu lassen; und er schien nichts mehr mit ihr im Sinn zu haben.

Vielleicht hätte sie aufgegeben; doch nun begann sie, jede Nacht von einer Tochter zu träumen; und sie sah sie mit Paul unter der Platane spielen; und manchmal juckte es sie, aufzustehen und ihren Mann wortlos in seinem Zimmer aufzusuchen. Zweimal schlich sie sogar bis zu seiner Tür; dann lief sie mit vor Scham klopfendem Herzen schnell wieder zurück.

Der Baron war fort; Mamachen war tot; Jeanne hatte jetzt niemanden mehr, den sie fragen konnte, dem sie ihre intimsten Geheimnisse anvertrauen konnte.

Da beschloss sie, Abbé Picot aufzusuchen und ihm unter dem Siegel der Verschwiegenheit von ihren bedenklichen Plänen zu erzählen.

Als sie eintraf, las er in seinem mit Obstbäumen bepflanzten Gärtchen sein Brevier.

Nachdem sie einige Minuten über dieses und jenes geplaudert hatte, stammelte sie errötend: »Ich möchte beichten, Abbé.«

Er war verblüfft und hob seine Brille, um sie besser begutachten zu können; dann begann er zu lachen: »Sie werden doch keine großen Sünden auf dem Gewissen haben.« Sie wurde ganz verlegen und versetzte: »Nein, aber ich muss Sie um einen Rat bitten, einen Rat, der so … so … so schwierig ist, dass ich nicht wage, einfach mit Ihnen darüber zu sprechen.«

Er gab augenblicklich seine wohlwollende Miene auf und nahm seine priesterliche Haltung an: »Nun, mein Kind, ich werde Ihnen im Beichtstuhl zuhören, gehen wir.«

Doch zögernd, plötzlich aufgehalten durch gewisse Bedenken, über diese etwas peinlichen Dinge in der Andacht einer leeren Kirche zu sprechen, hielt sie ihn zurück.

»Oder, nein … Herr Pfarrer … ich kann … ich kann …

wenn es Ihnen recht ist … Ihnen hier sagen, was mich herführt. Warten Sie, wir setzen uns dort hinten in Ihre kleine Laube.«

Langsam schritten sie darauf zu. Sie zerbrach sich den Kopf, wie sie sich ausdrücken sollte, wie sie beginnen sollte. Sie setzten sich.

Schließlich fing sie an, als beichte sie: »Mein Vater …«, dann zögerte sie und sagte von Neuem: »Mein Vater …«, und verstummte vollkommen verwirrt.

Er wartete mit über dem Bauch gefalteten Händen. Angesichts ihrer Verwirrung ermutigte er sie: »Nun, meine Tochter, man möchte meinen, Sie trauen sich nicht; kommen Sie, nur Mut.«

Wie ein Hasenfuß, der sich in Gefahr stürzt, fasste sie sich ein Herz: »Mein Vater, ich hätte gern noch ein Kind.« Er gab keine Antwort, da er nicht verstand. Nun sprach sie sich aus, sich verhaspelnd, außer sich.

»Ich bin jetzt ganz allein im Leben; mein Vater und mein Mann verstehen sich nicht gut; meine Mutter ist tot; und … und …« – Ganz leise sagte sie erschauernd: »Neulich hätte ich fast meinen Sohn verloren! Was wäre dann aus mir geworden? …«

Sie schwieg. Der Priester sah sie verwirrt an: »Nun ja, kommen Sie zur Sache.«

Sie wiederholte: »Ich hätte gern noch ein Kind.«

Da lächelte er, gewöhnt an die derben Scherze der Bauern, die sich kaum vor ihm schämten, und er erwiderte mit einem schalkhaften Kopfschütteln: »Also, mir scheint, das liegt nur bei Ihnen.«

Sie sah mit ihrem unschuldigen Blick zu ihm auf und

sagte vor Verwirrung stotternd: »Aber … aber … verstehen Sie, seit dem … dem … dem, was Sie über … über dieses Hausmädchen wissen, … leben mein Mann und ich … leben wir völlig getrennt.«

Gewöhnt an die Promiskuitäten und ehrlosen Sitten auf dem Lande, war er erstaunt über diese Enthüllung; dann glaubte er plötzlich, den wahren Wunsch der jungen Frau zu erraten. Voller Wohlwollen und Sympathie für ihre Not sah er sie von der Seite an: »Ja; ich verstehe vollkommen. Mir ist klar, dass Ihre … Ihre Witwenschaft Sie bedrückt. Sie sind jung und gesund. Nun, das ist nur natürlich, ganz natürlich.«

Die lockere Natur des Landpriesters gewann die Oberhand, er begann, wieder zu lächeln; und sanft tätschelte er Jeannes Hand: »Das ist Ihnen durch die Gebote gestattet, sogar ausdrücklich gestattet. – Nur in der Ehe sollst du nach dem Werk des Fleisches streben. – Sie sind verheiratet, nicht wahr? Das ist nicht zum Rübenstechen gedacht.«

Sie hatte nun ihrerseits seine Hintergedanken erst nicht verstanden; doch sobald sie begriffen hatte, lief sie ganz verblüfft purpurrot an, mit Tränen in den Augen.

»Oh! Herr Pfarrer, was sagen Sie da? Wo denken Sie hin? Ich schwöre Ihnen … Ich schwöre Ihnen …« Und die Schluchzer würgten sie.

Er war überrascht; und er tröstete sie: »Kommen Sie, ich wollte Ihnen keinen Kummer bereiten. Ich habe nur ein wenig gescherzt; das ist nicht verboten, wenn man anständig ist. Aber verlassen Sie sich auf mich. Ich werde Monsieur Julien aufsuchen.«

Sie wusste nicht mehr, was sie sagen sollte. Jetzt wollte sie diese Vermittlung ablehnen, die sie für ungeschickt und gefährlich hielt; doch sie wagte es nicht; und nachdem sie gestammelt hatte: »Ich danke Ihnen, Herr Pfarrer«, suchte sie das Weite.

Acht Tage verstrichen. Sie lebte in sorgenvoller Beklommenheit.

Eines Abends schaute Julien sie beim Diner merkwürdig an, mit diesen lächelnd verzogenen Lippen, die sie von seinen spöttischen Stunden bei ihm kannte. Er zeigte ihr gegenüber sogar eine gewisse, unmerklich ironische Liebenswürdigkeit; und als sie dann auf Mamachens langer Allee spazieren gingen, sagte er ihr ganz leise ins Ohr: »Anscheinend sind wir wieder versöhnt.«

Sie gab keine Antwort. Sie blickte auf eine jetzt nahezu unsichtbare gerade Linie auf dem Boden; das Gras war nachgewachsen. Es war die Fußspur der Baronin, die verschwand, wie eine Erinnerung verschwindet. Und Jeanne war es eng um ihr in Trauer versunkenes Herz; so weit von allen entfernt, fühlte sie sich im Leben verloren.

Julien versetzte: »Mehr kann ich mir nicht wünschen. Ich hatte Angst, dir zu missfallen.«

Die Sonne ging unter, die Luft war mild. Jeanne war kurz davor, in Tränen auszubrechen, und konnte kaum atmen vor Verlangen, sich einem Freundesherz zu offenbaren, jemanden an sich zu drücken und ihre Nöte zu murmeln. Ein Schluchzer stieg ihr in die Kehle. Sie breitete die Arme aus und sank an Juliens Herz.

Und sie weinte. Überrascht blickte er auf ihr Haar, da er das an seiner Brust verborgene Gesicht nicht sehen konnte. Er dachte, sie liebe ihn immer noch, und drückte einen herablassenden Kuss auf ihren Haarknoten.

Dann kehrten sie ohne eine Wort ins Haus zurück. Er folgte ihr in ihr Zimmer und verbrachte die Nacht mit ihr.

Und ihre alten, intimen Beziehungen begannen von Neuem. Er erfüllte sie wie eine Pflicht, die ihm indessen nicht missfiel; sie ertrug sie wie eine ekelhafte und peinliche Notwendigkeit mit dem Entschluss, sie für immer zu beenden, sobald sie merkte, dass sie von Neuem schwanger war.

Doch bald fiel ihr auf, dass die Liebkosungen ihres Mannes anders zu sein schienen als ehedem. Sie waren vielleicht raffinierter, aber nicht so hemmungslos. Er ging wie ein heimlicher Liebhaber mit ihr um und nicht mehr wie ein sorgloser Ehemann. Sie wunderte sich, beobachtete es und merkte bald, dass all seine Umarmungen endeten, bevor sie geschwängert werden konnte.

Da murmelte sie eines Nachts, den Mund auf seinem Mund: »Warum gibst du dich mir nicht mehr ganz hin so wie früher?«

Er begann zu feixen: »Um dich nicht schwanger zu machen, natürlich.«

Sie erbebte: »Warum willst du denn keine Kinder mehr?«

Er erstarrte vor Überraschung: »Wie? Was sagst du da? Ja, bist du denn verrückt? Noch ein Kind? Oh nein! Das wäre ja noch schöner! Schon genug, dass da einer kreischt, alle beschäftigt und Geld kostet. Noch ein Kind! Ich danke!«

Sie nahm ihn in die Arme, küsste ihn, umgarnte ihn liebevoll und flüsterte: »Oh, ich flehe dich an, mach mich noch einmal zur Mutter.«

Doch er empörte sich, als habe sie ihn verletzt: »Also wirklich, du verlierst den Verstand. Verschone mich mit deinen Dummheiten, ich bitte dich.«

Sie verstummte und nahm sich vor, ihn zu überlisten, damit er ihr das Glück schenkte, von dem sie träumte.

Sie versuchte nun, ihre Liebesakte auszudehnen, indem sie die Komödie rasender Leidenschaft spielte und, ihn mit beiden Armen umklammernd, sich in vorgetäuschten Verzückungen mit ihm vereinigte. Sie gebrauchte jegliche List; doch er blieb Herr seiner selbst; und er vergaß sich kein einziges Mal.

Mehr und mehr von ihrem glühenden Wunsch gequält, zum Letzten getrieben, bereit, allem die Stirn zu bieten, ging sie nun wieder zu Abbé Picot.

Er beendete gerade sein Déjeuner; er war dunkelrot, da er stets nach seinen Mahlzeiten starkes Herzklopfen hatte. Sobald er sie eintreten sah, rief er: »Wie steht's?«, begierig, das Ergebnis seiner Verhandlungen zu erfahren.

Diesmal entschlossen und ohne verschämte Schüchternheit, erwiderte sie sogleich: »Mein Mann möchte keine Kinder mehr haben.« Der Abbé drehte sich höchst interessiert zu ihr um, bereit, mit der Neugier des Priesters in jenen Bettgeheimnissen zu stöbern, die ihm den Beichtstuhl vergnüglich machten. Er fragte: »Warum?« Trotz ihrer Entschiedenheit geriet sie nun bei der Erklärung in Verwirrung: »Also, er … er … er weigert sich, mich zur Mutter zu machen.«

Der Abbé begriff, er kannte diese Dinge; und mit der Gier des Fastenden begann er, sie nach genauen und kleinsten Einzelheiten auszufragen.

Dann dachte er kurz nach, und mit ruhiger Stimme, als rede er über die Ernte, die sich gut entwickelte, entwarf er ihr einen Plan für ein geschicktes Vorgehen, das alle Punkte regelte: »Sie haben nur ein Mittel, mein liebes Kind, nämlich ihn glauben zu lassen, Sie seien in anderen Umständen. Er wird sich nicht mehr in Acht nehmen; und dann werden Sie tatsächlich schwanger.«

Sie errötete bis unter die Augen; doch zu allem entschlossen, gab sie nicht auf. »Und … und wenn er mir nicht glaubt?«

Der Pfarrer kannte sich bestens damit aus, die Männer zu lenken und in der Hand zu haben: »Lassen Sie jeden von Ihrer Schwangerschaft wissen, sprechen Sie überall davon; schließlich wird auch er daran glauben.«

Um sich von dieser Kriegslist freizusprechen, setzte er dann hinzu: »Das ist Ihr gutes Recht, die Kirche gestattet intime Beziehungen zwischen Mann und Frau nur zum Zwecke der Zeugung.«

Sie folgte dem listigen Rat, und zwei Wochen später verkündete sie Julien, sie glaube schwanger zu sein. Er fuhr auf. »Nicht möglich! Das ist nicht wahr.«

Sie nannte sogleich den Grund ihrer Vermutungen. Aber er beruhigte sich. »Ach was! Warte nur ein wenig. Du wirst schon sehen.«

Dann fragte er jeden Morgen: »Wie steht's?«, und immer erwiderte sie: »Nein, noch nicht. Ich sollte mich schwer täuschen, wenn ich nicht schwanger wäre.«

Nun wurde er besorgt, ebenso wütend und verzweifelt wie überrascht. Wieder und wieder sagte er: »Das verstehe ich nicht, ganz und gar nicht. Man soll mich hängen, wenn ich wüsste, wie das passiert ist!«

Nach einem Monat verkündete sie die Neuigkeit ringsum, aus einer Art verwickeltem und feinem Taktgefühl jedoch nicht bei der Comtesse Gilberte.

Seit ihrer anfänglichen Sorge kam Julien nicht mehr zu

ihr; dann fand er sich wutschnaubend damit ab und erklärte: »Noch einer, der nicht erwünscht war.« Und er begann, wieder in das Zimmer seiner Frau zu schleichen.

Was der Priester geplant hatte, verwirklichte sich voll und ganz. Sie war schwanger.

Voll wahnsinniger Freude verschloss sie nun jeden Abend ihre Tür, und in einem Anfall von Dankbarkeit gegenüber der nicht näher bestimmten Gottheit, die sie anbetete, gelobte sie ewige Keuschheit.

Von Neuem war sie nahezu froh und staunte, wie rasch sich ihr Schmerz nach dem Tod ihrer Mutter gelindert hatte. Sie hatte geglaubt, sie sei untröstlich; und nun schloss sich diese frische Wunde binnen kaum zwei Monaten. Ihr blieb nur noch eine zarte Melancholie, wie ein über ihr Leben geworfener Schleier von Kummer. Nicht das geringste Erlebnis schien ihr mehr möglich. Ihre Kinder würden heranwachsen und sie lieben; zufrieden würde sie in Ruhe alt werden, ohne sich mit ihrem Mann zu beschäftigen.

Ende September machte Abbé Picot in einer neuen Soutane, die nur Flecken von acht Tagen hatte, einen förmlichen Besuch; und er stellte seinen Nachfolger vor, Abbé Tolbiac. Es war ein sehr kleiner, ganz junger, hagerer Priester mit emphatischer Sprache, dessen schwarz umrandete und tief liegende Augen auf eine ungestüme Seele hinwiesen.

Der alte Pfarrer war zum Dekan von Goderville ernannt worden.

Jeanne empfand wahre Trauer über diesen Fortgang. Das Gesicht des guten Mannes war mit all ihren Erinnerungen als junger Frau verbunden. Er hatte sie getraut, er hatte Paul getauft und die Baronin beerdigt. Sie konnte sich Étouvent nicht vorstellen, ohne dass der dicke Bauch von Abbé Picot an den Pachthöfen vorübersegelte; und sie liebte ihn, weil er fröhlich und natürlich war.

Trotz seiner Beförderung schien er nicht froh zu sein. Er sagte: »Das fällt mir schwer, das fällt mir schwer, Madame la Comtesse. Nun sind es achtzehn Jahre, die ich hier bin. Oh, die Gemeinde bringt nicht viel ein und taugt nicht viel! Die Männer sind gerade so gläubig wie eben nötig, und die Frauen, die Frauen, wissen Sie, haben kein sehr gutes Benehmen. Die Mädchen kommen erst zur Hochzeit in die Kirche, nachdem sie zu Unserer-lieben-Frau-vom-runden-Leib gepilgert sind, und auf die Orangenblüte kann man hierzulande nicht viel geben. Aber wie auch immer, ich jedenfalls mochte es hier.«

Der neue Pfarrer zeigte deutlich seine Ungeduld und lief rot an. Er sagte barsch: »Mit mir wird sich das alles ändern müssen.« Er wirkte wie ein jähzorniges Kind, ganz schwächlich und dürr in seiner bereits abgetragenen, aber sauberen Soutane.

Abbé Picot sah ihn von der Seite an, wie er es in seinen heiteren Momenten zu tun pflegte, und er versetzte: »Wissen Sie, Abbé, um diese Dinge zu verhindern, müssten Sie Ihre Gemeindemitglieder anketten; und auch das hätte keinen Sinn.«

Der kleine Priester erwiderte in schneidendem Ton: »Das werden wir sehen.« Und der alte Pfarrer lächelte und nahm seine Prise: »Das Alter wird Sie milder stimmen, Abbé, und die Erfahrung ebenfalls; Sie werden Ihre letzten Getreuen von der Kirche abbringen, und das ist alles. Man ist gläubig in dieser Gegend, aber Teufel noch mal: Seien Sie vorsichtig. Wahrhaftig, wenn ich ein Mädchen, das mir ein bisschen rund vorkommt, zur Strafpredigt antreten sehe, sage ich mir: ›Es ist ein neues Gemeindemitglied, das sie mir da bringt‹; – und ich versuche, sie zu verheiraten. Sie werden sie nicht daran hindern zu sündigen, wissen Sie; aber Sie können den Jungen ausfindig machen und ihn daran hindern, das Mädchen im Stich zu lassen. Verheiraten Sie sie, Abbé, verheiraten Sie sie, kümmern Sie sich um nichts anderes.«

Der neue Pfarrer entgegnete grob: »Wir sind verschiedener Meinung; unnötig, darauf zu beharren.« Und Abbé Picot begann wieder, seinem Dorf nachzutrauern, dem Meer, das er aus den Fenstern des Pfarrhauses sah, den Talmulden, in denen er sein Brevier rezitierte, während er zuschaute, wie in der Ferne die Boote vorüberzogen.

Und die beiden Priester verabschiedeten sich. Der Alte umarmte Jeanne, die mit den Tränen kämpfte.

Acht Tage später erschien Abbé Tolbiac von Neuem. Er sprach über die Reformen, die er durchführte, wie ein Fürst, der ein Königreich in Besitz nimmt, es hätte tun können. Dann bat er die Vicomtesse, die Sonntagsmesse nicht zu versäumen und an allen Feiertagen zum Abendmahl zu gehen.

»Sie und ich«, sagte er, »wir sind das Haupt der Gegend; wir müssen sie lenken und uns stets als nachahmenswertes Beispiel zeigen. Wir müssen uns zusammentun, um mächtig und geachtet zu sein. Wenn sich Kirche und Schloss die Hand reichen, wird die Strohhütte uns fürchten und gehorchen.«

Jeannes Religion war ganz und gar Gefühl; sie hatte jenen träumerischen Glauben, der eine Frau nicht verlässt; und wenn sie ihre Pflichten einigermaßen erfüllte, dann vor allem aus alter Gewohnheit, die sie aus dem Kloster mitgebracht hatte, da die kritische Philosophie des Barons ihre Überzeugungen seit Langem über den Haufen geworfen hatte.

Abbé Picot begnügte sich mit dem wenigen, das sie ihm bieten konnte, und rügte sie nie. Doch als sein Nachfolger sie am vergangenen Sonntag nicht in der Messe gesehen hatte, war er streng und verärgert herbeigeeilt.

Sie wollte sich keinesfalls mit dem Pfarrhaus überwerfen und versprach unter Vorbehalt, sich aus reiner Gefälligkeit in den ersten Wochen eifrig zu zeigen.

Doch nach und nach gewöhnte sie sich an die Kirche und geriet unter den Einfluss jenes über jeden Tadel erhabenen und herrschsüchtigen, hageren Abbé. Als Mystiker gefiel er ihr durch seine Schwärmereien und Ereiferungen. Er brachte die Saite gläubiger Poesie, die alle Frauen in der Seele haben, in ihr zum Schwingen. Seine unnachgiebige Härte, seine Verachtung der Welt und der sinnlichen Leidenschaften, sein Abscheu vor menschlichen Belangen, seine Liebe zu Gott, seine jugendliche und barbarische Unerfahrenheit, seine harte Sprache, sein unbeugsamer Wille gaben Jeanne eine Vorstellung davon, wie Märtyrer sein mussten; und die bereits enttäuschte Leidende, die sie war, ließ sich von dem starren Fanatismus dieses Jüngers, dieses Gesandten des Himmels verführen.

Er führte sie zum Tröster Christus, indem er ihr zeigte, wie die frommen Freuden des Glaubens all ihre Leiden lindern würden; und sich vor diesem Priester, der wirkte, als sei er kaum fünfzehn, erniedrigend, sich klein und schwach fühlend, sank sie im Beichtstuhl auf die Knie.

Doch bald war er im ganzen Land verhasst.

Von unbeugsamer Strenge gegen sich selbst, erwies er

sich anderen gegenüber von unerbittlicher Intoleranz. Eines vor allem versetzte ihn in Wut und Empörung, die Liebe. Zornentbrannt sprach er, wie es kirchlicher Brauch ist, mit harten Worten darüber in seinen Predigten, indem er dieses Auditorium von Tölpeln mit dröhnenden Auslassungen gegen die Sinnenlust überschüttete; und verfolgt von Bildern, die er in seinen Ausbrüchen heraufbeschwor, bebte er vor Wut und stampfte mit den Füßen auf.

Die älteren Burschen und Mädchen warfen sich quer durch die Kirche verstohlene Blicke zu; und die alten Bauern, die immer gerne über diese Dinge scherzen, tadelten die Intoleranz des kleinen Pfarrers, wenn sie neben dem Sohn im blauen Kittelhemd und der Bäuerin im schwarzen Umhang nach der Messe zum Hof zurückkehrten. Und die ganze Gegend war in Aufruhr.

Man erzählte sich flüsternd von seiner Strenge im Beichtstuhl, von den harten Strafen, die er auferlegte; und als er sich weigerte, den Mädchen, deren Keuschheit Schaden genommen hatte, Absolution zu erteilen, kam Spott dazu. Man lachte, wenn man beim Hochamt an Festtagen die Jugend in ihren Bänken sitzen bleiben sah, statt mit den anderen zum Abendmahl zu gehen.

Bald lauerte er den Liebespaaren auf, um ihre Treffen zu verhindern, wie es ein Wildhüter macht, der Wilderern auf den Fersen ist. Er jagte sie längs der Gräben, hinter den Scheunen, an mondhellen Abenden und im dichten Seegras am Hang der Anhöhen.

Einmal entdeckte er zwei, die vor ihm nicht voneinander abließen; sie hielten sich um die Taille gefasst und gingen Arm in Arm eine steinige Schlucht entlang.

Der Abbé rief: »Wollt ihr wohl aufhören, ihr Flegel!«

Und der junge Bursche drehte sich um und erwiderte: »Kümmern Sie sich um Ihre Sachen, Herr Pfarrer; das geht Sie nichts an.«

Da hob der Abbé Steine auf und bewarf sie damit, so wie man es mit Hunden macht.

Die beiden liefen lachend davon; und am folgenden Sonntag denunzierte er sie namentlich vor der Gemeinde.

Die jungen Burschen der Gegend gingen nicht weiter zur Messe.

Der Pfarrer kam jeden Donnerstag zum Diner ins Schloss und erschien oft wochentags, um mit seinem Bußkind zu plaudern. Wie er kam sie ins Schwärmen, diskutierte über immaterielle Dinge und wusste mit dem ganzen alten und schwierigen Arsenal religiöser Kontroversen umzugehen.

Beide spazierten die lange Allee der Baronin entlang, während sie über Christus und die Apostel, über die Jungfrau und die Kirchenväter sprachen, als hätten sie sie gekannt. Manchmal blieben sie stehen, um sich große Fragen zu stellen, die sie ins Mystische abschweifen ließen, wobei sie sich in poetischen Gedankengängen verlor, die wie Raketen in den Himmel stiegen, wobei er es genauer nahm, argumentierend wie ein monomanischer Anwalt beim mathematischen Beweis der Quadratur des Kreises.

Julien behandelte den neuen Pfarrer mit großem Respekt und wiederholte unentwegt: »Der gefällt mir, dieser Priester, der lässt sich auf nichts ein.« Und er nahm oft an Beichte und Abendmahl teil und gab damit ein mehr als gutes Beispiel.

Er begab sich jetzt fast täglich zu den Fourvilles, ging mit dem Mann, der ihn nicht mehr entbehren konnte, auf die

Jagd und ritt mit der Comtesse aus, trotz starker Regenfälle und hässlichen Wetters. Der Comte sagte: »Sie haben die Pferdeleidenschaft, aber meiner Frau tut das gut.«

Mitte November kehrte der Baron zurück. Er war verändert, gealtert, verbraucht, versunken in tiefer Trauer, die sein Gemüt ganz erfüllt hatte. Und alsbald schien die Liebe, die ihn mit seiner Tochter verband, gewachsen, so als hätten diese wenigen Monate trübseliger Einsamkeit sein Bedürfnis nach Zuneigung, Vertrauen und Zärtlichkeit noch gesteigert.

Jeanne vertraute ihm ihre neuen Vorstellungen, ihre Verbundenheit mit Abbé Tolbiac und ihren religiösen Eifer gar nicht an; doch als er den Priester zum ersten Mal sah, spürte er eine heftige Abneigung gegen ihn in sich aufkeimen.

Und als die junge Frau ihn am Abend fragte: »Wie findest du ihn?«, erwiderte er: »Dieser Mann ist ein Inquisitor! Er ist bestimmt sehr gefährlich.«

Als er dann durch die Bauern, mit denen er befreundet war, von den Härten des jungen Priesters erfahren hatte, von seinen gewaltsamen Maßnahmen, von dieser Art Verfolgung, mit der er gegen natürliche Gesetze und Instinkte vorging, brach geradezu Hass in seinem Herzen aus.

Er seinerseits war vom Stamm der alten Philosophen, welche die Natur anbeten, gerührt, sobald er zwei Tiere sich vereinen sah, auf Knien vor einer Art pantheistischer Gottheit und voller Abneigung gegen die katholische Vorstellung eines Gottes mit spießbürgerlichen Absichten, jesuitischen Wutausbrüchen und den Rachegelüsten eines Tyrannen, gegen einen Gott, der ihm die schicksalhafte, grenzenlose, allmächtige Schöpfungsidee verkleinerte, die Schöpfung Leben, Licht, Erde, Gedanke, Pflanze, Fels, Mensch, Luft, Tier, Stern,

Gott, zugleich Insekt, schöpferisch, weil sie Schöpfung ist, stärker als jeder Wille, weiter reichend als jede Urteilskraft, absichtslos, grundlos, endlos in allen Richtungen und Formen quer durch das Universum Neues hervorbringend, wie es der Zufall und die Nähe der weltenwärmenden Sonnen wollten.

In der Schöpfung steckten sämtliche Keime, Sinn und Leben entwickelten sich in ihr wie Blüten und Früchte auf den Bäumen.

Für ihn war folglich die Fortpflanzung das große allgemeine Gesetz, der ehrwürdige, göttliche, heilige Akt, der den unergründlichen, festen Willen des höheren Wesens erfüllt. Und von Hof zu Hof begann er einen leidenschaftlichen Feldzug gegen den intoleranten Priester, den Verfolger des Lebens.

Verzweifelt betete Jeanne zum Herrn und flehte ihren Vater an; doch stets erwiderte er: »Solche Männer muss man bekämpfen, das ist unsere Pflicht und unsere Aufgabe. Sie sind nicht menschlich.« Sein langes weißes Haar schüttelnd, sagte er immer wieder: »Sie sind nicht menschlich; sie begreifen nichts, nichts, nichts. Sie agieren in einem bösen Traum; sie sind antiphysisch.« Und er rief: »Antiphysisch!«, als stieße er einen Fluch aus.

Der Priester spürte den Feind sehr wohl, da er jedoch Herr über das Schloss und die junge Frau bleiben wollte, verhielt er sich, des endgültigen Sieges gewiss, abwartend.

Außerdem hatte er eine fixe Idee; er hatte zufällig die Liebeleien von Julien und Gilberte entdeckt, und er wollte sie um jeden Preis unterbinden.

Und so kam er eines Tages zu Jeanne und bat sie nach einer langen geheimen Unterredung, sich mit ihm zusammenzutun, um das Böse in ihrer eigenen Familie zu bekämpfen und auszumerzen, um zwei gefährdete Seelen zu retten.

Sie begriff nicht und wollte wissen, worum es ging. Er erwiderte: »Dies ist nicht der richtige Moment, ich besuche Sie bald noch einmal.« Und unvermittelt verschwand er.

Der Winter ging nun zu Ende, ein fauler Winter, wie man auf dem Lande sagt, feucht und lau.

Einige Tage darauf kehrte der Abbé zurück und sprach in geheimnisvollen Worten über eine jener nichtswürdigen Beziehungen zwischen Leuten, die untadelig zu sein hätten. Diejenigen, sagte er, die von diesen Geschehnissen wüssten, müssten sie mit allen Mitteln beenden. Dann kam er zu weiter gehenden Betrachtungen, ergriff schließlich die Hand von Jeanne und beschwor sie, die Augen zu öffnen, zu begreifen und ihm zu helfen.

Dieses Mal hatte sie verstanden, doch sie schwieg, entsetzt bei der Vorstellung, was sich in diesem derzeit so friedlichen Hause alles an Peinlichem ereignen konnte; und sie tat so, als wisse sie nicht, was der Abbé sagen wollte. Nun schwankte er nicht mehr und sprach geradeheraus.

»Es ist eine peinliche Pflicht, die ich nun erfülle, Madame la Comtesse, aber ich kann nicht anders. Das Amt, das ich bekleide, schreibt mir vor, Sie nicht in Unkenntnis über etwas zu lassen, das Sie verhindern können. So sollen Sie denn wissen, dass Ihr Mann eine verbrecherische Freundschaft mit Madame de Fourville unterhält.«

Sie senkte den Kopf, resigniert und kraftlos.

Der Priester versetzte: »Was gedenken Sie jetzt zu tun?«

Nun stammelte sie: »Was soll ich denn tun, Monsieur l'Abbé?«

Er entgegnete heftig: »Sich dieser sündhaften Leidenschaft in den Weg stellen.«

Sie begann zu weinen; und sagte mit trostloser Stimme: »Aber er hat mich doch schon mit einem Hausmädchen betrogen; er hört ja nicht auf mich; er liebt mich nicht mehr; er macht mich herunter, sobald ich einen Wunsch äußere, der ihm nicht passt. Was kann ich tun?«

Ohne direkt zu antworten, rief der Pfarrer: »Sie beugen sich dem also! Sie resignieren! Sie machen mit! Unter Ihrem Dach findet Ehebruch statt, und Sie tolerieren ihn! Das Verbrechen geschieht vor Ihren Augen, und Sie schauen weg? Sind Sie Gattin? Christin? Mutter?«

Sie schluchzte: »Was soll ich denn tun?«

Er entgegnete: »Alles eher, als diese Schande zuzulassen. Alles, sage ich Ihnen. Verlassen Sie ihn. Fliehen Sie dieses beschmutzte Haus.«

Sie sagte: »Aber ich habe kein Geld, Monsieur l'Abbé; und außerdem bin ich jetzt ganz mutlos; und wie soll ich denn ohne Beweise fortgehen? Ich habe nicht einmal das Recht dazu.«

Am ganzen Körper bebend, erhob sich der Priester: »Ihr Ratgeber ist die Feigheit, Madame, ich hatte Sie anders eingeschätzt. Sie sind der Gnade Gottes nicht würdig!«

Sie fiel vor ihm auf die Knie: »Oh, ich bitte Sie, verlassen Sie mich nicht, geben Sie mir einen Rat!«

Kurz und knapp erklärte er: »Öffnen Sie Monsieur de Fourville die Augen. Es ist an ihm, dieser Beziehung ein Ende zu machen.«

Bei diesem Gedanken überfiel sie ein Grauen: »Aber er wird sie umbringen! Monsieur l'Abbé! Und ich würde mir eine

Denunziation zuschulden kommen lassen! Oh, das nicht, niemals!«

Außer sich vor Wut, hob er nun die Hand, als wolle er sie verfluchen: »Bleiben Sie in Ihrer Schande und in Ihrem Verbrechen, denn Sie sind noch schuldiger als jene. Sie sind die nachsichtige Gattin! Mir bleibt hier nichts mehr zu tun.«

Und er ging so wütend davon, dass sein ganzer Körper zitterte.

Sie lief verzweifelt hinter ihm her, kurz davor nachzugeben, ansetzend zu Versprechungen. Doch er blieb bei seiner bebenden Empörung und eilte weiter, seinen großen blauen Regenschirm, der fast ebenso lang war wie er selbst, vor Wut schüttelnd.

Er sah Julien am Tor stehen und das Beschneiden der Bäume dirigieren; da bog er nach links ab, um durch das Gehöft der Couillards zu gehen; und er wiederholte: »Lassen Sie mich, Madame, ich habe Ihnen nichts mehr zu sagen.«

Ein Haufen Kinder, die des Hauses und die der Nachbarn, war genau auf seinem Weg mitten im Hof um den Verschlag der Hündin Mirza versammelt und sah sich mit konzentrierter und stummer Aufmerksamkeit neugierig etwas an. Unter ihnen schaute auch der Baron, die Hände hinter dem Rücken, voller Interesse zu. Man hätte ihn für einen Lehrer halten können. Doch als er von Weitem den Priester sah, ging er fort, damit er ihm nicht begegnen, ihn grüßen, mit ihm sprechen musste.

Jeanne sagte flehend: »Lassen Sie mir ein paar Tage Zeit, Monsieur l'Abbé, und kommen Sie wieder ins Schloss. Ich erzähle Ihnen dann, was ich erreichen konnte und was ich in die Wege geleitet habe; und wir finden einen Ausweg.«

Sie kamen nun zu der Gruppe der Kinder; und der Pfarrer trat heran, um zu sehen, was sie so interessierte. Es war die Hündin, die Junge warf. Vor ihrer Hundehütte tummelten sich bereits fünf Kleine rings um die Mutter, die sie, vor Schmerzen auf der Seite ausgestreckt, voller Zärtlichkeit leckte. Gerade als der Priester sich darüberbeugte, streckte sich das zusammengekrümmte Tier, und ein sechstes kleines Hündchen erschien. Da begannen alle kleinen Bengel, vor Freude zu schreien und in die Hände zu klatschen: »Noch eins, noch eins!« Es war etwas Lustiges für sie, ein natürlicher Spaß, dem nichts Schmutziges anhaftete. Sie sahen dieser Geburt ebenso zu, wie sie Äpfel vom Baum hätten fallen sehen.

Abbé Tolbiac war zunächst verblüfft, dann hob er, von unwiderstehlicher Raserei ergriffen, seinen großen Regenschirm und fing an, mit aller Kraft auf die Köpfe in dem Kinderhaufen einzudreschen. So schnell ihre Beine sie trugen, nahmen die kleinen Bengel verwirrt Reißaus; und er stand plötzlich vor der Hündin mit ihrem Wurf, die sich bemühte, sich zu erheben. Doch er ließ sie nicht einmal auf die Pfoten kommen und begann kopflos, sie mit aller Gewalt zusammenzuschlagen. Angekettet, wie sie war, konnte sie nicht flüchten, und sich unter den Schlägen sträubend, jaulte sie fürchterlich. Er zerschlug seinen Regenschirm. Mit nun leeren Händen stieg er auf sie, und ihr den Rest gebend, sie vernichtend, trampelte er wie wild auf ihr herum. Er ließ sie ein letztes Kleines zur Welt bringen, das unter seinem Stampfen herausschoss; dann machte er dem blutenden Körper, der sich zwischen den schon nach den Zitzen suchenden blinden und unbeholfenen, wimmernden Neugeborenen noch bewegte, durch einen harten Tritt mit dem Hacken den Garaus.

Jeanne war geflohen; doch der Priester fühlte sich plötzlich beim Kragen gepackt, eine Ohrfeige ließ seinen Dreispitz hochfliegen; und in äußerster Erregung schleppte ihn der Baron zum Tor und warf ihn auf die Landstraße.

Als Monsieur Le Perthuis zurückkehrte, fand er seine Tochter schluchzend auf Knien inmitten der kleinen Hunde, die sie in ihren Rock sammelte. Gestikulierend lief er mit großen Schritten zu ihr zurück und rief: »Da hast du ihn, da hast du ihn, den Mann in Soutane! Hast du ihn nun gesehen?«

Die Bauern waren herbeigelaufen, alle schauten auf das aufgerissene Tier; und die alte Couillard erklärte: »Wie kann man nur so grausam sein!«

Doch Jeanne hatte die sieben Kleinen eingesammelt und wollte sie aufziehen.

Man versuchte, ihnen Milch zu geben; drei starben am folgenden Tag. Nun lief der alte Simon über Land, um eine säugende Hündin zu finden. Er fand keine, doch er brachte eine Katze mit und versicherte, mit ihr ginge es auch. Man tötete drei andere Kleine und gab das letzte in die Obhut dieser anders gearteten Amme. Sie nahm es sofort an, legte sich auf die Seite und bot ihm ihre Zitze dar.

Damit er seine Adoptivmutter nicht zu sehr erschöpfte, setzte man den Hund zwei Wochen darauf ab, und Jeanne übernahm es, ihn selbst mit der Flasche zu nähren. Sie hatte ihm den Namen Toto gegeben. Der Baron änderte eigenmächtig seinen Namen und taufte ihn »Massacre«.

Der Priester kam nicht wieder, doch am folgenden Sonntag schleuderte er von der Höhe der Kanzel Flüche, Verwünschungen und Drohungen gegen das Schloss herab und sagte, das glühende Eisen müsse in die Wunden gelegt werden, verhängte den Kirchenbann über den Baron, der sich darüber amüsierte, und ließ in einer noch zaghaften, verschleierten Anspielung die Neuigkeit von Juliens Liebeleien verlauten. Der Vicomte war empört, doch die Furcht vor einem schrecklichen Skandal dämpfte seine Wut.

Von Predigt zu Predigt fuhr nun der Priester fort, seine Rache anzukündigen, indem er sagte, die Stunde Gottes rücke näher, es träfe all seine Feinde.

Julien schrieb einen respektvollen, aber schneidigen Brief an den Erzbischof. Man drohte Abbé Tolbiac mit Ungnade. Er verstummte.

Jetzt traf man ihn mit erregter Miene auf langen, einsamen Gängen dahineilend. Bei ihren Ausritten sahen Gilberte und Julien ihn alle Augenblicke, manchmal von Weitem wie einen schwarzen Punkt am Ende einer Ebene oder am Rand der Steilküste, manchmal in irgendeinem engen Tal, in das sie einbiegen wollten, sein Brevier lesend. Dann machten sie kehrt, um nicht an ihm vorüberzureiten.

Der Frühling war gekommen, ließ ihre Liebe aufleben und trieb sie jeden Tag einander in die Arme, mal hier, mal dort, in jedem Unterschlupf, zu dem ihre Ausritte sie brachten.

Da das Laub der Bäume noch durchsichtig war und das Gras feucht und sie sich nicht wie im Hochsommer ins Gebüsch der Wälder verziehen konnten, hatten sie sich, um ihre Umarmungen zu verbergen, meistens den Karren eines Schäfers ausgesucht, der seit dem Herbst verlassen auf der höchsten Erhebung der Steilküste von Vaucottes stand. Er stand dort ganz allein auf seinen hohen Rädern, fünfhundert Meter vor der Klippe, genau an der Stelle, wo die steile Talsenke begann. Sie konnten darin nicht überrascht werden, denn sie überblickten die ganze Ebene, und die an der Deichsel angebundenen Pferde warteten, bis sie genug geliebt hatten.

Doch eines Tages, als sie diese Zuflucht verließen, sahen sie Abbé Tolbiac halb versteckt im Seegras der Küste sitzen. »Wir werden unsere Pferde in der Schlucht lassen müssen«, sagte Julien, »sie könnten uns auf die Entfernung verraten.« Und sie nahmen die Gewohnheit an, die Tiere in einer von Gestrüpp überwucherten Talsenke zu lassen. Eines Abends, als sie beide nach Vrillette zurückkehrten, wo sie mit dem Comte dinieren sollten, trafen sie den Pfarrer von Étouvent, der aus dem Schloss kam. Er trat beiseite, um sie vorbeizulassen; und grüßte, ohne dass ihre Blicke sich begegneten.

Sorge befiel sie, die sich aber bald verlor.

Nun saß Jeanne eines Nachmittags bei einem Unwetter (es war Anfang Mai) am Feuer und las, als sie plötzlich den Comte de Fourville bemerkte, der zu Fuß herbeieilte, und das so schnell, dass sie glaubte, ein Unglück sei geschehen.

Sie rannte nach unten, um ihn zu empfangen, und als sie vor ihm stand, dachte sie, er habe den Verstand verloren. Er hatte eine dicke Pelzkappe aufgesetzt, die er nur zu Hause trug, hatte seine Jägerjoppe angezogen und war so blass, dass sein roter Schnauzbart, der sich für gewöhnlich nicht von seinem kräftigen Teint abhob, einer Flamme glich. Und sein Blick war wild und irrte gleichsam gedankenleer umher.

Er stammelte: »Meine Frau ist hier, nicht wahr?« Jeanne geriet außer Fassung und erwiderte: »Aber nein, ich habe sie heute gar nicht gesehen.«

Da setzte er sich, als seien ihm die Beine weggeknickt, er nahm seine Mütze ab und fuhr sich mehrmals mechanisch mit seinem Taschentuch über die Stirn; dann erhob er sich mit einem Ruck und kam mit ausgestreckten Händen auf die junge Frau zu, den Mund geöffnet, bereit zu reden, ihr irgendeinen furchtbaren Schmerz anzuvertrauen; dann hielt er inne, starrte sie an und stieß in einer Art Raserei hervor: »Aber es ist Ihr Mann … auch Sie …« Und er verschwand Richtung Meer.

Jeanne rannte, um ihn aufzuhalten, rief ihm hinterher, flehte ihn an, während sie entsetzt mit stockendem Herzen dachte: »Er weiß alles! Was wird er tun? Oh, wenn er sie nur nicht findet!«

Doch sie konnte ihn nicht einholen, und er hörte sie nicht. Zielsicher lief er, ohne zu zögern, geradeaus. Er sprang über den Graben und erreichte, mit Riesenschritten über das Seegras steigend, die Steilküste.

Jeanne stand auf dem mit Bäumen bepflanzten Hang und sah ihm lange nach; dann verlor sie ihn aus den Augen und kehrte von Angst gequält ins Haus zurück.

Er war nach rechts abgebogen und hatte zu rennen begonnen. Die unruhige See wälzte ihre Wogen heran; die tiefschwarzen, dicken Wolken drängten in wahnsinniger Schnelligkeit herbei, flogen, gefolgt von weiteren, vorüber; und jede von ihnen überschüttete die Küste mit einem wilden Sturzregen. Der Wind pfiff, heulte, schor das Gras, legte die junge Ernte flach, brachte, als seien es Schaumflocken, große weiße Vögel mit, die er weit ins Land riss.

Die Schauer, die einer auf den anderen folgten, peitschten das Gesicht des Comte, strömten über seine Wangen und seinen Schnauzbart, aus dem das Wasser lief, erfüllten seine Ohren mit Lärm und sein Herz mit Aufruhr.

Dort hinten, vor ihm, öffnete das Tal von Vaucottes seinen tiefen Schlund. Davor nichts als ein Schäferkarren neben einem leeren Schafpferch. Zwei Pferde waren an die Deichsel des Wohnwagens gebunden. – Was war bei diesem Sturm schon zu befürchten?

Sobald er sie bemerkt hatte, legte sich der Comte flach auf die Erde, dann schleppte er sich, mit seinem schlammverschmierten, massigen Körper und seiner Fellmütze einer Art Ungeheuer gleich, auf Händen und Knien voran. Er kroch bis zu dem einsamen Kasten und versteckte sich darunter, um nicht durch die Ritzen zwischen den Brettern entdeckt zu werden.

Die Pferde, die ihn gesehen hatten, wurden unruhig. Sachte schnitt er mit dem Messer, das er offen in der Hand hielt, ihre Zügel durch; und als plötzlich ein heftiger Schauer niederging, flüchteten die Tiere, gepeinigt von dem Hagel, der auf das schräge Dach der hölzernen Behausung peitschte und sie auf ihren Rädern erzittern ließ.

Nun kniete sich der Comte hin, heftete das Auge an den Spalt unter der Tür und spähte hinein.

Er rührte sich nicht; er schien zu warten. Es verging ziemlich viel Zeit; und plötzlich stand er auf, schlammbedeckt von Kopf bis Fuß. Wutentbrannt stieß er den Riegel zu, der die Schutzhütte von außen verschloss, und die Deichsel packend, begann er, an diesem Nest zu rütteln, als wollte er es kurz und klein brechen. Dann spannte er sich auf einmal davor, wobei er sich, groß, wie er war, in verzweifelter Anstrengung zusammenkrümmte und keuchend wie ein Ochse zog; und er schleppte das bewegliche Heim und die, die es enthielt, zu dem steilen Hang.

Drinnen schrien sie, hieben mit der Faust auf das Schloss und begriffen nicht, was mit ihnen geschah.

Als er über dem Abhang war, ließ er die leichte Behausung los, die den Steilhang hinabzurollen begann.

In ungeheurem Antrieb nahm sie rasend Fahrt auf, immer schneller rollend, hüpfend, strauchelnd wie ein Tier, während ihre Deichsel auf den Boden schlug.

Ein alter Bettler, der sich in einen Graben gekauert hatte, sah sie mit Schwung über sich hinwegsausen; und er hörte schreckliche Schreie aus dem hölzernen Kasten.

Bei einem Stoß verlor er plötzlich ein Rad, kippte zur Seite und begann, wieder hinunterzuschießen wie eine Kugel, so wie ein aus dem Fundament gerissenes Haus vom Gipfel eines Berges herunterkrachen würde. Am Rand einer letzten Schlucht angekommen, flog er in hohem Bogen in die Luft, stürzte zu Boden und zerbrach wie ein Ei.

Sobald er auf dem Felsboden zerschellt war, stieg der alte Bettler, der ihn hatte vorübersausen sehen, langsam durch das Dorngestrüpp nach unten; seine bäuerliche Vorsicht hielt ihn davon ab, sich in die Nähe des geborstenen Kastens zu wagen, und er lief zum benachbarten Hof, um den Unfall zu melden. Man eilte herbei; man hob die Trümmer auf; man sah zwei Leichen. Sie waren zerquetscht, zermalmt, blutüberströmt. Der Mann hatte ein Loch in der Stirn und ein vollkommen zerschmettertes Gesicht. Durch einen Schlag aus dem Gelenk gerissen, hing der Kinnladen der Frau herunter; und ihre gebrochenen Glieder waren schlaff, als gäbe es keine Knochen mehr unter dem Fleisch.

Man erkannte sie jedoch; und man begann, lange über die Ursachen dieses Unglücks zu rätseln.

»Was haben sie da getrieben, in diesem Verschlag?«, sagte eine Frau. Da erzählte der arme Alte, dass sie sich offenbar hineingeflüchtet hatten, um vor einem heftigen Schauer Schutz zu suchen, und der stürmische Wind hatte die Hütte umkippen und herabstürzen lassen. Und er erklärte, er habe dort selbst gerade unterkriechen wollen, als er die beiden an die Deichsel gebundenen Pferde gesehen und dadurch begriffen habe, dass der Platz besetzt war.

Er fügte mit zufriedener Miene hinzu: »Sonst wär' ich's, der drin gestorben wär'.« Eine Stimme sagte: »Wär' das nicht besser gewesen?« Da wurde der gute Mann furchtbar wütend. »Warum wär' das besser gewesen? Weil ich arm bin, und die sind reich! Schaut sie doch an jetzt …« Und zitternd, zerlumpt, von Wasser triefend, schäbig mit seinem wirren Bart und seinem unter dem eingedrückten Hut hervorhängenden langen Haar, zeigte er mit dem Ende seines krummen Stocks auf die beiden Leichen; und er erklärte: »Davor sind wir alle gleich.«

Indessen waren weitere Bauern gekommen und schauten verstohlen mit unstetem, verschlagenem, erschrecktem, egoistischem und feigem Blick umher. Dann beriet man, was man tun würde; und es wurde beschlossen, dass die Leichen, in der Hoffnung auf eine Belohnung, zum Schloss gebracht werden sollten. Man spannte also zwei Karren an. Doch da erhob sich ein neues Problem. Die einen wollten den Wagen einfach mit Stroh auslegen; die anderen waren der Meinung, aus Anstand Matratzen hineinzulegen.

Die Frau, die bereits geredet hatte, schrie: »Aber sie werden voller Blut sein, diese Matratzen, die muss man dann mit Seifenlauge waschen.«

Da erwiderte ein dicker Bauer: »Das werden sie eben bezahlen. Je feiner, desto teurer.« Dieses Argument gab den Ausschlag.

Und die beiden hoch auf ihren ungefederten Rädern schwankenden Karren fuhren eilig los, einer rechts, einer links, bei jeder Unebenheit der tiefen Fahrrinnen diese Überreste von Menschen durchrüttelnd, die sich umarmt hatten und nie wieder zusammenkommen würden.

Der Graf war, sobald er die Hütte den holprigen Hang hinunterrollen sah, durch Regen und heftige Schauer geflohen, so schnell ihn die Beine trugen. So rannte er mehrere Stunden, nahm Abkürzungen, sprang über Böschungen, trat Hecken herunter; und ohne zu wissen, wie, war er bei Einbruch der Dunkelheit wieder zu Hause.

Die verstörten Dienstboten warteten auf ihn und verkündeten ihm, dass soeben die beiden Pferde ohne Reiter zurückgekommen waren, wobei Juliens Pferd dem anderen gefolgt war.

Da schwankte Monsieur de Fourville; und er sagte mit abgehackter Stimme: »Bei diesem schrecklichen Wetter wird ihnen irgendetwas zugestoßen sein. Macht euch alle auf die Suche nach ihnen.«

Er lief selbst wieder los; doch sobald er außer Sicht war, versteckte er sich unter einem Brombeerstrauch und belauerte die Straße, auf der tot oder sterbend oder vielleicht verstümmelt und für alle Zeit entstellt diejenige heimkehren würde, die er noch immer in unbändiger Leidenschaft liebte.

Und bald kam ein Karren an ihm vorüber, der etwas Seltsames brachte.

Er hielt vor dem Schloss und fuhr dann in den Hof. Da war es, ja, da war sie; doch eine entsetzliche Qual ließ ihn wie angewurzelt stehen bleiben, eine schreckliche Angst, alles zu erfahren, ein Grauen vor der Wahrheit; und geduckt wie ein Hase und beim geringsten Geräusch zusammenfahrend, rührte er sich nicht mehr.

Er wartete eine Stunde, vielleicht zwei. Der Karren kam nicht heraus. Er sagte sich, dass seine Frau ihr Leben aushauchte; und der Gedanke, sie zu sehen, ihrem Blick zu begegnen, erfüllte ihn mit einem solchen Schrecken, dass er fürchtete, plötzlich in seinem Versteck entdeckt und zur Heimkehr gezwungen zu werden, um diesen Todeskampf mitzuerleben, und so flüchtete er erneut, bis tief in den Wald. Da fiel ihm plötzlich ein, dass sie vielleicht Hilfe brauchte, dass sicher niemand sie versorgen konnte; und er raste wie toll zurück.

Als er zu Hause angelangt war, traf er seinen Gärtner und rief ihm zu: »Und?« Der Mann wagte nicht zu antworten. Nun stieß Monsieur de Fourville fast aufheulend hervor: »Ist sie tot?« Und der Diener stammelte: »Ja, Monsieur le Comte.«

Er fühlte eine grenzenlose Erleichterung. Plötzlich kam Ruhe in sein Blut und in seine bebenden Muskeln; und er stieg mit festem Schritt die Stufen seiner großen Freitreppe hinauf.

Der andere Karren hatte Les Peuples erreicht. Jeanne sah ihn von Weitem kommen, sah die Matratze, erriet, dass eine Leiche darauf lag, und begriff alles. Ihre Erregung war so heftig, dass sie bewusstlos niedersank.

Als sie wieder zu sich kam, hielt ihr Vater ihren Kopf und betupfte ihre Schläfen mit Essig. Er fragte stockend: »Du weißt? …« Sie murmelte: »Ja, Vater.«

Doch als sie sich erheben wollte, vermochte sie es nicht, so mitgenommen war sie.

Am Abend kam sie mit einem toten Kind nieder: einem Mädchen.

Sie sah nichts von Juliens Begräbnis; sie bekam nichts davon mit. Nach ein oder zwei Tagen nahm sie nur wahr, dass Tante Lison wieder da war; und in den fiebrigen Albträumen, die sie verfolgten, versuchte sie hartnäckig, sich daran zu erinnern, wann die alte Jungfer aus Les Peuples fortgefahren war, zu welcher Zeit, unter welchen Umständen. Sie vermochte es nicht, selbst in ihren klaren Stunden nicht, sie war sich nur sicher, sie nach Mamachens Tod gesehen zu haben.

XI

Sie blieb drei Monate in ihrem Zimmer, so schwach und so bleich geworden, dass man sie für verloren hielt und für verloren erklärte. Dann lebte sie nach und nach wieder auf. Papachen und Tante Lison blieben bei ihr und ließen sich beide in Les Peuples nieder. Sie hatte von diesem Schlag ein Nervenleiden behalten; bei der kleinsten Störung verlor sie die Besinnung, und sie fiel in lange Ohnmachten, die von unbedeutendsten Dingen hervorgerufen wurden.

Sie hatte nie nach Einzelheiten über Juliens Tod gefragt. Was bedeutete ihr das schon? Wusste sie darüber nicht genug? Alle glaubten an einen Unfall, doch für sie gab es keinen Zweifel; und sie bewahrte dieses Geheimnis, das sie quälte, in ihrem Herzen: das Wissen um den Ehebruch und das Bild jenes blitzartigen und schrecklichen Besuchs des Comte am Tag der Katastrophe.

Ihre Seele war nun erfüllt von gerührten, süßen und melancholischen Erinnerungen an die kurzen Liebesfreuden, die ihr Mann ihr früher geschenkt hatte. Sie erbebte alle Augenblicke, wenn sie überraschend an ihn denken musste; und sie sah ihn so wieder, wie er in jenen Verlobungstagen gewesen war, und auch so, wie sie ihn in ihren leidenschaftlichen Stunden unter der heißen Sonne Korsikas geliebt hatte. Alle Fehler wurden kleiner, alle Grobheiten verschwanden, selbst die Treulosigkeiten wurden angesichts der wachsenden Entfremdung des geschlossenen Grabes jetzt immer unwichtiger. Und überwältigt von einer Art unbestimmter posthumer Dankbarkeit für diesen Mann, der sie in seinen Armen gehalten hatte, verzieh Jeanne die vergangenen Leiden, um nur noch von den glücklichen Momenten zu träumen. Die Monat um Monat immer weiter fortschreitende Zeit legte schließlich auf all ihre Erinnerungen und Schmerzen eine Staubschicht des Vergessens; und sie widmete sich voll und ganz ihrem Sohn.

Er wurde das Idol, der einzige Gedanke der drei um ihn versammelten Menschen; und er herrschte als Despot. Zwischen den drei Sklaven, die er hatte, zeigte sich sogar eine Art Eifersucht, indem Jeanne nervös auf die herzlichen Küsse schaute, die der Baron erhielt, wenn er ihn auf einem Knie hatte reiten lassen. Und Tante Lison, von ihm, wie seit jeher von jedem, nicht beachtet, manchmal wie ein Hausmädchen behandelt von diesem Herrn und Meister, der noch kaum sprechen konnte, ging zum Weinen in ihr Zimmer und verglich die von ihr erbettelten und kaum erhaltenen unbedeutenden Zärtlichkeiten mit den Umarmungen, die er seiner Mutter und seinem Großvater vorbehielt.

Zwei ruhige Jahre vergingen ohne den geringsten Zwischenfall in der unausgesetzten Sorge um das Kind. Zu Beginn des dritten Winters beschloss man, bis zum Frühling in Rouen zu wohnen; und die ganze Familie emigrierte. Doch bei der Ankunft in dem verlassenen und feuchten alten Haus bekam Paul eine so schlimme Bronchitis, dass man eine Rippenfellentzündung befürchtete; und die drei bestürzten Eltern kamen zu dem Schluss, dass er die Luft von Les Peuples nicht entbehren könne. Sobald er genesen war, brachte man ihn wieder zurück.

Nun begann eine Reihe immer gleicher und friedvoller Jahre.

Unentwegt um den Kleinen versammelt, mal in seinem Zimmer, mal in dem großen Salon, mal im Garten, gerieten sie in Verzückung über sein Gestammel, über seine lustigen Ausdrücke, über seine Gesten.

Seine Mutter nannte ihn zärtlich Paulet, er konnte dieses Wort nicht aussprechen und sagte Poulet, was endloses Gelächter hervorrief. Der Spitzname Poulet blieb ihm erhalten. Anders wurde er nicht mehr genannt.

Da er schnell wuchs, war eine der leidenschaftlichen Beschäftigungen der drei Eltern, die der Baron »seine drei Mütter« nannte, seine Größe zu messen. Am Rahmen der Salontür hatte man mit dem Taschenmesser eine Reihe kleiner Striche eingekerbt, die von Monat zu Monat den Fortschritt seines Wachstums zeigten. Diese Messlatte, »Poulets Messlatte« genannt, nahm im Leben aller einen bedeutenden Platz ein.

Dann begann ein anderes Individuum, eine wichtige Rolle in der Familie zu spielen, der von der einzig und allein mit ihrem Sohn beschäftigten Jeanne vernachlässigte Hund Massacre. Gefüttert von Ludivine und untergebracht in einem alten Fass vor dem Pferdestall, führte er, stets an der Kette, ein einsames Leben.

Paul bemerkte ihn eines Morgens und begann zu schreien, weil er ihn umarmen wollte. Unter ungeheuren Ängsten brachte man ihn zu ihm. Der Hund begrüßte das Kind voller Freude, und es brüllte, als man sie trennen wollte. Da wurde Massacre freigelassen und im Haus untergebracht.

Er wurde Pauls unzertrennlicher Begleiter, der Freund in allen Lebenslagen. Sie wälzten sich zusammen auf dem Boden und schliefen Seite an Seite auf dem Teppich. Bald übernachtete Massacre dann im Bett seines Kameraden, der ihn nicht mehr verlassen wollte. Jeanne klagte manchmal über die Flöhe; und Tante Lison nahm es dem Hund übel, einen so großen Teil der Liebe des Kleinen zu beanspruchen, der Liebe, die dieses Tier geraubt hatte, wie es ihr schien, der Liebe, die sie sich so gewünscht hätte.

Mit den Brisevilles und den Couteliers wurden selten Besuche ausgetauscht. Nur der Bürgermeister und der Arzt unterbrachen regelmäßig die Einsamkeit des alten Schlosses. Jeanne ging seit der Ermordung der Hündin und den Verdächtigungen, zu denen ihr der Priester nach dem schrecklichen Tod der Comtesse und Juliens Anlass geboten hatte, nicht mehr zur Kirche, aufgebracht über den Gott, der solche Gesandten haben konnte.

Abbé Tolbiac verfluchte dann und wann in direkten Anspielungen das Schloss, das heimgesucht wurde vom Geist des Bösen, vom Geist Ewiger Aufsässigkeit, vom Geist des Irrtums und der Lüge, vom Geist der Sünde, vom Geist der Verführung und der Unreinheit. So titulierte er den Baron.

Seine Kirche war im Übrigen ausgestorben; und wenn er an den Feldern entlangging, wo die Landleute ihren Pflug schoben, blieben die Bauern nicht stehen, um mit ihm zu sprechen, wandten nicht den Kopf, um ihn zu grüßen. Außerdem galt er als Hexer, weil er den Dämon einer besessenen Frau ausgetrieben hatte. Er kannte, sagte man, rätselhafte Worte, um Verhängnisse abzuwenden, die ihm zufolge nichts anderes als Streiche Satans waren. Kühen, die blaue

Milch gaben oder den Schwanz in einem Kreis trugen, legte er die Hand auf, und durch irgendwelche unbekannten Worte machte er verlorene Dinge wieder auffindbar.

Sein beschränkter und fanatischer Geist widmete sich mit Leidenschaft dem Studium frommer Bücher, in denen die Geschichte der Erscheinungen des Teufels auf Erden, die verschiedenen Manifestationen seiner Macht, seine versteckten und vielfältigen Einflüsse, all seine Hilfsmittel und die üblichen Muster all seiner Finten standen. Und da er sich persönlich dazu berufen fühlte, diese rätselhafte und verhängnisvolle Macht zu bekämpfen, hatte er alle in den kirchlichen Handbüchern angegebenen exorzistischen Formeln gelernt.

Er glaubte zu spüren, wie der Schatten des Bösen unentwegt umherirrte; und alle Augenblicke kam ihm der lateinische Satz auf die Lippen: *Sicut leo rugiens circuit quaerens quem devoret.*

So verbreiteten sich Furcht und Schrecken vor seinen verborgenen Kräften. Selbst seine Kollegen, ahnungslose Landpriester, für die Beelzebub zum Glaubensbekenntnis gehört und die, verwirrt durch die minutiösen Vorschriften der Riten bei Manifestationen dieser Macht des Bösen, schließlich Religion mit Magie verwechseln, sahen Abbé Tolbiac ein wenig als Hexer; und sie hatten ebenso sehr Respekt vor ihm wegen der heimlichen Befähigung, die sie bei ihm vermuteten, wie wegen seines unanfechtbar strengen Lebens.

Wenn er Jeanne begegnete, grüßte er sie nicht.

Diese Situation beunruhigte und quälte Tante Lison, die in ihrer furchtsamen Seele einer alten Jungfer überhaupt nicht verstand, dass man nicht zur Kirche ging. Sie war zweifellos fromm, zweifellos ging sie zur Beichte und zur Kommunion; aber niemand wusste davon oder versuchte, es zu erfahren.

Wenn sie allein war, ganz allein mit Paul, erzählte sie ihm ganz leise vom lieben Gott. Er lauschte ihr zerstreut, wenn sie ihm die wunderbaren Geschichten vom Anbeginn der Welt erzählte; doch wenn sie ihm sagte, er müsse den lieben Gott sehr, sehr lieben, erwiderte er manchmal: »Wo ist er denn, Tante?« Dann deutete sie mit dem Finger auf den Himmel: »Dort oben, Poulet, aber man darf es nicht verraten.« Sie hatte Angst vor dem Baron.

Doch eines Tages erklärte ihr Poulet: »Der liebe Gott ist überall, aber er ist nicht in der Kirche.« Er hatte mit seinem Großvater über die geheimnisvollen Enthüllungen der Tante gesprochen.

Der Junge wurde zehn Jahre alt; seine Mutter sah wie vierzig aus. Er war stark, wild, kletterte mutig auf die Bäume, aber er wusste nicht viel. Die Unterrichtsstunden langweilten ihn, er störte sie, kaum dass sie begonnen hatten. Und jedes Mal, wenn der Baron ihn etwas lange vor einem Buch festhielt, erschien sogleich Jeanne und sagte: »Lass ihn doch jetzt spielen. Man darf ihn nicht überanstrengen, er ist doch so klein.« Für sie war er immer noch sechs Monate oder ein Jahr. Sie hatte doch gerade erst bemerkt, dass er lief, rannte, redete wie ein kleiner Mann; und sie lebte in einer beständigen Angst, ob er auch nicht hinfiel, nicht fror, ihm bei Bewegung nicht zu warm war, ob er für seinen Magen nicht zu viel aß oder für sein Wachstum zu wenig.

Als er zwölf war, erhob sich ein großes Problem; das der ersten Kommunion.

Lise suchte Jeanne eines Morgens auf und hielt ihr vor,

dass man den Kleinen nicht länger ohne religiöse Unterweisung und ohne die Erfüllung seiner ersten Pflichten lassen konnte. Sie argumentierte auf alle mögliche Weise, führte alle möglichen Gründe an, vor allem die Meinung der Leute, mit denen sie verkehrten. Verwirrt und unentschieden zögerte die Mutter und behauptete, man könne noch warten.

Doch als sie einen Monat später einen Besuch bei der Vicomtesse de Briseville machte, fragte diese Dame sie beiläufig: »Dieses Jahr wird Ihr Paul sicher zur Erstkommunion gehen.« Und unversehens ertappt, erwiderte Jeanne: »Ja, Madame.« Diese schlichte Bemerkung ließ sie einen Entschluss fassen, und ohne ihrem Vater etwas davon zu sagen, bat sie Lise, das Kind zum Katechismusunterricht zu bringen.

Einen Monat lang ging alles gut; doch eines Abends kam Poulet mit heiserer Kehle zurück. Und am nächsten Tag hustete er. Seine bestürzte Mutter fragte ihn aus, und sie erfuhr, dass der Pfarrer ihn hinausgeschickt hatte, um an der Kirchentür in der zugigen Vorhalle auf das Ende des Unterrichts zu warten, weil er sich schlecht benommen hatte.

Sie behielt ihn also zu Hause und lehrte ihn selbst das Abc der Religion. Doch trotz der flehentlichen Bitten Lisons lehnte Abbé Tolbiac es ab, ihn unter die Kommunikanten aufzunehmen, weil er nicht genügend Unterricht bekommen hatte.

Im folgenden Jahr war es ebenso. Da beschloss der aufgebrachte Baron ein für alle Mal, dass das Kind an diese Albernheit, an dieses kindische Symbol der Wandlung nicht zu glauben brauche, um ein ehrbarer Mensch zu sein; und man entschied, dass es als Christ, aber nicht als praktizierender Katholik erzogen würde und dass es bei seiner Volljährigkeit frei entscheiden könnte, was es werden wolle.

Und als Jeanne kurz darauf die Brisevilles besuchte, wurde ihr Besuch nicht erwidert. Sie wunderte sich, da sie die übertriebene Höflichkeit ihrer Nachbarn kannte; aber die Marquise de Coutelier enthüllte ihr von oben herab den Grund dieser Unterlassung.

Da sie sich durch den Stand ihres Mannes wie durch seinen wohlverbürgten Titel und sein beträchtliches Vermögen als eine Art Königin des normannischen Adels betrachtete, herrschte die Marquise wie die wahre Königin, äußerte sich in aller Freiheit, zeigte sich je nach Anlass liebenswürdig oder spröde und war bei jeder Gelegenheit mit Tadel, Zurechtweisung oder Anerkennung zur Stelle. Da Jeanne nun bei ihr erschienen war, sprach diese Dame nach einigen eiskalten Worten in scharfem Ton: »Die Gesellschaft teilt sich in zwei Klassen: die Leute, die an Gott glauben, und die, welche nicht an ihn glauben. Die einen, selbst die einfachsten, sind unsere Freunde, unsere Nächsten; die anderen bedeuten uns nichts.«

Jeanne spürte den Angriff und entgegnete: »Aber kann man nicht an Gott glauben, ohne Kirchgänger zu sein?«

Die Marquise erwiderte: »Nein, Madame; die Gläubigen beten zu Gott in seiner Kirche, so wie man die Menschen in ihren Wohnungen aufsucht.«

Verletzt fuhr Jeanne fort: »Gott ist überall, Madame. Ich jedenfalls glaube aus ganzem Herzen an seine Güte, ich fühle seine Gegenwart nicht mehr, wenn gewisse Priester zwischen ihm und mir stehen.«

Die Marquise erhob sich: »Der Priester trägt das Banner der Kirche, Madame; wer dem Banner nicht folgt, ist gegen ihn und gegen uns.«

Zitternd war Jeanne ihrerseits aufgestanden: »Sie, Madame, glauben an den Gott einer Partei. Ich für meinen Teil glaube an den Gott der ehrbaren Leute.«

Sie grüßte und ging.

Die Bauern tadelten sie untereinander ebenfalls, weil sie Poulet seine erste Kommunion nicht ermöglicht hatte. Sie gingen nicht zu den Messen, kamen nicht zu den Sakramenten oder empfingen sie nur zu Ostern, den ausdrücklichen Vorschriften der Kirche entsprechend; aber für die Bälger war das etwas anderes; und alle wären vor der Kühnheit zurückgeschreckt, ein Kind außerhalb dieses allgemeinen Gesetzes großzuziehen, denn die Religion ist die Religion.

Sie sah diese Missbilligung sehr wohl und war innerlich empört über dieses ganze Paktieren, über diese Zurechtlegungen des Gewissens, über diese allgemeine Angst vor allem Möglichen, über die in der Tiefe aller Herzen nistende große Feigheit, die sich, wenn sie sich offenbart, mit lauter würdevollen Masken schmückt.

Der Baron übernahm die Aufsicht über Pauls Ausbildung und gab ihm Lateinstunden. Die Mutter konnte nur noch ermahnen: »Vor allem überanstrenge ihn nicht«; und sie strich unruhig um das Unterrichtszimmer, zu dem ihr Papachen den Zutritt verboten hatte, weil sie alle Augenblicke den Unterricht störte, um zu fragen: »Hast du auch keine kalten Füße, Poulet?« Oder: »Hast du auch kein Kopfweh, Poulet?« Oder um den Lehrer zu bremsen: »Lass ihn nicht so viel sprechen, du wirst ihn noch heiser machen.«

Sobald der Kleine frei war, ging er hinunter, um mit Mutter und Tante zu gärtnern. Sie zeigten jetzt eine große Liebe für den Gartenbau; und alle drei pflanzten im Frühling junge Bäume, brachten Sämereien aus, deren Keimen und Sprießen sie begeisterte, stutzten Zweige und schnitten Blumen, um Sträuße zu binden.

Die größte Sorge des jungen Mannes war das Ziehen von Salaten. Ihm unterstanden vier große Beete des Gemüsegartens, wo er mit äußerster Sorgfalt Pflücksalat, Romana, Chicorée, Kapuzinerkresse, Kopfsalat, ja sämtliche bekannte Sorten dieser essbaren Blätter zog. Er grub, wässerte, jätete, pikierte unter Mithilfe seiner beiden Mütter, die er arbeiten ließ wie Tagelöhnerinnen. Stundenlang sah man sie, Kleider und Hände beschmutzend, auf Knien in den Beeten, damit beschäftigt, die Wurzel der jungen Pflänzchen in Löcher gleiten zu lassen, die sie mit einem senkrecht in die Erde gesteckten Finger stachen.

Poulet wurde groß, er war schon fünfzehn; und die Messlatte vom Salon zeigte einen Meter achtundfünfzig, geistig blieb er jedoch kindlich, unwissend, dümmlich, unfrei zwischen diesen beiden Weiberröcken und dem liebenswürdigen alten Mann, der nicht mehr in die Zeit gehörte.

Eines Abends sprach der Baron vom Collège; und sogleich begann Jeanne zu weinen. Tante Lison war bestürzt und verzog sich in eine dunkle Ecke.

Die Mutter erwiderte: »Was muss er denn so viel wissen. Wir werden einen Landwirt aus ihm machen, einen Landedelmann. Er wird seine Felder bestellen, wie viele Adelige es tun. In diesem Hause, wo vor ihm wir gelebt haben, wo wir sterben werden, wird er leben und glücklich alt werden. Was will man mehr?«

Doch der Baron schüttelte den Kopf. »Was wirst du sagen, wenn er dir mit fünfundzwanzig erklärt: Ich bin nichts, ich weiß nichts wegen deiner Fahrlässigkeit, wegen deiner mütterlichen Selbstsucht. Ich fühle mich unfähig zu arbeiten, etwas zu werden, und dabei war ich nicht geboren für das versteckte, bescheidene und sterbenstraurige Leben, zu dem mich deine kurzsichtige Zärtlichkeit verdammt hat.«

Sie weinte immer noch und flehte ihren Sohn an: »Sag, Poulet, nie wirst du mir vorwerfen, dich zu sehr geliebt zu haben, nicht wahr?«

Und überrascht versprach das große Kind: »Nein, Mama.«

»Schwörst du es?«

»Ja, Mama.«

»Du willst hierbleiben, nicht wahr?«

»Ja, Mama.«

Da sprach der Baron fest und mit lauter Stimme: »Jeanne, du hast nicht das Recht, über dieses Leben zu verfügen. Was du da tust, ist feige und nahezu verbrecherisch; du opferst dein Kind deinem eigenen Glück.«

Von Schluchzern geschüttelt, schlug sie die Hände vors Gesicht, und sie stammelte unter ihren Tränen: »Ich war so unglücklich … so unglücklich! Jetzt, da ich mit ihm zur Ruhe gefunden habe, nimmt man ihn mir weg … Was soll aus mir werden … nun … ganz allein? …«

Ihr Vater stand auf, setzte sich neben sie und nahm sie in seine Arme. »Und ich, Jeanne?« Sie fiel ihm jäh um den Hals, umarmte ihn ungestüm, dann brachte sie, noch immer ganz erstickt von Tränen, hervor: »Ja. Vielleicht … hast du recht … Papachen. Ich war verrückt, aber ich habe so gelitten. Ich bin ganz dafür, dass er ins Collège geht.«

Und ohne genau zu verstehen, was man mit ihm vorhatte, begann auch Poulet zu heulen.

Ihn umarmend, ihn liebkosend, machten seine drei Mütter ihm nun Mut. Und als man zum Schlafengehen nach oben stieg, waren alle bedrückt und weinten in ihren Betten, sogar der Baron, der sich zusammengerissen hatte.

Es wurde beschlossen, den jungen Mann in das Collège von Le Havre zu bringen; und den ganzen Sommer lang wurde er mehr verwöhnt denn je.

Seine Mutter seufzte oft bei dem Gedanken an die Trennung. Sie stellte seine Sachen zusammen, als werde er eine zehnjährige Reise unternehmen; an einem Morgen im Oktober stiegen dann schließlich die beiden Frauen und der Baron nach einer schlaflosen Nacht mit ihm in die Kalesche, die im Trab der beiden Pferde davonrollte.

Bei einer anderen Reise hatte man bereits seinen Platz im Schlafsaal und seinen Platz im Klassenraum gewählt. Unter Mithilfe von Tante Lison verbrachte Jeanne den ganzen Tag damit, die Sachen in die kleine Kommode zu räumen. Da das Möbel nicht ein Viertel von dem fasste, was man mitgebracht hatte, ging sie zum Direktor, um eine zweite zu bekommen. Der Verwalter wurde gerufen; er wandte ein, dass so viel Wäsche und Habseligkeiten nur stören würden, ohne je vonnöten zu sein; und er lehnte es unter Berufung auf die Hausordnung ab, eine weitere Kommode herauszurücken. Die untröstliche Mutter beschloss also, ein Zimmer in einem benachbarten kleinen Hotel zu mieten, wobei sie den Hotelier anwies, Poulet bei der ersten Aufforderung des Kindes eigenhändig alles zu bringen, was er brauche.

Dann machte man eine Runde auf der Hafenmole, um die Schiffe ein- und ausfahren zu sehen.

Der traurige Abend senkte sich über die Stadt, in der nach und nach die Lichter aufflackerten. Man ging zum Diner in ein Restaurant. Keiner von ihnen hatte Hunger; und sie schauten sich mit feuchten Augen an, während die Schüsseln an ihnen vorbeizogen und nahezu unberührt wieder zurückgingen.

Dann machte man sich langsam auf den Weg zum Collège. Von ihren Familien oder von Dienstboten begleitet, trafen von allen Seiten Kinder in allen Größen ein. Viele weinten. In dem schwach erleuchteten großen Hof hörte man die Tränen fließen.

Jeanne und Poulet nahmen sich lange fest in die Arme. Tante Lison stand, völlig unbeachtet und das Gesicht in ihrem Taschentuch verborgen, dahinter. Doch der Baron, den die Rührung überkam, machte den Abschied kurz, indem er seine Tochter fortzog. Die Kalesche wartete vor dem Tor; sie stiegen alle drei hinein und fuhren durch die Nacht zurück nach Les Peuples.

Bisweilen durchzog ein lautes Schluchzen die Dunkelheit.

Am nächsten Tag weinte Jeanne bis zum Abend. Tags darauf ließ sie den Phaeton anspannen und fuhr nach Le Havre. Poulet schien sich bereits mit der Trennung abgefunden zu haben. Zum ersten Mal in seinem Leben hatte er Gefährten; und das Verlangen zu spielen ließ ihn auf seinem Stuhl im Sprechzimmer unruhig hin und her rutschen.

So kam Jeanne alle zwei Tage und sonntags zu den Ausfahrten wieder. Da sie nicht wusste, was sie während der Schulstunden zwischen den Pausen tun sollte, blieb sie im Sprechzimmer sitzen, weil sie weder die Kraft noch den Mut hatte, sich vom Collège zu entfernen. Der Direktor bat sie zu sich herauf, und er ersuchte sie, nicht so häufig zu kommen. Sie wollte von dieser Empfehlung nichts hören.

Dann teilte er ihr mit, dass man sich gezwungen sehe, ihr ihren Sohn zurückzugeben, wenn sie ihn weiterhin während der Freistunden am Spielen und am Arbeiten hindere, indem sie ihn unentwegt störe; und der Baron wurde mit einem kurzen Schreiben benachrichtigt. Sie blieb also in Les Peuples unter Aufsicht wie eine Gefangene.

Auf jede Ferienzeit wartete sie ungeduldiger als ihr Kind.

Und ihre Seele war unentwegt in Sorge. Auf stundenlangen Spaziergängen mit dem Hund Massacre begann sie, tagelang in leeren Grübeleien durch die Gegend zu streifen. Manchmal saß sie einen ganzen Nachmittag da und schaute von der Steilküste aufs Meer hinab; manchmal ging sie durch den Wald bis hinunter nach Yport und machte dabei wieder all die alten Spaziergänge, deren Erinnerung sie nicht losließ. Wie weit, wie weit lag sie zurück, die Zeit, da sie als junges Mädchen und berauscht von Träumen durch dieselbe Gegend lief.

Jedes Mal, wenn sie ihren Sohn wiedersah, kam es ihr so vor, als seien sie zehn Jahre getrennt gewesen. Von Monat zu Monat wurde er mehr zum Mann; von Monat zu Monat wurde sie mehr zu einer alten Frau. Ihr Vater schien ihr Bruder zu sein, und Tante Lison, die, verblüht, seit sie fünfundzwanzig war, gar nicht alterte, sah aus wie ihre ältere Schwester.

Poulet arbeitete kaum; die Quarta musste er wiederholen. Die Tertia ging recht und schlecht; doch die Sekunda musste er noch einmal von vorne beginnen; und in der Prima befand er sich, als er zwanzig wurde.

Er war ein großer blonder Junge geworden, mit bereits dichten Koteletten und einem Anflug von Schnauzbart. Nun war er es, der jeden Sonntag nach Les Peuples kam. Da er seit langem Reitstunden nahm, mietete er einfach ein Pferd und legte die Strecke in zwei Stunden zurück.

Gleich morgens lief Jeanne ihm entgegen, mit der Tante und mit dem Baron, der, nach und nach gebeugter, mit den Händen auf dem Rücken, als wolle er verhindern, auf die Nase zu fallen, wie ein schwacher alter Mann ging.

Sie schritten ganz langsam die Straße entlang, wobei sie sich manchmal an den Graben setzten und Ausschau hielten, ob der Reiter noch nicht zu sehen war. Sobald er wie ein schwarzer Punkt auf der hellen Linie erschien, schwenkten die drei Verwandten ihre Taschentücher; und er versetzte sein Pferd in Galopp, um wie ein Sturm heranzupreschen, was Jeanne und Lison vor Angst zittern ließ und den Großvater, der mit der Begeisterung des Gebrechlichen »Bravo« rief, zum Schwärmen brachte.

Obwohl Paul einen Kopf größer war als seine Mutter, behandelte sie ihn weiterhin wie einen Knirps, indem sie ihn immer noch fragte: »Ist dir auch nicht kalt an den Füßen, Poulet?«, und wenn er nach dem Déjeuner, eine Zigarette rauchend, vor der Freitreppe umherspazierte, öffnete sie das Fenster, um ihm zuzurufen: »Ich flehe dich an, geh nicht ohne Mütze nach draußen, du wirst dich erkälten.«

Und sie zitterte vor Sorge, wenn er nachts wieder losritt: »Reite vor allem nicht so schnell, mein kleiner Poulet, sei vorsichtig, denke an deine arme Mutter, die verzweifelt wäre, wenn dir etwas zustieße.«

Doch da bekam sie eines Samstagmorgens einen Brief von Paul, der mitteilte, dass er am nächsten Tag nicht käme, weil Freunde eine Vergnügungsfahrt organisiert hatten, zu der er eingeladen war.

Wie von einem Unheil bedroht, fühlte sie sich den ganzen Sonntag über von Ängsten gepeinigt; als sie es am Donnerstag nicht mehr aushielt, brach sie schließlich nach Le Havre auf.

Er kam ihr verändert vor, ohne dass ihr klar war, worin. Er wirkte lebhaft, sprach mit einer männlicheren Stimme. Und plötzlich sagte er zu ihr, wie etwas ganz Selbstverständliches: »Weißt du, Mama, da du ja heute gekommen bist, reite ich am nächsten Sonntag nicht mehr nach Les Peuples, denn wir setzen unser Fest fort.«

Sie war ganz bestürzt, rang nach Luft, als habe er angekündigt, er breche in die Neue Welt auf; als sie dann schließlich sprechen konnte, sagte sie: »Oh! Poulet, was hast du? Sag mir, was ist los?« Er begann zu lachen und umarmte sie: »Aber doch überhaupt nichts, Mama. Ich gehe mich mit meinen Freunden amüsieren, wie es sich in meinem Alter gehört.«

Sie fand kein Wort der Erwiderung, und als sie allein im Wagen saß, stürmten seltsame Gedanken auf sie ein. Sie hatte ihren Poulet nicht mehr wiedererkannt, ihren kleinen Poulet von einst. Zum ersten Mal wurde ihr klar, dass er groß war, dass er nicht mehr ihr gehörte, dass er für sich leben würde, ohne sich um die Alten zu kümmern. Es schien, als habe er sich binnen eines Tages verwandelt. Wie denn! Das war ihr Sohn, ihr zartes kleines Kind, das sie damals Salat verziehen ließ, dieser bärtige, starke Bursche, der seinen Willen durchsetzte!

Und Paul besuchte seine Familie drei Monate lang nur ab und zu und war ständig getrieben von dem offensichtlichen Wunsch, so schnell wie möglich wieder aufzubrechen, wobei er an jedem Abend versuchte, eine Stunde herauszuschlagen.

Jeanne erschrak, und der Baron tröstete sie unentwegt und sagte immer wieder: »Lass ihn doch; er ist zwanzig, dieser Bursche.«

Doch eines Morgens fragte ein ziemlich schlecht gekleideter alter Mann mit deutschem Akzent nach »Matame, la Vicomtesse«. Und nach vielen förmlichen Begrüßungen zog er aus seiner Tasche eine schäbige Mappe und erklärte: »Ich habe für Ssie ein gleines Bapier«; und es auffaltend, streckte er ihr ein schmieriges Blatt Papier entgegen. Sie las, las noch einmal, schaute den Juden an, las ein weiteres Mal und fragte: »Was soll das heißen?«

Unterwürfig erklärte ihr der Mann: »Ich werd's Ihnen ssagen. Ihr Sohn prauchte ein bisschen Geld, und wo ich wusste, Ssie sind eine kute Mutter, hab' ich ihm geliehen eine Gleinigkeit für seinen Pedarf.«

Sie erbebte. »Aber warum hat er nicht mich darum gebeten?« Der Jude erklärte lang und breit, dass es sich um eine am nächsten Tag noch vor zwölf Uhr mittags zu zahlende Spielschuld handle, dass niemand Paul etwas geliehen habe, weil er noch nicht volljährig war, und dass ohne die »gleine Gefälligkeit«, die er diesem jungen Mann erwiesen hatte, seine »Ehre wäre gorrumpiert gewesen«.

Jeanne wollte den Baron rufen, doch sie konnte sich nicht erheben, so sehr lähmte sie die Erregung. Schließlich sagte sie zu dem Wucherer: »Wollen Sie so freundlich sein zu läuten?«

Er zögerte, da er eine List befürchtete. Er stammelte: »Wenn ich Ssie störe, ich gomme wieder.« Sie bewegte verneinend den Kopf. Er läutete; und sie warteten, stumm, einander gegenüber.

Als der Baron kam, begriff er sofort, worum es sich handelte. Der Wechsel belief sich auf fünfzehnhundert Francs. Er zahlte tausend, wobei er den Mann scharf ansah und zu ihm sagte: »Lassen Sie sich hier nie wieder blicken.« Der andere dankte, grüßte und verschwand.

Großvater und Mutter fuhren sofort nach Le Havre; doch als sie im Collège anlangten, erfuhren sie, dass Paul dort seit einem Monat nicht erschienen war. Der Rektor hatte vier von Jeanne unterzeichnete Briefe erhalten, um ein Unwohlsein seines Schülers zu melden und ihn des Weiteren auf dem Laufenden zu halten. Jeder Brief war von einem ärztlichen Attest begleitet; alles gefälscht, natürlich. Sie waren bestürzt, und sie standen da und sahen sich an.

Dem Rektor tat es aufrichtig leid, und er begleitete sie zum Polizeikommissar. Die beiden Angehörigen übernachteten im Hotel.

Am nächsten Tag entdeckte man den jungen Mann bei einem Stadtflittchen. Sein Großvater und seine Mutter nahmen ihn mit nach Les Peuples, ohne dass unterwegs ein einziges Wort gewechselt wurde. Jeanne weinte, das Gesicht in ihrem Taschentuch. Paul blickte mit gleichgültiger Miene über die Felder.

In acht Tagen fand man heraus, dass er in den letzten drei Monaten fünfzehntausend Francs Schulden gemacht hatte. Die Gläubiger hatten sich zunächst nicht blicken lassen, da sie wussten, dass er bald volljährig sein würde.

Es fand keinerlei Aussprache statt. Man wollte ihn mit Milde zurückgewinnen. Man setzte ihm köstliche Speisen vor, man hätschelte ihn, man verwöhnte ihn. Es war Frühling; trotz der schrecklichen Ängste von Jeanne mietete man ihm ein Boot in Yport, damit er nach Lust und Laune aufs Meer hinausfahren konnte.

Ein Pferd überließ man ihm nicht, damit er nicht nach Le Havre ritt.

Er blieb untätig, gereizt, manchmal grob. Der Baron machte sich Sorgen wegen seiner nicht zu Ende gebrachten Schulzeit. Fassungslos bei dem Gedanken an eine Trennung, fragte Jeanne sich dennoch, was man mit ihm machen sollte.

Eines Abends kam er nicht nach Hause. Man erfuhr, dass er mit zwei Matrosen im Boot hinausgefahren war. Seine verzweifelte Mutter lief barhäuptig in der Nacht bis hinunter nach Yport.

Ein paar Männer warteten am Strand auf die Rückkehr des Schiffes.

In der Ferne erschien ein kleines Licht; schaukelnd kam es näher. Paul war nicht mehr an Bord. Er hatte sich nach Le Havre bringen lassen.

Die Polizei suchte vergeblich nach ihm, sie fand ihn nicht mehr. Das Mädchen, das ihn beim ersten Mal versteckt hatte, war ebenfalls spurlos verschwunden, nachdem sie ihre Möbel verkauft und die Miete bezahlt hatte. In Pauls Zimmer in Les Peuples entdeckte man zwei Briefe von dieser Person, die ihn wahnsinnig zu lieben schien. Sie sprach von einer Reise nach England, da sie die erforderlichen Gelder dafür aufgetrieben hatte, wie sie sagte.

Und schweigend und düster lebten die drei Schlossbewohner weiter in der trostlosen Hölle seelischer Qualen. Jeannes bereits graues Haar war weiß geworden. Naiv fragte sie sich, warum das Schicksal sie so hart traf.

Sie erhielt einen Brief von Abbé Tolbiac: »Madame, Gottes

Hand hat sich schwer auf Sie gelegt. Sie haben ihm Ihr Kind vorenthalten; nun hat er es Ihnen genommen, um es in die Arme einer Prostituierten zu treiben. Werden Sie die Augen vor dieser Lehre des Himmels verschließen? Die Gnade des Herrn ist unendlich. Vielleicht wird er Ihnen vergeben, wenn Sie umkehren und vor ihm niederknien. Ich bin sein ergebener Diener, ich werde Ihnen die Tür seines Hauses öffnen, wenn Sie dort anklopfen.«

Sie saß lange mit diesem Brief auf den Knien da. Vielleicht stimmte es ja, was dieser Priester sagte. Und all ihre Glaubenszweifel begannen, sie innerlich zu zerreißen. Konnte Gott rachsüchtig und eifersüchtig sein wie die Menschen? Aber wenn er sich nicht eifersüchtig zeigte, würde niemand ihn fürchten, niemand ihn mehr anbeten. Gewiss, um sich uns besser begreiflich zu machen, offenbarte er sich den Menschen mit ihren eigenen Gefühlen. Und da der feige Zweifel in ihr Einzug hielt, der die Zögernden, die Unsicheren in die Kirche treibt, lief sie heimlich eines Abends bei hereinbrechender Dämmerung zum Pfarrhaus und bat, vor dem hageren Abbé niederkniend, um Absolution.

Er versprach ihr eine Halbvergebung, da Gott kein Dach mit all seiner Gnade überschütten könne, das einen Mann wie den Baron schützte: »Bald werden Sie die Wirkungen der Göttlichen Sanftmut spüren.«

Tatsächlich erhielt sie zwei Tage später einen Brief von ihrem Sohn; und in der Verwirrung ihrer Not betrachtete sie ihn als den Beginn der von dem Abbé versprochenen Linderungen.

Meine liebe Mama, sei unbesorgt, ich bin bei guter Gesundheit in London, aber ich brauche dringend Geld. Wir haben keinen Sou mehr und nicht jeden Tag zu essen. Die, welche mich begleitet und die ich mit ganzer Seele liebe, hat alles hingegeben, um mich nicht zu verlassen: fünftausend Francs; und Du verstehst, dass ich es meiner Ehre schuldig bin, ihr diese Summe gleich zurückzugeben. Es wäre also sehr lieb von Dir, mir fünfzehntausend Francs von Papas Erbe vorzustrecken, da ich bald volljährig bin; Du würdest mir aus einer großen Verlegenheit helfen. Adieu, liebe Mama, ich umarme Dich von ganzem Herzen, ebenso wie Großvater und Tante Lison. Ich hoffe, Dich bald wiederzusehen.
Dein Sohn,

Vicomte Paul de Lamare.

Er hatte ihr geschrieben! Er vergaß sie also nicht. Sie dachte gar nicht darüber nach, dass er um Geld bat. Da er keines mehr hatte, würde man ihm etwas schicken. Was war schon Geld! Er hatte ihr geschrieben!

Und weinend lief sie, um diesen Brief dem Baron zu bringen. Tante Lison wurde hergerufen; und man las noch einmal Wort für Wort dieses Papier, das von ihm erzählte. Man sprach über jedes Wort.

Jeanne, aus der vollständigen Verzweiflung in einen Hoffnungsrausch verfallend, trat für Paul ein: »Er wird wiederkommen, er wird wiederkommen, da er ja schreibt.«

Der Baron war ruhiger und erklärte: »Das ist gleichgültig, er hat uns für diese Person verlassen. Er liebt sie also mehr als uns, denn er hat nicht gezögert.«

Ein plötzlicher und entsetzlicher Schmerz durchfuhr Jeannes Herz; und im selben Moment flammte in ihr ein Hass auf diese Geliebte auf, die ihr ihren Sohn raubte; ein wilder, nicht zu besänftigender Hass, der Hass einer eifersüchtigen Mutter. Bis jetzt hatte all ihr Denken Paul gegolten. Ihr kam kaum in den Sinn, dass ein liederliches Frauenzimmer der Grund seiner Ausschweifungen wäre. Doch plötzlich hatte diese Überlegung des Barons das Bild dieser Rivalin beschworen und ihr ihre verhängnisvolle Macht enthüllt; und sie fühlte, dass zwischen ihr und dieser Frau ein erbitterter Kampf entbrannte; und sie fühlte auch, dass sie ihren Sohn lieber verlieren als ihn mit der anderen teilen würde.

Und ihr ganzes Glück brach zusammen.

Sie schickten die fünfzehntausend Francs und bekamen fünf Monate lang keine Nachricht.

Dann erschien ein Sachwalter, um die Einzelheiten von Juliens Erbschaft zu regeln. Jeanne und der Baron stellten ohne Diskussion alles zur Verfügung, wobei sie sogar das der Mutter zustehende Nutzungsrecht aufgaben. Und als Paul nach Paris zurückgekehrt war, erhielt er hundertzwanzigtausend Francs. In sechs Monaten schrieb er nun vier Briefe, in denen er kurz und knapp von sich berichtete und mit kalten Liebesbezeugungen schloss: »Ich arbeite«, versicherte er; »ich habe eine Stellung bei der Börse gefunden. In ein paar Tagen hoffe ich Euch in Les Peuples umarmen zu können, meine Lieben.«

Er sagte kein Wort über seine Geliebte; und dieses Schweigen hatte mehr zu bedeuten, als wenn er vier Seiten lang von ihr erzählt hätte. Jeanne spürte in diesen eisigen Briefen die im Hinterhalt liegende, unerbittliche Frau, die ewige Feindin der Mütter, das Flittchen.

Die drei Alleinstehenden diskutierten, was man tun könne, um Paul zu retten; und sie kamen zu keinem Ergebnis. Eine Reise nach Paris? Wozu?

Der Baron sagte: »Man muss seine Leidenschaft verfliegen lassen. Er wird von allein zu uns zurückkehren.«

Und ihr Leben war kläglich.

Heimlich, ohne Wissen des Barons, gingen Jeanne und Lison gemeinsam zur Kirche.

Eine ziemlich lange Zeit verstrich ohne Nachricht, dann wurden sie eines Morgens von einem verzweifelten Brief in Angst und Schrecken versetzt.

Meine arme Mama, ich bin verloren, ich kann mir nur noch eine Kugel durch den Kopf schießen, wenn Du mir nicht hilfst. Eine Spekulation, die alle Aussichten auf Erfolg für mich hatte, ist soeben geplatzt; und ich schulde fünfundachtzigtausend Francs. Wenn ich nicht zahle, heißt das Verlust meiner Ehre, Ruin, Unmöglichkeit, noch irgendetwas zu erreichen. Ich bin verloren. Ich sage es nochmals, lieber schieße ich mir eine Kugel durch den Kopf, als nach dieser Schande weiterzuleben. Vielleicht hätte ich es bereits getan ohne die Ermutigungen einer Frau, die ich nie erwähne und die mein Schutzengel ist. Ich umarme Dich aus tiefstem Herzen, meine liebe Mama; vielleicht ist es das letzte Mal. Adieu.

Paul.

Diesem Brief war ein ganzer Packen von Geschäftspapieren beigefügt, der den Bankrott im Einzelnen erklärte.

Der Baron antwortete mit der nächsten Post, dass man

einen Ausweg finden werde. Dann fuhr er nach Le Havre, um Erkundigungen einzuholen; und er nahm Hypotheken auf Ländereien auf, um sich das Geld zu besorgen, das Paul geschickt wurde.

Der junge Mann antwortete mit drei begeisterten Briefen voller Dankbarkeit und leidenschaftlicher Zärtlichkeiten und kündigte sein sofortiges Kommen an, um seine lieben Verwandten zu umarmen.

Er kam nicht.

Ein ganzes Jahr verstrich.

Jeanne und der Baron wollten nach Paris fahren, um ihn aufzutreiben und einen letzten Versuch zu machen, als sie durch ein paar Zeilen erfuhren, dass er wieder in London war und ein Unternehmen mit Dampfschiffen unter dem Firmennamen »Paul Delamare et Cie« aufbaute. Er schrieb: »Das bedeutet mein sicheres Glück, vielleicht Reichtum. Und ich riskiere nichts. Die Vorteile liegen auf der Hand. Wenn ich Euch wiedersehe, werde ich eine glänzende gesellschaftliche Stellung haben. Heute kann man sich nur durch Geschäfte aus Schwierigkeiten befreien.«

Drei Monate später war die Schifffahrtsgesellschaft in Konkurs, und der Direktor wurde wegen Unregelmäßigkeiten in den Geschäftsbüchern strafrechtlich verfolgt. Jeanne hatte einen Nervenzusammenbruch, der mehrere Stunden dauerte; dann musste sie das Bett hüten.

Der Baron fuhr wieder nach Le Havre, zog Erkundigungen ein, suchte Strafverteidiger, Geschäftsleute, Anwälte und Gerichtsvollzieher auf und stellte fest, dass sich das Defizit der Gesellschaft *Delamare* auf zweihundertfünfunddreißigtausend Francs belief, und er nahm nochmals Hypotheken auf seinen Grundbesitz auf. Das Schloss Les Peuples und die beiden Pachthöfe wurden mit einer großen Summe belastet.

Eines Abends, als er im Büro eines Geschäftsmanns die letzten Formalitäten regelte, stürzte er von einem Schlaganfall getroffen auf das Parkett.

Jeanne wurde von einem reitenden Boten benachrichtigt. Als sie eintraf, war er tot.

Sie brachte ihn nach Les Peuples, völlig vernichtet, sodass ihr Schmerz eher Betäubung als Verzweiflung war.

Trotz der fassungslosen, flehentlichen Bitten der beiden Frauen wollte Abbé Tolbiac den Leichnam nicht in die Kirche lassen. Der Baron wurde bei Einbruch der Dunkelheit ohne jedes Zeremoniell beerdigt.

Paul erfuhr das Ereignis durch einen der Konkursverwalter. Er hielt sich immer noch in England versteckt. Er schrieb, um sich dafür zu entschuldigen, dass er nicht gekommen war, da er zu spät von dem Unglück erfahren habe. »Übrigens kehre ich jetzt, da Du mich aus der Sache befreit hast, nach Frankreich zurück und werde Dich bald in die Arme schließen.«

Jeanne lebte in einer solchen Benommenheit, dass sie nichts mehr zu begreifen schien.

Und als der Winter zu Ende ging, hatte Tante Lison, die nun achtundsechzig Jahre alt war, eine Bronchitis, die zur Lungenentzündung ausartete; sie verschied sanft, die Worte stammelnd: »Meine arme, kleine Jeanne, ich werde den lieben Gott bitten, sich deiner zu erbarmen.«

Jeanne folgte ihr auf den Friedhof, sah die Erde auf den Sarg fallen, und als sie zusammenbrach vor Sehnsucht, ebenfalls zu sterben, nicht mehr zu leiden, nicht mehr zu denken, nahm eine kräftige Bäuerin sie in ihre Arme und trug sie fort, so wie sie es mit einem kleinen Kind getan hätte.

Und als sie ins Schloss zurückkamen, ließ sich Jeanne, die fünf durchwachte Nächte zu Häupten der alten Jungfer hinter sich hatte, widerstandslos von dieser unbekannten Landfrau, die sanft und gebieterisch mit ihr umging, zu Bett bringen; und erschlagen von Müdigkeit und Leid, fiel sie in einen Schlaf der Erschöpfung.

Mitten in der Nacht wachte sie auf. Auf dem Kamin brannte ein kleines Licht. In einem Sessel schlief eine Frau. Wer war diese Frau? Sie wusste nicht, wer sie war, und sich über den Bettrand beugend, um ihre Züge bei dem flackernden Schein des in einem Glas aus der Küche auf Öl schwimmenden Dochts richtig erkennen zu können, überlegte sie hin und her.

Es kam ihr doch so vor, als ob sie dieses Gesicht bereits gesehen hatte. Aber wann? Aber wo? Mit auf die Schulter geneigtem Kopf und zu Boden gefallener Haube schlief die Frau friedlich. Sie mochte vierzig oder fünfundvierzig Jahre alt sein. Sie war kräftig, braun gebrannt, breitschultrig, stark. Ihre breiten Hände hingen zu beiden Seiten des Sessels herab. Ihr Haar war dabei zu ergrauen. In der Verwirrung des Erwachens von dem fiebrigen Schlaf, der großem Unglück folgt, konnte sich Jeanne nicht von ihr abwenden.

Sie hatte dieses Gesicht ganz sicher schon einmal gesehen! Früher? Vor Kurzem? Sie wusste es nicht, und dieser quälende Gedanke erregte sie, zerrte an ihren Nerven. Leise erhob sie sich, um die Schlafende aus größerer Nähe zu betrachten, und sie schlich auf Zehenspitzen zu ihr. Es war die Frau, die sie am Friedhof aufgehoben und dann zu Bett gebracht hatte. Dessen entsann sie sich undeutlich.

Aber war sie ihr anderswo, zu einer anderen Zeit ihres Lebens schon einmal begegnet? Oder glaubte sie nur, sie in der trüben Erinnerung des vergangenen Tages wiederzuerkennen? Und wie kam es, dass sie hier in ihrem Zimmer war? Warum? Die Frau schlug die Augen auf, erblickte Jeanne und fuhr auf. Sie sahen sich ins Gesicht, so nah, dass ihre Brüste sich berührten. Die Unbekannte brummte: »Was soll das? Da sind Sie nun aufgestanden! Sie werden sich etwas wegholen um diese Zeit. Legen Sie sich schnell wieder hin!«

Jeanne fragte: »Wer sind Sie?«

Doch die Frau breitete die Arme aus, packte sie, hob sie von Neuem hoch und trug sie mit der Kraft eines Mannes wieder auf ihr Bett zurück. Und als sie sie sanft auf ihre Laken legte, begann sie, über sie gebeugt, fast auf Jeanne liegend, zu weinen, während sie sie wie toll auf Wangen, Haar und Augen küsste und, ihr Gesicht mit ihren Tränen netzend, stammelte: »Meine arme Herrin, Mam'zelle Jeanne, meine arme Herrin, erkennen Sie mich denn gar nicht?«

Und Jeanne rief: »Rosalie, liebes Kind.« Und ihr die Arme um den Hals werfend, erstickte sie sie in Küssen; und eng umschlungen schluchzten sie alle beide, und ihre Tränen vermischend, konnten sie ihre Arme nicht mehr lösen.

Rosalie beruhigte sich als Erste: »Nun ist's gut, man muss vernünftig sein und sich nicht erkälten.« Und sie hob die Decken auf, schlug sie wieder um die Matratze und legte das Kissen wieder unter den Kopf ihrer vormaligen Herrin, die weiter nach Luft rang, am ganzen Körper bebend von alten Erinnerungen, die in ihr aufgestiegen waren.

Schließlich fragte sie: »Warum bist du zurückgekommen, liebes Kind?«

Rosalie erwiderte: »Ja, wie sollte ich Sie denn jetzt so lassen, ganz allein!«

Jeanne erwiderte: »Zünde doch eine Kerze an, damit ich dich sehe.« Und als das Licht auf den Nachttisch gestellt worden war, begutachteten sie sich lange, ohne ein Wort zu sagen. Dann reichte Jeanne ihrem alten Hausmädchen die Hand und murmelte: »Ich hätte dich niemals erkannt, liebes Kind, du bist sehr verändert, weißt du, jedoch nicht so sehr wie ich.«

Und Rosalie betrachtete diese magere und verwelkte Frau mit weißem Haar, die sie jung, schön und frisch verlassen hatte, und erwiderte: »Wahrhaftig, Sie sind verändert, Madame Jeanne, und mehr, als recht ist. Aber bedenken Sie auch, es sind jetzt vierundzwanzig Jahre, dass wir uns nicht gesehen haben.«

Sie schwiegen und verfielen von Neuem in Gedanken. Schließlich stammelte Jeanne: »Warst du wenigstens glücklich?«

Und zögernd vor Angst, irgendwelche allzu schmerzlichen Erinnerungen zu wecken, stotterte Rosalie: »Aber … ja … ja …, Madame. Ich habe nicht zu sehr zu klagen, ich war glücklicher als Sie … ganz bestimmt. Nur eins lag mir immer auf dem Herzen, dass ich nicht hiergeblieben bin …« Dann schwieg sie abrupt, erschrocken, unversehens daran gerührt zu haben. Doch Jeanne versetzte freundlich: »Was soll's, mein Kind, man kann nicht immer so, wie man will. Du bist auch verwitwet, nicht wahr?« Dann ließ eine furchtbare Beklommenheit ihre Stimme zittern, und sie fuhr fort: »Hast du noch mehr … noch mehr Kinder?«

»Nein, Madame.«

»Und er, dein … dein Sohn … was ist aus ihm geworden? Bist du mit ihm zufrieden?«

»Ja, Madame, er ist ein braver Kerl, der ordentlich zupackt. Vor sechs Monaten hat er geheiratet, und er übernimmt also meinen Hof, weil ich ja wieder mit Ihnen hierher zurückgekehrt bin.«

Jeanne zitterte vor Erregung und murmelte: »Du wirst mich also nicht mehr verlassen, liebes Kind?«

Und Rosalie sagte brüsk: »Ganz sicher nicht, Madame, dafür habe ich gesorgt.«

Dann sagten sie eine Zeit lang nichts.

Jeanne begann unwillkürlich, wieder ihrer beider Existenz zu vergleichen, doch nun ohne innere Bitterkeit, sich in die ungerechten Grausamkeiten des Schicksals fügend. Sie sagte: »Wie war dein Mann mit dir?«

»Oh, das war ein guter Mann, Madame, und ohne Falsch, der verstand zu sparen! Er ist an der Schwindsucht gestorben.«

Nun setzte sich Jeanne in ihrem Bett auf und sagte, überwältigt von dem Bedürfnis, alles zu erfahren: »Komm, erzähl mir alles, liebes Kind, dein ganzes Leben. Das wird mir heute wohltun.«

Und Rosalie zog einen Stuhl heran, setzte sich und begann, von sich zu erzählen, von ihrem Haus, von ihrer Familie, wobei sie auf die kleinsten Einzelheiten einging, die den Leuten vom Lande teuer sind, dabei ihren Hof beschrieb, bisweilen lachte über schon weit zurückliegende Dinge, die sie an vergangene gute Momente erinnerten, und als Bäuerin, die es gewohnt ist zu befehlen, nach und nach die Stimme erhob. Sie schloss mit der Erklärung: »Oh, mir geht es heute gut unter der Sonne. Ich habe nichts zu befürchten.« Dann wurde sie wieder verlegen und fuhr leiser fort: »Das habe ich trotzdem Ihnen zu verdanken: Sie sollen auch wissen, dass ich keinen Lohn möchte. Oh, wirklich nicht! Oh, wirklich nicht! Und wenn Sie gar nicht wollen, gehe ich.«

Jeanne antwortete: »Du hast doch wohl nicht vor, mir umsonst zu dienen?«

»Aber ja doch, Madame! Geld! Sie mir Geld geben! Ich habe doch beinahe ebenso viel wie Sie. Wissen Sie überhaupt, was Ihnen bleibt mit all Ihrem Schlamassel von Hypotheken und Borgereien und Zinsen, die nicht bezahlt sind und die mit jedem Zahltag steigen? Wissen Sie das? Nein, nicht wahr? Nun, ich verspreche Ihnen, dass Sie nicht einmal mehr Einnahmen von zehntausend Pfund haben. Nicht mal zehntausend, verstehen Sie. Aber ich regel' das alles für Sie, und zwar schnell.«

Sich über diese nicht gezahlten Zinsen, über diesen drohenden Ruin ereifernd und empörend, hatte sie wieder begonnen, die Stimme zu erheben. Und als ein gerührtes, flüchtiges Lächeln über das Gesicht ihrer Herrin glitt, rief sie aufgebracht: »Da gibt es nichts zu lachen, Madame, denn ohne Geld hat man nur noch Bauernlümmel um sich.«

Jeanne griff wieder nach ihren Händen und behielt sie in den ihren; dann sprach sie langsam, immer noch verfolgt von dem Gedanken, der sie nicht losließ: »Oh! Ich jedenfalls hatte kein Glück. Bei mir ist alles schiefgegangen. Mein Leben war vom Verhängnis verfolgt.«

Doch Rosalie schüttelte den Kopf: »Sagen Sie das nicht, Madame, sagen Sie das nicht. Sie waren unglücklich verheiratet, das ist alles. Man heiratet ja auch nicht einfach so, ohne seinen Bräutigam zu kennen.«

Und sie fuhren fort, einander von sich zu erzählen, so wie es zwei alte Freundinnen gemacht hätten.

Sie plauderten immer noch, als die Sonne aufging.

XII

Binnen acht Tagen hatte Rosalie die absolute Herrschaft über die Dinge und Menschen im Schloss übernommen. Ergeben folgte Jeanne widerstandslos ihren Anweisungen. Schwach und die Füße nachziehend wie einst Mamachen, ging sie am Arm ihrer Dienerin hinaus, die sie mit langsamen Schritten umherführte, vermahnte, und ihr, sie wie ein krankes Kind behandelnd, mit strengen und zärtlichen Worten neue Kraft gab.

Sie plauderten immer noch von früher, Jeanne mit aufsteigenden Tränen, Rosalie im ruhigen Ton gleichmütiger Bauern. Das alte Hausmädchen kam mehrmals auf die Fragen der unbezahlten Zinsen zurück; dann verlangte sie, dass man ihr die Dokumente aushändigte, die Jeanne, welche von Geschäften gar nichts verstand, vor Scham über ihren Sohn vor ihr versteckt hielt.

Nun reiste Rosalie eine Woche lang jeden Tag nach Fécamp, um sich die Angelegenheiten von einem ihr bekannten Notar erklären zu lassen.

Dann setzte sie sich eines Abends, nachdem sie ihre Herrin zu Bett gebracht hatte, an ihr Kopfende und sagte barsch: »Wo Sie nun liegen, Madame, reden wir mal.« Und sie stellte ihr die Lage dar. Wenn alles beglichen wäre, blieben ungefähr sieben- bis achttausend Francs Rente. Mehr nicht.

Jeanne erwiderte: »Was willst du da machen, liebes Kind? Ich merke deutlich, dass ich nicht alt werde; für mich wird es immer noch reichen.«

Doch Rosalie wurde böse: »Für Sie, Madame, mag sein; aber Monsieur Paul, dem werden Sie also nichts hinterlassen?«

Jeanne erschauerte. »Ich bitte dich, sprich mich nie auf ihn an. Ich leide zu sehr, wenn ich daran denke.«

»Ich möchte im Gegenteil mit Ihnen darüber sprechen, weil Sie sich nicht richtig verhalten, wissen Sie, Madame Jeanne. Er macht Dummheiten; nun, er wird nicht immer weiter welche machen; und schließlich wird er heiraten; er wird Kinder haben. Es muss Geld da sein, um sie großzuziehen. Hören Sie auf mich: Sie werden Les Peuples verkaufen! …«

Jeanne fuhr hoch und saß aufrecht im Bett: »Les Peuples verkaufen! Wo denkst du hin? Oh! Niemals, das fehlte noch!«

Doch Rosalie blieb ruhig. »Ich sage Ihnen, dass Sie es verkaufen werden, Madame, weil es sein muss.«

Und sie erklärte ihre Berechnungen, ihre Pläne, ihre Überlegungen.

Wenn Les Peuples und die beiden zugehörigen Pachthöfe erst einmal an einen begeisterten Interessenten, den sie gefunden hatte, verkauft wären, behielte man vier in Saint-Léonard gelegene Pachthöfe, die, von jeder Hypothek befreit, einen Ertrag von achttausenddreihundert Francs abwerfen würden. Für Reparaturen und Unterhalt der Besitzungen würde man dreizehnhundert Francs im Jahr beiseitelegen; es blieben also siebentausend Francs, von denen man fünftausend für die jährlichen Ausgaben nähme; und man behielte zweitausend zurück, um ein Depot für unvorhergesehene Ausgaben anzulegen.

Sie fügte hinzu: »Alles Übrige ist verbraucht, aus und vorbei. Und dann behalte ich den Schlüssel, verstehen Sie; und was Monsieur Paul angeht, der bekommt nichts mehr, überhaupt nichts; er würde Sie bis zum letzten Sou ausnehmen.«

Jeanne, die leise weinte, murmelte: »Aber wenn er nichts zu essen hat?«

»Dann kommt er zum Essen zu uns, wenn er Hunger hat. Ein Bett und ein gutes Mahl wird immer für ihn da sein. Glauben Sie, dass er all diese Dummheiten gemacht hätte, wenn Sie ihm von Anfang an kein Geld gegeben hätten?«

»Aber er hatte Schulden, er hätte seine Ehre verloren.«

»Würde es ihn davon abhalten, welche zu machen, wenn Sie nichts mehr haben? Sie haben gezahlt, gut; aber Sie werden nicht weiter zahlen; das sage ich Ihnen. Und jetzt guten Abend, Madame.«

Und sie ging.

Jeanne tat kein Auge zu, erschüttert von dem Gedanken, Les Peuples zu verkaufen, wegzuziehen, dieses Haus, mit dem ihr ganzes Leben verbunden war, zu verlassen.

Als sie Rosalie am nächsten Tag in ihr Zimmer treten sah, sagte sie zu ihr: »Mein armes Kind, ich werde mich nie dazu entschließen können, von hier fortzugehen.«

Aber das Hausmädchen wurde böse: »Und doch muss es sein, Madame. Bald kommt der Notar mit dem, der das Schloss haben möchte. Sonst hätten Sie in vier Jahren nicht ein Radieschen mehr.«

Jeanne war am Boden zerstört und sagte immer wieder: »Das werde ich nicht schaffen; das werde ich nie schaffen.«

Eine Stunde später überbrachte ihr der Briefträger einen Brief von Paul, der noch einmal um zehntausend Francs bat.

Was tun? Fassungslos befragte sie Rosalie, welche die Arme zum Himmel hob: »Was habe ich Ihnen gesagt, Madame? Oh! Sie wären schön dran gewesen, wenn ich nicht zurückgekommen wäre!« Und sich dem Willen ihres Hausmädchens beugend, antwortete Jeanne dem jungen Mann:

> *Mein lieber Sohn, ich kann nichts mehr für Dich tun. Du hast mich ruiniert; ich sehe mich sogar gezwungen, Les Peuples zu verkaufen. Aber vergiss nicht, dass ich immer ein Obdach habe, wenn Du Zuflucht bei Deiner alten Mutter nehmen möchtest, die Du recht hast leiden lassen.*
>
> *Jeanne.*

Und als der Notar mit Monsieur Jeoffrin erschien, einem ehemaligen Zuckerraffineur, empfing sie die beiden selbst und bat sie, alles genau zu begutachten.

Einen Monat darauf unterzeichnete sie den Kaufvertrag und erwarb zugleich ein kleines Bürgerhaus bei Goderville an der Landstraße nach Montivilliers im Weiler Batteville.

Dann wanderte sie bis zum Abend ganz allein, innerlich zerrissen und untröstlich, durch Mamachens Allee und nahm verzweifelt und schluchzend Abschied vom Horizont, von den Bäumen, von der wurmstichigen Bank unter der Platane, von all diesen Dingen, die ihr so geläufig waren, dass sie ihr in Augen und Seele eingegangen zu sein schienen, von dem Wäldchen, von dem Hang vor der großen Heide, wo sie sich so oft niedergelassen hatte und wo sie den Comte de Fourville an jenem schrecklichen Tag von Juliens Tod zum Meer hatte laufen sehen, von einer geköpften alten Ulme, an die sie sich oft lehnte, von diesem ganzen vertrauten Garten.

Rosalie erschien, um sie beim Arm zu nehmen und sie dazu zu bewegen, ins Haus zurückzukehren.

Ein hochgewachsener Bauer von fünfundzwanzig Jahren wartete vor der Tür. Er grüßte in freundlichem Ton, als würde er sie seit Langem kennen. »Guten Tag, Madame Jeanne, wie geht es Ihnen? Die Mutter hat mir gesagt, ich solle wegen des Umzugs kommen. Ich wüsste gern, was Sie mitnehmen werden, weil ich das dann von Zeit zu Zeit abhole, damit die Feldarbeit nicht darunter leidet.«

Es war der Sohn ihres Hausmädchens, der Sohn von Julien, der Bruder von Paul.

Ihr war, als bliebe ihr das Herz stehen; und doch hätte sie diesen Jungen umarmen mögen.

Sie betrachtete ihn, um zu sehen, ob er ihrem Mann, ob er ihrem Sohn ähnlich sah. Er war rot, kräftig, mit dem blonden Haar und den blauen Augen seiner Mutter. Und doch sah er Julien ähnlich. Worin? Wodurch? Sie wusste es nicht genau, aber im Ganzen seiner Physiognomie war da etwas von ihm.

Der Bursche setzte nach: »Ich wäre Ihnen dankbar, wenn Sie mir das gleich zeigen könnten.«

Aber ihr war noch nicht klar, was sie mitnehmen wollte, da ihr neues Haus sehr klein war; und sie bat ihn, am Ende der Woche wiederzukommen.

Nun beschäftigte sie ihr Umzug und brachte eine traurige Ablenkung in ihr trübseliges und hoffnungsloses Leben.

Sie ging von Raum zu Raum und suchte die Möbel aus, die sie an etwas erinnerten, diese geliebten Möbel, die Teil unseres Lebens, fast unserer Person sind und von Kindheit an vertraut und verknüpft mit Erinnerungen an Freuden und Traurigkeiten, an besondere Tage unserer Geschichte, Möbel, die

die stummen Gefährten unserer frohen oder dunklen Stunden waren, die gealtert sind, deren Verschleiß wir miterlebt haben, deren Stoff stellenweise geplatzt und deren Bespannung zerrissen ist, die in den Fugen wackeln und deren Farbe verblichen ist.

Sie wählte ein Stück nach dem anderen, immer wieder zögernd, aufgeregt wie vor großen Entscheidungen, ihren Beschluss alle Augenblicke ändernd, den Wert zweier Sessel oder irgendeines alten Sekretärs gegen einen ehemaligen Nähtisch abwägend.

Sie öffnete die Schubladen, versuchte, sich an Dinge zu erinnern; wenn sie sich dann wirklich gesagt hatte: Ja, das nehme ich, trug man das Objekt ins Speisezimmer hinunter.

Sie wollte die ganze Einrichtung ihres Zimmers behalten, ihr Bett, ihre Tapisserien, ihre Pendeluhr, alles.

Aus dem Salon nahm sie ein paar Sessel, die, deren gemusterten Stoff sie schon als kleines Kind geliebt hatte: den Fuchs und den Storch, den Fuchs und den Raben, die Zikade und die Ameise und den melancholischen Reiher.

Dann streifte sie durch alle Winkel dieses Heims, das sie verlassen würde, und stieg eines Tages zum Dachboden hinauf.

Sie war starr vor Erstaunen; es war ein Durcheinander aller möglichen Dinge, die einen zerbrochen, die anderen nur beschmutzt, andere wieder aus unbekanntem Grund nach oben gebracht, weil sie nicht mehr gefielen, weil sie ersetzt worden waren. Sie sah tausenderlei ehemals vertraute Nippsachen, die plötzlich verschwunden waren, ohne dass sie an sie gedacht hätte, Nichtigkeiten, die sie in Gebrauch gehabt hatte, jene bedeutungslosen, alten, kleinen Dinge, die fünfzehn Jahre lang neben ihr herumgestanden hatten, die sie jeden Tag gesehen hatte, ohne sie zu bemerken, und die, plötzlich wiedergefunden, neben anderen noch älteren, von denen sie noch genau wusste, wo sie in der ersten Zeit nach ihrer Ankunft gestanden hatten, auf diesem Dachboden unerwartet die Wichtigkeit vernachlässigter Zeugen, wiedergefundener Freunde bekamen. Sie erschienen ihr wie jene Leute, mit denen man lange verkehrt, ohne dass sie sich je offenbart hätten, und die plötzlich eines Abends anlässlich einer Lappalie endlos zu schwatzen und ihr ganzes Seelenleben zu erzählen beginnen, von dem man nichts ahnte.

Sie ging von einem zum anderen, und immer wieder durchfuhr es sie, wenn sie sich sagte: Schau an, diese chinesische Tasse habe ich ja eines Abends ein paar Tage vor meiner Hochzeit zerbrochen. – Oh, da ist die kleine Lampe von Mamachen und der Spazierstock, den Papachen zerbrochen hat, als er das Tor öffnen wollte, dessen Holz vom Regen aufgequollen war!

Darunter waren auch viele Sachen, die sie nicht kannte, die sie an nichts erinnerten, die von ihren Großeltern oder ihren Urgoßeltern stammten, jene verstaubten Dinge, die wie in eine Zeit verbannt wirken, die nicht mehr die ihre ist, Dinge, die traurig über ihre Preisgabe zu sein scheinen und von deren Geschichte, von deren Abenteuern niemand weiß, weil niemand diejenigen zu Gesicht bekommen hat, die sie ausgesucht, gekauft, besessen, geliebt haben, niemand die Hände gekannt hat, die mit ihnen vertraut waren, und die Augen, die sie mit Freude betrachtet haben.

Jeanne berührte sie, drehte und wendete sie und hinterließ dabei die Spur ihrer Finger in dem Staub, der sich angesammelt hatte; und sie verharrte zwischen diesem alten Plunder unter dem trüben Tageslicht, das durch ein paar in das Dach eingesetzte kleine Fensterluken fiel.

Peinlich genau besah sie Stühle mit drei Beinen, bestrebt herauszufinden, ob sie sie nicht an irgendetwas erinnerten, eine Wärmflasche aus Kupfer, einen verbeulten Fußwärmer, den sie wiederzuerkennen glaubte, und einen Haufen von ausrangierten Haushaltsutensilien.

Dann traf sie eine Auswahl von Dingen, die sie mitnehmen wollte, ging wieder hinunter und schickte Rosalie, sie zu holen. Das empörte Hausmädchen weigerte sich, »dieses Dreckszeug« hinunterzuschaffen. Doch Jeanne, die mittlerweile nicht mehr die geringste Willenskraft besaß, blieb dieses Mal standhaft; und man musste sich fügen.

Eines Morgens erschien der junge Bauer, der Sohn von Julien, Denis Leqoc, mit seinem Karren, um eine erste Fahrt zu machen. Rosalie begleitete ihn, um das Abladen zu überwachen und die Möbel an die Plätze zu stellen, die sie bekommen sollten.

Nun war Jeanne allein und begann, in einem schrecklichen Anfall von Verzweiflung durch die Zimmer des Schlosses zu irren und in überschwänglicher Liebe alles zu umarmen, was sie nicht mitnehmen konnte, die großen weißen Vögel auf den Tapisserien im Salon, alte Leuchter, alles, was sie vorfand. Fassungslos, tränenüberströmt, ging sie von einem Raum zum anderen; dann lief sie hinaus, um dem Meer »Adieu zu sagen«.

Es war gegen Ende September, ein tief hängender, grauer Himmel schien auf der Welt zu lasten; die traurigen, gelblichen Fluten erstreckten sich, so weit das Auge reichte. Sie stand lange auf der Steilküste und wälzte quälende Gedanken. Als die Nacht hereinbrach, ging sie heim und hatte an diesem Tag gelitten wie bei ihren größten Kümmernissen.

Rosalie war zurückgekehrt und wartete auf sie, entzückt von dem neuen Haus, das, wie sie erklärte, viel heiterer sei als dieser große Kasten, der nicht einmal an einer Straße lag.

Jeanne weinte den ganzen Abend lang.

Seit sie wussten, dass das Schloss verkauft war, erwiesen die Pächter ihr nur so viel Achtung, wie sie ihr schuldig waren, und nannten sie untereinander, ohne genau zu wissen, warum, »die Verrückte«, gewiss, weil sie, mit ihrem Instinkt gewöhnlicher Menschen, ihre krankhafte und wachsende Rührseligkeit, ihre überspannten Träumereien, die ganze Verstörung ihrer vom Unglück gebeutelten Seele ahnten.

Am Abend vor ihrer Abreise trat sie zufällig in den Pferdestall. Ein Knurren ließ sie zusammenfahren. Es war Massacre, an den sie seit Monaten kaum mehr gedacht hatte. Blind und lahm, in einem Alter angelangt, das diese Tiere selten erreichen, versorgt von Ludivine, die ihn nicht vergaß, vegetierte er noch auf einem Strohlager dahin. Sie nahm ihn in die Arme, küsste ihn und trug ihn ins Haus. Dick wie eine Tonne, schleppte er sich mühsam auf seinen gespreizten und steifen Beinen voran, und er bellte wie Hunde aus Holz, die man Kindern schenkt.

Schließlich tagte der letzte Morgen. Jeanne hatte im ehemaligen Zimmer von Julien geschlafen, da das ihre leer geräumt war.

Erschöpft und schwer atmend, als wäre sie lange gerannt, stieg sie aus dem Bett. Der Wagen für das Gepäck und das restliche Mobiliar stand schon beladen im Hof. Dahinter war ein zweirädriger weiterer Karren angespannt, der die Herrin und das Hausmädchen mitnehmen sollte.

Der alte Simon und Ludivine würden bis zur Ankunft der neuen Besitzer allein bleiben; dann würden sie sich zu Verwandten zurückziehen, da Jeanne ihnen eine kleine Rente ausgesetzt hatte. Sie hatten noch andere Ersparnisse. Es waren nun sehr alte Dienstboten, nutzlos und schwatzhaft. Marius war, da er geheiratet hatte, schon lange aus dem Haus.

Gegen acht Uhr begann Regen zu fallen, ein feiner und eisiger Regen, den eine leichte Brise vom Meer vor sich hertrieb. Man musste Decken über den Karren spannen. Die Blätter flogen schon von den Bäumen.

Auf dem Küchentisch dampften die Tassen mit Milchkaffee. Jeanne setzte sich vor die ihre und trank mit kleinen Schlucken, dann erhob sie sich und sagte: »Gehen wir!«

Sie setzte ihren Hut auf, legte ihren Schal um, und während Rosalie ihr Gummischuhe überzog, fragte sie mit zugeschnürter Kehle: »Weißt du noch, mein Kind, wie es geregnet hat, als wir aus Rouen aufgebrochen sind, um hierherzufahren …«

Sie bekam eine Art Krampf, fasste sich mit beiden Händen an die Brust und fiel bewusstlos auf den Rücken.

Über eine Stunde war sie wie tot; dann öffnete sie die Augen, und begleitet von einem Tränenausbruch überfielen sie heftige Zuckungen.

Als sie sich ein wenig beruhigt hatte, fühlte sie sich so schwach, dass sie nicht mehr aufstehen konnte. Doch Rosalie, die weitere Anfälle befürchtete, wenn man die Abreise aufschob, holte ihren Sohn. Sie hoben sie hoch, sie trugen sie, sie schleppten sie fort, sie setzten sie im Karren auf die mit gewachstem Leder bezogene Holzbank; und das alte Hausmädchen stieg neben Jeanne ein, umhüllte ihre Beine, legte ihr einen dicken Mantel um die Schultern und rief, ihr einen offenen Regenschirm über den Kopf haltend: »Schnell, Denis, fahren wir los.«

Der junge Mann kletterte neben seine Mutter, und sich mangels Platzes nur auf einem Schenkel niederlassend, versetzte er sein Pferd in einen schnellen Trab, dessen Tempo die beiden Frauen auf und nieder hüpfen ließ.

Als sie ins Dorf einbogen, sahen sie jemanden auf der Straße hin und her gehen, es war Abbé Tolbiac, der auf diese Abreise zu lauern schien.

Er blieb stehen, um den Wagen vorbeizulassen. Mit einer Hand hielt er seine aus Angst vor den Pfützen geschürzte Soutane, und seine mit schwarzen Strümpfen bekleideten dürren Beine steckten in schlammbedeckten riesigen Schuhen.

Jeanne schlug die Augen nieder, um seinem Blick nicht zu begegnen; und Rosalie, die von allem wusste, wurde wütend. Sie murmelte: »Flegel, Flegel!«, und die Hand ihres Sohnes ergreifend: »Zieh ihm doch eins mit der Peitsche über.«

Aber der junge Mann ließ in dem Moment, als er an dem Priester vorüberfuhr, das Rad seines alten Klapperkastens bei voller Geschwindigkeit jäh in die Fahrspur rutschen, und ein aufschießender Schwall von Schlamm bespritzte den Kirchenmann von unten bis oben.

Und Rosalie drehte sich strahlend nach ihm um und zeigte ihm die Faust, während der Priester sich mit seinem großen Taschentuch abwischte.

Fünf Minuten waren sie unterwegs, als Jeanne plötzlich rief: »Wir haben ja Massacre vergessen!«

Man musste stehen bleiben, und Denis kletterte hinunter und rannte los, um den Hund zu holen, während Rosalie die Zügel hielt.

Endlich tauchte der junge Mann wieder auf, in seinen Armen die unförmige und räudige, dicke Töle tragend, die er zwischen den Röcken der beiden Frauen absetzte.

XIII

Zwei Stunden später hielt der Wagen vor einem kleinen Haus aus Backstein, das in einem mit spindelförmigen Birnbäumen bepflanzten Obstgarten am Rand der Landstraße stand.

Vier mit Geißblatt und Clematis geschmückte Gartenlauben aus Holzlatten bildeten die vier Ecken dieses Gartens, angelegt in vier Gemüsebeeten, die von Obstbäumen gesäumte schmale Wege unterteilten.

Das Anwesen war allseits von einer sehr hohen grünen Hecke umgeben und durch ein Feld vom benachbarten Bauernhof getrennt. An der Straße lag hundert Schritte davor eine Schmiede. Die nächsten Wohnhäuser waren einen Kilometer entfernt.

Ringsum hatte man einen weiten Blick über die Ebene von Caux, übersät mit Höfen, zu denen jeweils vier Doppelreihen den Apfelgarten einfassender, hoher Bäume gehörten.

Sobald sie angekommen war, wollte Jeanne sich ausruhen, doch Rosalie ließ es nicht zu, weil sie fürchtete, dass sie wieder in Träumereien verfiele.

Der Tischler von Goderville war da, erschienen, um alles einzurichten; und man begann sofort mit der Unterbringung der bereits hergeschafften Möbel, während man auf den letzten Wagen wartete, der gleich eintreffen musste.

Es war eine beträchtliche Arbeit, die lange Überlegungen erforderte und wohldurchdacht sein wollte.

Nach einer Stunde erschien schließlich der Karren vor dem Tor, und er musste im Regen entladen werden.

Als der Abend dämmerte, war das Haus, voller zufällig aufgestapelter Dinge, in vollständigem Durcheinander; und Jeanne schlief erschöpft ein, kaum dass sie im Bett war.

In den folgenden Tagen hatte sie keine Zeit für traurige Stimmungen, so viel hatte sie zu tun. Sie fand sogar eine gewisse Freude daran, ihr neues Heim hübsch einzurichten, da der Gedanke, ihr Sohn werde zurückkommen, sie nicht losließ. Die Tapisserien ihres ehemaligen Zimmers wurden im Speisezimmer gespannt, das zugleich als Salon diente; und sie gestaltete mit besonderer Sorgfalt eines der beiden Zimmer im oberen Stock, das in ihrer Vorstellung den Namen »Poulets Zimmer« erhielt.

Das zweite behielt sie sich selbst vor, während Rosalie darüber neben dem Dachboden wohnte.

Das liebevoll eingerichtete Haus war hübsch: Und Jeanne fand in der ersten Zeit Gefallen daran, obwohl ihr etwas fehlte, das ihr nicht ganz klar wurde.

Eines Morgens brachte ihr der Notar von Fécamp dreitausendsechshundert Francs, den Preis der in Les Peuples zurückgelassenen und von einem Tapezierer geschätzten Möbel. Als sie dieses Geld in Empfang nahm, bebte sie vor Freude; und sobald der Mann gegangen war, nahm sie eilig ihren Hut und wollte so schnell wie möglich nach Goderville laufen, um Paul diese unverhoffte Summe zukommen zu lassen.

Doch als sie die Landstraße entlanghastete, traf sie Rosalie, die vom Markt kam. Das Hausmädchen hatte einen Verdacht, ohne gleich die Wahrheit zu erraten; als sie sie schließlich erkannt hatte, denn Jeanne konnte ihr nichts mehr verheimlichen, stellte sie ihren Korb ab, um ungeniert böse zu werden.

Und die Fäuste in die Hüften gestemmt, schimpfte sie laut los; dann packte sie mit dem rechten Arm ihre Herrin, mit dem linken ihren Korb, und immer noch außer sich vor Wut, marschierte sie zum Haus zurück.

Sobald sie heimgekehrt waren, verlangte das Hausmädchen die Herausgabe des Geldes. Jeanne gab es ihr, wobei sie sechshundert Francs behielt; doch ihre List wurde schnell von der misstrauisch gewordenen Dienerin durchschaut; und sie musste das Ganze herausrücken.

Rosalie war jedoch damit einverstanden, dass dieser Rest dem jungen Mann geschickt wurde.

Nach ein paar Tagen bedankte er sich. »Du hast mir einen großen Dienst erwiesen, meine liebe Mama, denn wir waren in großer Not.«

Jeanne gewöhnte sich indessen schlecht an Batteville; unentwegt kam es ihr so vor, als lebe sie nicht mehr wie früher, als sei sie noch einsamer, noch verlassener, noch verlorener. Sie machte eine Runde, kam in den Weiler Verneuil und ging über die Trois-Mares zurück, und kaum war sie heimgekehrt, erhob sie sich wieder, überwältigt von dem Verlangen, das Haus nochmals zu verlassen, als habe sie ihr genaues Ziel, wo sie spazieren gehen wollte, versäumt.

Und das begann jeden Tag von Neuem, ohne dass sie den Grund dieses seltsamen Bedürfnisses begriff. Doch eines Abends kam ihr unbewusst ein Satz in den Sinn, der ihr das Geheimnis ihrer Rastlosigkeit enthüllte. Als sie sich zum Diner setzte, sagte sie: »Oh, wie gerne würde ich das Meer sehen!«

Was ihr so stark fehlte, war die See, seit fünfundzwanzig Jahren ihre große Nachbarin, die See mit ihrer salzigen Luft, ihrem Wüten, ihrem Grollen, ihren mächtigen Winden, die See, die sie jeden Morgen aus ihrem Fenster in Les Peuples sehen konnte, die sie Tag und Nacht roch, die sie neben sich spürte, die sie zu lieben begonnen hatte wie einen Menschen, ohne sich dessen bewusst zu sein.

Auch Massacre lebte in äußerster Erregung. Seit dem Abend seiner Ankunft hatte er sich unten im Küchenschrank niedergelassen, ohne dass es möglich gewesen wäre, ihn wieder auszuquartieren. Nahezu reglos harrte er den ganzen Tag dort aus und drehte sich nur dann und wann mit dunpfem Knurren um.

Doch sobald es dunkel wurde, erhob er sich und schleppte sich, an die Wände stoßend, zur Gartenpforte. Wenn er dann die wenigen Minuten, die er brauchte, draußen verbracht hatte, kehrte er ins Haus zurück, setzte sich vor dem noch warmen Herd auf seinen Hintern und begann, sobald seine beiden Herrinnen schlafen gegangen waren, zu heulen.

Mit klagender und jammernder Stimme heulte er so die ganze Nacht, manchmal nur eine Stunde pausierend, um mit einem noch erbärmlicheren Ton fortzufahren. Man kettete ihn vor dem Haus in einem Fass an. Er heulte unter den Fenstern. Da er gebrechlich war und binnen Kurzem sterben würde, legte man ihn wieder in die Küche.

Jeder Schlaf wurde Jeanne unmöglich, die das alte Tier unentwegt stöhnen und kratzen hörte, weil es sich in diesem neuen Heim zurechtzufinden suchte und genau begriff, dass es nicht mehr zu Hause war.

Nichts konnte es beruhigen. Den ganzen Tag über dösend,

als hätten sein erloschenes Augenlicht und das Bewusstsein seiner Gebrechlichkeit es daran gehindert, sich zu bewegen, während alle Wesen lebendig und tätig sind, begann es, sobald der Abend dämmerte, ruhelos umherzustreunen, als wage es nur noch in der Finsternis, die alle Wesen blind macht, zu leben und sich zu rühren.

Eines Morgens fand man es tot daliegen. Das war eine große Erleichterung.

Der Winter schritt voran; und Jeanne wurde von unüberwindlicher Verzweiflung erfasst. Das war nicht der heftige Schmerz, unter dem sich die Seele gleichsam windet, sondern eine trostlose, finstere Traurigkeit.

Keinerlei Zerstreuung brachte sie wieder zu sich. Niemand kümmerte sich um sie. Fast immer leer verlief die Landstraße vor ihrer Tür nach rechts und links. Von Zeit zu Zeit fuhr im Trab ein Tilbury vorüber, gelenkt von einem Mann mit rotem Gesicht, dessen Kittelhemd sich im Fahrtwind blähte wie ein blauer Ballon; manchmal war es ein langsamer Karren, oder man sah von Weitem zwei Bauern kommen, Mann und Frau, am Horizont ganz klein, dann wachsend und, wenn sie am Haus vorüber waren, wieder kleiner werdend, Punkte wie Insekten ganz dort hinten am Ende der hellen Linie, die sich in weichen Bodenwellen auf- und absteigend hinzog, so weit das Auge reichte.

Als das Gras zu sprießen begann, kam jeden Morgen ein kleines Mädchen in kurzem Rock am Tor vorüber und trieb zwei magere Kühe vor sich her, die an den Straßengräben weideten. Am Abend kehrte sie auf dieselbe träge Art zurück, hinter ihren Tieren, mit einem Schritt alle zehn Minuten.

Jeanne träumte jede Nacht, dass sie noch in Les Peuples wohnte.

Sie fand sich dort wie früher mit Vater und Mamachen wieder und manchmal sogar mit Tante Lison. Nochmals tat sie vergessene und vergangene Dinge und meinte, Madame Adelaide zu stützen, wenn sie in ihrer Allee unterwegs war. Und jedes Erwachen war von Tränen gefolgt.

Sie dachte immerfort an Paul und fragte sich: »Was macht er? Wie geht es ihm jetzt? Ob er manchmal an mich denkt?« Während sie langsam über die ausgefahrenen Wege zwischen den Bauernhöfen ging, wälzte sie all diese Gedanken, die sie furchtbar quälten; aber sie litt vor allem unter einer unstillbaren Eifersucht auf diese unbekannte Frau, die ihr ihren Sohn geraubt hatte. Nur dieser Hass hielt sie zurück, hinderte sie daran zu handeln, ihn zu holen, sein Haus zu betreten. Ihr war, als sehe sie die Geliebte an der Tür stehen und fragen: »Was wollen Sie hier, Madame?« Ihr Mutterstolz empörte sich angesichts der Möglichkeit einer solchen Begegnung; und der auffahrende Hochmut der stets unbescholtenen Frau ohne Schwächen und Makel brachte sie mehr und mehr gegen all diese Niederträchtigkeiten des Mannes auf, der beherrscht wurde von den schmutzigen Praktiken körperlicher Liebe, welche auch die Herzen niederträchtig macht. Die Menschheit kam ihr verdorben vor, wenn sie an all die unsauberen, sinnlichen Geheimnisse dachte, an die erniedrigenden Zärtlichkeiten, an all die erahnten Rätsel unlösbarer Verbindungen.

Auch Frühling und Sommer vergingen.

Doch als der Herbst wiederkehrte mit den endlosen Regenfällen, dem grau getönten Himmel und den dunklen Wolken, war sie dieses Leben so leid, dass sie beschloss, einen äußersten Versuch zu machen, ihren Poulet zurückzugewinnen.

Die Leidenschaft des jungen Mannes musste jetzt verflogen sein.

Sie schrieb ihm einen tränenreichen Brief.

Mein liebes Kind, ich bitte Dich, zu mir zurückzukommen. Bedenke doch, dass ich alt und krank bin und das ganze Jahr über vollkommen allein mit einem Dienstmädchen. Ich wohne jetzt in einem kleinen Haus an der Landstraße. Das ist ziemlich traurig. Aber wenn Du da wärst, würde sich alles für mich ändern. Ich habe auf der Welt nur Dich und habe Dich seit sieben Jahren nicht gesehen! Du wirst nie erfahren, wie unglücklich ich gewesen bin und wie sehr ich auf Dich gebaut hatte. Du warst mein Leben, mein Traum, meine einzige Hoffnung, meine einzige Liebe, und Du fehlst mir, Du hast mich im Stich gelassen!
Oh, komm zu mir zurück, mein kleiner Poulet, komm zurück und nimm mich in die Arme, komm zurück zu Deiner alten Mutter, die verzweifelt die Arme nach Dir ausstreckt.

JEANNE.

Er antwortete einige Tage später.

Meine liebe Mama, nichts wäre mir lieber, als Dich zu besuchen, aber ich habe keinen Sou. Schick mir ein bisschen Geld, und ich komme. Ich hatte übrigens vor, bei Dir vorbeizuschauen, um mit Dir über einen Plan zu sprechen, der mir erlauben würde, Deine Bitte zu erfüllen.

Die Uneigennützigkeit und Zärtlichkeit derjenigen, die in den schlimmen Tagen, die ich durchmache, meine Gefährtin war, ist weiterhin grenzenlos. Ich kann das unmöglich fortsetzen, ohne ihre Liebe und ihre so treue Hingabe öffentlich anzuerkennen. Sie hat übrigens ein sehr gutes Benehmen, das Du schätzen wirst. Sie ist sehr gebildet, sie liest viel. Kurz, Du kannst Dir nicht vorstellen, was sie stets für mich gewesen ist. Ich wäre ein Flegel, wenn ich ihr nicht meine Dankbarkeit bezeugte. Ich bitte Dich also um die Erlaubnis, sie zu heiraten. Du wirst mir meine Eskapaden verzeihen, und wir werden alle zusammen in Deinem neuen Haus wohnen.
Wenn Du sie kennen würdest, gäbst du mir sofort Deine Einwilligung. Ich versichere Dir, dass sie untadelig und sehr vornehm ist. Du wirst sie lieben, da bin ich sicher. Ich jedenfalls kann nicht ohne sie leben.
Ich warte ungeduldig auf Deine Antwort, liebe Mama, und wir umarmen Dich von ganzem Herzen.
Dein Sohn,

Vicomte Paul de Lamare.

Jeanne war niedergeschmettert. Sie blieb reglos sitzen, den Brief auf den Knien, während ihr die List dieses Flittchens klar wurde, die ihren Sohn unentwegt festgehalten hatte, die ihn nicht ein einziges Mal hatte zu ihr kommen lassen und die nur auf ihre Gelegenheit lauerte, auf die Stunde, in der die verzweifelte alte Mutter dem Wunsch, ihr Kind in die Arme zu schließen, nicht länger würde widerstehen können, in der sie schwach werden und allem zustimmen würde.

Und der große Schmerz über Pauls hartnäckige Vorliebe

für dieses Geschöpf zerriss ihr das Herz. Sie sagte sich immer wieder: »Er liebt mich nicht. Er liebt mich nicht.«

Rosalie kam herein. Jeanne stammelte: »Jetzt will er sie heiraten.«

Das Hausmädchen fuhr auf: »Oh, Madame, das werden Sie nicht gestatten! Monsieur Paul wird nicht diese Nutte von der Straße auflesen.«

Und Jeanne antwortete niedergeschlagen, aber empört: »Niemals, mein Kind. Und da er nicht kommen will, werde ich ihn aufsuchen, und wir werden sehen, welche von uns beiden ihn für sich gewinnt.«

Und sie schrieb sofort an Paul, um ihm ihr Kommen anzukündigen und sich an einem anderen Ort mit ihm zu verabreden als in dem Quartier, wo diese Hure wohnte.

Während sie auf eine Antwort wartete, traf sie nun ihre Vorbereitungen. Rosalie begann, Wäsche und Kleidungsstücke ihrer Herrin in einen alten Koffer zu schichten. Doch als sie ein Kleid zusammenfaltete, ein ländliches altes Kleid, rief sie: »Sie haben ja rein gar nichts anzuziehen. So lasse ich Sie nicht losfahren. Alle würden sich für Sie schämen; und die Damen von Paris würden Sie für eine Dienstmagd halten.«

Jeanne ließ sie gewähren. Und die beiden Frauen begaben sich gemeinsam nach Goderville, um einen grün karierten Stoff auszusuchen, welcher der Schneiderin des Marktfleckens anvertraut wurde. Dann gingen sie zum Notar Monsieur Roussel, der jedes Jahr eine zweiwöchige Reise in die Hauptstadt unternahm, um sich von ihm beraten zu lassen. Denn Jeanne hatte Paris seit zwanzig Jahren nicht mehr gesehen.

Er gab zahlreiche Empfehlungen, wie man den Wagen ausweichen sollte, was man tun musste, um nicht bestohlen zu werden, wobei geraten wurde, das Geld ins Futter der Kleidung zu nähen und in der Tasche nur das Unentbehrliche zu haben; er sprach ausführlich über Restaurants mit moderaten Preisen, wobei er auf zwei oder drei hinwies, die von Frauen besucht wurden; und er nannte das Hôtel de Normandie neben dem Bahnhof, in dem er selbst immer abstieg. Man konnte sich dort auf ihn beziehen.

Seit sechs Jahren verkehrte zwischen Paris und Le Havre die Eisenbahn, die in aller Munde war. Doch in ihrem ständigen Kummer hatte Jeanne diese Dampfwagen, die das ganze Land in Aufruhr versetzten, noch nicht gesehen.

Von Paul kam indessen keine Antwort.

Sie wartete acht Tage, dann vierzehn Tage, indem sie jeden Morgen dem Briefträger auf der Landstraße entgegenging, den sie zitternd ansprach: »Haben Sie nichts für mich, Vater Malandain?« Und der Mann antwortete stets mit seiner durch die jahreszeitlichen Unbilden der Witterung heiser gewordenen Stimme: »Diesmal immer noch nichts, liebe Dame.«

Sicher lag es an dieser Frau, die Paul daran hinderte, zu antworten!

Jeanne beschloss also, sofort aufzubrechen. Sie wollte Rosalie mitnehmen, aber das Hausmädchen weigerte sich, sie zu begleiten, um die Reisekosten nicht zu erhöhen.

Im Übrigen erlaubte sie ihrer Herrin nicht, mehr als dreihundert Francs mitzunehmen: »Wenn Sie mehr brauchen, schreiben Sie mir einfach, und ich gehe dann zum Notar, damit er Ihnen das Geld schickt. Wenn ich Ihnen mehr gebe, wird Paul es einstecken.«

Und eines Morgens im Dezember stiegen sie in den Karren

von Denis Leqoc, der sie abholte, um sie zum Bahnhof zu fahren, wobei Rosalie ihre Herrin bis dahin begleitete.

Sie erkundigten sich erst einmal nach dem Preis der Billetts, und als dann alles erledigt und der Koffer abgefertigt war, warteten sie vor diesen eisernen Linien und versuchten zu begreifen, wie dieses Ding arbeitete, so sehr in Anspruch genommen von diesem Rätsel, dass sie an die traurigen Gründe der Reise gar nicht mehr dachten.

Schließlich ließ ein entfernter Pfiff sie den Kopf wenden, und sie bemerkten eine immer größer werdende schwarze Maschine. Mit furchtbarem Getöse traf sie ein und stampfte, eine lange Reihe fahrender Häuschen hinter sich herziehend, an ihnen vorüber; und als ein Angestellter eine Tür geöffnet hatte, umarmte Jeanne weinend Rosalie und stieg in eine dieser Hütten.

Rosalie rief aufgeregt: »Auf Wiedersehen, Madame; gute Reise, bis bald!«

»Auf Wiedersehen, mein Kind.«

Wieder ertönte ein Pfiff, und die ganze Wagenkette begann zu rollen, zunächst langsam, dann schneller, dann mit erschreckender Geschwindigkeit.

In dem Abteil, wo sich Jeanne befand, schliefen in die Ecken gelehnt zwei Männer.

Fassungslos über dieses Tempo, sah sie die Felder, die Bäume, die Bauernhöfe, die Dörfer vorüberfliegen und fühlte sich gefangen von einem neuen Leben, mitgerissen in eine neue Welt, die nicht mehr die ihre war, die Welt ihrer stillen Jugend und ihres eintönigen Lebens.

Als der Zug in Paris eintraf, wurde es Abend.

Ein Gepäckträger nahm Jeannes Koffer; und hin und her

gestoßen, außerstande, sich in der wogenden Menge ihren Weg zu bahnen, folgte sie ihm verwirrt, fast dem Mann hinterherrennend vor Angst, ihn aus den Augen zu verlieren.

Als sie im Büro des Hotels war, beeilte sie sich zu verkünden: »Ich komme auf Empfehlung von Monsieur Roussel.«

Die Wirtin, eine an ihrem Schreibtisch sitzende Frau von gewaltigem Leibesumfang, fragte mit wichtiger Miene: »Was für ein Monsieur Roussel?«

Jeanne versetzte bestürzt: »Aber doch der Notar aus Goderville, der jedes Jahr bei Ihnen Quartier nimmt.«

Die dicke Dame erklärte: »Möglich. Ich kenne ihn nicht. Wünschen Sie ein Zimmer?«

»Ja, Madame.«

Und ein Hoteldiener griff nach ihrem Gepäck und stieg vor ihr die Treppe hinauf.

Sie war sehr bedrückt. Sie setzte sich an einen kleinen Tisch und bat darum, ihr eine Bouillon und einen Hühnerflügel heraufzubringen. Seit dem Morgengrauen hatte sie nichts zu sich genommen. Sie aß traurig beim Schein einer Kerze und dachte an tausend Dinge, während sie sich an ihre Ankunft in derselben Stadt auf der Rückkehr von ihrer Hochzeitsreise erinnerte, an die ersten Anzeichen von Juliens Wesen, die bei ihrem Aufenthalt in Paris zutage getreten waren. Doch damals war sie jung und vertrauensvoll und beherzt. Jetzt fühlte sie sich alt, gehemmt, sogar ängstlich, schwach und durch ein Nichts aus der Fassung zu bringen. Als sie ihre Mahlzeit beendet hatte, stellte sie sich ans Fenster und schaute auf die belebte Straße. Sie hatte Lust hinauszugehen und wagte es nicht. Sie würde sich unweigerlich verlaufen, dachte sie. Und sie ging zu Bett und blies ihr Licht aus.

Doch der Lärm, der Eindruck einer unbekannten Stadt und die Aufregung der Reise hielten sie wach. Die Stunden verstrichen. Das Getöse von draußen beruhigte sich nach und nach, ohne dass sie hätte schlafen können, weil die gedämpfte Unrast großer Städte sie aufregte. Sie war den stillen und tiefen Schlummer der Felder gewohnt, der alles zur Ruhe kommen lässt, Menschen, Tiere und Pflanzen; und jetzt spürte sie rund um sich her ein rätselhaftes Treiben. Kaum wahrnehmbare Stimmen drangen zu ihr, als seien sie in die Wände des Hotels geschlüpft. Bisweilen knackte eine Diele, eine Tür wurde geschlossen, eine Klingel schrillte.

Gegen drei Uhr morgens, als sie wegzudämmern begann, stieß eine Frau im Nachbarzimmer Schreie aus; Jeanne setzte sich jäh im Bett auf; dann glaubte sie, ein Männerlachen zu hören.

Je näher der Tag rückte, desto mehr erfüllte sie der Gedanke an Paul; und sobald der Morgen dämmerte, kleidete sie sich an.

Er wohnte in der Rue du Sauvage in der Cité. Sie wollte zu Fuß dorthin gehen, um Rosalies Ermahnungen zu Sparsamkeit zu befolgen. Das Wetter war schön; die kalte Luft prickelte auf der Haut; eilig hasteten Leute über die Trottoirs. Sie ging so schnell wie möglich und folgte einer angegebenen Straße, an deren Ende sie erst nach rechts und dann nach links abbiegen sollte; wenn sie dann auf einen Platz käme, sollte sie nochmals nachfragen. Sie fand den Platz nicht und erkundigte sich bei einem Bäcker, der sie woandershin schickte. Sie eilte weiter, kam vom Wege ab, irrte umher, folgte anderen Ratschlägen und verlief sich vollends.

Bestürzt ging sie jetzt fast auf gut Glück weiter. Sie wollte sich gerade entschließen, einen Kutscher herzurufen, als sie vor sich die Seine sah. Nun lief sie an den Quais entlang.

Nach ungefähr einer Stunde kam sie in die Rue du Sauvage, eine Art stockdunkle Gasse. Sie blieb vor der Tür stehen, so bewegt, dass sie keinen Schritt mehr tun konnte.

Hier, in diesem Hause, war er, Poulet.

Sie spürte, wie ihr die Knie und Hände zitterten; schließlich trat sie ein, ging einen Flur entlang, sah die Loge des Portiers und fragte, indem sie ihm ein Geldstück hinstreckte: »Könnten Sie wohl hinaufgehen und Monsieur Paul de Lamare sagen, dass eine alte Dame, eine Freundin seiner Mutter, unten auf ihn wartet?«

Der Portier erwiderte: »Er wohnt hier nicht mehr, Madame.«

Ein heftiger Schauder überlief sie. Sie stammelte: »Ach! Wo … wo wohnt er denn jetzt?«

»Ich weiß es nicht.«

Sie fühlte sich benommen, als würde sie gleich umfallen, und minutenlang konnte sie nichts sagen. Schließlich riss sie sich mühsam zusammen und murmelte: »Wann ist er ausgezogen?«

Der Mann klärte sie ausführlich auf. »Vor vierzehn Tagen. Sie sind einfach so eines Abends verschwunden und nicht wiedergekommen. Sie hatten überall im Viertel Schulden; da verstehen Sie wohl, dass sie keine Adresse hinterlassen haben.«

Jeanne sah Funken, hoch aufschießende Flammen, als habe man vor ihren Augen geschossen. Doch ein unerschütterlicher Gedanke hielt sie aufrecht, ließ sie, äußerlich ruhig, vernünftig und standhaft bleiben. Sie wollte alles erfahren und Poulet wiederfinden.

»Er hat also nichts gesagt, als er gegangen ist?«

»Oh, gar nichts, sie sind einfach getürmt, um nicht zu zahlen, das ist alles.«

»Aber durch irgendjemanden wird er doch seine Briefe abholen lassen.«

»Ich würde nicht daran denken, sie ihm zu geben. Und er bekam ja kaum zehn im Jahr. Einen habe ich ihnen aber hinaufgebracht, zwei Tage bevor sie verschwunden sind.«

Das war sicher ihr Brief. Sie sagte hastig: »Hören Sie, ich bin seine Mutter, und ich bin gekommen, um ihn zu suchen. Hier sind zehn Francs für Sie. Wenn Sie irgendeine Nachricht oder irgendeine Information über ihn haben, bringen Sie sie mir ins Hôtel de Normandie, Rue du Havre, und ich werde Sie gut bezahlen.«

Er entgegnete: »Sie können mit mir rechnen, Madame.«

Und sie stürzte davon.

Sie lief wieder los, ohne sich darum zu kümmern, wohin sie ging. Sie hastete voran, als sei sie wegen einer wichtigen Besorgung in Eile; angerempelt von Leuten mit Paketen, hielt sie sich dicht an den Häuserwänden; sie überquerte die Straßen, ohne auf die Wagen zu achten, beschimpft von den Kutschern; sie stolperte über die Kantsteine der Trottoirs, die sie gar nicht beachtete; sie rannte blindlings vor sich hin.

Plötzlich fand sie sich in einer Grünanlage wieder, und sie fühlte sich so erschöpft, dass sie sich auf eine Bank setzte. Sie musste dort sehr lange gesessen und, ohne es zu merken, geweint haben, denn Passanten blieben stehen, um sie zu mustern. Dann merkte sie, dass ihr sehr kalt war; und sie stand auf, um weiterzueilen; ihre Beine trugen sie kaum, so niedergeschmettert und schwach war sie.

Sie wollte in ein Restaurant gehen, um eine Bouillon zu sich zu nehmen, doch von einem gewissen Gefühl der Schande ergriffen, einer Angst, einer Art Scham über ihren Kummer, den sie für deutlich sichtbar hielt, wagte sie nicht, diese Etablissements zu betreten. Sie blieb eine Sekunde vor der Tür stehen, schaute hinein, sah all diese am Tisch sitzenden und essenden Leute und ergriff eingeschüchtert die Flucht, während sie sich sagte: »Ich gehe ins nächste.« Und das folgende betrat sie ebenso wenig.

Zu guter Letzt kaufte sie sich bei einem Bäcker ein Brötchen in Halbmondform und begann, es noch im Gehen zu verschlingen. Sie hatte großen Durst, aber sie wusste nicht, wo sie einkehren sollte, um etwas zu trinken, und verzichtete darauf.

Sie ging durch einen Torbogen und war in einer von Arkaden umgebenen weiteren Grünanlage. Da erkannte sie das Palais Royal.

Die Sonne und der Fußmarsch hatten sie wieder ein wenig aufgewärmt, und so nahm sie noch für ein oder zwei Stunden dort Platz.

Eine Schar von Menschen kam herein, eine elegante Schar, die plauderte, lächelte, grüßte, so eine glückliche Schar, bei der die Frauen schön und die Männer reich sind und die nur für Tand und Vergnügungen lebt.

Verstört, mitten in dieser glanzvollen Menge zu sein, erhob sie sich, um die Flucht zu ergreifen; doch plötzlich kam ihr der Gedanke, dass sie hier Paul finden könnte; und in die unaufhörlich kommenden und gehenden Gesichter spähend, begann sie, mit ihrem bescheidenen und raschen Schritt, vom einen zum anderen Ende der Grünanlage zu irren.

Leute drehten sich um, um sie zu betrachten, andere lachten und machten sich gegenseitig auf sie aufmerksam. Sie merkte es und suchte das Weite, weil sie dachte, man amüsiere sich gewiss über ihre Gestalt und über ihr grün kariertes Kleid, das von Rosalie ausgesucht worden und nach ihren Angaben von der Schneiderin in Goderville genäht worden war.

Sie wagte nicht einmal mehr, die Passanten nach dem Weg zu fragen. Sie orientierte sich jedoch auf gut Glück und fand schließlich ihr Hotel.

Den Rest des Tages verbrachte sie reglos auf einem Stuhl an ihrem Bett. Als Diner aß sie wie am Abend zuvor eine Suppe und ein wenig Fleisch. Schließlich ging sie schlafen, aus Gewohnheit mechanisch jeden Handgriff verrichtend.

Am nächsten Tag begab sie sich zum Polizeipräsidium, damit man ihr Kind für sie wiederfinde. Man konnte ihr nichts versprechen; man würde sich jedoch darum kümmern.

Immer noch in der Hoffnung, ihn zu treffen, strich sie nun durch die Straßen. Und sie fühlte sich in dieser wogenden Menge einsamer, verlorener, elender als mitten in der Einöde der Felder.

Als sie abends zurück ins Hotel kam, sagte man ihr, ein Mann habe im Auftrag von Monsieur Paul nach ihr gefragt, und er komme am nächsten Tag wieder. Das Blut schoss ihr ins Herz, und in der Nacht tat sie kein Auge zu. Wenn er es wäre? Ja, sicher war er es, obwohl sie ihn an den Einzelheiten, die ihr mitgeteilt worden waren, nicht erkannt hatte.

Gegen neun Uhr morgens klopfte es an ihrer Tür, sie rief: »Herein!«, bereit, mit offenen Armen herbeizustürzen. Ein Unbekannter erschien. Und während er sich entschuldigte, sie gestört zu haben, und seine Angelegenheit erklärte, eine Schuld von Paul, die er einforderte, merkte sie, wie sie weinte, ohne es zeigen zu wollen, sodass sie die Tränen mit den Fingerspitzen abwischte, wenn sie ihr in die Augenwinkel liefen.

Er hatte von ihrer Ankunft durch die Concierge der Rue du Sauvage erfahren, und da er den jungen Mann nicht auftreiben konnte, wandte er sich an die Mutter. Er hielt ihr ein Papier hin, das sie gedankenlos entgegennahm. Sie las eine Zahl: 90 Francs, holte ihr Geld heraus und zahlte.

An diesem Tag ging sie nicht aus.

Am nächsten Tag erschienen weitere Gläubiger. Sie gab alles, was ihr blieb, und behielt nur ungefähr zwanzig Francs; sie schrieb an Rosalie, um ihre Situation zu schildern.

Sie verbrachte ihre Tage damit, ziellos umherzustreifen, während sie auf die Antwort ihres Hausmädchens wartete; sie wusste nicht, was sie tun sollte, wo sie die trostlosen Stunden, die endlosen Stunden totschlagen sollte, da sie niemanden hatte, bei dem sie sich aussprechen konnte, niemanden, der ihr Elend kannte. Sie lief aufs Geratewohl geradeaus, nun gequält von dem Bedürfnis, abzureisen, zurückzukehren in ihr kleines Haus an der einsamen Landstraße.

Wenige Tage zuvor hatte sie es dort nicht mehr ausgehalten, so sehr hatte die Traurigkeit sie überwältigt, doch jetzt spürte sie genau, dass sie im Gegenteil nur noch zu leben vermochte, wo ihre immer gleichen Gewohnheiten Wurzeln geschlagen hatten.

Endlich fand sie eines Abends einen Brief und zweihundert Francs vor. Rosalie schrieb:

Madame Jeanne, kommen Sie schnellstens zurück, denn ich werde Ihnen nichts mehr schicken. Was Monsieur Paul angeht, den werde ich aufsuchen, wenn wir Nachricht von ihm haben.
Ich grüße Sie. Ihre Dienstmagd,

ROSALIE.

Und an einem Morgen, als es schneite und sehr kalt war, fuhr Jeanne wieder zurück nach Batteville.

XIV

Nun ging sie nicht mehr aus, sie rührte sich nicht mehr vom Fleck. Sie stand jeden Morgen zur gleichen Zeit auf, sah durchs Fenster nach dem Wetter und ging dann hinunter, um sich im Wohnraum vor den Kamin zu setzen.

Die Augen auf die Flamme gerichtet, blieb sie dort ganze Tage sitzen, ohne sich zu rühren, während sie ihre jammervollen Gedanken aufs Geratewohl schweifen und der traurigen Reihe ihrer Leiden nachhängen ließ. Allmählich erfüllte die Dunkelheit das kleine Zimmer, ohne dass sie etwas anderes unternommen hätte, als Holz nachzulegen. Dann brachte Rosalie die Lampe und rief: »Kommen Sie, Madame Jeanne, Sie müssen sich Bewegung machen, oder Sie werden heute Abend keinen Hunger haben.«

Sie wurde oft von Zwangsvorstellungen verfolgt, die sie belästigten, und von belanglosen Sorgen gequält, da in ihrem kranken Kopf die kleinsten Dinge äußerste Wichtigkeit annahmen.

Sie lebte vor allem wieder in der Vergangenheit, in alten Zeiten, heimgesucht von ihren Jugendjahren und ihrer Hochzeitsreise dort unten in Korsika. Seit Langem vergessene Landschaftsbilder dieser Insel tauchten plötzlich in den glühenden Scheiten ihres Kamins vor ihr auf; und sie erinnerte sich an alle Einzelheiten, all die kleinen Begebenheiten, all die Gestalten, denen sie dort begegnet war; der Kopf des Führers Jean Ravoli verfolgte sie; und manchmal glaubte sie, seine Stimme zu hören.

Dann dachte sie an die frohen Jahre von Pauls Kindheit, als er sie Salate verziehen ließ und sie sich neben Tante Lison auf die glitschige Erde kniete, eine die andere überbietend in ihren Bemühungen, dem Kind eine Freude zu machen, wetteifernd, wer am geschicktesten die jungen Pflanzen wieder zum Anwachsen bringen und die meisten Sämlinge erhalten würde.

Und ganz leise murmelten ihre Lippen: »Poulet, mein kleiner Poulet«, als habe sie mit ihm gesprochen; und da ihre Träumerei bei diesem Wort hängen blieb, versuchte sie manchmal stundenlang, die Buchstaben, aus denen es bestand, mit gestrecktem Finger ins Leere zu schreiben. Langsam malte sie sie vor dem Feuer in die Luft und meinte, sie zu sehen, und wenn sie glaubte, sich verschrieben zu haben, begann sie mit vor Müdigkeit zitterndem Arm von Neuem mit dem P, wobei sie sich zwang, den Namen zu Ende zu schreiben; und wenn sie fertig war, fing sie von vorne an.

Schließlich konnte sie nicht mehr, brachte alles durcheinander, bildete andere Worte und erregte sich bis zum Wahnsinn.

Sie wurde von sämtlichen Manien alleinstehender Menschen beherrscht. Sie ärgerte sich, wenn die kleinste Sache von ihrem Platz verrückt worden war.

Rosalie zwang sie oft zum Spazierengehen, nahm sie mit auf die Landstraße; doch nach zwanzig Minuten erklärte Jeanne: »Ich kann nicht mehr, mein Kind«; und sie setzte sich an den Graben.

Bald war ihr jede Bewegung zuwider, und sie blieb so lange wie möglich im Bett.

Eine einzige Gewohnheit war ihr seit ihrer Kindheit beharrlich treu geblieben, die, sofort aufzustehen, wenn sie ihren Milchkaffee getrunken hatte. Im Übrigen war sie fast abhängig von diesem Gebräu; darauf hätte sie schwerer verzichtet als auf irgendetwas anderes. Jeden Morgen wartete sie mit leicht lüsterner Ungeduld auf Rosalies Erscheinen; und sobald die volle Tasse auf ihrem Nachttisch stand, setzte sie sich auf und trank sie nahezu gierig aus. Dann schlug sie ihre Laken zurück und begann, sich anzukleiden.

Doch nach und nach gewöhnte sie sich daran, einige Sekunden zu träumen, nachdem sie die Trinkschale zurück auf ihren Teller gestellt hatte; dann streckte sie sich wieder auf dem Bett aus; schließlich verlängerte sie diese Faulheit von Tag zu Tag, bis Rosalie schließlich wütend zurückkam und sie fast gewaltsam ankleidete.

Außerdem schien sie keinen Willen mehr zu haben, und jedes Mal, wenn ihr Dienstmädchen einen Rat von ihr erbat, ihr eine Frage stellte, ihre Meinung hören wollte, antwortete sie: »Tu, wie du meinst, mein Kind.«

Sie glaubte sich so direkt verfolgt von einem Unglück, das es auf sie abgesehen hatte, dass sie fatalistisch wurde wie ein Orientale; und da sie gewohnt war, ihre Träume sich verflüchtigen und ihre Hoffnungen zunichte werden zu sehen, wagte sie nichts mehr zu unternehmen und schreckte tagelang davor zurück, die einfachste Sache zu erledigen, weil sie davon überzeugt war, dass sie es immer falsch anfangen würde und dass es schlecht ausginge.

Alle Augenblicke wiederholte sie: »Ich jedenfalls hatte kein

Glück im Leben.« Dann rief Rosalie: »Was würden Sie denn sagen, wenn Sie für Ihr Brot arbeiten müssten, wenn Sie jeden Morgen um sechs Uhr früh aufstehen müssten, um Ihr Tagewerk zu verrichten! Da gibt es doch viele, die gezwungen sind, das zu tun, und wenn sie zu alt werden, sterben sie vor Armut.«

Jeanne hielt ihr entgegen: »Bedenke doch, dass ich ganz allein bin, dass mein Sohn mich verlassen hat.« Und dann geriet Rosalie außer sich vor Wut: »Was für ein Problem aber auch! Und wie ist es mit den Kindern, die bei der Armee dienen! Und mit denen, die nach Amerika gehen und sich dort niederlassen.«

Amerika war für sie ein unvorstellbares Land, in das man fährt, um sein Glück zu machen, und aus dem man nie zurückkehrt.

Sie fuhr fort: »Es gibt immer einen Moment, wo man sich trennen muss, denn die Alten und die Jungen sind nicht dazu geschaffen zusammenzubleiben.« Und sie schloss in grimmigem Ton: »Und was würden Sie sagen, wenn er tot wäre?«

Und darauf sagte Jeanne dann nichts mehr.

Sie kam wieder ein wenig zu Kräften, als die Luft in den ersten Frühlingstagen milder wurde, doch diese zurückgekehrte Energie benutzte sie nur dazu, sich immer weiter in ihre düsteren Gedanken zu stürzen.

Als sie eines Morgens auf den Boden gestiegen war, um etwas zu suchen, öffnete sie zufällig einen Kasten voller alter Kalender; wie auf dem Lande bei gewissen Leuten üblich, hatte man sie aufgehoben.

Ihr war, als treffe sie unmittelbar auf die Jahre ihrer Vergangenheit, und vor diesem Haufen quadratischer Pappen ergriff sie eine seltsame und verworrene Rührung.

Sie nahm sie und brachte sie ins Wohnzimmer hinunter. Es gab sie in allen Größen, große und kleine. Und sie begann, sie auf ihrem Tisch nach Jahren zu ordnen. Plötzlich fand sie die erste, die, welche sie mit nach Les Peuples genommen hatte.

Sie betrachtete sie lange, mit den Tagen, die sie am Morgen ihrer Abreise von Rouen ausgestrichen hatte, einen Tag nachdem sie aus dem Kloster gekommen war. Und sie weinte. Sie weinte trostlose und zäh fließende Tränen, die armen Tränen einer alten Frau über ihr elendes Leben, das auf diesem Tisch vor ihr ausgebreitet lag.

Und ihr kam eine Idee, die bald zu einer schrecklichen, unentwegten, erbitterten Besessenheit wurde. Fast Tag für Tag wollte sie zurückverfolgen, was sie gemacht hatte.

Sie steckte diese vergilbten Pappen eine nach der anderen an der Tapete fest, und sie verbrachte Stunden vor der einen oder der anderen und fragte sich: »Was ist mir in jenem Monat passiert?«

Sie hatte die Daten ihrer Geschichte, an die man sich erinnern sollte, unterstrichen, und bisweilen gelang es ihr, sich in einem ganzen Monat wieder zurechtzufinden, indem sie all die kleinen Begebenheiten, die einem wichtigen Ereignis vorausgegangen oder gefolgt waren, eine nach der anderen wieder aufrief, zusammenfasste und miteinander verband.

Durch hartnäckige Aufmerksamkeit, Gedächtnisanstrengung und Konzentration brachte sie es zustande, ihre beiden ersten Jahre in Les Peuples nahezu vollständig wiederherzustellen, die entfernten Erinnerungen an ihr Leben fielen ihr mit merkwürdiger Leichtigkeit und gleichsam greifbar wieder ein.

Doch die folgenden Jahre schienen sich in einem Nebel zu verlieren, zu verwirren und in großen Schritten zu springen; und sie verharrte manchmal endlos mit gebeugtem Kopf vor einem Kalender, den Geist gespannt auf die alten Zeiten gerichtet, ohne sich überhaupt entsinnen zu können, ob diese oder jene Erinnerung sich gerade auf diesem Kalender wiederfinden ließe.

Im Wohnzimmer, in dem diese Bilder vergangener Tage in der Runde hingen wie die Kupferstiche eines Kreuzweges, ging sie vom einen zum anderen. Unvermittelt machte sie mit ihrem Stuhl vor einem von ihnen halt und betrachtete es, in ihre Nachforschungen vertieft, reglos bis zum Abend.

Plötzlich, als dann unter der wärmenden Sonne alle Säfte erwachten, als die Ernte auf den Feldern zu sprießen und die Bäume zu grünen begannen, als die Apfelbäume in den Höfen wie rosige Kugeln aufblühten und die Ebene mit Duft erfüllten, ergriff sie eine große Unruhe.

Es hielt sie nicht mehr auf dem Stuhl; zwanzig Mal am Tag ging und kam sie, verließ das Haus und kehrte zurück, streifte manchmal weit entfernt an den Bauernhöfen entlang und geriet außer sich vor einer Art fieberhafter Sehnsucht.

Der Anblick einer in ein Grasbüschel geduckten Margerite, eines durch die Blätter gleitenden Sonnenstrahls, einer Wasserlache in einer Wagenspur, in der sich das Blau des Himmels spiegelte, bewegte sie, rührte sie, brachte sie aus der Fassung, indem er ihr die längst vergangenen Eindrücke wiederschenkte, wie ein Echo ihrer Gefühle als junges Mädchen, als ihre Träume über das Land flogen.

So hatte sie vor Erschütterung gebebt, hatte diese Süße und diesen verwirrenden Rausch der warmen Tage genossen, als sie auf die Zukunft wartete. Nun, da die Zukunft versperrt war, fand sie das alles wieder. In ihrem Herzen hatte sie noch ihre Freude daran; doch zugleich litt sie darunter, als könne das ewige Glück der erwachten Welt, während es ihr in die vertrocknete Haut, das abgekühlte Blut, die entmutigte Seele drang, nur noch einen gedämpften und schmerzlichen Zauber entfalten.

Auch schien es ihr, als habe sich überall um sie herum etwas verändert. Die Sonne war gewiss etwas weniger warm als in ihrer Jugend, der Himmel etwas weniger blau, das Gras etwas weniger grün; und die Blumen, blasser und weniger duftend, waren nicht mehr so verführerisch.

Und doch erfüllte sie an gewissen Tagen eine solche Lebensfreude, dass sie wieder zu träumen, zu hoffen und zu warten begann; denn kann man nicht trotz der grimmigen Härte des Schicksals immer hoffen, wenn schönes Wetter ist?

Wie elektrisiert von der Erregung ihrer Seele, wanderte sie Stunden und Stunden vor sich hin. Und manchmal blieb sie plötzlich stehen und setzte sich an den Straßenrand, um an traurige Dinge zu denken. Warum war sie nicht wie andere geliebt worden? Warum hatte sie nicht einmal die schlichten Freuden eines ruhigen Lebens kennengelernt?

Und manchmal vergaß sie noch für einen Moment, dass sie alt war, dass nichts mehr vor ihr lag außer einigen trostlosen und einsamen Jahren, dass sie ihren Weg zu Ende gegangen war; und wie früher mit sechzehn Jahren schmiedete sie Pläne, die ihrem Herzen wohltaten; sie ersann reizende Zukunftsbilder. Dann kam ihr die Wirklichkeit in aller

Härte wieder zu Bewusstsein; und sie erhob sich, als wäre ein Gewicht auf sie herabgestürzt, das ihr das Kreuz gebrochen hätte; und langsamer machte sie sich wieder auf den Heimweg und murmelte: »Oh, du alte Verrückte! Du alte Verrückte!«

Rosalie sagte jetzt alle Augenblicke zu ihr: »So bleiben Sie doch ruhig, Madame, warum müssen Sie sich so aufregen?«

Und Jeanne antwortete traurig: »Was willst du da machen, ich bin wie Massacre in seinen letzten Tagen.«

Eines Morgens kam das Hausmädchen früher in ihr Zimmer und sagte, während sie die Schale mit Milchkaffee auf ihren Nachttisch stellte: »Kommen Sie, trinken Sie schnell aus. Vor der Tür steht Denis und wartet auf uns. Wir fahren nach Les Peuples, ich hab' da etwas zu tun.«

Jeanne glaubte, sie werde in Ohnmacht fallen, so erschüttert war sie; und zitternd vor Erregung, kleidete sie sich an, fassungslos und ohne Kraft bei dem Gedanken, ihr liebes Haus wiederzusehen.

Ein strahlender Himmel spannte sich über die Welt; und der von Übermut gepackte alte Klepper verfiel bisweilen in Galopp. Als sie in die Gemeinde Étouvent kamen, spürte Jeanne, dass sie schwer atmete, so sehr wogte ihr Busen; und als sie die Backsteinpfeiler des Tores erblickte, sagte sie zwei oder drei Mal unwillkürlich: »Oh! Oh! Oh!«, wie bei Dingen, die einem das Herz umdrehen.

Bei den Couillards wurde ausgespannt; und während Rosalie und ihr Sohn sich an die Aufgaben machten, die sie zu erledigen hatten, schlugen die Pächter Jeanne vor, eine Runde durch das Schloss zu machen, da die Hausherren nicht da waren, und man gab ihr die Schlüssel.

Sie ging allein los, und als sie auf der zum Meer gelegenen Seite vor dem alten Herrenhaus ankam, blieb sie stehen, um es zu betrachten. Außen war nichts verändert. Auf den verblichenen Mauern des riesigen grauen Gebäudes lag an diesem Tag freundlicher Sonnenschein. Alle Läden waren geschlossen.

Ein kleines Stück eines abgestorbenen Zweiges fiel auf ihr Kleid, sie blickte nach oben; es kam von der Platane. Sie trat zu dem dicken Baum mit der glatten und blassen Haut und streichelte ihn wie ein Tier. Ihr Fuß stieß im Gras gegen ein verfaultes Stück Holz; es war der letzte Teil der Bank, auf die sie sich so oft mit all den Ihren gesetzt hatte, der Bank, die man genau an dem Tag des ersten Besuches von Julien aufgestellt hatte.

Nun schritt sie hinüber zur Doppeltür der Vorhalle und hatte große Mühe, sie zu öffnen, da der schwere, rostige Schlüssel sich nicht drehen wollte. Endlich sprang das Schloss mit einem schrillen Kreischen der Federn auf; und der ebenfalls ein wenig widerspenstige Türflügel gab einem Stoß nach.

Jeanne stieg sofort hinauf in ihr Zimmer, ja rannte fast hinauf. Sie erkannte es nicht wieder, da es hell tapeziert war; doch als sie ein Fenster geöffnet hatte, stand sie, bis ins Innerste getroffen, vor dem ganzen so geliebten Horizont, dem Wäldchen, den Ulmen, der Heide und der See, die in der Ferne von reglos scheinenden braunen Segeln übersät war.

Dann begann sie, durch das große, leere, heimatliche Haus zu streifen. Sie betrachtete die ihren Augen vertrauten Flecken auf den Wänden. Sie blieb vor einem kleinen Loch stehen, das der Baron in den Putz gehöhlt hatte, der sich oft einen Spaß daraus machte, in Erinnerung an seine jungen

Jahre mit seinem Spazierstock gegen die Wand zu fechten, wenn er dort vorüberkam.

In Mamachens Zimmer fand sie in einer dunklen Ecke neben dem Bett hinter eine Tür gesteckt eine Nadel mit goldenem Kopf wieder, die sie früher dort hineingedrückt (jetzt fiel es ihr wieder ein) und die sie dann jahrelang gesucht hatte. Niemand hatte sie gefunden. Sie zog sie heraus wie eine Reliquie von unschätzbarem Wert und küsste sie.

Sie wanderte überall hin, suchte, erkannte nahezu unsichtbare Spuren in Zimmertapeten wieder, die man gar nicht erneuert hatte, sah wieder jene bizarren Gesichter, welche oftmals die Fantasie dem Muster der Stoffe, den Marmorplatten, den Schatten an den von der Zeit fleckig gewordenen Decken verleiht.

Sie ging mit geräuschlosen Schritten ganz allein durch das riesige, stille Schloss wie über einen Friedhof. Darin lag ihr ganzes Leben.

Sie lief hinunter in den Salon. Hinter seinen geschlossenen Läden war er dunkel, und sie brauchte einige Zeit, bevor sie irgendetwas unterscheiden konnte; dann gewöhnte sich ihr Blick an die Dunkelheit, und nach und nach erkannte sie die hohen Tapisserien, auf denen Vögel umherspazierten. Zwei Sessel waren vor dem Kamin stehen geblieben, als habe man sich eben aus ihnen erhoben; und sogar der Geruch des Raumes, ein Geruch, den er immer behalten hatte, so wie die Menschen ihren eigenen haben, ein schwacher und doch gut wiederzuerkennender Geruch, der feine unbestimmte Wohlgeruch alter Wohnräume, erfüllte Jeanne, umgab sie mit Erinnerungen und berauschte ihr Gedächtnis. Diesen Hauch der Vergangenheit atmend und die Augen auf die beiden Sessel gerichtet, blieb sie stehen und rang nach Luft. Und plötzlich, in einer jähen Halluzination, die ihre Zwangsvorstellung gebar, glaubte sie zu sehen, ja sah, wie sie es so oft gesehen hatte, ihre Eltern die Füße am Feuer wärmen.

Sie fuhr entsetzt zurück, stieß mit dem Rücken gegen den Türrahmen, hielt sich dort fest, um nicht umzufallen, die Augen immer noch auf die Sessel gerichtet.

Die Vision war verschwunden.

Minutenlang stand sie fassungslos da; dann kam sie langsam wieder zu sich und wollte fliehen, vor Angst, den Verstand verloren zu haben. Ihr Blick fiel zufällig auf den Türrahmen, an den sie sich lehnte: Und sie erkannte die Messlatte von Poulet.

All die dünnen Markierungen stiegen in ungleichen Abständen auf dem Türanstrich nach oben; und die mit dem Messer gekerbten Zahlen nannten das Alter, den Monat und das Wachstum ihres Sohnes. Bald war es die größere Schrift des Barons, bald ihre kleinere, bald, ein wenig zittrig, die von Tante Lison. Und ihr schien, das Kind von früher stehe da vor ihr mit seinem blonden Haar und presse seine kleine Stirn an die Wand, damit man seine Größe maß.

Der Baron rief: »Jeanne, in sechs Wochen ist er einen Zentimeter gewachsen.«

Mit rasender Liebe begann sie, den Türrahmen zu küssen.

Doch draußen wurde nach ihr gerufen. Es war Rosalies Stimme: »Madame Jeanne, Madame Jeanne, wir erwarten Sie zum Déjeuner.« Und sie ging hinaus, und ihr schwanden die Sinne. Und sie begriff nichts mehr von dem, was man ihr sagte. Sie aß Dinge, die man ihr servierte, hörte, wie geredet wurde, ohne zu verstehen, worüber, plauderte zweifellos mit den Pächtern, die nach ihrer Gesundheit fragten, ließ sich küssen, küsste selbst Wangen, die man ihr darbot, und dann stieg sie wieder in den Wagen.

Als sie hinter den Bäumen den hohen Dachstuhl des Schlosses aus dem Blick verlor, fuhr ihr ein schrecklicher Schmerz durch die Brust. Sie spürte im tiefsten Inneren, dass sie eben ihrem Haus für immer Adieu gesagt hatte.

Sie kehrten zurück nach Batteville.

Gerade als sie wieder in ihr neues Heim treten wollte, bemerkte sie etwas Weißes unter der Tür; es war ein Brief, den der Postbote in ihrer Abwesenheit hineingeschoben hatte. Sie erkannte gleich, dass er von Paul kam, und öffnete ihn, zitternd vor Angst. Er schrieb:

Meine liebe Mama, ich habe Dir nicht früher geschrieben, weil ich Dich keine unnötige Reise nach Paris machen lassen wollte, da ich selbst unentwegt kurz davor war, Dich zu besuchen. In diesem Moment bin ich von einem großen Unglück betroffen und in großen Schwierigkeiten. Meine Frau liegt im Sterben, nachdem sie vor drei Tagen ein kleines Mädchen zur Welt gebracht hat; und ich habe keinen Sou. Ich weiß nicht, was ich mit dem Kind machen soll, das meine Concierge, so gut sie kann, mit der Flasche aufzieht, aber ich habe Angst, es zu verlieren. Könntest Du nicht für es sorgen? Ich weiß überhaupt nicht, was ich tun soll, und ich habe kein Geld, um es zu einer Amme zu geben. Antworte postwendend.
Dein Dich liebender Sohn

PAUL.

Jeanne sank auf einen Stuhl und hatte kaum die Kraft, nach Rosalie zu rufen. Als das Hausmädchen da war, lasen sie den Brief noch einmal gemeinsam, dann saßen sie lange schweigend einander gegenüber.

Schließlich ergriff Rosalie das Wort: »Ich fahr die Kleine holen, Madame. So kann man sie nicht lassen.«

Jeanne erwiderte: »Fahr nur, mein Kind.«

Sie schwiegen noch immer, dann versetzte das Hausmädchen: »Setzen Sie Ihren Hut auf, Madame, und dann gehen wir nach Goderville zum Notar. Wenn die andere stirbt, muss Monsieur Paul sie heiraten, wegen der Kleinen, später.«

Und Jeanne setzte wortlos ihren Hut auf. Ein tiefes und nicht einzugestehendes Glück überschwemmte ihr Herz, ein heimtückisches Glück, das sie um jeden Preis verbergen wollte, eines jener abscheulichen Glücksgefühle, über die man errötet, die man jedoch in dem mysteriösen Geheimnis der Seele glühend genießt: – die Geliebte ihres Sohnes würde sterben.

Der Notar machte dem Hausmädchen genaue Angaben, die sie sich mehrmals wiederholen ließ; als sie dann sicher war, dass sie nichts falsch machen würde, erklärte sie: »Haben Sie keine Angst, jetzt nehme ich das in die Hand.«

Sie fuhr noch am selben Abend nach Paris.

Jeanne verbrachte zwei Tage in einem inneren Aufruhr, der es ihr unmöglich machte, über irgendetwas nachzudenken. Am dritten erhielt sie morgens eine einzige Zeile von Rosalie, die ihr ihre Rückkehr mit dem Abendzug ankündigte. Mehr nicht.

Gegen drei Uhr ließ sie den Karren eines Nachbarn anspannen, der sie zum Bahnhof von Beuzeville brachte, um dort auf ihr Dienstmädchen zu warten.

Sie stand auf dem Bahnsteig und starrte auf die schnurgerade Linie der Schienen, die in die Ferne liefen und sich dort hinten ganz am Horizont einander näherten. Von Zeit zu Zeit sah sie auf die Uhr. – Noch zehn Minuten. – Noch fünf Minuten. – Noch zwei Minuten. – Nun war es Zeit. – Auf dem fernen Gleis zeigte sich nichts. Plötzlich bemerkte sie einen weißen Fleck, eine Rauchfahne, dann, darunter, einen schwarzen Punkt, der, in voller Geschwindigkeit herbeieilend, groß und größer wurde. Schnaufend stampfte die mächtige Maschine, schließlich langsamer werdend, an Jeanne vorüber, die begierig die Wagentüren belauerte. Mehrere öffneten sich; Leute stiegen aus, Bauern im Kittelhemd, Pächtersfrauen mit Körben, Kleinbürger mit zerbeultem Hut. Endlich entdeckte sie Rosalie, die in ihren Armen eine Art Wäschepaket trug.

Sie wollte auf sie zugehen, aber sie fürchtete, zu fallen, so weich waren ihr die Beine geworden. Ihr Hausmädchen hatte sie endeckt und kam ihr in ihrer gewohnt ruhigen Art entgegen; und sie sagte: »Guten Tag, Madame; da bin ich mit einiger Mühe wieder.«

Jeanne stammelte: »Und?«

Rosalie antwortete: »Nun, sie ist heute Nacht gestorben. Sie sind verheiratet, hier ist die Kleine.« Und sie reichte ihr das Kind, das in seinen Tüchern gar nicht zu sehen war.

Jeanne nahm es mechanisch entgegen, und sie verließen den Bahnhof und stiegen in den Wagen.

Rosalie versetzte: »Monsieur Paul kommt, sobald die Beerdigung zu Ende ist. Wohl morgen zur gleichen Zeit.«

Jeanne murmelte »Paul …« und sagte weiter nichts.

Die Sonne senkte sich über den Horizont und überflutete

die hier und da vom Gold des blühenden Rapses und dem Blutrot der Mohnblumen gesprenkelten grünenden Weiten mit Klarheit. Ein unendlicher Frieden lag über dem stillen Land, in dem die Säfte zu steigen begannen. Der Karren rollte rasch dahin, da der Bauer mit der Zunge schnalzte, um sein Pferd auf Trab zu bringen.

Und Jeanne schaute unverwandt nach oben in den Himmel, den wie Raketen der zuckende Flug der Schwalben durchkreuzte. Und durch ihre Kleider erreichte ihre Beine plötzlich etwas angenehm Laues, eine Wärme von Leben, und drang in ihren Körper; es war die Wärme des kleinen Wesens, das auf ihren Knien schlief.

Da befiel sie eine ungeheure Erregung. Jäh deckte sie das Gesicht des Kindes auf, das sie noch nicht gesehen hatte: die Tochter ihres Sohnes. Und als das vom hellen Licht getroffene zarte Geschöpf seine blauen Augen öffnete und den Mund bewegte, begann Jeanne, es hemmungslos zu umarmen, es hochzuheben und mit Küssen zu bedecken.

Doch Rosalie, erfreut und schroff, hielt sie zurück.

»Kommen Sie, kommen Sie, Madame Jeanne, lassen Sie's gut sein; Sie bringen sie noch zum Schreien.«

Dann setzte sie, zweifellos in Beantwortung ihrer eigenen Betrachtungen, hinzu: »Wissen Sie, das Leben ist nie so gut oder so schlecht, wie man glaubt.«

ANHANG

ANMERKUNGEN

Seite 7

Widmung: Madame Brainne, die Tochter des ehemaligen Direktors der Zeitung *Le Mémorial de Rouen* und Ehefrau des Journalisten Charles Brainne, verband eine enge Freundschaft mit Flaubert bis zu seinem Tod 1880. Für Maupassant war sie in Paris zu einer bedeutsamen Freundin und literarischen Beraterin geworden. Sie versuchte, ihn auf Themen aus dem Leben von Bürgertum und Adel zu lenken, eine Einflussnahme, der Maupassant in *Une vie* auf seine Weise nachgab, indem er die Wahrheiten der höheren Gesellschaft ebenso schonungslos darstellte wie die der Landarbeiter und Fischer. Bevor der Roman 1883 erscheint, schreibt er an einen Freund: »Als Motto muss, wie von mir angegeben, ›Die schlichte Wahrheit‹ vorangestellt werden.«

Seite 9

1819: Trotz der genauen Angabe der Jahreszahl bleiben die historisch bedeutsamen Umwälzungen dieser Epoche im Roman unerwähnt, als ereigne sich die Handlung in einem geschichtslosen Raum.

Seite 10

Sacré-Cœur: Das Kloster Sacré-Cœur im gleichnamigen Viertel von Rouen.

Seite 11

die Augen holländischer Fayencefiguren: Ende des 17. bis Anfang des 18. Jahrhunderts wurden in Delft Fayencefiguren hergestellt. Vielleicht bezieht sich Maupassant hier aber auch auf die mit besonders großen Augen dargestellten Gestalten auf den blau bemalten Delfter Kacheln.

Seite 12

und sie träumte nur vom Land: In einer ersten Fassung, von Maupassant das »alte Manuskript« genannt, ist der ganze Anfang des Romans sehr viel weiter ausgestaltet. Die Abreise aus dem Kloster, der »Abschied von der lieben Nonne, die weinte«, wird ausführlich beschrieben; die Reise vom Kloster zum Landsitz Les Peuples ist durch einen Aufenthalt im Elternhaus in Rouen unterbrochen, wo man Henry, den nichtswürdigen Bruder von Jeanne, kennenlernt, eine Figur, die Maupassant später gestrichen hat, da er alle unangenehmen männlichen Eigenschaften auf Julien überträgt. Verschiedene Begebenheiten zeigen die nahezu krankhafte Großzügigkeit des Barons, und vor allem steht der Anfang des Romans nicht unter dem Zeichen des Regens.

Seite 12

Les Peuples: »Peuple« ist das normannische Wort für Pappel (franz. »peuplier«).

Seite 12

Yport: Ein Fischerdorf, heute ein Badeort, in einer kleinen Bucht zwischen Fécamp und Étretat am Ende eines bewaldeten kleinen Tals. Das Dorf und seine Umgebung sind sehr genau im Roman wiedergegeben.

Seite 14

Mont Riboudet: Ein Höhenzug westlich von Rouen. Der Boulevard du Mont Riboudet führt Richtung Norden aus der Stadt heraus.

Seite 15

Életot: ein Dorf nordöstlich von Fécamp. Die Heldin von Maupassants erstem literarischen Erfolg, der Erzählung *Boule de suif*, stammt aus Életot.

Seite 15

dreißigtausend Francs im Jahr: Ein Franc aus dieser Zeit entspricht ungefähr 0,61 Euro. Die Kaufkraft lag allerdings weit über dem heutigen Wert.

Seite 18

eines jener hohen und weitläufigen normannischen Anwesen: Maupassant erklärte einem Freund, er habe für die Beschreibung von Les Peuples nur auf seine Kindheitserinnerungen zurückgreifen müssen. Er hatte einen Teil seiner Kindheit im Château de Grainville-Ymauville verbracht. Dieses Schloss liegt jedoch nicht an der Küste, sodass in die Beschreibung von Les Peuples wohl eher Erinnerungen an das Haus »Les Verguies« in Étretat einfließen, in das Maupassants Mutter nach der Scheidung von ihrem Mann mit ihren beiden Söhnen gezogen war.

Seite 20

das traurige Schicksal von Pyramus und Thisbe: Pyramus, ein junger Babylonier, liebt Thisbe. Sie wartet auf ihn unter einem Maulbeerbaum mit weißen Beeren, als sie eine Löwin mit blutigem Maul auf sich zustürmen sieht. Sie flieht und lässt ihren Schleier zurück, den die Löwin zerfetzt. Pyramus erscheint, sieht den blutigen Schleier von Thisbe und bringt sich um. Thisbe kehrt zurück und nimmt sich das Leben. Seither trägt der Maulbeerbaum nur rote Beeren.

Seite 27

den Weiler Étouvent: Ein offenbar fiktiver Name, dessen Herleitung unklar ist.

Seite 28

Ein paar Fischer machten sie bereit für die abendliche Flut: An dieser Stelle folgt im »alten Manuskript« ein langer Einschub mit einem blinden Kind, das Jeanne zu sich nimmt. Wie auch viele andere Nebenfiguren, welche die Handlung unnötig überfrachteten, hat Maupassant diese Figur gestrichen. Damit wurde eine rührselige Episode aufgegeben, die den Roman langatmiger gemacht und eine gewisse Doppelung mit der Figur des Hundes Massacre ergeben hätte. Das Kapitel schließt nun sehr viel eindrucksvoller mit dem Bild der jungen Frau, die gemeinsam mit ihrem Vater den großen Butt nach Hause trägt.

Seite 31
Sie schwamm, so weit das Auge reicht: Jeannes Sportlichkeit beim Schwimmen in der offenen See ist nicht ganz glaubwürdig, selbst wenn man bedenkt, dass wir uns in der Zeit befinden, in der die Duchesse de Berry in Dieppe das Baden im Meer in Mode brachte. Maupassant lässt hier seine eigenen Erfahrungen als ausgezeichneter Schwimmer lebendig werden, vielleicht, um den Kontrast zwischen Jeannes außergewöhnlicher körperlicher Vitalität und ihrer seelischen Schwäche noch stärker hervorzuheben.

Seite 32
Er liebte es, den Mast knarren zu hören: Der Baron ist hier offensichtlich Maupassant selbst.

Seite 34
Corinne: Der 1807 erschienene Roman von Madame de Staël.

Seite 34
die Bücher von Walter Scott: Der englische Romancier hatte in Frankreich zur Zeit der Restauration großen Erfolg. Die Vorlieben der Baronin für populäre Dichtung und

Musik reichen in direkter Linie von Madame de Staël über die Chansons von Béranger zu den Romanen von Walter Scott, die jedoch auf Französisch erst ab 1820 vorliegen. Denkbar ist, dass die Baronin imstande sein sollte, sie auf Englisch zu lesen.

Seite 41
Der glänzende und feine, dichte Bart: Ebenso wie später in *Bel-Ami* hat Maupassant einiges der eigenen Person auf die Gestalt von Julien übertragen.

Seite 45
das kleine Tor von Étretat: Die »Porte d'Amont«, ein wie ein Torbogen geformter Felsen am Ende der Klippe von Amont neben dem Strand von Étretat. Im Wasser folgt hoch wie ein Kirchenschiff ein weiterer großer Felsenbogen, die »Porte d'Aval«. In gleicher Höhe steht davor ein einzelner hoher Felsen im Meer, die »Aiguille« (»Nadel«). Die spektakuläre Formation ist mehrfach von Monet gemalt worden und hat dadurch noch größere Berühmtheit erlangt.

Seite 45
das Licht, der weite Himmel und das Wasser: Auch hier scheint Maupassant selbst zu Wort zu kommen.

Seite 50
bis zur Chambre-aux-Demoiselles: Eine kleine Höhle im oberen Teil einer Felsnadel der Aval-Klippe.

Seite 52

dass das schönste Land der Welt Frankreich sei: Das Loblied auf die eigene Nation mit den sich daran anschließenden Gemeinplätzen hätte Flaubert begeistert. Es erinnert an das erste Gespräch zwischen Emma und Léon bei dessen Ankunft in Yonville in *Madame Bovary* (Teil II, Kapitel 2).

Seite 56

der Bläser des Schlangenhorns: Ein altertümliches Blechblasinstrument in S-Form, das zu Anfang des XIX. Jahrhunderts noch bei kirchlichen Prozessionen oder zur Begleitung des Kantors genutzt wurde.

Seite 58

Die große Tafel war im Hof unter den Apfelbäumen gedeckt: Im »alten Manuskript« wird das Festmahl anlässlich der Schiffstaufe in einer ausführlichen, besonders farbigen Darstellung beschrieben (vgl. im vorliegenden Band Seite 337). Um die Handlung zu straffen und die Ähnlichkeit mit dem Hochzeitsmahl zu vermeiden, verzichtet Maupassant in diesem Absatz auf die Aufzählung normannischer Köstlichkeiten und auf eine Menge von Nebenfiguren.

Seite 63

Tante Lison: Maupassant hatte Jeanne im »alten Manuskript« eine weit größere Verwandtschaft gegeben. Aus den beiden Tanten Valérie und Augusta und den beiden Cousinen Rose und Claire ist in der Endfassung des

Romans die fast gespenstische Gestalt der Tante Lison geworden.

Seite 68

Sie muss heute Abend ein wenig verrückt sein: Die Szene ist das Thema von Maupassants Novelle *Par un soir de printemps* (1881).

Seite 74

Dann machten sich die Gäste auf den Heimweg: Die ländliche Hochzeitsfeier erinnert ein wenig an das Hochzeitsmahl in *Madame Bovary*. Maupassant kommt aber zu einer eigenständigen Darstellung.

Seite 84

Korsika: Das ganze Kapitel fußt auf Maupassants Korsikareise im Sommer 1880.

Seite 92

Bucht von Sagone: Sagone ist ein Hafen 38 km nördlich von Ajaccio. Jeanne und Julien folgen der Straße von Ajaccio zur Bucht von Porto.

Seite 92

Cargèse: 1676 gegründet von den griechischen Manioten aus dem Süden des Peloponnes, die vor der ottomanischen Tyrannei geflohen waren und die Republik von Genua, die damals über Korsika herrschte, um Asyl gebeten hatten. Nachdem das Dorf 1731 von benachbarten Siedlern niedergebrannt worden war, ließ der Comte de Marbeuf es wiederaufbauen, als Korsika unter französischer Herrschaft stand. In Cargèse steht eine griechische Kirche. Im 19. Jahrhundert wurde dort noch Griechisch gesprochen.

Seite 93
einem wahren Wald aus purpurrotem Granit: Felsformation nördlich von Piana, die »Rochers des Calanches«.

Seite 93
eine neue Bucht, die ganz von einer leuchtenden Wand aus rotem Granit eingefasst war: Die Bucht von Porto.

Seite 94
das düstere Tal von Ota: Ein kleines Dorf östlich der Bucht von Porto am Fuß des Capo d'Ota. Maupassant beschreibt die Umgebung sehr genau: Der Weg nach Évisa führt durch die Schlucht von Spelunca.

Seite 96
bei einem Verwandten ihres Führers, Paoli Palabretti: Die ganze folgende Episode entspricht der Handlung von Maupassants Novelle *Histoire corse* (1881).

Seite 100
Sie landeten in Livorno, besichtigten Florenz, Genua und die ganze Riviera: Maupassant treibt hier die Handlung voran, um zu viele Beschreibungen zu vermeiden. Er war zu dieser Zeit noch nicht in Italien gewesen. Ihm unbekannte Orte hat er nie dargestellt.

Seite 100

In Paris sollten sie all ihre Anschaffungen machen:
In einem Manuskript, das Maupassant seinem Schriftstellerkollegen Léon Hennique anvertraut hatte, ist der Aufenthalt in Paris sehr viel ausführlicher beschrieben. Dort steigt das Paar in einem großen Hotel ab und geht ins Kabarett und ins Theater. Jeanne, »hübsch und heiter, veranlasste die Männer, sich nach ihr umzudrehen«, während Julien »durch sein äußerst gutes Aussehen … jene natürliche Vornehmheit … die Ausstrahlung eines Mannes von Stand, eine Erscheinung ländlichen Adels, jene gleichsam heraldische Erscheinung« die Blicke der Frauen anzieht. In der endgültigen Fassung ist davon nichts mehr vorhanden: Der Roman verdüstert sich, und kaum sind sie wieder auf dem französischen Festland, zerbrechen Jeannes Illusionen endgültig durch die peinliche Episode der nicht zurückgegebenen Geldbörse. Julien hat keine »natürliche Vornehmheit« mehr, er ist ein widerlich geiziger, ungehobelter Flegel, und Maupassant, der 1883 mit dem Milieu seiner eigenen Herkunft abrechnet, glaubt nicht mehr an die »Ausstrahlung eines Mannes von Stand« und ebenso wenig an die »heraldische Erscheinung« des Adels.

Seite 102

Da wurde ihr klar, dass sie nichts mehr zu tun hatte:
Einer der Schlüsselsätze des Romans, in dem Maupassant die eheliche Situation der Frau in der wohlhabenden Gesellschaft definiert und die Nichtsnutzigkeit einer ganzen sozialen Klasse zusammenfasst.

Seite 110

beschränkte die Ausgaben: In den Léon Hennique anvertrauten Romanentwürfen widmet sich Julien »ganz seinen Plänen für Reformen und Landwirtschaft«. Er spricht mit seinem Schwiegervater über die Felder, die er den Pächtern Couillard, Martin und Lelièvre nehmen will, »um sie selbst in Schuss zu bringen und unbekannte Anbaumethoden zu erproben«. In der Endfassung ist der ländliche Aristokrat und von Reformen begeisterte aufgeklärte Landwirt nur noch ein bei seinen Bauern und seiner Familie verhasster geiziger und schikanöser kleiner Gutsherr. Die Hirngespinste der Landwirtschaft sind jetzt dem Baron vorbehalten, der zwar gutmütig, aber ebenso lächerlich und tatenlos ist wie eine Gestalt von Tschechow. Im weiteren Verlauf des Kapitels klingt durch die Anekdote mit dem Wappen und den Besuch bei den Brisevilles der satirische Unterton des Romans an: Julien ist der Prototyp einer unwürdigen sozialen Klasse, der sein Ziel durch Rücksichtslosigkeit und Gemeinheit erreicht hat.

Seite 120

Sie schreiben zusammen die Kirchengeschichte der Normandie: Diese wäre ohne solche privaten Initiativen nicht überliefert. Für Maupassant, der die Kirche verabscheut, ist das Verfassen der Kirchengeschichte der Normandie allerdings eine groteske Beschäftigung.

Seite 123

gingen in Gruppen zum steinigen Flutsaum: Maupassant benutzt den normannischen Ausdruck »perret«, der einen mit Sand oder Steinen bedeckten Teil des Meeresufers bezeichnet.

Seite 126

verurteilte sie zu geröstetem Brot: In ersten Entwürfen, die Maupassant seinem Jugendfreund Léon Fontaine gegeben hatte, steht hier: »Es wurde veranlasst, sie durch geröstetes Brot zu ersetzten, auf dem man ein wenig Butter zerfließen ließ.« In der endgültigen Fassung ist Jeanne zu trockenem Brot verurteilt.

Seite 174

einen Phaeton, der nur ein Pferd brauchte: Eine leichte Kutsche mit vier Rädern und zwei nach vorn ausgerichteten Sitzen, auf denen der Besitzer selbst lenkte, ein ziemlich schnelles und daher auch nicht ganz ungefährliches Fahrzeug. In der griechischen Mythologie war Phaeton der Sohn des Helios und der Klymene. Er wollte den Sonnenwagen lenken und kam dabei um.

Seite 175

vor einen eleganten Herrensitz: Die Beschreibung des Château de la Vrillette bietet keine Möglichkeit, Maupassants Vorbild zu identifizieren, da unzählige Schlösser der Gegend von Caux in diesem Stil erbaut sind.

Seite 179

Domaine de Reminil: In dem 20 km östlich von Fécamp gelegenen Dorf gibt es tatsächlich ein mehr oder weniger im Louis-quatorze-Stil erbautes Schloss, in dessen Park jedoch keine Ruinen einer alten Burg sind. In einer ersten Fassung dieser Passage spricht Maupassant von einem »ganz mit Gobelins ausgekleideten großen Raum«. Das Château de Cany könnte also das Vorbild seines »Château de Reminil« gewesen sein.

Seite 180

mit zu Berge stehendem weißem Haar: In der Léon Hennique anvertrauten frühen Fassung hatte Maupassant zunächst geschrieben: »... und überragt von einer Stirntolle in Nachahmung seines ehemaligen Herrn«. Das ließ an Charles X. denken, was zeitlich nicht stimmig gewesen wäre. Die Couteliers sind von ebenso unbedeutendem Adel wie die Brisevilles. Sie machen sich nur noch wichtiger.

Seite 204

schluchzte sie, versunken in unermesslicher Verzweiflung: Eine Totenwache am Bett der verstorbenen Mutter bildet die Handlung von Maupassants Novelle *La Veillée* (1882). Dort wachen der Sohn, »ein Stadtrat mit unbeugsamen Grundsätzen«, und die Tochter, eine Nonne, bei der Toten. Wie hier im Roman zieht der Pfarrer sich mit den Worten zurück: »Sie war eine Heilige.« Doch die Kinder entdecken, dass die »Heilige« einen Geliebten hatte. »Er trat heran, raffte die Briefe zusammen, die er in einem

Wirrwarr zurück in die Schublade warf; dann schloss er die Vorhänge am Bett. Und als die Morgendämmerung die immer noch auf dem Tisch brennenden Kerzen verblassen ließ, erhob sich der Sohn langsam aus seinem Sessel und sagte, ohne die verurteilte Mutter, die er von ihnen getrennt hatte, noch einmal anzusehen: ›Ziehen wir uns nun zurück, liebe Schwester.‹«

Seite 210

Ich möchte beichten, Abbé: Die folgende Szene ist ein deutliches, aber eigenwilliges Echo auf die Begegnung zwischen Emma und dem Abbé Bournisien in Flauberts *Madame Bovary*.

Seite 219

Wenn sich Kirche und Schloss die Hand reichen: Maupassant legt dieses Glaubensbekenntnis der ganzen in der Restaurationszeit herrschenden Schicht einem Bösewicht in den Mund. Jeanne und ihr Vater, die liberal denken, haben keine Sympathie für diese Allianz zwischen Thron und Altar. Julien ist dagegen der Reaktionär, der den Abbé Tolbiac ganz nach seinem Geschmack findet. Umso größer ist schließlich die Ironie seines Todes.

Seite 228

und begann kopflos, sie mit aller Gewalt zusammenzuschlagen: Die abstoßende Gestalt des Geistlichen ist in Maupassants Novelle *Le Saut du berger* (1882) noch schärfer akzentuiert: Dort stößt der Pfarrer selbst den Schäferkarren mit dem Liebespaar in den Abgrund.

Seite 230

auf der höchsten Erhebung der Steilküste von Vaucottes: Ein kleines Dorf in der Nähe von Yport.

Seite 233

das bewegliche Heim: Den verlassenen Schäferkarren als geheimes Liebesnest bringt Alfred de Vigny mit *La Maison du Berger* in Mode.

Seite 237

Und er stieg mit festem Schritt die Stufen seiner großen Freitreppe hinauf: Dies ist das letzte Bild des Comte de Fourville. Maupassant lässt ihn nicht wieder auftreten.

Seite 241

Der Spitzname Poulet: »Hühnchen«.

Seite 243

Sicut leo rugiens circuit quearens quem devoret: 1. Petri V,8. In Luthers Übersetzung: »denn der Widersacher, der Teufel, gehet umher wie ein brüllender Löwe und suchet, welchen er verschlinge«. Die Stelle wurde zu einem Paradebeispiel lateinischer Grammatik.

Seite 247

Die Bauern tadelten sie untereinander ebenfalls: Zu Maupassants Zeit, wie zur Zeit der Restauration und über diese hinaus, hörten die Bauern auf die Pfarrer und stimmten für die Schlossherren.

Seite 262

Paul Delamare et Cie: Seinem Vater, dem bornierten, die Bauern erpressenden, geizigen Gutsherrn entsprechend, versucht Paul, Geschäfte zu machen, eine damals übliche Entwicklung in seinem Milieu, die jedoch den Verfall einer sozialen Klasse einleitet. Maupassant setzt hier ein deutliches Zeichen gegen Balzac.

Seite 271

vier in Saint-Léonard gelegene Pachthöfe: Ein Dorf namens Saint-Léonard liegt an der Straße von Fécamp nach Étretat. Vielleicht hat Maupassant an dieses Dorf gedacht. »Batteville bei Goderville an der Landstraße nach Montivilliers«, wo Jeanne am Ende des Romans lebt, lässt sich jedoch ebenso wenig finden wie Verneuil und die Trois-Mares.

Seite 276

die kleine Lampe von Mamachen: Die ganze Passage, die Maupassant seit seinem »alten Manuskript« plante, bildet die Grundlage seiner Novelle *Vieux objets* (1882). Hier findet die Heldin namens Adélaïde in der Abstellkammer des Hauses, der »Rumpelkammer«, »die kleine Laterne von Mama, die sie benutzte, um an Winterabenden zur Tür zu gehen«, und etwas, das »an dem Abend, als Paul nach Lyon fuhr«, zerbrochen war. Auch sie entdeckt unbekannte Gegenstände, die von ihren Großeltern stammen. Zwischen 1880 und 1883 ist die literarische Form der Novelle immer wieder ein Prüfstand zur Erprobung des Romans *Une vie*.

Seite 288

Du warst mein Leben, mein Traum: Die missbräuchliche Mutterliebe war bereits Thema in Maupassants Novellen *Rencontre* (1882) und *Humble drame* (1883). Hier wie in *Une vie* kommt Maupassant augenzwinkernd der Sentimentalität des Publikums entgegen, der die Werke des Naturalismus selten so viel geboten haben.

Seite 291

Hôtel de Normandie neben dem Bahnhof: In der Rue du Havre an der heutigen Gare Saint-Lazare.

Seite 291

Paris und Le Havre: Die Bahnlinie Paris–Colombes–Rouen wurde am 2. Mai 1843 eröffnet. Am 22. März 1846 war auch die Anschlussstrecke Rouen–Le Havre in Betrieb. Jeanne nutzt also erst sechs Jahre später zum ersten Mal dieses neue Verkehrsmittel, das damals in aller Munde war. Maupassant gibt hier einen weiteren Hinweis auf die Weltfremdheit, in der seine »Heldin« verharrt.

Seite 294

Rue du Sauvage: Eine Straße dieses Namens ist auf keinem Plan verzeichnet. Maupassant wählte diesen Name wohl in Anspielung auf den gesellschaftlichen Absturz des jungen Vicomte de Lamare und auf die in diesem Falle so häufige Vermischung des Pariser »underground« mit »Wilden« aus anderen Teilen der Welt. So schreibt Eugène Sue in seinem Vorwort zu *Les Mystères de Paris*: »Jeder hat die wunderbaren Seiten gelesen, in denen Cooper, der amerikanische Walter Scott, die blutrünstigen Sitten der Wilden geschildert hat … Wir werden versuchen, dem Leser einige Episoden aus dem Leben anderer Barbaren vorzuführen, die ebenso außerhalb der Zivilisation leben wie die von Cooper so gut dargestellten wilden Volksstämme … Nur sind die Barbaren, über die wir sprechen, mitten unter uns … Schließlich nennen sich diese Leute untereinander für gewöhnlich die Wilden …« Sues Romanhandlung beginnt auf der Île de la Cité mitten in Paris.

Seite 313

zum Bahnhof von Beuzeville: Beuzeville-la-Grenier an der Straße von Goderville nach Bolbec.

EIN ENTWURF: DAS »ALTE MANUSKRIPT«

Der bereits umfangreiche erste Entwurf zu Une vie erschien in Auszügen am 15. Oktober 1920 in der Revue des Deux Mondes. *Er entspricht den Kapiteln I, II, III und IV. Wahrscheinlich hat Maupassant ihn 1878 verfasst. Er endete mit dem großen Diner in Les Peuples zur Feier der Schiffstaufe:*

Vor dem Hause angekommen, blieben die Ersten, überwältigt vor Begeisterung, stehen, sie warteten auf die anderen und wagten nicht hineinzugehen.

Man hatte ein Zelt aufgestellt, und auf ganzer Länge der Rasenfläche dampfte es auf einem mit Speiseplatten beladenen endlosen Tisch aus vier riesigen Suppenschüsseln, während Karaffen mit Cidre und Weinflaschen, eine neben der anderen, die Augen der Gäste in erhöhter Heiterkeit aufleuchten ließen.

Aber die Hausherren und Obrigkeiten sollten im Speisesaal essen; nur Henry führte den Vorsitz beim Diner der Seeleute.

In einigem Abstand standen sie rund um den Tisch. Die einen hatten respektvoll ihre Wollmützen vom Kopf gezogen und hielten sie in der Hand; andere schienen wie blöd geworden vor Befriedigung oder beherrschter Gefräßigkeit; wieder andere lachten, närrisch vor Freude, bereit zum Tanz. Großartig in seiner Hoheit, bat Henry sie, Platz zu nehmen, wobei er sie durch sein Benehmen sehr einschüchterte. Es kostete Mühe, sie von ihren Kopfbedeckungen zu befreien. Sie wollten sich nicht davon trennen, behielten sie auf den Knien, setzten sich darauf, legten sie auf den Tisch neben sich oder versteckten sie unter ihrem Stuhl. Letzteres Mittel wurde schließlich allgemein übernommen, in Nachahmung eines mit Medaillen geschmückten alten Patrons, der einmal nach einer von ihm vollbrachten Rettung aus Seenot beim Präfekten diniert hatte.

Die Suppenteller machten die Runde, und man hörte nur noch das Klappern des Geschirrs verbunden mit dem Schlürfen der Münder, welche die Bouillon löffelten.

Im Saal wartete man auf die Patin, die hinaufgegangen war, um ihren Hut abzulegen. Den kleinen Blinden im Arm, kam sie schließlich herunter. Das seit einiger Zeit vernachlässigte Kind erschien jeden Morgen zur gleichen Stunde und ging, da es oft niemanden antraf, traurig wieder nach Hause. Es hatte sich verzweifelt an diese erste Zuneigung geklammert. Jeannes freundliche Worte, die in dieses verlassene Herz fielen, ihre Geschichten, ihre Bonbons, ihre Leckereien aller Art hatten es mit Liebe erfüllt; und seit das junge Mädchen sich kaum mehr mit ihm beschäftigte, wurde es vor Kummer immer magerer und stand unaufhörlich weinend ganz allein in den Ecken.

Da an diesem Tag niemand es fortschickte (man hatte anderes zu tun), war es leise bis zu dem Zimmer hinaufgestiegen, in dem es gewöhnlich seinen Unterricht bekam, tastend die Treppe, die Tür, den Stuhl wiederfindend, wo es sich setzte und, nachdem es hinaufgeklettert war, wartete. Jeanne fand es dort, und von Gewissensbissen verzehrt, nahm sie es mit in den Speisesaal, wo sie ihm einen Stuhl neben sich geben ließ.

Die Baronin setzte sich auf ihren Platz, wobei sie zur Rechten den Pfarrer und zur Linken den Bürgermeister hatte, Maître Anthime Vallin, den ehemaligen Bäcker, der von seinen Renten lebte, ein Republikaner, so hieß es wenigstens, obwohl er sich gut mit der Regierung stand; glaubhaft war es jedoch, weil er die Zeitung zugesandt bekam, bisweilen in Büchern las und nicht zur Kirche ging. Seine »Gattin« war die einzige Frau, die zu diesem Festessen geladen war. Mit gehäuftem Kopfnicken jeden grüßend, blieb sie hinter ihrem Stuhl stehen, hielt ihre Hände über dem Bauch gefaltet und schien unbedingt wieder gehen zu wollen. Sie hatte ein hageres Gesicht, das in ihre hohe normannische Haube gezwängt war; ein weiß beschopfter Hennenkopf der Missgunst mit einem kreisrunden Auge, das man für unbeweglich halten konnte. Denn wie Federvieh drehte sie sich ein wenig hin und her, um sehen zu können. Als der Baron sie bat, Platz zu nehmen, erwiderte sie: »Danke sehr, verehrter Monsieur«, und blieb stehen; und Marthe musste ihren Stuhl nehmen und ihn ihr unter den Hintern schieben, um sie zu zwingen, sich daraufsacken zu lassen. Man hatte auch den Bruder des Pfarrers eingeladen, der gerade Zwischenstation in Yport machte, Monsieur Anselme, den Küster der Kathedrale von Rouen. Er war geachtet im Dorf, vielleicht mehr als der Priester, weil er mit Hochwürden verkehrte, und die Gläubigen vertrauten ihm bei jeder Reise eine Ladung von Rosenkränzen und Medaillen an, um sie vom Erzbischof segnen zu lassen. Er hatte jenen zwitterhaften und scheinheiligen Ausdruck, den die nächsten Verwandten von Kirchenleuten fast immer haben. »Weder Fisch noch Fleisch, weder Kittelhemd noch Soutane«, sagte der Bürgermeister. Er war mager und langgliedrig mit besonders groß gediehenen Extremitäten. Seine groben roten Hände wirkten jedoch geschmeidig; sie regten sich eifrig, vertraut, mit feinen Dingen umzugehen, mit heiligem Tuch, mit Altarschmuck, mit den zierlichen Messkännchen, aus denen er für gewöhnlich hinter der Tür der Sakristeien Wein trank, wie es einige bläuliche Adern verrieten, die sich bereits auf seiner schlaffen, an der Spitze geschwollenen Nase kreuzten. Zugleich mit seinem Bruder schlug er weit ausholend das Kreuz zum *Benedictus*, und die Frau des Bürgermeisters tat es ihm gleich, während ihr Mann lächelte und dem Baron zuzwinkerte.

Bald waren die Köpfe über die Teller gebeugt; nur der Pfarrer und Madame Adélaïde blieben aufrecht, da ihr Bauch ihnen nicht gestattete, sich vornüberzuneigen, und aus jeder Bauernkehle kam ein anderes Gurgeln, die Musik geschlürfter Suppe. Monsieur Anselme schlang in sich hinein, während Madame Vallin, sich mit schnellen Bewegungen hinunterbeugend, mit der Nase aus dem Löffel zu picken schien. Jeanne erstickte dreimal mit Mühe einen Lachausbruch, und der Vicomte suchte, von ihrer Heiterkeit angesteckt, nach Vorwänden, ihr freien Lauf zu lassen. Die Baronin zwang sich, liebenswürdig zu sein, und warf den jungen Leuten bedeutsame Blicke zu, um sie an die gebotenen Rücksichten zu erinnern, während der Baron würdevoll, kühl und höflich blieb, doch er wirkte ein wenig gezwungen, und sein leuchtender Blick widersprach der Strenge seiner Lippen.

Durch das offene Fenster sah man den großen Tisch im

Garten, von dem sich ein schwaches Gemurmel erhob. Die Dienerinnen schafften bereits die leeren Flaschen fort und ersetzten sie sogleich.

Im Speisesaal herrschte tiefes Schweigen, und während man auf den ersten Gang wartete, schauten alle einander an. Der Baron und Madame Adélaïde mühten sich fleißig, ein Gesprächsthema zu finden. Sie fanden jedoch nicht das geringste, und das Bedürfnis zu lachen, das Jeanne und Roger den Atem nahm, wurde immer größer, schnürte ihnen die Kehle zu und machte sich bisweilen in rasch unterdrückten Anfällen Luft, wie das feine Sprühen, das durch die Finger dringt, wenn man einen Wasserstrahl mit der Hand aufhalten will.

Nun verkündete der Bürgermeister, der soeben ein Glas Wein getrunken hatte: »Ein sehr schönes Wetter.« Der Pfarrer stimmte zu: »Tatsächlich, wenn das anhält, wird es großartig für die Ernte.« Der Baron glaubte sich bemüßigt, auch etwas dazu zu sagen: »Steht sie gut, die Ernte?« Es gebührte natürlich dem Bürgermeister, zu antworten: »Ja und nein, das kommt auf die Gegend an: Der Weizen sieht vielversprechend aus, aber der Hafer ist dürftig. Über den Fruchtansatz kann man nicht klagen; aber es fehlt am Halm.« Anselme, der Brot aß, während er auf anderes wartete, flocht ein: »Gibt ja noch Äpfel«, was die beiden jungen Leute vollends losprusten ließ. Jeanne fand indessen einen Grund für diesen Heiterkeitsausbruch: Eine der Dienerinnen, sagte sie, wäre beim Heranschleppen einer großen Schüssel fast auf den Rasen gefallen.

Ein prachtvoller Steinbutt erschien auf einem Bett aus Petersilie, begleitet von einer Terrine voller Sahnesauce. Nun verbreitete sich allgemeine Andacht, und alle Augen blieben auf den Fisch gerichtet, aufmerksam den Bewegungen der Baronin folgend, welche ihn langsam zerlegte.

Von Neuem herrschte Schweigen, und auch aus dem Garten kam kein einziges Geräusch. Alle aßen und dachten an nichts anderes.

An der nur angelehnten Tür ließ sich ein Kratzen vernehmen; sie öffnete sich, und der kleine gelbe Hund, der morgens die Spatzen auf der Straße gejagt hatte, zwängte sich mit unterwürfigem, hungrigem Blick und gesenktem Kopf schwanzwedelnd durch den Spalt. Angezogen von den Dunstschwaden des Festessens, war er der Menschenmenge gefolgt. In einem Anfall von Zärtlichkeit nahm Jeanne ihn gleich auf den Schoß, küsste ihn und ließ ihn ihren Teller ablecken. Der Bürgermeister hatte ihn erkannt: »Das ist ja Moses, der Hund von Papa Bardou. Das ist vielleicht ein Schwimmer! Er springt kopfüber von der Klippe.« Und als alle ihn verständnislos ansahen, erzählte er begeistert, dass Papa Bardou, ein alter Wilderer, diesen Hund gerade großzog, um ihn abzurichten, als ein Jäger aus Fécamp ihm einen schöneren anbot.

Da ging der Alte mit ihm auf einen Vorsprung der Steilküste und stieß ihn ins Meer; doch trotz des tiefen Falls war das arme Viech nicht ertrunken; es schwamm zurück, und sein Herr fand es wartend vor seinem Hause. »So nennt jeder hier ihn jetzt Moses, weil er aus den Fluten errettet wurde.« Der Pfarrer lächelte; und Jeanne drückte den Hund an ihre Brust, als wolle sie ihn vor dieser bäuerlichen Grausamkeit schützen.

»Sagen Sie, Monsieur Vallin, meinen Sie, man würde ihn mir schenken?«

»Gewiss doch, Mademoiselle.«

»Könnten Sie für mich um ihn bitten?«

»Aber ja, behalten Sie ihn, ich kümmere mich darum.«

Das junge Mädchen nahm das Band ab, das sie um den Hals trug, und schlang es zum Zeichen des Besitzes um den von Moses.

Draußen aber erklang die Stimme von Henry: »Marthe! Branntwein, ein paar Flaschen.«

Verblüfft schaute die Baronin in die Runde.

»Branntwein nach der Vorspeise, wozu?«

Der Pfarrer beeilte sich zu erklären: »Um ein Loch zu machen, Frau Baronin.«

»Wie, ein Loch?«

»Ja, nach jedem Gang trinkt man ein Gläschen, und das schafft wieder Appetit.«

Der Baron lachte. »Möchten Sie eins, Herr Pfarrer?«

»Nun … da sage ich nicht Nein.«

Der Branntwein wurde gebracht, und man stieß an. Wer keinen wollte, nahm Wein.

Der Priester sagte: »Auf Ihre Gesundheit.« Der Bürgermeister verneigte sich: »Ich habe die Ehre«; Anselme brachte einen bedeutsamen Toast aus, er brummte: »Von Herzen«, und die Gläser waren bereits leer, als, plötzlich aufgescheucht, Madame Vallin kiekste: »Auf Ihre Gesundheit, Monsieur, Madame und Gesellschaft.« Jeanne, die gerade trank, schnappte nach Luft; Roger vergoss Tränen, so große Mühe hatte er, sich zu beherrschen; dann herrschte wieder Stille.

Im Garten wurde es indessen immer lauter. Unaufhörlich liefen die Mägde vom Zelt zur Küche. Man sprach nicht mehr, man schrie, vom einen zum anderen Tischende einander zurufend. Kaum gefüllt, waren die Flaschen gleich wieder geleert; und der Dunst eines großen Gelages verbreitete sich über die ganze Gegend und stieg ungefähr fünfzig Schlingeln zu Kopfe, die von der Straße aus zuschauten und spöttische Bemerkungen machten. Doch ein erstaunliches Schauspiel ließ alle Münder verstummen. In einem langen Zug trugen drei in weiße Jacken gekleidete Küchenjungen und sieben Dienstmädchen auf zehn großen Platten zehn riesige, glänzende, goldbraun gebratene Puter herbei, von denen ein wohlriechender Dampf aufstieg, der vom Wind zu den Häusern des Dorfes getrieben wurde. Als die Verblüffung vorüber war, erhob sich ein Schrei: »Die Truthähne! Die Truthähne!«, und man rief nach ihnen, als seien sie lebendig, man pfiff, man kollerte. Eine wilde Aufregung eroberte die Versammlung, ließ die Stimmen doppelt so laut dröhnen, feuerte das Gelächter an und verwirrte die Köpfe. Die begeisterten Straßenlümmel schwangen sich auf das Gittertor, stiegen einander auf die Schultern, um besser sehen zu können, und verstummten, betäubt vor Gier.

Im Speisesaal war man aufgestanden, um die Herrlichkeit des Zuges zu bewundern. Der Pfarrer stieß einen Seufzer aus, begleitet von der Überlegung: »Wer all das essen könnte …« Gedankenverloren sprach er den Satz nicht zu Ende.

Der Puter, den man ihnen servierte, war getrüffelt; doch Anselme, der Bürgermeister und seine Frau legten diese schwarzen Scheibchen, die ihnen widerlich waren, sorgfältig beiseite. Nun nahm sie sich der Priester, erst vom Teller seines Bruders, dann abwechselnd von denen des Ehepaars Vallin, sodass er alle verschlang und schließlich ohne weitere Umstände mit seiner Gabel das Innere des Tieres untersuchte, um weitere zu finden, er bedauerte, dass es nicht mehr davon gab.

Man machte ein weiteres Loch, und die Reden wurden scherzhaft. Der Bürgermeister richtete sich auf und sagte mit leuchtenden Augen: »Donnerwetter, geht's uns gut, man könnte meinen, es sei die Hochzeit von Ganache.«

Ringsum ersticktes Gekicher, doch der Pfarrer wandte mit ernster Miene den Kopf: »Sie meinen: von Kana.«

Der Bürgermeister war nicht einverstanden mit der Lektion.

»Nein, Herr Pfarrer, ich weiß, was ich sage, wenn ich Ganache sage, dann ist es auch Ganache.«

Darauf erzählte er, wie man bei einem Mahl bei Verwandten achtzehn Stunden hintereinander gespeist habe, ohne zu merken, ob es Tag oder Nacht war: »Und ich sage euch, so, wie einem da Flüssiges und Festes in den Wanst rutschte, musste man zum Schluss noch sechs Stunden im Bau bleiben, weil man zu schwer war, um aufbrechen zu können.«

Anselme lachte verstohlen und listig vor sich hin, als wisse er weit Besseres, was ihm seine Stellung allerdings nicht zu erzählen erlaubte. Madame Vallin schwieg immer noch und schlang, voll, wie ihr Teller war, ununterbrochen in sich hinein; dann saß sie mit gefalteten Händen und blödem Blick reglos da und wartete auf einen neuen Gang.

Jeanne stopfte den Blinden voll, der es sich gefallen ließ und nur ab und an sagte: »Das mag ich.«

Der Pfarrer plauderte leise mit der Baronin, er bat sie um etwas.

Draußen wurde der Tumult entsetzlich. Die siebzig Seeleute schrien alle durcheinander, aus vollem Halse einander

Geschichten erzählend, die ihnen passiert waren, und krachend die Gläser zusammenstoßend, erregt durch ein ordentliches inneres Feuer, das eine Wonne für ihren Magen war. Sie drehten sich auf ihren Stühlen zur Seite, um kräftige Hiebe auf dem Knie der Tischnachbarn niedergehen zu lassen, und manchmal stieg, aus unbekannter Brust platzend, ein gewaltiges Gelächter auf und erhob sich über diesen Sturm von Gebrüll.

Der Baron plauderte etwas erschöpft mit Roger. Sie sprachen über den Ausflug, den die beiden jungen Leute tags zuvor gemacht hatten.

»Na, das hat Ihnen gefallen, nicht wahr? Was für Klippen, die vom kleinen Hafen von Étretat! Aber ich kenne noch bessere in Saint-Jouin, drei Meilen weiter! Das ist weniger Bühnenbild, echter, natürlicher. Das zeige ich Ihnen mal.«

»Tausend Dank, werter Herr, aber ich habe meiner Familie gesagt, dass ich wiederkomme. Ich kann Ihre liebenswürdige Gastfreundschaft nicht länger strapazieren.«

Jeanne verspürte eine Art Kitzeln im Herzen, und es kam ihr so vor, als sei ihr etwas Kaltes in die Glieder geflossen. Ihre Atmung wurde so kurz und so mühsam, dass sie sich unwillkürlich an die Kehle und dann an die Stirn fasste. Und sie hatte eine schreckliche Angst, ihre Panik sichtbar werden zu lassen, nochmals in Ohnmacht zu fallen. Das Geschrei der unter den Fenstern grölenden Seeleute kam ihr plötzlich leiser vor, so als käme es jetzt von weit her, denn sie hörte es fast nicht mehr. Er liebte sie also nicht, wenn er einfach so abreiste. All ihre Träume stürzten in sich zusammen. Jetzt fürchtete sie, in Tränen auszubrechen.

Indessen drängte der Baron den Vicomte, noch zu bleiben;

der aber widerstand seinen dringenden Bitten und erklärte, er könne nicht.

Das junge Mädchen stellte sich vor, dass alle sie neugierig betrachteten, dass man ihre Blässe bemerkte. Sie rief nach Moses, nahm ihn und überschüttete ihn mit Liebkosungen, um ihre Verwirrung zu verbergen. In der Ferne, aus der alle Geräusche kamen, hörte sie ihre Mutter sprechen. Die Baronin war offenbar auch sehr bewegt: »Nein, Monsieur Roger, Sie bleiben noch, und wenn Sie es nicht für wirklich wahre Freunde tun, wenn es auch neue sind, dann erfüllen Sie die Bitte einer armen Mutter. Ich sehe Henry fast nie, und ich weine ihm das ganze Jahr nach; dank Ihnen habe ich ihn endlich mal hier; aber wenn Sie abreisen, wird er uns verlassen. Ganz allein würde er sich hier langweilen, und ich muss ihn doch noch hier haben.«

Unschlüssig stammelte Roger etwas. Jeanne begriff, dass er zu ihr herübersah; da wandte auch sie sich um, und ihr schöner fayenceblauer Blick, der von der Leidenschaft tiefer und fester geworden war, fiel auf ihn. Wie ein Schock traf er seine liebestrunkenen großen Augen; und mit schwacher Stimme sagte er: »Ich danke Ihnen, Madame, ich bleibe, so lange Sie wünschen.«

Offenbar hatte eine Wolke für einige Augenblicke die Sonne verdunkelt, jedenfalls strahlte das Gestirn plötzlich heller, denn es war Jeanne, als lege sich, wie für Apotheosen, ein jäher Glanz über den Horizont; und der Garten, der Wald dahinter, die Männer, die aus voller Kehle johlten und ihr jetzt fast das Trommelfell platzen ließen, der Speisesaal, wo ihre vier Gäste sich mit Fleisch und Wein vollstopften, erschienen ihr in Strömen von Helligkeit, in einer Schwemme von Licht.

Sie hatte Mühe, nicht auch zu singen, so fröhlich war sie geworden; und ein Bedürfnis, zu laufen, zu tanzen, zu rennen, zuckte ihr in den Beinen; sie fühlte sich so leicht, als könne sie mit einem Sprung die Decke berühren, wie ein Ball durchs Fenster fliegen, in einem Anlauf den Hang gegenüber hinauf- und mit ein paar Sprüngen wieder hinunterjagen.

Und plötzlich sagte sie sich: Ich liebe ihn, ich liebe ihn, kein Zweifel, ich liebe ihn. Und sie küsste den Blinden so leidenschaftlich, dass alle sie ansahen. Da errötete sie und beruhigte sich wieder.

DREI BRIEFE

MAUPASSANT AN LÉONIE BRAINNE

Kultusministerium
1. April 1879

Sie können sich nicht vorstellen, wie traurig ich jeden Mittwoch bin, wenn es mir wieder einmal unmöglich ist, zu Ihnen zu gehen. Ich komme jeden Abend um sechs Uhr aus dem Büro, weil ich mit dem Fortgehen darauf warten muss, dass der Minister die Unterschrift meiner Dienststelle zurückgeschickt hat; und wenn ich zufällig eher gehen kann, ist es nie der Tag, an dem ich es gern täte.

Nun, wenn mir nicht der Himmel auf den Kopf fällt, werde ich ganz sicher, liebe Madame, am nächsten Montag zu Ihnen zum Diner kommen und mit Bedauern und der Bitte um Verzeihung Ihnen die Ehrerbietung ergebenster, aber unglücklicher Gefühle eines Prinzen zu Füßen legen, den die Staatsgeschäfte unentwegt von der Königin trennen, die er keinen Augenblick verlassen möchte.

Erlauben Sie mir, Madame, Ihre Fingerspitzen zu küssen …

Guy de Maupassant

(Croisset,) Mittwoch (19. November 1879)

Meine teure Schöne,

was hatten Sie denn, als mein Schüler das letzte Mal bei Euer Gnaden diniert hat? Er hat mir berichtet, dass Sie ihn wegen einer Erzählung, deren Idee mir reizend vorkommt, heftig angefahren haben. Ich dachte, der junge Mann habe übertrieben, aber sein Bericht wurde mir gestern von dem guten Georges bestätigt. – Diese Wutanfälle weisen für gewöhnlich auf irgendeinen tiefen Schmerz hin, und zwar einen, den man nicht zeigen möchte.

Guy scheint mir im Gegenteil auf ausgezeichnetem Wege zu sein. Er hat mir Verse aus seiner Feder rezitiert, die welchem Meister auch immer zur Ehre gereichten.

Und da seine nächste Erzählung darauf zielt, unsere Landsleute zu verhöhnen, kann ich sie nur gutheißen! Mit dem Hass auf die Bewohner von Rouen beginnt der gute Geschmack. Das sind üble Leute – und neidische, eine Sünde, die ich verabscheue. Wenn Gott mich am Leben lässt, schreibe ich ihre Seelengeschichte, das wird lustig.

Ihr Polykarp* hat Ihnen nichts über seine Person zu vermelden. Seit letztem Sonntag bin ich gänzlich allein. – Untergegangen in meinem Religionskapitel.

Meine einzige Zerstreuung oder Wonne besteht darin, viele Heringe zu essen. Eine hysterische Neigung, die mich

* Flaubert hatte sich diesen Namen des Bischofs von Smyrna, eines 167 n. Chr. gestorbenen Märtyrers, selbst gegeben.

nicht loslässt. Ich verspeise rohe und marinierte, geräucherte und gesalzene. – Kurz, ich werde wie jener Bengel (von dem im *Wörterbuch der Medizin* im Abschnitt: *Seltene Fälle* die Rede ist), der nur *von Heringen träumte*! – Und gebe es der Himmel, dass meine Heringsmilch sich dadurch vermehrt!

Seltsam, wo ich doch als Makrele* geboren bin! Da diese seichten Scherze bloß das Ziel haben, Sie zu belustigen, bitte ich Sie, mir zu verzeihen.

Und indem ich Ihnen wie eine Amme das ganze Gesicht abküsse, bin ich, liebe Madame, Ihr

FLAUBERT AN LÉONIE BRAINNE

(Croisset,) Dienstagabend (3. Februar 1880)

Meine teure Schöne (immer noch Schöne, was Sie darüber auch sagen mögen) und immer noch geliebte (obwohl er sich kaum blicken lässt) 1. Ich habe Ihren Zedratlikör erhalten, der fast genauso köstlich ist wie Ihre Lippen – und ich hätte Ihnen gleich gedankt, wenn ich Ihre Adresse gewusst hätte; ich habe sogar Georges darum gebeten, der *die Mode* mitmacht, auf Briefe nicht mehr zu antworten.

Mein ganzer Tag gestern war durch die Beerdigung von Fortins Mutter ausgefüllt. Der arme Junge, an dessen Seite

* auf Französisch auch Bezeichnung für »Zuhälter«.

ich ging, hat sehr geweint – was Polykarp, als er es sah, auch tat.

Ihr Brief ist nicht heiter, meine arme Freundin, sondern resigniert. Schlimm, wenn man erst einmal bei der Resignation angekommen ist. Was Ihre *Vernachlässigung* betrifft, von der Sie mir erzählen, finde ich Sie höchst ungerecht. Wenige Frauen besitzen wie Sie Freundschaften zuverlässiger Männer. Sie verlangen von ihnen mehr, als sie geben können, wenn man an ihre Zeit und Verpflichtungen denkt. Georges hat für Sie jedenfalls von Grund auf zärtliche Gefühle, dessen bin ich mir sicher. – Und mein Schüler Guy macht eine *einzigartige* Ausnahme, wenn er zu Ihnen kommt. Er ist einmal bei meiner Nichte erschienen, hat sie nicht angetroffen und hat sich nicht wieder blicken lassen. Und seit Oktober hat er nicht *ein einziges Mal* seine Tante besucht noch seine Cousinen. Bedenken Sie doch, dass er nur drei Stunden am Tag zum Arbeiten hat, der arme Teufel! – Letzten Sonntag habe ich die Druckfahnen von *Boule de suif* gelesen, das ich, nicht mehr und nicht weniger, für ein Meisterwerk halte. Konzeption, Beobachtung, Figuren und Landschaften und vor allem Komposition (eine Seltenheit), untadelig. Zwei oder drei Mal habe ich laut gelacht! Was seine Unmoral angeht, so ist es im Gegenteil sehr moralisch, da Heuchelei und Feigheit hart gegeißelt werden. Man genießt es, wenn man es liest, wie die Freude an einer Rache. – Und ich begreife nicht, dass dieses Werk Sie empört hat. – Warum? Da komme ich nicht mehr mit … Waren Sie an dem Tag krank? – Lesen Sie die Sache mit kühlem Kopf noch einmal, und Sie werden sehen, dass der Exzessive recht hat.

Wenn Sie etwas Lustiges über ihn lesen möchten (den

Exzessiven), besorgen Sie sich *Le Voltaire* vom 30. Januar, dem letzten Freitag. Köstlich.

Doch dieser arme Exzessive ist völlig fertig! Er bricht zusammen unter dem Exzess der Huldigungen. All »die Jungen« schicken mir ihre Werke, und diese Lektüren stören mich beim Verfassen des meinen. Wissen Sie, dass ich diesen Winter durchschnittlich drei Bände pro Woche erhalten habe und dass ich manchmal bis zu 6 Briefe am Tag schreiben muss? Seit Sonntagmorgen tue ich nichts anderes, als mich um die *Nächsten* zu kümmern! Noch zwei solche Tage (ich erledige den Rückstand), und dann ist Schluss! – Meine Augen sind am Ende. Ich verliere meine Zeit – ich habe unendlich viele Lektüren für mich selbst zu bewältigen. Und bei alledem ist mein Kapitel (das letzte, Gott sei Dank) nicht einmal begonnen worden.

Meine Nichte hat mich im letzten Monat für fünf Tage besucht. – Und nun bin ich, bis Mai wahrscheinlich, wieder vollkommen allein. – Vielleicht kommt Guy an Fastnacht für 24 Stunden – und nächsten Monat soll der ganze Sonntagskreis, eine Karawane, nach Croisset zum Déjeuner kommen.

Ich bedauere Sie, mehr, als ich sagen kann, wegen der Meinungsverschiedenheiten, die es zwischen Ihnen und Ihrem Sohn gibt. Das ist *grausam*, meine arme Freundin! Aber ich sehe nicht, was da zu machen ist! …

Warum trinken Sie Vichywasser? – Das Sie mit seiner Eigenschaft, das Blut zu verdünnen, noch anämischer machen wird. – Wer hat Ihnen diese Behandlung empfohlen? Wir sind alle anämisch, weil wir alle mehr tun, als unsere Kräfte uns gestatten.

Was treulose Tomaten angeht, so scheint mir unsere Freundin Alice zu dieser Kategorie zu gehören? – Seit Mitte des letzten Sommers kein Wort, kein Zeichen der Erinnerung an den, den sie ihren »Flau« nennt. Oh! Die Frauen! … Doch vor allem umso besser, wenn ihre Leiden sich gelegt haben! – Und da ich ein gottesfürchtiger Mann bin, umarmen Sie sie von mir.

—

Wie gern ich bei Ihnen wäre! Wie gut mir das täte, ein wenig Blau, ein wenig Ruhe, ein wenig … (finden Sie das Wort, beenden Sie den Satz). Ach! Ja, an Ihrer Seite sein, bei warmem Wetter, im Mondschein, einer neben dem anderen am Geländer eines Balkons über dem Mittelmeer … Sie im leichten Schlafrock … Ach! Wir würden nicht lange darauf warten, in die Zimmer zu gehen … trotz unseres Alters.

Nun ja – adieu! Geben Sie auf Ihre Gesundheit acht. Und versuchen Sie, das Dasein zu ertragen! – Sagen Sie Madame Lavolley von mir alles, was Ihnen am liebenswürdigsten und annehmlichsten erscheint. Sie wissen, dass ich ihr so ehrliches Gesicht mag! Und ihre weiße Haut.

Aber noch lieber mag ich die von »Ninie«.

Mit all meiner Zärtlichkeit, der Ihre.

CHRONIK

1850 Geburt von Guy de Maupassant am 5. August bei Dieppe als Sohn von Laure de Poittevin und Gustave de Maupassant. Die Mutter hat sich zur Geburt ins Château de Miromesnil begeben, damit das Kind in einem Adelssitz zur Welt kommt.

1854 Die Familie zieht ins Château de Grainville-Ymauville, im Canton Goderville. Maupassant wird diese Ortsnamen wiederholt in seine Erzählungen aufnehmen.

1856 Geburt von Hervé de Maupassant, Bruder von Guy.

1863 Gütliche Scheidung der Eltern. Zuvor war Guy Zeuge gewalttätiger Auseinandersetzungen der Eltern geworden. Die Mutter zieht mit den Söhnen in ihr Landhaus in Étretat, »Les Verguies«.

1863 Guy kommt ins Pensionat eines Klosters in Yvetot, eine Atmosphäre, die ihn zur Verzweiflung bringt. Einem seiner Freunde, Hugues Le Roux, schreibt er später: »Soweit ich es noch weiß, kann ich mich nicht erinnern, in diesem Punkt jemals fügsam gewesen

zu sein. Die Riten der Religion, die Form der Zeremonien beleidigten mich schon als kleiner Junge. Ich sah darin nur das Lächerliche.«
Die Ferien verbringt er in Étretat, wohin er sein ganzes Leben über immer wieder zurückkehrt.

1864 In Étretat rettet er den englischen Dichter Swinburne vor dem Ertrinken. Zum Dank lädt dieser ihn ein. Guy sieht dort die Hand eines Gehäuteten an der Wand hängen, was ihn zu seiner ersten Erzählung inspiriert, *La Main d'écorché* (1875). Begegnungen mit den Malern Courbet und Corot.

1867 Guy muss die Klosterschule wegen ungebührlicher Verse zur Hochzeit einer Cousine verlassen. Er beendet seine Schulzeit als Pensionatsschüler in Rouen. Er korrespondiert mit dem Dichter Louis Bouilhet, einem engen Freund von Flaubert.

1868 Bouilhet berät ihn bei seinen ersten dichterischen Versuchen und bringt ihn ins Haus von Flaubert, der bis zu seinem Tod 1880 Maupassants literarische Anfänge als väterlicher Freund begleitet.

1869 Maupassant beginnt sein Jurastudium in Paris. Im Philosophieunterricht als Abiturient hat ihn besonders Schopenhauer beeindruckt, der ihn nachhaltig beeinflusst.

1870 Krieg zwischen Frankreich und Preußen. Während seines Militärdienstes glaubt Maupassant fest an den Sieg Frankreichs. Die Kriegserfahrungen werden zum Anlass seiner Erzählung *Boule de suif.*

1872 Maupassant bewirbt sich um eine Stelle im Marineministerium und wird dort unentgeltlich als Beamtenanwärter eingestellt. Beginn seiner Bootspartien auf der Seine, die sich in vielen seiner Erzählungen widerspiegeln.

1873 Maupassant wird verbeamtet. Er langweilt sich tödlich in dem Verwaltungsmilieu, das jedoch zur Fundgrube vieler Beobachtungen für seine Erzählungen wird.

1873 Bei Flaubert, der die Wintermonate in Paris verbringt, begegnet er Turgenjew, Alphonse Daudet, Zola, Edmond de Goncourt und Huysmans. Im Salon von Zola lernt er unter anderem Cézanne kennen.

1875 Er macht erste literarische Versuche mit dem Drama *La Trahison de la comtesse de Rhune.* Veröffentlichung der Erzählung *La Main d'écorché* unter dem Pseudonym J. Prunier.

1876 Aufenthalt in Antibes, wohin es ihn immer wieder zieht. Veröffentlichung des Gedichts *Au bord de l'eau* unter dem Pseudonym Guy de Valmont, eine Dichtung, durch die er später in Konflikt mit der Zensur gerät.

1877 Eine Gruppe junger Schriftsteller, zu der neben Maupassant auch Huysmans und Octave Mirbeau gehören, lädt ihre Vorbilder Flaubert, Edmond de Goncourt und Zola ins Restaurant Trapp ein, ein Diner, das als Geburtstunde der literarischen Schule des Naturalismus gilt. Im Dezember entwirft Maupassant erste Pläne zu *Une vie*.

1878 Durch Bemühungen Flauberts kann Maupassant ins Bildungsministerium wechseln. Er bezieht eine Wohnung in einem Haus, das ein Stundenhotel ist. Er klagt über gesundheitliche Probleme.

1879 Er ist weiterhin unglücklich mit seiner Arbeit als Beamter. Das Erscheinen seines Poems *Au bord de l'eau* unter dem Titel *Une fille* bringt ihm eine Vorladung vor Gericht. Flaubert setzt sich erfolgreich für ihn ein.

1880 Großer Erfolg mit der Erzählung *Boule de suif.* Maupassant hilft Flaubert beim Empfang von Edmond de Goncourt, Zola und dem Verleger Charpentier in Croisset. Wenige Wochen später, am 8. Mai, stirbt Flaubert unerwartet. Maupassant veranlasst alles Nötige und verteidigt den literarischen Nachlass gegen die habgierige Verwandtschaft. Im April erscheint die Gedichtsammlung *Des vers*. Im Juni reist er nach Korsika. Er beginnt, von seinem Schreiben zu leben. Im folgenden Jahrzehnt produziert er mindestens drei Bücher im Jahr, 1884 vier, 1885 sogar fünf.

1881 Maupassant wird als Korrespondent von *Le Gaulois* nach Algerien geschickt. Er veröffentlicht seinen ersten Band mit Erzählungen, *La Maison Tellier*. Er nimmt die unterbrochene Arbeit an *Une vie* wieder auf.

1882 Aufenthalt an der Côte d'Azur in Menton und Saint-Raphaël. Sommerreise in die Bretagne auf den Spuren der Wanderung, die Flaubert dort 1847 mit seinem Freund Maxime Du Camp unternommen hatte. Veröffentlichung von *Mademoiselle Fifi*.

1883 Im März erscheint seine Studie über Zola. Im April kommt mit *Une vie* Maupassants erster Roman heraus. Im Juni folgt die Sammlung mit Erzählungen, *Contes de la bécasse*. Besuch bei einem Augenarzt wegen anhaltender Sehstörungen.

1884 Maupassant zieht in die Stadtvilla seines Cousins Louis Le Poittevin, eine erhebliche Verbesserung seiner Lebensumstände. Vorbereitung seines Romans *Bel-Ami*. Veröffentlichung von Sammlungen aus

Erzählungen und Novellen, *Miss Harriet*, *Les Sœurs Rondoli*, einer Studie über Flaubert und eines Reiseberichts aus Algerien: *Au soleil*. Überanstrengung, nervöse Störungen. Aufenthalt in Cannes.

1885 Im Mai erscheint *Bel-Ami*. Im selben Jahr werden *Toine*, *Contes du jour et de la nuit* und *Yvette* herausgebracht. Maupassant reist durch den Süden Italiens bis nach Sizilien und macht eine Kur in Châtelguyon. Die Auvergne begeistert ihn und dient als Hintergrund seines Romans *Mont-Oriol*, an dem er zu arbeiten beginnt. Mondänes Leben in Cannes. Aufenthalt in Antibes. Immer stärkere Augenprobleme.

1886 Sommerreise nach England. Aufenthalt an der Côte d'Azur. Kreuzfahrt auf seinem Segler *Bel-Ami*. Veröffentlichung von *Monsieur Parent* und *La Petite Roque*.

1887 Aufenthalt in Antibes und Étretat, wo er in seiner Villa *La Guillette* seine *Étude sur le roman* und einen Teil von *Pierre et Jean* verfasst. Veröffentlichung von *Le Horla* und *Mont-Oriol*. Mentale Störungen seines Bruders Hervé. Maupassant bringt ihn in eine Nervenklinik.

1888 Aufenthalt in Cannes. Migräne und Nervenschmerzen. Veröffentlichung von *Pierre et Jean*, *Étude sur le roman*, *Le Rosier de Madame Husson* und *Sur l'eau*. Kreuzfahrt auf der *Bel-Ami II*. Reise nach Nordafrika.

1889 Veröffentlichung von Erzählungen, *La Main gauche*, und des Romans *Fort comme la mort*. Maupassant muss seinen Bruder Hervé wegen schwerer Störungen erneut in eine Nervenklinik bringen. Kreuzfahrt nach Tunesien und Italien. Tod des Bruders. Aufenthalt in Südfrankreich. Erste Halluzinationen.

1890 Maupassant veröffentlicht den Reisebericht *La Vie errante*, seinen letzten Roman *Notre Cœur* und den letzten Erzählband *L'Inutile Beauté*. Er arbeitet an *L'Âme étrangère*, einem Roman, der unvollendet bleibt. Aufenthalt in Nizza und Saint-Tropez. Reise nach Nordafrika. Verstärkte Reizbarkeit und Gesundheitsprobleme. Er prozessiert gegen den Besitzer seiner neuen Wohnung wegen Lärms.

1891 Deutliche Verschlechterung seiner Gesundheit bei fortgeschrittener Syphilis, die seine Arbeit an einem weiteren unvollendeten Roman, *L'Angélus*, unterbricht. Depression. Wegen unerheblicher Probleme strengt er einen Prozess gegen seine Verleger an. Aufenthalt in Cannes und Nizza.

1892 Suizidversuch in Cannes nach einem Neujahrsdiner bei seiner Mutter in Nizza. Internierung in der Nervenklinik von Dr. Blanche in Passy, die er bis zu seinem Tod nicht mehr verlässt.

1893 Guy de Maupassant stirbt mit dreiundvierzig Jahren am 6. Juli.

EDITORISCHE NOTIZ

Die vorliegende Übersetzung einschließlich der für deutsche Leser bearbeiteten Anmerkungen sowie der Chronik im Anhang folgt der von André Fermigier herausgegebenen Ausgabe *Une vie*, die 1974 in der Collection Folio Classique bei Gallimard in Paris erschienen ist und sich auf die letzte noch von Maupassant selbst redigierte, 1893 bei Paul Ollendorff in Paris erschienene Ausgabe stützt. Die Übersetzung des »alten Manuskripts« im Anhang basiert auf der von Pierre Cogny 1974 bei Garnier-Flammarion in Paris herausgegebenen Ausgabe *Une vie*, die Übersetzung des Briefs von Guy de Maupassant an Léonie Brainne auf der 1973 in Évreux erschienenen Ausgabe Guy de Maupassant, *Correspondance*, die Übersetzung der Briefe von Gustave Flaubert an Léonie Brainne auf der 2007 in der Bibliothèque de la Pléiade bei Gallimard erschienenen Ausgabe Gustave Flaubert, *Correspondance*, Band V.

NACHWORT

von Julian Barnes

Aus dem Englischen von
Gertraude Krueger

Die Widmung für Maupassants ersten Roman *Ein Leben* von 1883 erzählt in Kurzform eine ganz eigene Dreiecksgeschichte. Da steht:

Für
MADAME BRAINNE
in Verehrung von einem ergebenen Freund
und in Erinnerung an einen toten Freund,
GUY DE MAUPASSANT

Leonie Brainne war die verwitwete Tochter des Besitzers der zweitwichtigsten Zeitung von Rouen, *Le Nouvelliste de Rouen*. Der »tote Freund« war Gustave Flaubert, der bis zu seinem Tod im Jahre 1880 als Maupassants literarischer Pate, Ratgeber und Helfer in allen Lebenslagen fungiert hatte. Laut Jean Bruneau, dem größten Flaubert-Kenner des 20. Jahrhunderts, verband den Schriftsteller mit Madame Brainne »ohne jeden Zweifel eine zärtliche Freundschaft; vielleicht mehr?«. Als schöne und kultivierte Frau verfügte sie in Rouen wie auch in Paris über gute gesellschaftliche Kontakte, sie unterstützte Flaubert als einer von drei »Engeln« in seinen letzten Lebensjahren, spielte bei Bedarf die Gastgeberin für ihn und nahm daher seinen Protegé ganz selbstverständlich in ihren Kreis auf. Und doch war alles nicht ganz so klar und einfach, wie es sich anhört.

Wie findet ein Schriftsteller zu sich selbst? Und wie kann sich ein junger Mann zugleich in der Gesellschaft behaupten? Indem er sich von den besten Meistern beraten lässt, indem er lernt, gefällig zu sein, und dabei unerbittlich dem verpflichtet bleibt, was er für seine künstlerische Individualität hält. Flaubert sah in Maupassant (dem Sohn seiner alten Freundin Laure Le Poittevin) gewissermaßen eine jüngere Ausgabe seiner selbst, nur dass dieses jüngere Ich allzu oft den Verlockungen von Frauen, Lustbarkeiten und Ruderpartien nachgab und damit die hohen, mönchischen Ideale der Kunst verriet. Madame Brainne sah in Maupassant einen aufstrebenden jungen Mann, dessen Zukunft (dessen gesellschaftliche und literarische Zukunft) auf dem Spiel stand, weil er sich gern – geradezu obsessiv – mit zweifelhaften Milieus beschäftigte.

Im Juli 1878, da war Maupassant vor allem als Verfasser von *Das Haus Tellier* bekannt, seiner liebevollen Schilderung des Ausflugs einer Bordellbelegschaft, schrieb er an Flaubert: »Von Zeit zu Zeit gehe ich für ein oder zwei Stunden zu unserer guten Freundin Madame Brainne, die die beste Frau der Welt ist und die ich von ganzem Herzen liebe. Ich erzähle ihr viele Geschichten, die ihr, glaube ich, manchmal ein bisschen roh vorkommen. Sie meint, ich habe sehr wenig Gefühl. Sie sagt mir ihre Träume, und ich erzähle ihr Realitäten.«

Dieses Unbehagen, dieser Konflikt zwischen Träumen und Realitäten, zwischen *rêve* und *réalité*, spitzte sich zu, als Maupassant seine weitaus grausamere Novelle *Fettklößchen (Boule de suif)* schrieb, in der eine Prostituierte zu Kriegszeiten den Heucheleien der gesellschaftlich Höherstehenden ausgesetzt ist. Nachdem er Madame Brainne das Konzept der Geschichte dargelegt hatte, zeigte sie sich »zutiefst schockiert«. Als Flaubert das erfuhr, schrieb er in einem Brief an seine Nichte Caroline: »Ich frage, warum es Madame Brainne schockiert hat. Mir schwindelt dabei. Sollte sie dumm sein?« Flaubert beantwortete seine Frage dann selbst: »Das Urteil von Madame Brainne ist das einer Gans. Sie ist durch diese Kritik in meiner Wertschätzung tief gesunken, da die Literatur die Basis von allem ist.«

Fettklößchen wurde ein großer Erfolg, begründete Maupassants Ruhm und fand dann auch Madame Brainnes Wertschätzung. Die Kluft aber blieb, die ewige Kluft zwischen einem individualistischen Schriftsteller und einer gesellschaftlichen Leserschaft, für die über Jahrhunderte das Wort »Geschmack« im Vordergrund stand. Das Wort und der bloße Gedanke erfüllten Maupassant mit Abscheu. 1878 schrieb er an seinen Vater: »Es gibt nur eines, nach dem ich mich sehne, und das ist, keinen Geschmack zu haben.« Es wäre jedoch vorschnell, wollte man Madame Brainne als eine »Gans« abtun und glauben, sie hätte mit ihrer Ansicht allein gestanden. Einer der intelligentesten Männer jener Zeit, der Philosoph Hippolyte Taine, war ähnlich besorgt über die Bahnen, denen Maupassants beachtliches Talent folgte, und schrieb 1882 an ihn: »Sie stellen Bauern, Kleinbürger, Arbeiter, Studenten und Nutten dar. Sicher werden Sie eines Tages die gebildete

Schicht, das Großbürgertum darstellen … Meines Erachtens ist die Zivilisation eine Macht; ein in guten Verhältnissen geborener Mensch, Erbe von drei oder vier Generationen ehrbarer, arbeitsamer und ordentlicher Leute, hat größere Chancen, redlich, taktvoll und klug zu sein … Diese Doktrin ist durchaus aristokratisch, doch sie beruht auf Erfahrung, und ich werde froh sein, wenn Ihr Talent die Frauen und Männer zum Gegenstand wählen wird, welche durch ihre Kultur und ihr Gefühl die Ehre und die Stärke ihres Landes sind.«

In Maupassants ganzer kurzer, stürmischer und höchst produktiver Karriere – mit zwanzig berühmt, mit dreißig reich, mit dreiundvierzig tot durch Syphilis im tertiären Stadium – waren die von Flaubert aufgeworfenen ästhetischen und die von Madame Brainne und Taine aufgeworfenen sozioästhetischen Fragen im Grunde immer präsent. Heute herrscht in der Literaturwissenschaft die Meinung vor, dass Maupassant sich im Laufe seiner Karriere zwar mehr und mehr den »gehobenen« Schichten der Gesellschaft zuwandte, dass diese Themen aber seiner Begabung am wenigsten entsprachen: Mit anderen Worten, Madame Brainne hatte gewonnen, Maupassant (und die Leser) verloren. In dem mehr verborgenen und freundschaftlichen Kampf mit seinem Meister war bereits 1880 zu erkennen, dass Maupassant sich Flauberts Rat eher anhörte, als ihn tatsächlich zu befolgen. Durch Flauberts Tod blieb ihm nicht nur eine lange literarische Debatte erspart, dieser Tod bedeutete auch eine Befreiung und ließ den jüngeren Schriftsteller schneller zu sich selbst finden.

Ein Leben spielt diese Konflikte durch und lässt sie in der Widmung indirekt Gestalt annehmen. Flaubert hatte Maupassants Konzept 1878 seinen förmlichen Segen gegeben. Der Roman spielt fast vollständig in der ländlichen Normandie und damit in unmittelbarer Nähe von *Madame Bovary*, während die Hauptfiguren der gesellschaftlichen Schicht entstammen, die Brainne und Taine, die Zweifler mit den sich reimenden Namen, empfohlen hatten. Dabei wäre vieles an dem Roman für Flaubert eine ästhetische Überraschung (und womöglich Enttäuschung) gewesen, und es gibt darin Szenen, die Madame Brainnes Gefühl für »Geschmack« durchaus schockiert haben könnten. Sie haben auch andere schockiert, und so wurde *Ein Leben* aus allen Bahnhofsbuchhandlungen Frankreichs verbannt – eine Entscheidung, die in Maupassants Augen nur »ein Eunuch in einem Büro bei Hachette« getroffen haben konnte. Sie sollte sich jedoch als nützlich erweisen: Der Bann kam im Parlament zur Sprache und entfachte einen regelrechten Skandal – zum Vorteil Maupassants.

Wie Degas entwarf auch Maupassant vor allem ein Bild des modernen Lebens. Daher besteht die erste Überraschung seines ersten Romans in der Chronologie. *Ein Leben* beginnt 1819 und endet 1852; es ist der einzige Roman, den Maupassant in der Vergangenheit spielen ließ. Dennoch gibt es – eine weitere Überraschung – darin kaum einen direkten oder auch indirekten Hinweis auf den gewählten historischen Zeitraum. Maupassant hätte den Roman ebenso gut 1880 spielen lassen können; er hätte nur einige kleine Details ändern müssen. Uns liegt keine Begründung des Autors für seine Wahl des Zeitrahmens vor. Wollte er damit sagen, dass sich gesellschaftliche Veränderungen in der französischen Provinz im

Schneckentempo vollzogen? Sollte es vielleicht eine Hommage an die Chronologie von *Madame Bovary* sein, wo sich die Handlung von etwa 1825 bis 1846 erstreckt? Wir wissen es nicht.

Wie *Madame Bovary* schildert auch Maupassants Roman die Seelenqual und allmähliche Vernichtung einer weiblichen Hautpfigur, und es gibt mehrere Stellen darin, die eine Hommage an oder auch eine unbewusste Nachahmung von Flauberts unsterblichem Meisterwerk sein könnten. Dennoch wirkt *Ein Leben* nie epigonal: Maupassant verfügt über eine so kraftvolle Originalität, dass er mühelos aus dem Schatten seines Meisters heraustritt. So siedelt er seine Hauptfigur gesellschaftlich einige Stufen höher an: Es ist Jeanne Le Perthuis des Vauds, die Tochter des Barons und der Baronesse gleichen Namens. Ferner macht er sie mehr zum Objekt der Handlungen anderer als zum selbst handelnden Subjekt. Emma Bovary kämpft einen skandalösen Kampf, um ihrem Schicksal zu entgehen, während Jeanne ihres tapfer erträgt; Emma kümmert sich kaum um ihr einziges Kind, während Jeanne »eine fanatische Mutter« wird. Und so immer weiter. Eine stärkere Inspirationsquelle für die Gestaltung von weiblicher Psychologie und Sexualität in diesem Roman waren das wirkliche Leben sowie Maupassants eigene Familie. Guys Vater Gustave war ein gewalttätiger, verschwenderischer Schürzenjäger, von dem Laure de Maupassant sich offiziell trennte, als Guy elf Jahre alt war. Lange Zeit später, 1889, schrieb der Sohn über seine Mutter: »Ach, die arme Frau war doch seit ihrer Heirat pausenlos niedergeschmettert, aufgerieben und gepeinigt.« Immer wieder wird unzulänglichen Vätern und Ehemännern in seinen Novellen und Romanen ihre Strafe zuteil: *Ein Leben* (das man als eine Darstellung dessen lesen könnte, was Laure widerfahren wäre, falls sie in ihrer Ehe ausgeharrt hätte) enthält einen der gewalttätigsten Akte dieser stellvertretenden Rache und Vergeltung.

Wie sehr sich Maupassant mit möglichen Einflussquellen auseinandersetzte – sie letztendlich überwand –, zeigt sich nirgends klarer als bei seiner Schilderung gesellschaftlicher Schauplätze. Er sucht sich seine Figuren in höheren Kreisen, aber das bedeutet nicht, dass er sich Madame Brainnes gutem Geschmack unterwirft oder Menschen beschreibt, die, mit Taines Worten, »die Ehre und die Stärke ihres Landes« sind. Maupassant bleibt seinem Wunsch treu, »keinen Geschmack« zu haben, und behält sich das Recht vor, Niederkunft, Totgeburt, sexuelle Gewalt und mörderische Eifersucht mit unerschrockener Detailtreue zu schildern. Und seine hochgeborenen Figuren sind auch nicht »die Ehre und die Stärke ihres Landes«. In dem Roman sind sie von zweierlei Art: Die einen verlieren (der Baron und die Baronesse sind liebenswürdige, gutmütige Anhänger von Rousseau in einer Welt, die solche Ideale längst hinter sich gelassen hat), und die anderen beschleunigen diesen Verlust und ziehen ihren Nutzen daraus. Wer über Land und Titel verfügt, steht moralisch wenig oder gar nicht höher als diejenigen, die dieses Land bearbeiten. Wenn man in dem Buch ein moralisches Zentrum sucht, so findet man es am ehesten in Rosalie, Jeannes Milchschwester, die den Widrigkeiten des Lebens mit einem entschlossenen Sinn fürs Praktische und raubeiniger Loyalität entge gentritt. Diese Rolle findet ihre Bestätigung darin, dass Maupassant ihr die letzten Worte im Roman überlässt, die sie an ihre alternde Herrin richtet: »Wissen Sie, das Leben ist nie so gut oder so schlecht, wie man glaubt.« Dieses Resümee mag uns zwar als zu ihrem Charakter passend, aber auch recht banal erscheinen. Umso interessanter ist daher, dass dieser Spruch faktisch die Transkription eines Satzes ist, den Flaubert im Dezember 1878 in einem Brief an Maupassant schrieb: »Die Dinge sind nie so gut oder so schlecht, wie man glaubt.« Der Leser mag das so verstehen, dass Maupassant Rosalie diese Worte in den Mund legte, um sich damit vor seinem toten Meister zu verneigen und sich zugleich von ihm zu lösen.

Der Leser mag *Ein Leben* auch so verstehen, dass sich Rosalie wie auch Flaubert geirrt haben. Selbst wenn der Roman gleichsam hoffnungsvoll endet (obwohl die fernere Zukunft, wenn man an die Vererbung von Charakterzügen glaubt, nach wie vor düster aussieht), ist doch fast das gesamte Buch hindurch alles genauso schlimm, wie Jeanne glaubt, wenn nicht insgeheim noch schlimmer. Im Vergleich zu *Ein Leben* ist *Madame Bovary* fast eine freundliche Komödie: In Flauberts Roman gibt es viele Dummköpfe und mittelmäßige Gestalten, aber niemanden, der auch nur annähernd so widerlich verschlagen wäre wie Jeannes Ehemann Julien. Ja, von allen Werken Flauberts gleicht Maupassants Roman am ehesten seiner Erzählung *Ein schlichtes Herz* von 1876. Dort wird dem Dienstmädchen Félicité im Laufe ihres Lebens langsam alles genommen, was sie liebt, und etwas ganz Ähnliches steht Jeanne bevor. Alle, die sie liebt, sterben (ihre Eltern, die ersehnte Tochter), oder sie wenden sich gegen sie, nutzen sie aus und verachten sie (ihr Ehemann, der Sohn).

Es ist ein Roman, der im Regen beginnt, in dem Feuchtigkeit Seelen wie Häuser durchdringt und in dem *morne* (trostlos, trübe) ein oft wiederholtes Schlüsselwort ist. Es ist ein

Roman, an dessen Anfang Jeannes hoffnungsvoller Aufbruch aus dem Kloster steht – »endlich für immer frei« –, der dann aber nur allzu schnell die Falle des Erwachsenendaseins zuschnappen lässt. Als junge, verheiratete Frau, die eine geistige Beschäftigung sucht, erkennt Jeanne, dass es für sie absolut keine Aufgabe gibt, es sei denn als Anhängsel eines anderen Menschen: »Da wurde ihr klar, dass sie nichts mehr zu tun hatte, nie mehr etwas zu tun haben würde.«

Freundschaft, Ehe, Sex – alles führt zu Verrat und rascher Desillusionierung. Nachdem Julien sie mit der Comtesse de Fourville betrogen hat, reflektiert sie: »Jedermann war also gemein, verlogen und falsch. Und Tränen stiegen ihr in die Augen. Zuweilen beweint man die Illusionen mit ebenso viel Trauer wie die Toten.«

Die einzige relativ glückliche Zeit in Jeannes Leben ist die, als sie, nunmehr Witwe, mithilfe ihres verwitweten Vaters und der Tante Lison ihren Sohn Paul großzieht – in Wirklichkeit aber katastrophal verzieht. Diese Zeit wird als »eine Reihe immer gleicher und friedvoller Jahre« beschrieben.

Friedliche Monotonie ist also das Beste, was man vom Leben erwarten kann, denn die Kluft zwischen *rêve* und *réalité* – genau den Begriffen und Vorstellungen, die Maupassant und Madame Brainne voneinander trennten – ist furchterregend und unheildrohend. Die junge Frau, die des Nachts aus dem Fenster schaut wie auf einem Marienbild von Veronese – »und sie begann, von der Liebe zu träumen« –, wird im grellsten Sonnenlicht erwachen. Und nirgends ist dieses Erwachen grausamer als auf sexuellem Gebiet. Jeanne ist ebenso unwissend wie unschuldig. Die Mutter weigert sich, sie vor der Hochzeitsnacht über die ehelichen Pflichten aufzuklären, und so fällt dem Baron die unangenehme Aufgabe zu, »diesen über das süße Geheimnis des Lebens geworfenen Schleier zu lüften«. Er erklärt Jeanne, es sei zwar richtig und schicklich, dass Mädchen ihre Reinheit bis zur Ehe bewahren, doch habe das auch eine gewisse Kehrseite: »Wenn sie aber noch nicht die geringste Vermutung haben, sind sie oft entrüstet über die etwas brutale Wirklichkeit, die hinter den Träumen steckt.«

Jeanne erlebt ihre Hochzeitsnacht als eine einzige gewaltsame Anmaßung männlicher Rechte, und wenn sie in den Flitterwochen auf Korsika die eigene Sinnlichkeit (und vielleicht auch den Orgasmus) entdeckt, wird diese alsbald aus Gründen unterbunden, die in der Folge zu Jeannes Demütigung führen. Während ihr langsam die Augen für die Realität der menschlichen Sexualität geöffnet werden, stellt sie fest, dass selbst die Menschen, die sie für höchst ehrenwert gehalten hatte, von nichts als »schmutziger Rohheit« beherrscht werden. Bauern und Diener kopulieren wie die Tiere und heiraten nur, wenn es zur Schwangerschaft kommt, während man in den angeblich besseren Kreisen vielleicht vorehelichen Sex vermeidet, aber dann in moralischer Verkommenheit und Treulosigkeit versinkt. Sex ist »dieser allgemeine Sumpf«. Die Paarung der Menschen wirkt auf Jeanne wie »etwas Widernatürliches«, und »die körperliche Liebe, welche auch die Herzen niederträchtig macht«. Auch Jeanne selbst darf nicht unbefleckt aus diesem Widerstreit von Herz und Leib hervorgehen: Ihr Verlangen nach einem zweiten Kind zwingt sie zu einer subtilen – aber eindeutig unehrlichen – sexuellen List.

Neben seinen anderen Auseinandersetzungen – mit literarischen, gesellschaftlichen und familiären Einflüssen – musste Maupassant in *Ein Leben* noch eine letzte, zentrale Auseinandersetzung bestehen: die mit seinem eigenen Talent. Obwohl es vielen Romanciers gelungen ist, auch großartige Erzählungen und Short Stories zu schreiben – man denke nur an Turgenjew, Henry James, Edith Wharton und John Updike –, gehen beide Formen auf unterschiedliche Anregungen zurück und verlangen unterschiedliche Techniken. Maupassant fand seinen ersten Roman nicht einfach zu schreiben – allerdings bestand seine Schwierigkeit vor allem darin herauszufinden, wie viel er hineinpacken konnte: Ein früher Entwurf weist Figuren und Szenen auf, die später komprimiert oder ganz und gar getilgt wurden. Zugleich aber scheint ihn der grundlegende Unterschied zwischen beiden Formen nicht sehr zu kümmern. Während er an dem Roman arbeitete, wurde er von Zeitungen und Zeitschriften mehrfach um eine kurze Erzählung gebeten und kam dieser Bitte nach, indem er eine Begebenheit aus *Ein Leben* heraustrennte, ein wenig umschrieb und abschickte. Die Unbeschwertheit, mit der er das tat, erklärt ein Gefühl, das der Leser bisweilen bei dem Roman haben könnte: dass hier die letzte strukturelle Geschlossenheit fehlt. Der allmähliche Niedergang in Jeannes Leben ist wie eine Wäscheleine, an der eine Reihe von brillanten Episoden aufgehängt werden kann. Die Figuren sind plastisch ausgearbeitet und unmittelbar überzeugend, doch sie entwickeln sich oft weniger in der organischen Art einer längeren Romanhandlung als vielmehr durch jähe Umschwünge: so bei Julien nach der Hochzeit oder bei Jeanne nach der Geburt ihres Kindes. Und manchmal lässt Maupassant einfach die Möglichkeiten der längeren Form ungenutzt. Zum Beispiel denkt Jeanne bei der ersten Begegnung mit der Comtesse de Fourville sofort: »Da ist mal eine Freundin.« Später entdecken wir mit ihr, dass ihre Freundin sie betrogen hat, doch wird uns in den Seiten dazwischen sehr wenig von dieser angeblichen »Freundschaft« dargeboten. Ein erfahrenerer Romancier hätte diese Beziehung dokumentiert und vertieft und so den Betrug umso schwerer erträglich gemacht – für uns wie für Jeanne.

Doch damit messen wir einen ersten Roman an den höchsten, den von Flaubert gesetzten Maßstäben. Was uns *Ein Leben* wie alle anderen Werke Maupassants in Hülle und Fülle bietet, ist das Leben selbst: eine lebenspralle Handlungsführung, eine lebensnahe Charakterzeichnung, ein lebhaftes Gespür dafür, wie ungerecht das Leben sein kann – besonders für Frauen. Tolstoi hat *Ein Leben* bekanntlich als den besten französischen Roman seit Victor Hugos *Die Elenden* bezeichnet, und das Buch ist oft auf einer Liste der zehn besten französischen Romane zu finden. Es erzählt eine Geschichte und bietet eine Sicht auf das Leben, die uns noch immer tief bewegen – und das wird auch so bleiben, solange *le rêve* ein Gespinst ist, das hoffnungslos und betörend über *la réalité* hinausgeht.

ZITATNACHWEIS

Die Zitate aus der Korrespondenz zwischen Maupassant und Flaubert im Nachwort sind der folgenden Ausgabe entnommen:

Gustave Flaubert, *Der Briefwechsel mit Maupassant*, Haffmans Verlag. Aus dem Französischen von Cornelia Hasting. Copyright © 2004 für die deutsche Übersetzung by Zweitausendeins Versand Dienst GmbH, www.zweitausendeins.de

Alle anderen Zitate im Anhang wurden von Cornelia Hasting für die vorliegende Ausgabe übersetzt.

INHALT

Guy de Maupassant wurde am 5. August 1850 in der Normandie geboren. In einem Leben zwischen allen Gesellschaftsschichten seiner Zeit schuf er als weit gereister Journalist, Novellist und Romancier ein wegweisendes Werk der klassischen Moderne. *Ein Leben*, im Original erstmals 1883 veröffentlicht, ist sein Romandebüt. Maupassant starb nach langer Krankheit am 6. Juli 1893 in Paris.

Cornelia Hasting, geboren 1950 in Lüneburg, arbeitet seit dem Studium der Germanistik und Kunstgeschichte als freie Übersetzerin. Sie hat vor allem französische Literatur des 19. Jahrhunderts ins Deutsche übertragen, darunter Stendhal, Flaubert, Renard, Alain-Fournier, Huysmans. Für den mareverlag übersetzte sie zuletzt Guy de Maupassants *Auf See* (2012) und Jules Vernes *Der grüne Blitz* (2013).

Julian Barnes, geboren 1946, ist Autor von über 20 Büchern, darunter *Flauberts Papagei* (1984). Er hat viel über die französische Kunst und Literatur des 19. Jahrhunderts publiziert. Sein Roman *Vom Ende einer Geschichte* (2011) wurde mit dem Booker-Preis ausgezeichnet.